SCHATTENHÖHLE

Margarete von Schwarzkopf, geboren in Wertheim am Main, studierte in Bonn und Freiburg Anglistik und Geschichte. Sie arbeitete zunächst für die Katholische Nachrichtenagentur, dann als Feuilletonredakteurin bei der »Welt« und viele Jahre beim NDR als Redakteurin für Literatur und Film. Heute arbeitet sie als freie Journalistin, Autorin, Literaturkritikerin und Moderatorin.

MARGARETE VON SCHWARZKOPF

SCHATTENHÖHLE

Kriminalroman

emons:

Bibliografische Information der Deutschen Nationalbibliothek
Die Deutsche Nationalbibliothek verzeichnet diese Publikation
in der Deutschen Nationalbibliografie; detaillierte bibliografische
Daten sind im Internet über http://dnb.d-nb.de abrufbar.

MIX
Papier aus verantwor-
tungsvollen Quellen
FSC® C083411

© Emons Verlag GmbH
Alle Rechte vorbehalten
Umschlagmotiv: emoji/photocase.de
Umschlaggestaltung: Nina Schäfer, nach einem Konzept
von Leonardo Magrelli und Nina Schäfer
Umsetzung: Tobias Doetsch
Gestaltung Innenteil: César Satz & Grafik GmbH, Köln
Druck und Bindung: CPI – Clausen & Bosse, Leck
Printed in Germany 2018
ISBN 978-3-7408-0440-4
Originalausgabe

Die Zitate auf Seite 170 und 304 stammen aus:
Sir Walter Scott, »Waverley – Band 1«, Verlag Tredition
und Projekt Gutenberg, übersetzt von Erich Walter.
Die Zitate auf Seite 244 stammen aus:
Heinrich Heine, »Die Harzreise – Reisebilder«,
Kapitel 4, Artemis & Winkler Verlag, 1969.

Unser Newsletter informiert Sie
regelmäßig über Neues von emons:
Kostenlos bestellen unter
www.emons-verlag.de

Immer wieder in Liebe für TLF, vor allem auch für
meine Enkel und Schwiegerkinder

My native land

Breathes there the man, with soul so dead,
Who never to himself hath said,
This is my own, my native land!
Whose heart hath ne'er within him burn'd,
As home his footsteps he hath turn'd
From wandering on a foreign strand!
Sir Walter Scott, »The Lay of the Last Minstrel«, 1805

Erste Gedichte

Ein weißes Schloß in weißer Einsamkeit.
In blanken Sälen schleichen leise Schauer.
Todkrank krallt das Gerank sich an die Mauer,
und alle Wege weltwärts sind verschneit.

Darüber hängt der Himmel brach und breit.
Es blinkt das Schloß. Und längs den weißen Wänden
hilft sich die Sehnsucht fort mit irren Händen ...
Die Uhren stehn im Schloß: es starb die Zeit.
Rainer Maria Rilke, 1913

Prolog

Er hatte das Feuer oben auf dem Hügel vor den Höhlen mehrere Nächte hintereinander gesehen. Doch als er an einem Morgen hinaufgestiegen war, um zu erkunden, was dahintersteckte, fand er nur noch Asche. Keine Spur von denjenigen, die das Feuer entzündet hatten. Ihm fiel die alte Sage ein, die davon erzählte, dass diese Höhlenfeuer immer ein Unglück ankündigten. Aber James MacNeill glaubte nicht an Spukgeschichten. Dahinter musste ein Mensch stecken, vielleicht einer der Deserteure, die sich angeblich in den Höhlen versteckt hielten, oder ein Dorfbewohner, der seinen Schabernack mit dem Aberglauben der Bewohner im Tal trieb. Doch seit gestern Abend war kein Feuerschein mehr zu sehen. Darauf hatte James gewartet, denn er wollte ungestört bei den Höhlen sein.

Der Aufstieg in dieser Januarnacht war anstrengender, als er gedacht hatte. Er führte sein Pferd Keeper am Zügel und kämpfte sich den Weg durch das Dickicht und das scharfe Wintergras. Als er endlich vor dem Eingang der Höhle angekommen war, holte er tief Luft. Mit zitternden Händen entzündete er die Fackel, die er vor zwei Tagen hinter einem Stein in der Nähe des Eingangs versteckt hatte. Noch konnte er im fahlen Licht des Halbmondes die Umrisse des Höhleneinganges erkennen. Er band sein Pferd locker an einen Strauch, um möglichst rasch von diesem Ort wieder verschwinden zu können, und tastete sich in das Halbdunkel des schmalen Felsdurchbruchs. Die Fackel warf zuckende Schatten auf die rötlichen Steinwände. Aus dem Inneren wehte ein kühler Luftzug. Es roch nach Stein und Erde und nach irgendetwas, das er nicht einordnen konnte. Moder? Moos? Wasser, das sich in den Felsspalten sammelte? Ihm blieb keine Zeit für Überlegungen. Er musste die in einem tiefen Felsspalt versteckten Bilder bergen, sein Pferd beladen und sich auf den langen Weg aus dieser unwirtlichen Gegend machen, in der er vier Jahre gelebt hatte.

Unten im Tal lag das Schloss, in dem er nach ihrer Flucht aus Schottland mit seiner Frau Alexandra Unterschlupf gefunden hatte. Seit ihrem Tod vor drei Monaten, kurz nach der Geburt ihrer Tochter Elisabeth, hatte sich etwas verändert in der Atmosphäre dort, wobei er schon seit geraumer Zeit ein wachsendes Unbehagen verspürt hatte. Die Mauern des Schlosses waren für ihn immer mehr zum Gefängnis geworden.

Alexandras Vetter Rudolf von Rödelshausen und seine Frau Dorothea verbargen ihre wahren Gefühle für ihn, den schottischen Flüchtling, nicht länger hinter geheuchelter Freundlichkeit. Sie hatten ihn nur bei sich aufgenommen, weil Alexandras Mutter die Schwester von Rudolfs Mutter und damit Rudolfs Tante gewesen war. Aber als er und Alexandra Ende Mai des Jahres 1746 in Schloss Hammelsberg aufgetaucht waren, begleitet von ihren beiden Dienern William und Seamus und der Zofe Beatrice, hatte er von Anfang an gespürt, dass Rudolf sie nur sehr zögernd aufnahm. Vielleicht fürchtete er Spione, die in Hannover melden könnten, dass er einem der Überlebenden der verhängnisvollen Schlacht bei Culloden vom 16. April – und zudem noch einem nahen Verwandten der MacLachlan, die dem siegreichen Herzog von Cumberland ein besonderer Dorn im Auge waren – Asyl gewährte.

James fror plötzlich. Die Luft in der Höhle erschien ihm eisig. Hier hatte er kurz nach seiner Ankunft in Schloss Hammelsberg drei seiner insgesamt sechs aus Schottland geretteten Bilder versteckt, eingewickelt in dickes Sackleinen. Er traute der deutschen Verwandtschaft seiner Frau nicht. Diese Bilder könnten, sollte er je wieder in seine Heimat zurückkehren, die Basis für eine gesicherte Existenz sein, denn sie waren von großem Wert. Die drei anderen Bilder würde er im Schloss zurücklassen. Das war eine mehr als angemessene Bezahlung für das Asyl, das ihm Alexandras Verwandtschaft gewährt hatte.

Er wandte sich zum Eingang der Höhle um. Draußen schien die tiefschwarze Nacht den Atem anzuhalten. Die Mondsichel war von einer Wolke verschluckt worden. Nur der Januarwind strich leise durch die dürren Baumwipfel. Nichts regte sich. Oder doch? War da ein Knacken, ein Wispern?

James lauschte angestrengt in die Stille. Ein leises Schnauben vor dem Höhleneingang, das hohle Brechen eines Astes. Er atmete auf. Das Schnauben stammte von seinem Pferd, das sicherlich gerade auf einen Zweig getreten war.

Er hatte seine Flucht seit dem Tod seiner Frau Mitte Oktober geplant, niemanden in seine Pläne eingeweiht und selbst seinem treuen Diener William nichts verraten. Bei Nacht und Nebel wollte er aufbrechen, doch zuvor den Schatz aus seinem Versteck holen. James hatte die Höhle rein zufällig als ein ideales Versteck entdeckt. Hier, so glaubte er, waren die Gemälde sicher vor der Gier seiner Verwandten. Wie enttäuscht war Rudolf gewesen, als er feststellte, dass James anstelle von Säcken voller Goldmünzen nur einige Bilder in seinem Reisegepäck hatte. Rudolf selbst besaß eine stattliche Sammlung niederländischer und italienischer Maler, doch davon waren die meisten entweder zweitklassige Kopien oder Werke weniger berühmter Künstler. Deshalb hatte er Alexandra gleich nach ihrer Ankunft gefragt, ob es sich denn gelohnt hätte, diese Bilder auf der Flucht mitzunehmen. Und Alexandra, die viel Liebenswürdigkeit, aber keine Menschenkenntnis besaß, hatte sanft gelächelt und geantwortet: »Oh ja! Diese Werke sind wahre Schätze.«

Rudolf und seine Frau Dorothea ahnten nicht, dass James außer den Bildern einen Schatz von ungeheurem Wert, den »Star of Scotland«, bei sich trug. Er war ein Familienerbe der MacNeills, ein Geschenk, das König Karl II., Enkel des ersten Stuartkönigs Jakob, der Urgroßmutter von James mütterlicherseits gemacht hatte. Sicherlich war die schöne junge Frau eine der vielen Geliebten des Königs gewesen, ehe sie einen seiner schottischen Vertrauten heiratete, dem sie acht Kinder schenkte, darunter die spätere Großmutter von James. Der »Star of Scotland« hatte auch die Begehrlichkeit des Herzogs von Cumberland geweckt. Doch als seine Soldaten in die Burg der MacNeill eindrangen, war die Familie verschwunden und der »Star of Scotland« mit ihr.

Als James nun Rudolfs unverhohlen gierigen Blick auf die Bilder gesehen hatte, verbarg er die drei wertvollsten Gemälde tief im Schoß der Höhle. Durch einen schmalen Eingang gelangte man in einen schlauchartigen Gang, der an seinem Ende steil nach unten stürzte. In diesem finsteren Abgrund lagen unzählige Menschenknochen. Die Legenden erzählten, dass die Bärenhöhle einst als Opferhöhle gedient habe.

James' Gedanken wanderten noch einmal zurück in die Vergangenheit. Er hatte gehofft, in diesem deutschen Schloss, das weitab von größeren Straßen lag, ein Refugium für sich und seine Frau zu finden, bis sich die Stürme in seiner Heimat gelegt hatten und der Zorn Georgs II. auf die Schotten verflogen war. James gehörte zu den Anführern des Jakobitenaufstandes gegen den britischen König aus dem Haus Hannover. Die Chance für eine Rückkehr der katholischen Stuarts schien gekommen, als Charles Edward Stuart, genannt »Bonnie Prince Charles«, 1745 mit französischer Unterstützung aufbrach, um zunächst Schottland und danach ganz Großbritannien zu erobern.

Die anfänglichen Siege ließen die Hoffnung aufkeimen, dass Charles Stuart den König aus dem Haus Hannover verdrängen könnte, doch am 16. April 1746 besiegte das englische Heer unter seinen Heerführern George Wade und Wilhelm Augustus Herzog von Cumberland, dem dritten Sohn Georgs II., die Schotten auf dem Moor von Culloden, unweit von Inverness. Nach der Schlacht ging der Herzog, der später unrühmlich als »Butcher Cumberland« in die Annalen eingehen sollte, drakonisch gegen die Clans vor. James MacNeill, der die kurzen heftigen Kämpfe leicht verwundet überlebt hatte, musste als »Rebell« um sein Leben fürchten.

Mit Mühe gelang es ihm nach der Schlacht, seine Burg bei Drumnadrochit am Loch Ness zu erreichen und mit seiner Frau Alexandra, den Dienern William Fraser und Seamus Connor und der Kammerzofe Beatrice den sechsjährigen Sohn Alistair nach Glasgow zu geleiten. Dort übergaben sie den Jungen der Obhut von James' Cousine Claire, verheiratet mit einem Astronomen in königlichen Diensten und insgeheim eine Anhängerin der Stuarts. Claire und Hugh de Abreville hatten keine eigenen Kinder und nahmen den kleinen Alistair liebevoll auf.

In den Jahren seit der Schlacht von Culloden und der Flucht aus Schottland erhielten James MacNeill und seine Frau regelmäßig Nachrichten über das Wohlergehen ihres Sohnes. Jeden Monat ritt William nach Hameln und holte dort in der Poststation die Briefe mit verschlüsselter Anschrift und ebenso verschlüsseltem Absender ab. Alistair ging es laut dieser Briefe von Claire de Abreville gut, seine Zieheltern sorgten sich aufopfernd um ihn. Dennoch nagte der Kummer um den verlorenen Sohn an James und Alexandra.

Als Alexandra dann eines Morgens vor gut einem Jahr verkündete, sie sei schwanger – und dies trotz ihres fortgeschrittenen Alters von Mitte dreißig –, wichen die Schatten der Sehnsucht und des Verlustes für einige selige Momente. Aber dieses Glück währte nicht lange. Alexandras Schwangerschaft verlief ohne Probleme, auch die Geburt der kleinen Elisabeth Ende September mit Hilfe einer robusten Hebamme aus dem nahe liegenden Dorf machte kaum Schwierigkeiten. Doch wenige Tage nach der Geburt des kräftigen Mädchens mit dem rötlichen Haarschopf erkrankte Alexandra, bekam hohes Fieber und starb Mitte Oktober trotz aller Bemühungen eines aus Hameln herbeigerufenen Medicus.

Kurz vor ihrem Tod hielt sie ihre kleine Tochter noch einmal in den Armen und flüsterte: »Bring unser Kind nach Hause, Jamie. Dieses Schloss und diese Gegend werden von zu vielen Schatten beherrscht.«

Nach einem Monat der Tränen und der Verzweiflung beschloss James, nach Schottland heimzukehren, selbst auf die Gefahr hin, dass ihn dort ein ungewisses Schicksal erwartete. Es drängte ihn, seinen Sohn wiederzusehen. Er wollte heimlich verschwinden, denn er fürchtete, dass Rudolf ihn nicht ohne Weiteres gehen lassen würde. Seine Tochter ließ er schweren Herzens zunächst zurück. Es erschien ihm zu gefährlich, die kleine Elisabeth den Strapazen dieser gefahrvollen Reise auszusetzen. Und wenn ihm etwas zustieße, dann wäre seine Tochter bei Rudolf und seiner Frau zumindest in Sicherheit.

James schob alle diese Gedanken beiseite. Er würde an diesem 21. Januar des Jahres 1751 alleine aufbrechen, selbst ohne seinen treuen Diener William, dem er mehr traute als Seamus. Er hatte ihm in dessen Kammer einen Brief in einem Buch hinterlassen. William würde ihn rasch finden, denn er war ein begeisterter Leser, und die Ausgabe von »Robinson Crusoe«, in die James die Nachricht gesteckt hatte, lag auf einem Stapel von Büchern auf dem Tisch neben dem Bett. William sollte noch einen Auftrag erfüllen und ihm dann folgen.

James drehte sich noch einmal kurz um, um einen letzten Blick in die Höhle zu werfen. Das flackernde Licht der Fackel und die wabernden Schatten an den gefurchten Wänden weckten dunkle Erinnerungen an die Schlacht von Culloden in ihm. Er sah wieder das blutige Schlachtfeld, hörte die Todesschreie und die verzweifelten Rufe der Verwundeten. Er wusste damals schon, dass dies das Ende der Clans bedeutete. Im fallenden Licht jenes Apriltages sah er den Sieger von Culloden, den Herzog von Cumberland, mit kaltem Blick und zufriedenem Lächeln über das Feld reiten.

James riss sich mühsam aus seinen Erinnerungen. Es war Zeit für einen Neuanfang. Er schlug das Kreuzzeichen und bückte sich, um die Bilder hochzuheben. Sie waren nicht schwer, nur unhandlich.

Der Schlag, der ihn niederstreckte, kam aus dem Nichts.

Als James zu Boden sank, überflutete ihn eine Woge der Trauer und der Reue darum, dass er seine Kinder nie mehr wiedersehen würde. Dann versank alles um ihn herum in tiefster Finsternis.

Der Fluch der Höhlen

Stefan Arendt rieb sich zufrieden die Hände. Heute würde sein Glückstag sein und sich die wochenlange Recherche für seine Doktorarbeit im Sir-Walter-Scott-Archiv in Edinburgh auszahlen. Und »auszahlen« war nicht im übertragenen Sinn gemeint. Als er an diesem Morgen Anfang September vor seiner Göttinger Studentenwohnung in einem schlichten Mietshaus nahe der Stadtmitte in sein Auto stieg, malte er sich aus, wie er schon sehr bald einen wesentlich schickeren Wagen fahren würde. Nicht mehr diese alte Klapperkiste, die er billig von einem früheren Kommilitonen erstanden hatte. Wie gut, dass ihn sein alter Studienfreund Constantin von Lengsfeld seiner Großmutter für eine ihrer kulturellen Veranstaltungen empfohlen hatte und er auf Schloss Hammelsberg einen Vortrag über seine Studienergebnisse halten durfte. Das alles fügte sich wunderbar.

Stefan warf einen kurzen Blick auf den Rücksitz seines Wagens. Dort lagen sein Laptop und daneben sein Vortrag in einer Plastikhülle. Das Schicksal meinte es gut mit ihm. Vor einigen Wochen hatte er im Scott-Archiv alte Briefe und Tagebucheintragungen entdeckt, die er zunächst nicht als spektakulär empfunden hatte. Doch dann dämmerte ihm, dass er auf etwas gestoßen war, das nicht nur eine literarische Überraschung, sondern auch anders nutzbar sein könnte. Bei näherer Betrachtung erwiesen sich die Dokumente, die er bei der Recherche für seine Arbeit zu Scotts 1814 erschienenem ersten Roman »Waverley« zwischen angestaubten Büchern und in halb vergessenen Archivmappen gefunden hatte, als der Stoff, aus dem er nebenbei eine Menge Geld schlagen könnte.

Stefan grinste und bog von Göttingen kommend auf die B 240 in Richtung Hameln ab. Sein Ziel, das stattliche Schloss Hammelsberg aus der Zeit der Weserrenaissance, lag etwas südlich von Hameln in der Nähe von Hammelshausen.

Was für alberne Namen, dachte Stefan. Er schaltete das Autoradio ein – immerhin hatte diese Kiste eine halbwegs ordentliche Anlage – und nickte zu den Beats der Songs, die »1Live« sendete.

Das einzig Ärgerliche an dieser ungefähr zweistündigen Fahrt war der kräftige Dauerregen, der sein geplantes Treffen hoffentlich nicht beeinträchtigen würde. Eigentlich erwartete ihn Baronin Rödelshausen erst am nächsten Tag, aber Stefan wollte heute schon einen Deal unter Dach und Fach bringen, die Nacht dann in Eschershausen verbringen und am nächsten Tag vergnügt zum Schloss fahren, um vor den erlesenen Gästen der Baronin seinen Vortrag zu halten.

Schon immer hatte er es verstanden, sich hie und da ein erkleckliches Sümmchen Geld nebenbei zu »verdienen«. Dazu gehörte, dass er Kommilitonen bei ihren Arbeiten half, Spickzettel mit den richtigen Antworten an den Mann brachte und den Prüflingen hinterher Geld für sein Schweigen abknöpfte. Falls sie vorhatten, ihn zu verpfeifen, drohte er mit anonymen Tipps an die Univerwaltung. Auch die Warnung von Betroffenen, ihn mitauffliegen zu lassen, störte Stefan nicht. Er wusste genau, dass keines dieser armen Würstchen seine Drohung je wahr machte.

Als Schüler hatte er sein Taschengeld noch ganz brav durch Nachhilfeunterricht in Englisch und Latein aufgebessert, bis er dann in der letzten Klasse mit ersten kleinen Erpressungen begonnen hatte. Auch an der Uni nahm manch ein weniger begabter Kommilitone Stefans Angebot, ihm etwas zu »helfen«, gerne an – und blutete später dafür.

Doch das war alles nichts im Vergleich zu dem, was er nun plante. Er bewunderte sich selbst dafür, dass er nach seinen Entdeckungen in Edinburgh über bestimmte Ereignisse in dieser Region so rasch erkannt hatte, wen er melken konnte. Es ging um höchst delikate Informationen, die insbesondere drei Menschen betrafen. Mit detektivischem Spürsinn hatte er deren Namen recherchiert. Das Schicksal spielte ihm in die Hände, als er erfuhr, dass alle drei Personen an diesem Septemberwochenende in Hammelsberg anwesend sein würden. Ein paar Anrufe, ein bisschen Internetrecherche, und schon konnte er seinen Coup planen.

Sein Vortrag könnte ein ganz neues Licht auf die Geschichte von Hammelsberg und die Geschehnisse in den Höhlen im 18. Jahrhundert werfen. Er staunte immer wieder, dass die Vergangenheit auch in der Gegenwart Menschen in einen Strudel zu reißen vermochte. Ein saftiger Skandal in der eigenen Familiengeschichte konnte, selbst wenn das Geschehen weit zurücklag, auch jetzt noch zu unangenehmen Konsequenzen führen. Darauf baute Stefan. Niemand hörte gerne, dass er von einem Mörder abstammte oder von einem Betrüger, von einem Kriegsverbrecher oder von einem Hochstapler, zumal wenn man eine bestimmte gesellschaftliche Position innehatte.

Stefan spürte nicht den geringsten Skrupel. Er würde sich ihre Angebote anhören und dann seine Forderungen erhöhen. Keiner durfte vom anderen wissen.

Er verließ die B 240 und fuhr auf die schmale Landstraße, die nach Hammelshausen führte. Vor einem Jahr hatte er noch nicht gewusst, dass es einen Ort namens Hammelshausen und ein Schloss namens Hammelsberg überhaupt gab. Allerdings hatte ihm ein Onkel vor langer Zeit von der Bärenhöhle und der Einhornhöhle erzählt, sie aber in der Nähe von Eschershausen verortet. Doch dann war Stefan im Zusammenhang mit seiner Forschung auf beide Namen gestoßen. Er war schon sehr gespannt auf diese Höhlen. Dort sollte er den ersten seiner »Ansprechpartner« treffen.

Sie hatten am Vortag miteinander telefoniert. Die Stimme des Mannes am anderen Ende der Leitung hatte vernünftig und fast liebenswürdig geklungen. Stefan hatte ihm in kurzen Worten erklärt, was seine Recherchen für ihn bedeuten könnten.

Die Antwort hatte gelautet: »Falls Sie Beweise dafür haben sollten, wäre es in der Tat in meinem Interesse, wenn wir uns treffen und etwas aushandeln. Vielleicht wären Sie bereit, einige Ihrer Informationen ein wenig in meinem Sinne zu verändern, natürlich gegen ein Extraentgelt.«

Das klang doch schon mal sehr gut.

Mit der zweiten Person wollte sich Stefan am nächsten Tag im Café Ithblick in Eschershausen treffen, mit dem Dritten musste er noch einen Treffpunkt vereinbaren. Zur Not konnte er im Schloss vor dem Vortrag mit ihm sprechen. Er hatte geplant, gegen sechzehn Uhr dort zu sein. Dann blieben ihm noch vier Stunden bis zum abendlichen Ereignis.

Kurz vor Hammelshausen fing sein Auto an zu stottern. Fluchend hielt er an. Der Motor streikte mal wieder, wie so oft bei Regen. Meist lief er nach einer Pause von zwei Stunden wieder. Stefan blickte auf die Uhr. Ihm blieb noch eine Stunde, um den Treffpunkt mit der Nummer eins auf seiner Liste zu erreichen. Die Bärenhöhle. Laut seiner Berechnung konnte er sein Ziel gut zu Fuß erreichen, vielleicht sogar schneller als mit dem Wagen. Dumm war nur, dass er ihn in dieser Kurve stehen lassen musste.

Er stieg aus und versuchte, den Wagen ein Stückchen zu schieben, gab aber rasch auf. Es herrschte so wenig Verkehr, dass er nicht fürchtete, irgendjemand könnte sein Auto rammen. Er wollte möglichst schnell zur Höhle und danach wieder zurück, um vor Einbruch der Dunkelheit in Eschershausen einzutreffen. In zwei Stunden würde sein Auto erfahrungsgemäß wieder fit sein und er um einige tausend Euro reicher. Schnell packte er seinen Laptop und die Plastikmappe mit den Notizen in seine alte, abgeschabte Ledertasche und marschierte los.

Er hatte zwar eine Karte der Gegend dabei, doch der Weg war auch ohne sie leicht zu finden. Man konnte querfeldein bis zum Koboldhügel gehen und von da aus hinauf zu den Höhlen, auf die Schilder am Wegesrand hinwiesen. Stefan wusste, dass es dort oben vier Höhlen gab, aber nur die Bärenhöhle und die Einhornhöhle waren auf den Wegweisern vermerkt. Warum ihn sein Gesprächspartner unbedingt dort treffen wollte, war ihm nicht ganz klar. Aber wahrscheinlich kamen bei diesem Wetter keine Spaziergänger vorbei, und man war ungestört.

Mittlerweile hatte der Regen nachgelassen, die Sonne kämpfte sich durch die Wolkenschwaden. Stefan fühlte sich gelassen und heiter. Es war die beste Entscheidung seines Lebens gewesen, in Edinburgh für seine Doktorarbeit zu recherchieren und sich nicht auf die digital gespeicherten Werke und die Sekundärliteratur in der Göttinger Universitätsbibliothek zu verlassen.

Die Sonne hatte ihren Kampf gegen die Wolken aufgegeben, und der Regen setzte erneut ein. In großen Tropfen peitschte er Stefan ins Gesicht, als er über die Wiese auf den Hügel zuging. Bei seinem Aufstieg zur Bärenhöhle rutschte er immer wieder aus, wobei ihm mehrmals seine Tasche aus der Hand glitt, aber irgendwann hatte er es geschafft. Genau fünf Minuten vor der verabredeten Zeit stand er vor der Bärenhöhle. Der Regen war in ein stetes Nieseln übergegangen.

Stefan sah sich um. Keine sehr romantische Gegend. Felsen, ein paar dürre Sträucher, unter ihm auf dem Hügel Bäume und viele verstreute Felsbrocken. Kein Vogellaut. Nur aus dem Dorf, das sich im Regendunst versteckte, drangen ab und zu das Krähen eines Hahns und Hundegebell. Das Schloss sah man von hier aus nicht. Es lag nur knapp anderthalb Kilometer entfernt in der Talmulde, aber die Baumwipfel verdeckten die Sicht.

Er lauschte eine Weile dem leichten Rauschen des Regens und dem Wind, der säuselnd durch die Sträucher fuhr, bis er beschloss, sich im Eingang der Bärenhöhle unterzustellen und dort auf seine Verabredung zu warten.

Der kräftige Schlag traf ihn völlig überraschend. Er sank in die Knie, seine Aktentasche rutschte ihm aus der Hand und fiel auf den harten Boden. Der nächste Schlag warf ihn nieder, und er traf mit dem Gesicht heftig auf dem felsigen Grund auf. Er versuchte, sich nach seinem Angreifer umzudrehen und dabei die Arme schützend vors Gesicht zu halten, aber er konnte seine Beine nicht mehr bewegen. Er erkannte nur einen riesigen Schatten, der sich über ihn beugte. Dann verlor er das Bewusstsein.

Als er wieder zu sich kam, spürte er felsigen Boden unter sich. Er öffnete die Augen, doch um ihn herum herrschte tiefste Schwärze. Offenbar lag er in einer Felsenkammer, denn als er mühsam eine Hand ausstreckte, stieß er an feuchtes Gestein. Seine Lippen fühlten sich ausgetrocknet an, seine Kehle brannte, sein Kopf pochte. Er stöhnte und versuchte, sich ein Stückchen aufzurichten, glitt aber wieder in seine liegende Stellung zurück. Ihm drohten erneut die Sinne zu schwinden.

Sein Versuch, um Hilfe zu rufen, erstickte in einem Hustenanfall. Er sank in sich zusammen. Das Letzte, das er schwach wie aus weiter Ferne wahrnahm, war das Poltern von Steinen und Schritte, die in der Höhle verhallten.

Anruf einer alten Dame

Anna Bentorp fluchte leise. Der Regen prasselte von allen Seiten auf die Straße, sodass der Scheibenwischer seine liebe Mühe hatte, mit den Wassermassen fertigzuwerden. Mit verkrampftem Rücken, zusammengekniffenen Augen und wie am Lenkrad festgeschraubten Händen saß Anna in ihrem kleinen roten Auto und schlidderte mit wachsender Nervosität über die Landstraße zwischen Hameln und dem kleinen Hammelshausen im Ith. An sich ein Katzensprung, nur knappe vierzig Kilometer lagen zwischen den beiden Orten. Doch an diesem Septembertag schien sich die Natur gegen sie verschworen zu haben.

Anna war am Morgen vergnügt und energiegeladen in Hannover aufgebrochen und hatte sich auf die Fahrt in den Ith, einen Teil des Weser-Leine-Gebirges, gefreut. Vor Jahren hatte sie einmal einen Ausflug in diese hügelige Landschaft gemacht, in Eschershausen in einem Gasthof gut zu Mittag gegessen und abends auf der Rückfahrt in Hameln noch eine Freundin besucht. Alles kein Problem. Damals. Heute aber hätte Anna den Wagen am liebsten auf einem Parkplatz an der Straße abgestellt und das Ende der Regenfluten abgewartet. Doch sie musste weiter, da sie spätestens zur Teezeit in Schloss Hammelsberg erwartet wurde.

»Und das hat die Wettervorhersage als leichten Nieselregen bezeichnet«, murmelte sie ärgerlich. Außer ihr gab es kaum ein anderes Auto weit und breit. Kein Wunder. An diesem grauen Nachmittag wirkte die Welt wie ausgestorben. Die Straße machte plötzlich einen leichten Bogen, und Anna geriet ins Schleudern. Sie hatte nicht aufgepasst und den Polo übersehen, der am Straßenrand in der Kurve stand.

»Verdammter Idiot!«, schimpfte sie, als sie ihren Wagen wieder unter Kontrolle hatte und an dem hellblauen Auto vorbeigezogen war. Sie drehte sich kurz um und hoffte, einen

Blick auf dessen Fahrer zu erhaschen, der seinen Wagen leichtsinnig in der Kurve geparkt hatte, aber sie konnte niemanden entdecken und fuhr weiter, froh, dass sie mit dem Schrecken davongekommen war.

Wenige Minuten später tauchte im fahlen Dunst des nachmittäglichen Dämmerlichtes das Schild auf, das sie sehnsüchtig erwartete: »Hammelshausen, drei Kilometer«. Schloss Hammelsberg lag knappe zwei Kilometer hinter dem Ort, also nur noch fünf Kilometer bis zum Ziel. Anna entspannte sich. Sie drehte das Autoradio lauter und lauschte den wunderbaren Klängen von Beethovens Violinkonzert, und tatsächlich ließ auch der Regen allmählich nach. Ihre Laune verbesserte sich schlagartig.

Hammelshausen, das sie wenig später erreichte, entpuppte sich als ein Sprengel mit Fachwerkhäusern und einigen Gebäuden aus Backstein. Sie fuhr über die Hauptstraße, vorbei an mehreren Geschäften, einem Café, durch dessen große Frontscheibe sie einige Leute an weiß gedeckten Tischen sah, an einer kleinen Post und an der Kirche, einem äußerlich eher schmucklosen Bau mit einem Hahn auf der Kirchturmspitze. Allerdings wies das Kirchenportal schöne Verzierungen auf, und die hohen, schmalen Fenster der kleinen Kirche blitzten in den zaghaften Sonnenstrahlen, die sich hinter den Wolken hervortasteten.

Ein Schild mit der Aufschrift »Zum Höhlenmann« wies auf ein Lokal hin, das wohl etwas abseits von der Hauptstraße lag, ein weiteres Schild zeigte an, dass das Heimatmuseum Hammelshausen in zweihundert Metern Entfernung läge. Dann war sie auch schon durch den Ort durch, und ein Hinweis kurz hinter der Ortsausfahrt machte sie darauf aufmerksam, dass Schloss Hammelsberg zu den Sehenswürdigkeiten dieser Gegend zählte.

Sie selbst war noch nie hier gewesen, aber ihre Kölner Patentante, der sie diese Reise ins feuchte Hügelgebiet des Ith verdankte, hatte ihr vor einiger Zeit davon vorgeschwärmt: »Ein herrlicher Bau, ganz Weserrenaissance, entstanden um 1620, mit einem bezaubernden Garten und einer riesigen Bibliothek. Carola von Rödelshausen ist zudem eine großartige Gastgeberin. Die Konzerte in ihrem Schloss waren legendär, doch seit dem Tod ihres Mannes Ernst lädt sie leider nur noch selten Musiker ein, dafür aber oft andere Kulturschaffende.«

Amelie hatte mit ihren begeisterten Schilderungen gar nicht mehr aufhören wollen, bis Anna, die ihre Patentante sehr liebte, aber gleichzeitig auch ein wenig anstrengend fand, sie freundlich unterbrochen hatte: »Amelie, ich kann dir in wenigen Tagen berichten, ob es dort immer noch so schön ist, wie du sagst. Vielleicht solltest du selbst mal wieder hinfahren.«

Amelie hatte eine Sekunde geschwiegen. Dann sagte sie mit leiser Stimme: »Ach Anna, mein Liebling, du weißt doch, dass ich mein Haus nur noch für Kurzausflüge verlassen kann.«

Anna schämte sich. Sie vergaß immer wieder, dass ihre früher so lebensfrohe und umtriebige Tante seit einem Schlaganfall vor vier Jahren an den Rollstuhl gefesselt war. Sie hatte eine Entschuldigung gemurmelt und versprochen, Amelie bald in Köln zu besuchen.

Amelie Feldmann bewohnte noch immer ihr kleines Haus im Kölner Süden, in dem sie Möbel aus der Biedermeierzeit, Erstausgaben zahlreicher Klassiker und einige wertvolle alte Gemälde wie ihren Augapfel hütete. Anna hatte schon lange vor, sich diese Bilder einmal näher anzuschauen. Aber ihre Besuche bei ihrer Patentante reichten nie dazu aus, die Gemälde ausführlich zu begutachten. Seit ihrer Kindheit mochte Anna ein Bild ganz besonders, das bei ihrer Tante im Wohnzimmer über dem Kamin hing, der längst nicht mehr benutzt wurde. Es war das Porträt einer jungen, zarten Frau, gemalt 1758 von einem unbekannten Künstler. Es zeigte Amelies Urururgroßmutter Katharina, die mit einem Kölner Schmied verheiratet gewesen war. Ihr einziger Sohn Alexander hatte die Schmiede damals nicht übernommen, sondern war Arzt geworden. Leider gab es weder von ihm noch von seinem Vater Wilhelm Porträts.

Das Haus hatte Amelies Großvater Immanuel Feldmann

um 1900 erstanden, und es brauchte dringend ein paar Renovierungen. Zum Beispiel war die Treppe in den ersten Stock mit einem schäbigen roten Läufer voller Löcher belegt, bei dem sich die Haltestangen ständig lösten. Anna nannte diese Treppe immer die »Todesstiege«. Aber Annas Ermahnungen, diesen Schaden zu beheben, fruchteten nichts. Bei ihrem längst anstehenden Besuch wollte sie das Thema jedoch noch einmal aufgreifen. Jetzt war Anna gespannt auf Tante Amelies älteste Freundin.

Die Herrin von Schloss Hammelsberg Carola von Rödelshausen war mit ihrem Vetter dritten Grades, Baron Ernst von Rödelshausen, verheiratet gewesen und hatte deshalb ihren Geburtsnamen behalten. Carola hatte das Schloss mit in die Ehe gebracht. Sie war das einzige überlebende Kind ihrer Eltern. Ihre beiden Brüder Heinrich und Friedrich waren einige Jahre älter als sie gewesen und in den letzten Wochen des Krieges gefallen. Heinrich war damals zweiundzwanzig Jahre alt, Friedrich neunzehn. Viel mehr wusste Anna nicht über ihre Gastgeberin.

Sie dachte an den Abend vor drei Wochen zurück. Zu später Stunde, als sie gerade mit einem Buch auf dem Sofa den Tag ausklingen ließ, hatte ihr Festnetztelefon geklingelt. Anna war aus ihrer Lektüre aufgeschreckt. Wer rief sie noch so spät ausgerechnet auf ihrem Festnetz an? Eigentlich nutzte kaum mehr jemand diese Nummer. Als sie den Hörer abhob, hatte sie zunächst ein Rauschen gehört, durch das dann eine weibliche Stimme drang, nicht mehr jung, sondern rauchig und angenehm dunkel.

»Anna Bentorp?«, schallte es an ihr Ohr.

»Ja, das bin ich«, antwortete Anna etwas verwirrt.

»Entschuldigen Sie diese späte Störung. Aber ich habe erst heute Abend Ihre Patentante Amelie in Köln erreichen können, die mir Ihre Nummer gegeben hat.« Das leise Lachen der Anruferin klang seltsam dumpf. »Ich heiße Carola von Rödelshausen und bin eine uralte Freundin Ihrer Tante aus Schultagen und kenne auch Ihre Mutter flüchtig.« Einen Moment schwieg die Frau. Dann seufzte sie und sagte: »Ja, und da ich mich ohnehin bei Ihnen melden wollte, hatte ich keine Lust, lange zu warten, obgleich es schon so spät ist. Ich weiß, dass Sie eine viel beschäftigte Frau sind, und vielleicht hätte ich Sie morgen nicht erreicht.«

Anna nickte unwillkürlich. Vor wenigen Tagen hatte sie die Texte für den Katalog einer Ausstellung mit Schätzen aus den Mooren Niedersachsens für das hannoversche Landesmuseum fertiggestellt und wartete nun auf die Korrekturfahnen. Moore waren ein Teil ihres Lebens geworden.

Im vergangenen Jahr hatte sie einen Katalog für eine Ausstellung mit Kartenwerken aus der Zeit König Georgs III. für die Leibniz-Bibliothek in Hannover erstellt und war dabei in einem Moor in ein Abenteuer geraten, das für sie fast tödlich geendet hatte. Obwohl das Erlebnis schon ein Jahr zurücklag, hatte es noch immer Nachwirkungen. Anna träumte häufig von dem Moor und wachte schweißgebadet auf.

Neben ihren Arbeiten an Katalogen begutachtete sie für Museen und auch für Privatsammler Bilder und wurde zu Vorträgen eingeladen. Ja, man konnte schon mit Fug und Recht sagen, dass sie viel beschäftigt war und dringend Erholungsphasen brauchte – so wie heute Abend.

Darum klang sie etwas ungeduldig, als sie fragte: »Weshalb möchten Sie mich denn so dringend sprechen?« Es war inzwischen fast Mitternacht, und Anna sehnte sich nach ihrem Bett.

Carola von Rödelshausen räusperte sich. »Ich möchte Sie nach Schloss Hammelsberg einladen, und zwar für Freitag, den 7. September, falls Sie Zeit haben.«

»Um was geht es denn?«, fragte Anna. »Und warum laden Sie mich ein? Sie kennen mich doch gar nicht.«

Wieder dieses leise Lachen. »Nun, zum einen lade ich gerne Menschen auf mein Schloss ein, die mit Kultur zu tun haben. Ihre Patentante hat Sie mehrmals erwähnt, Sie wären eine Bereicherung für dieses Wochenende. Es kommt auch noch mein Sohn, der Anwalt in Frankfurt ist und sich um Copyright-Fragen in der Kunst kümmert. Dann wird ein Archäologe dabei sein, der in den Höhlen der Umgebung zusammen mit einem Geologen und einem Prähistoriker forscht, dazu noch ein renommierter Höhlenforscher und als besondere Attraktion ein aufstrebender junger Student der Anglistik, der gerade in Göttingen promoviert. Er wird am Samstag einen Vortrag zu einem spannenden Thema halten. Offenbar hat er bei seinen Recherchen für seine Doktorarbeit über Sir Walter Scott etwas herausgefunden, das mit unserer abgelegenen Gegend zu tun hat. Er hat eine große Überraschung und Sensation angekündigt. Am Freitag empfange ich die ersten Gäste, am Samstagabend werden wir dann eine kleine, aber feine Gruppe sein, um den Vortrag zu hören.«

Carola von Rödelshausen holte tief Luft, bevor sie weitersprach. »Ich möchte Sie gerne dazu einladen, aber ich habe auch einen Hintergedanken. Sie sind ja inzwischen eine recht bekannte Frau, seit Sie diese Schätze bei Bresterholz entdeckt und die Abenteuer rund um den legendären Moormann erlebt haben, und Sie kennen sich mit Bildern aus. Seit Jahrzehnten möchte ich den Dachboden im Schloss entrümpeln. Ich vermute dort oben einige recht wertvolle Bilder, die mein Großvater Wilhelm unter anderem aus Flandern und England mitgebracht hat. Einen Teil der Bilder aus den Wohnräumen des Schlosses hat dann mein Vater zu Beginn des letzten Krieges dort oben versteckt. Natürlich hängt im Schloss immer noch einiges, auf das Sie einen kritischen Blick werfen könnten. Wir haben aber keinen genauen Überblick, da sich nie jemand wirklich damit beschäftigt hat. Ganz sicher bin ich mir nicht, was da oben wirklich noch liegt. Es gibt viele Gerüchte, aber was daran wahr ist, könnten Sie vielleicht entschlüsseln helfen. Ich möchte Sie deshalb fragen, ob Sie nicht Lust dazu hätten. Natürlich liegt auf dem Dachboden viel Plunder herum, vom Staub der Jahrzehnte bedeckt. Man munkelt auch, dass sich irgendwo im Schloss ein Gemälde des jungen Lucas Cranach befindet, das einer meiner Vorfahren erstanden hat. Wäre das nicht eine Sensation, wenn wir das Bild finden würden, das schon seit mehr als einhundert Jahren vermisst wird?« Wieder lachte sie.

Anna hatte während Carola von Rödelshausens Worten rasch einen Blick in ihren Terminkalender geworfen. Den restlichen August hatte sie mit einem Besuch bei ihrer Schwester in Frankfurt und einem Bummel durch die Toskana mit ein paar Tagen am Meer in der Maremma verplant. Am 17. September musste sie wieder zurück in Hannover sein, wo sie einen Vortrag über die im Brester Moor und anderen Mooren Norddeutschlands entdeckten Schätze halten sollte. Und am 24. September stand eine Reise nach Irland an, wo sie gemeinsam mit irischen Kollegen die Echtheit eines zufällig im Trinity College entdeckten Gemäldes von Caspar David Friedrich überprüfen sollte. Vor allem aber wollte sie Deirdre O'Brian treffen, die Nachfahrin jenes Mannes, der im 18. Jahrhundert das Brester Moor kartografiert und dabei die Schätze des Moormannes gefunden hatte. Deirdre schrieb gerade an einer Biografie ihres Vorfahren und hatte Anna eingeladen, sie dabei zu unterstützen. So weit ihre Planungen. Aber um den 7. September herum war alles noch frei.

Mit einem leichten Zögern sagte sie: »Ja, ich komme gerne und sehe mir auch Ihre Bilder vom Dachboden an. Und natürlich schaue ich mich auch ansonsten im Schloss um. Manchmal sieht man ja vor lauter Bäumen den Wald nicht mehr, was heißt, dass gelegentlich Bilder gar nicht mehr wahrgenommen werden, weil sie schon ewig irgendwo hängen. Aber wie lange ich bleiben kann, weiß ich noch nicht.«

»Ach, eine gute Woche wird es schon dauern, bis Sie sich das alles angesehen haben«, antwortete Carola von Rödelshausen fröhlich. »Und der Vortrag am 8. September wird Sie sicherlich interessieren. Allerlei Geheimnisse um das Werk des großen Walter Scott und dazu noch die vielen Legenden über die Höhlen in unserer Gegend – das müsste Sie doch reizen. Ich schicke Ihnen die Details zu und freue mich auf Ihren Besuch.«

Anna war verdutzt, welches Tempo Carola von Rödelshausen vorlegte. Das wäre einer wesentlich jüngeren Frau würdig gewesen. Falls sie tatsächlich eine Freundin von Tante Amelie aus deren Schultagen war, dann musste sie ebenfalls Mitte achtzig sein. Anna fühlte sich zwar immer noch etwas überrumpelt, gab aber ihre Adresse durch, auch ihre E-Mail-Adresse, worauf die alte Dame nur bemerkte: »E-Mails schreibe ich nicht, Briefe sind wesentlich zuverlässiger.« Wenig später legte sie nach einigen freundlichen Grüßen und Wünschen für eine ruhige Nacht auf.

Anna holte tief Luft, erhob sich etwas steif von ihrem Sofa und ging ins Badezimmer, um sich bettfertig zu machen. Aber einschlafen konnte sie nicht. Deshalb stand sie wieder auf und schaltete ihren Laptop ein. Stichwort: Schloss Hammelsberg.

Das Schloss war 1620 nach dem Vorbild von Schloss Bevern bei Holzminden von Baron Wilhelm Ludwig von Rödelshausen erbaut worden. 1752 brannte es fast völlig nieder, wurde dann aber von dem damaligen Schlossherren Rudolf von Rödelshausen wiederaufgebaut, wenn auch nicht im alten Umfang. Glücklicherweise hatte der damalige Schlossherr einen Großteil der Kunstwerke aus dem Schloss aufgrund von geplanten Umbauten in eine Scheune gerettet, die nicht niederbrannte. Bei den Umbauten, so munkelte man, habe ein betrunkener Arbeiter das Schloss in Brand gesetzt. Andere Vermutungen lauteten jedoch, dies sei Brandstiftung gewesen. Der Racheakt eines unzufriedenen Pächters. Wie auch immer. Schloss Hammelsberg galt als das kleinste aller Schlösser in der Tradition der Weserrenaissance, die prächtige Anwesen wie Schloss Corvey, Schloss Bückeburg und die Hämelschenburg hervorgebracht hatte. Im 19. Jahrhundert war es mehrfach renoviert, im 20. Jahrhundert modernisiert worden, und 1988 hatte Carola von Rödelshausen nach dem Tod ihres Mannes das alte Gebäude noch einmal vollständig sanieren lassen.

Einmal im Monat, an jedem dritten Sonntag, öffnete die Baronin das Schloss für Besucher, die dann staunend durch die Säle und Gemächer zogen und vor allem den Park bewunderten, in dem mehrere Springbrunnen mit wasserspeienden Delphinen, Nymphen und anderen mythologischen Wasserwesen standen und wo in den kleinen Pavillons Tee serviert wurde.

Ein wenig überraschte sie ein kleiner Absatz in diesem Bericht: »Im Jahr 2000 veranstaltete Baron Philip von Rödelshausen eine Landpartie nach dem Vorbild ähnlicher Events in Nordrhein-Westfalen und Niedersachsen mit Verkaufsständen aller Art und erweiterter Gastronomie. Es blieb jedoch bei dem einmaligen Ereignis. Aber der Schlosspark steht weiterhin zwischen April und Oktober Besuchern offen.« Diese Landpartie schien wohl ein Fehlschlag gewesen zu sein.

Das nahe gelegene Dorf Hammelshausen hatte knapp achthundert Einwohner, eingerechnet den Weiler Motzhausen und einige verstreute Bauernhöfe, konnte aber immerhin mit einer kleinen Kirche aus dem frühen 17. Jahrhundert aufwarten, mit einer Handvoll klassischer Fachwerkhäuser, darunter das Gasthaus »Zum Höhlenmann«, und mit einem Heimatmuseum, in dem sich die Knochen eines in dieser Gegend entdeckten Dinosauriers befanden.

Das Museum zeigte laut Internet auch interessante Steine aus den umliegenden Fels- und Höhlenformationen, ein paar alte Bauernmöbel, Geschirr und Alltagsgegenstände und einen schottischen Dudelsack aus dem 18. Jahrhundert. Keiner wusste mehr genau, wie er in das Museum geraten war, aber laut einer Überlieferung hatte um 1750 ein schottischer Edelmann im Schloss gelebt. Der Dudelsack sollte aus seiner Hinterlassenschaft stammen. Viel mehr konnte Anna in dieser Nacht dem Internet über Hammelsberg und Hammelshausen nicht entlocken.

In den kommenden Tagen dachte sie nur selten an die Einladung. Vor ihrem Besuch in Frankfurt und ihrem Italientrip wollte sie nach Köln zu ihrer Mutter fahren, die mit ihren fast achtzig Jahren noch erstaunlich fit war und sich in den Kopf gesetzt hatte, an einer Safari teilzunehmen. Anna sollte ihr beim Packen helfen.

»Ist doch nur eine Studienreise«, beruhigte ihre Mutter sie. Dennoch fürchtete Anna, dass ihre energische Mutter im fernen Namibia einen Hitzekoller erleiden könnte. Sie sagte aber nichts, denn ihre Mutter konnte so stur wie ein Maulesel sein. Eigentlich hatte sie auch bei Tante Amelie vorbeischauen wollen, die sie ebenfalls schon mehrfach gebeten hatte, einige ihrer Bilder zu begutachten.

»Für die Versicherung, die endlich auf den neuesten Stand gebracht werden muss, und für mein Testament«, pflegte sie zu sagen. Aber es reichte Anna, sich fast drei Tage um ihre liebenswerte, eigensinnige Mutter zu kümmern. Da blieb keine Zeit für ihre Tante.

Etwas erschöpft kehrte sie nach Hannover zurück, wo sie jäh wieder an ihr nächtliches Telefonat mit Carola von Rödelshausen erinnert wurde. In ihrem Briefkasten steckte ein dicker Brief. Sie riss das Kuvert auf. Als Erstes entnahm sie ihm eine Broschüre mit dem Titel »Die Höhlenwelt von Hammelshausen«, als Nächstes eine hübsche Postkarte mit einem Foto des Schlosses vor knallblauem Himmel und schließlich einen Umschlag. In ihm befanden sich ein Brief und eine Einladung auf Büttenpapier.

Carola von Rödelshausen gibt sich die Ehre, Anna Bentorp zu einem Vortragsabend mit Stefan Arendt am 8. September 2018 nach Schloss Hammelsberg zu bitten. Thema des Vortrags: Wahrheit und Mythos von »Waverley« – Neue Quellen der Werke von Sir Walter Scott
Drinks ab neunzehn Uhr, Beginn der Veranstaltung: zwanzig Uhr. Danach Abendessen in kleinerem Kreis.

Der Brief enthielt eine ausführliche Wegbeschreibung von Hannover über Hameln zu Schloss Hammelsberg und noch einmal die Bitte, Anna möge doch ihren fachkundigen Rat bei der Entrümpelung des Dachbodens zur Verfügung stellen, »auf dem sicherlich manch ein schönes Bild hinter zerbrochenen Möbeln und alten Kisten zu finden sein wird«.

Anna musste grinsen. Manch ein schönes Bild hinter Gerümpel, dachte sie und spürte plötzlich Lust auf diesen Auftrag. Vielleicht hing ja auch noch »manch ein schönes Bild« in den weniger benutzten Räumen des Schlosses.

Rasch suchte sie aus ihrem Vorrat an Postkarten aus aller Welt und vielen Museen ein Bild mit ihrem Lieblingswerk, dem heiligen Georg des italienischen Malers Paolo Uccello, heraus und schrieb kurz und bündig: »Vielen Dank für die Einladung. Ich freue mich auf den Vortrag und auf die Entdeckung vieler Meisterwerke auf dem Dachboden von Schloss Hammelsberg.«

Der Gedanke an die Höhlen im Ith faszinierte und ängstigte sie zugleich. Als Kind war sie einmal beim Besuch der Drachenhöhle auf Mallorca ihren Eltern fast verloren gegangen.

Nach zwei erholsamen Wochen in Italien war Anna am 4. September nach Hannover zurückgekehrt. Heute, am 7. September, war sie aufgebrochen, um in aller Ruhe nach Hammelshausen und Hammelberg zu fahren. Sie hatte für die Strecke knapp zwei Stunden Fahrtzeit gerechnet, doch kurz hinter Hameln schien die Welt in einer Flut von Regen zu verschwinden. Und so war es früher Nachmittag geworden, als sie jetzt auf die von Pappeln gesäumte kleine Straße einbog, die zum Schloss führte.

Das Schloss tauchte wie eine Fata Morgana aus dem Regendunst auf. Die hellgrauen Mauern und der mächtige runde Turm schimmerten matt im durch dicke Wolken gedämpften Tageslicht. Einige Fenster waren schon erleuchtet und verliehen dem Schloss etwas Heimeliges.

Als Anna den Wagen auf dem mit Kies bedeckten Rondell vor dem Eingangsportal zwischen einem Oldsmobile und einem nagelneuen Mercedes abgestellt hatte, sprang ihr mit lautem Gebell ein Labrador entgegen, gefolgt von einem Irischen Wolfshund, der langsam und majestätisch auf sie zukam. Er betrachtete Anna aus seinen hellblauen Augen und schien zufrieden mit dem Ergebnis seiner Musterung. Anna strich dem riesigen Hund sanft über den Kopf, was den Labrador dazu bewegte, sein Bellen einzustellen und sich ebenfalls an sie zu schmiegen. Einen Moment stand sie regungslos zwischen den beiden Hunden, bis die Tür aufging und eine alte Dame heraustrat.

»Willkommen«, rief sie. Anna erkannte ihre Stimme vom Telefon. »Wie ich sehe, haben Sie sich schon mit Alisha und Cú bekannt gemacht.« Carola von Rödelshausen kam lächelnd auf sie zu.

Sie war etwas kleiner als Anna, hatte ein schmales, von vielen feinen Falten durchzogenes Gesicht, eine gebogene Nase und tiefblaue Augen. Ihre weißen Haare trug sie modisch kurz geschnitten. Ihr Händedruck war erstaunlich fest, ihr forschender Blick erinnerte Anna unwillkürlich an den Ausdruck in den hellen Augen des Irischen Wolfshundes.

Ehe sie antworten konnte, nahm Carola von Rödelshausen sie beim Arm und sagte: »Um Ihr Gepäck wird sich Max kümmern. Kommen Sie erst einmal ins Wohnzimmer und trinken Sie einen Tee oder Kaffee. Die Fahrt war bei dem Wetter sicherlich nicht sehr angenehm.«

Anna sagte nur kurz: »Danke, sehr gerne«, und schon hatte die Baronin sie ins Schloss geführt.

In der Eingangshalle lag ein prächtiger Berberteppich auf den schwarz-weißen Fliesen, an den Wänden hingen ein paar Geweihe, aber vor allem einige imposante Landschaftsgemälde, die Anna ins 18. Jahrhundert datierte, und auf der mächtigen Kommode stand eine Meißener Vase mit Gladiolen. Gerne hätte sie einen intensiveren Blick auf die Bilder geworfen, doch sie wurde so freundlich wie energisch durch eine weitere Tür in einen von alten Möbeln und Wandteppichen überbordenden Raum geschoben und zu einer Sitzgruppe mit Chintz bezogener Sessel und einem Biedermeiersofa geführt. Dort saßen bereits einige Menschen, die sich höflich erhoben, als Anna auf sie zutrat.

Der etwas korpulente ältere Mann mit dem sorgfältig gestutzten Bart war gewiss Philip von Rödelshausen, die große Frau neben ihm mit den auffallend blonden Haaren und einem unzufriedenen Zug um die künstlich aufgepolsterten Lippen wohl seine Frau Barbara, die drei anderen Gäste konnte Anna nicht einordnen. Doch dann fiel ihr Blick auf eine Gestalt, die lässig am Kamin lehnte und sich nun mit einem strahlenden Lächeln auf sie zubewegte.

»Anna, wie schön, dich endlich einmal wiederzusehen!«

Anna durchfuhr es siedend heiß. Vor ihr stand Richard Bernhard, Kunsthändler und Antiquar aus Hannover, der Mann, der im vergangenen Jahr tief in die Affären um das Geheimnis des Brester Moors verwickelt gewesen war, im Frühsommer einen Prozess wegen Steuerhinterziehung und anderer kleinerer Delikte überstanden hatte und mit einer Bewährungsstrafe und der Zahlung einer saftigen Geldsumme davongekommen war. Anna hatte ihn seit der Eröffnung der Ausstellung über die Karten aus der Zeit Georgs III. in der hannoverschen Leibniz-Bibliothek im Frühling nicht mehr gesehen und auch nicht versucht, ihn zu kontaktieren.

Als sie ihn nun vor sich sah, erschien ihr das wie ein Déjà-vu, und plötzlich meldete sich ihr Unterbewusstsein und signalisierte ihr, dass irgendetwas in der Luft lag. Sie spürte ein leises Kribbeln von nicht definierbarer Furcht. Jäh überkam sie das absurd anmutende Gefühl, dass sich die Mauern des Schlosses wie ein steinernes Band um sie legten. Ihre irische Bekannte Deirdre hätte das den sechsten Sinn genannt. Wie immer man auch dieses Gefühl nennen mochte, wusste Anna plötzlich, dass sie auf der Hut sein musste. Vor was oder vor wem, das konnte sie in diesem Moment nicht sagen. Und so starrte sie Richard mit einem Ausdruck an, der ihn offenbar verwirrte und dazu brachte, ihr nur kurz die Hand zu schütteln und sich dann dem Sohn ihrer Gastgeberin zuzuwenden. Wenig später konnte Anna wieder tief durchatmen, doch über das Schloss schien sich ein Schatten gelegt zu haben.

Der keltische Hund

Nach dem ersten Treffen im Wohnzimmer, oder besser Salon, hatten sich die Gäste rasch zerstreut, und auch Richard war blitzschnell verschwunden. Die Baronin entschuldigte sich. Um achtzehn Uhr würde man sich zu Drinks im Salon mit anschließendem Essen wieder treffen. Dafür hatte Max Anna unter seine Fittiche genommen, der »Mann für alle Jahreszeiten«, wie ihn die Baronin nannte: Chauffeur, Butler, Gärtner, und das seit zehn Jahren.

Max Greve, ein Mann von Mitte fünfzig mit dicken schwarzen Augenbrauen, einem kantigen Gesicht und grauen, kurz geschorenen Haaren, hatte Anna auf ihre Bitte hin hinauf zum Dachboden geführt. Sie wollte sich schon einmal mit ihrem »neuen Arbeitsfeld« vertraut machen. Die Baronin hatte ihr bereits erklärt, dass die Männer, die sie für das Entrümpeln engagiert hatte und die schon am Samstag die ersten ausrangierten Möbelstücke vom Boden räumen sollten, die Bilder in einen kleinen Raum neben der Küche tragen würden, wo Anna sie dann in Ruhe studieren könne. In dem kleinen Zimmer stand ein großer Tisch, auf dem Lupen und Mikroskope bereitlagen und allerlei Putzzeug, vor allem Staublappen und Terpentin. Anna seufzte. Also dann an die Arbeit.

Der Dachboden schien sich endlos weit zu erstrecken. Anna hatte noch nie einen so großen Speicher gesehen. Durch den Raum flirrten Staubflocken, und die Glühbirnen an der Decke spendeten bei Weitem nicht ausreichend Licht, um die Ecken zu erleuchten. Im vorderen Teil häuften sich bereits zum Teil zerbrochene oder zumindest stark beschädigte alte Möbel, die abtransportiert werden sollten, darunter Gartenmöbel, Bettgestelle und Beistelltische. Im hinteren Teil des Dachbodens befanden sich laut Max zwei große Kammern, in denen etliche Gemälde lagerten und noch einige Möbel, die man wahrscheinlich restaurieren könne. Anna hatte fürs

Erste genug gesehen und wollte nicht durch den staubigen Dachboden bis zu den Kammern gehen. Das hatte Zeit bis morgen. Sie warf noch einen Blick auf die ramponierten Möbel und entdeckte darunter ein Kasperletheater und ein Schaukelpferd ohne Schweif und mit gebrochenen Kufen. Irgendwie berührte sie dieser Anblick und stimmte sie wehmütig.

Als sie wenig später in ihrem hübschen Zimmer mit Himmelbett und einem altrosa gekachelten Bad saß und durch das Fenster hinaus auf den Park schaute, verflog dieses Gefühl weitgehend, aber ein letzter Hauch von Nostalgie ließ sich nicht völlig vertreiben. Was war nur los mit ihr? Wurde sie allmählich zu einem Spökenkieker wie der alte Steffen Steffens, den sie in Bresterholz erlebt hatte? Anna empfand wenig Lust, sich ständig an ihre Moorabenteuer zu erinnern. Das lag alles schon ein gutes Jahr zurück.

Im Mai, als der Raps und der Rhododendron blühten, war sie noch einmal für einen halben Tag nach Bresterholz gefahren und hatte ihre frühere Vermieterin Anke Kück besucht, die inzwischen das Moorhaus, in dem Anna gewohnt hatte, völlig umgestaltet hatte und es erfolgreich als Wochenendhaus vermietete. Der Garten war gepflegt, der Keller wirkte dank der weiß gestrichenen Wände und der neuen Lampen nicht mehr unheimlich. Ein Durchbruch verband das Wohnzimmer nun mit dem alten provisorischen Arbeitszimmer, in dem Anna im vergangenen Jahr an dem Katalog für die Ausstellung über Karten aus der Zeit König Georgs III. von Großbritannien und Hannover gearbeitet hatte, wodurch der untere Stock hell und großzügig wirkte.

Ankes Angebot, das Häuschen selbst für längere Zeit wieder zu mieten, lehnte Anna dankend mit der Begründung ab, dass neue Aufgaben an anderen Orten auf sie warteten. Doch sie schloss, auch um Anke Kück nicht zu kränken, nicht ganz aus, irgendwann einmal wieder ein paar Tage in dem Häuschen zu verbringen, 2019 vielleicht …

Das Willkommensessen am Abend mit der Baronin, ihrem Sohn Philip, dessen Frau Barbara, die den Mund meist nur öffnete, um sich über irgendetwas zu beschweren, zwei uralten Freunden der Baronin – Sebastian von Roth und Magnus Brecht –, einem mit Philip befreundeten Kunstexperten aus Frankfurt, Caspar Hermanns, der sich im Laufe des Abends nach etlichen Gläsern Rotwein mit Richard Bernhard zunächst stritt, dann verbrüderte, und dem Enkel Constantin von Lengsfeld, einem stillen jungen Mann mit guten Manieren, war sehr harmonisch und gemütlich verlaufen. Die Baronin erzählte ihr, dass am nächsten Tag noch einige Gäste und vor allem der Vortragende im Laufe des frühen Nachmittags erwartet würden. Was Anna eigentlich viel lieber gewusst hätte, war, woher die Baronin Richard kannte. Doch sie war nicht dazu gekommen, ihr diese Frage zu stellen, und Richard war so intensiv mit dem Frankfurter Kunsthändler ins Gespräch vertieft, dass sie ihn auch nicht danach hatte fragen können. Zudem hatte Philips Frau offensichtlich ein Auge auf Richard geworfen und versuchte mit ihm zu flirten, was ihren Mann nicht weiter zu stören schien. Zumindest lächelte Philip und kümmerte sich mehr um seine Mutter und die beiden alten Herren als um seine übertrieben stark geschminkte Frau.

Anna war gegen Richards Charme und sein gutes Aussehen auch keineswegs immun, traute ihm aber nicht mehr. Sie unterhielt sich mit Constantin, der ihr wesentlich sympathischer war als Caspar Hermanns, der allzu oft versuchte, ihr seine klobige Hand auf die Schulter zu legen. Glücklicherweise verzogen er und Richard sich dann in eine Ecke des Wohnzimmers, wo nach dem Essen Espresso gereicht wurde. Anna lauschte Constantins begeisterten Berichten von seinem Studium der englischen Literatur und seinen Reisen nach London. Vor allem aber schwärmte er von seinem Kommilitonen Stefan Arendt, der einige Zeit in Edinburgh studiert hatte.

Irgendwann wurde Constantins Wortschwall mühsam. Ohnehin senkte sich eine Schwere über den Raum. Zu viel Wein, zu viel Cognac, dazu die Hitze, die der Kamin an diesem

Septemberabend ausstrahlte. Allmählich übermannte sie die Müdigkeit. Max, der immer aufmerksame Diener, der neben der Tür zum Flur stand, kam auf sie zu und bot ihr an, sie zu ihrem Zimmer im zweiten Stock zu begleiten. Cú verabschiedete sich von ihr mit einem Schwanzwedeln. Die Standuhr im Flur schlug Mitternacht, als Max sie zu ihrem Zimmer führte. Sein Ausdruck wirkte genauso emotionslos wie am Nachmittag, als er mit ihr hinauf zum Dachboden gegangen war. Doch als er die Tür zu Annas Zimmer öffnete, lächelte er plötzlich, was sein Gesicht völlig veränderte und ein Leuchten in seine dunklen Augen zauberte.

»Verzeihen Sie bitte meine direkte Art, aber ich habe gesehen, dass Cú Sie offenbar ins Herz geschlossen hat. Das kommt selten vor. Cú ist ein Hund mit besonderen Eigenschaften, der sich Menschen selten so schnell nähert.«

»Woher kommt sein Name?«, fragte Anna, die den Hund auch mochte.

»›Cú‹ heißt auf Gälisch ›Hund‹. Der große irische Sagenheld Cúchullain soll immer einen solchen Hund bei sich gehabt haben. Sein eigener Name lautet übersetzt: ›Hund des Culann‹. Diese Hunderasse ist uralt.«

Anna war überrascht. »Interessieren Sie sich für keltische Mythologie?«

»Erst seit dieser Hund im Haus ist. Ich kenne mich eher mit schottischer Geschichte aus.« Damit beendete Max das Gespräch mit einem kurzen »Gute Nacht« und schloss die Zimmertür mit Schwung.

Die Frau vom Dachboden

Anna erwachte jäh. Ein heftiges Poltern hatte sie aus ihren Träumen gerissen. Mühsam blinzelte sie. Ihr Kopf brummte ein wenig, aber ihr seltsames Gefühl vom gestrigen Tag war verschwunden. Sicherlich hatte es bloß an ihrer Müdigkeit gelegen. Aber heute war ein neuer Tag, an dem sie einen ersten Blick auf die Bilder auf dem Dachboden werfen würde und am Nachmittag dann sicher noch Gelegenheit hatte, mit Richard nach nunmehr fast vier Monaten ausführlicher zu reden. Es war Zeit für eine offene Aussprache.

Anna spähte zum Fenster hinaus in den Park, dessen Bäume und Sträucher in vielen Schattierungen zwischen Zartgrün und Dunkelgrün glänzten. Dann zog sie sich rasch an und ging die breiten Treppen hinunter zu einem Raum neben dem Esszimmer, in dem, wie Max ihr gesagt hatte, das Frühstück serviert wurde. Das zarte Sonnenlicht flutete durch die beiden Fenster mit Aussicht auf den Vorplatz des Schlosses. Dort stand ein Lastwagen, in den zwei kräftige Männer mit Getöse die zerbrochenen Möbel vom Dachboden warfen. Kein Wunder, dass dieses Poltern selbst in ihr Zimmer auf der rückwärtigen Seite des Schlosses gedrungen war.

Während sie genüsslich ihre erste Tasse Kaffee trank, der in einer dickbauchigen Thermoskanne auf dem Tisch stand, schlug die Uhr in der Schlosshalle zehnmal. Sie hatte sehr lange geschlafen und fast ein schlechtes Gewissen.

Die Schlossköchin Astrid kam mit einem breiten Lächeln zur Tür herein und fragte sie nach ihren Frühstückswünschen. Obwohl das Essen am Vorabend recht opulent gewesen war, verspürte Anna Hunger und bat um Rührei und Toast.

Wenig später tauchte Carola von Rödelshausen auf. Sie trug einen schwarzen Rollkragenpullover mit einem roten Schal und eine schwarze Cordhose. Sie schmunzelte, als sie sah, mit welcher Inbrunst Anna den Kaffee trank.

»Nun, gut geschlafen? Wenn Sie fertig sind, würde ich gerne mit Ihnen auf den Dachboden steigen und Ihnen die beiden Schatzkammern zeigen. Mein Vater hatte in den letzten Kriegstagen angeordnet, eine Reihe von Bildern dort oben abzustellen. Zumindest diejenigen, die er für besonders kostbar hielt. Er meinte wohl, da oben seien sie sicherer als unten im Schloss. Wenn Sie mich fragen, keine geniale Idee. Das Schloss hätte ja auch von einer Bombe getroffen werden können. Hameln hat noch im April 1945 schwere Treffer abgekommen, und wir liegen nicht so weit von Hameln entfernt. Man hatte ihm vorgeschlagen, die wertvolleren Bilder in den Höhlen einzulagern. Doch dagegen hat mein Vater sich gesträubt. Er fand die Höhlen irgendwie zu schaurig.«

Die Baronin hielt inne und schenkte sich aus einer Porzellankanne grünen Tee ein. Mit einem Unterton des Bedauerns sagte sie: »Ich vertrage Kaffee nicht mehr so gut, deshalb habe ich auf Tee umgestellt. Aber manchmal sehne ich mich nach einer ordentlichen Tasse Kaffee am Morgen.« Sie trank einen kleinen Schluck. »Es wird Zeit, dass der Dachboden einmal gründlich inspiziert wird. In den letzten Jahren wurde er immer mehr zur Rumpelkammer. Jetzt haben wir dort den Holzwurm, und vor Kurzem wohnte oben ein Marder, den wir sehr mühsam in eine Falle locken und dann aussetzen konnten.« Sie lächelte und schob die Tasse von sich. »Grüner Tee! Na ja, das Alter fordert seinen Tribut.«

Die Tür öffnete sich, und Astrid erschien mit dem frischen Rührei.

»Wo sind denn alle anderen heute Morgen?«, fragte Anna, während sie Butter auf die Toastscheibe strich.

Die Baronin nahm noch einen Schluck aus der Teetasse. »Mein Sohn hat die Männer in seinen Rover gepackt und macht mit ihnen eine kleine Rundfahrt. Er wird ihnen wohl auch ein oder zwei der Höhlen zeigen. Einige dieser Höhlen sind noch nicht genauer erforscht. Seine Frau ist natürlich hiergeblieben.« Der Ausdruck im Gesicht der alten Dame sprach Bände. »Ja, und Constantin sitzt in seinem Zimmer und schreibt an einem Essay für die Uni zum Thema ›Frühromantische Dichter in England‹.« Sie stellte die Tasse ab. »Constantin ist zwar schon siebenundzwanzig, aber er wird erst im nächsten Jahr seine Masterarbeit beginnen. Was er mit diesem Studium anfangen will, ist mir unklar. Er ist der älteste Sohn meiner Tochter Eleonore, die in Aachen wohnt. Er hat noch zwei jüngere Schwestern, die beide in München studieren. Constantin ist ein Träumer, ganz anders als sein Freund Stefan Arendt.«

Anna aß ihr Rührei auf, dann schob sie den Teller beiseite. »Wir könnten loslegen«, sagte sie.

Die Baronin erhob sich langsam. »Ich sollte Treppenlifte in diesem Koloss anbringen lassen«, seufzte sie und ging vor Anna durch die Tür, die Max, der urplötzlich erschienen war, für beide aufhielt.

Heute wirkte sein Gesicht wieder völlig emotionslos. Kein Lächeln, kein Zwinkern. Er half der Baronin die Treppen hinauf und stieß die schmale Tür zum Dachboden auf.

Durch die kleinen Fenster fiel etwas mehr Licht als gestern, und über dem Holzboden tanzten wieder Staubflocken. Die Entrümpler hatten schon mehr als die Hälfte der Möbel aus dem vorderen Teil des Dachbodens fortgeschafft. Die Baronin beachtete den inzwischen merklich geschrumpften Berg an ausgesonderten Möbeln nicht weiter, sondern ging zielstrebig in den hinteren Teil des Dachbodens. Anna bewunderte die Energie der alten Dame.

Während sie ihr folgte, sah sie sich in dem riesigen Dachboden um. An den schrägen Wänden standen Schränke und Regale, dazwischen Zinkwannen und Kisten, Lampen ohne Schirm, ein Schaukelstuhl, zerbrochene Vasen, Kommoden ohne Füße, Matratzen und Haufen alter Bücher, die aus zerrissenen Bücherkartons gepurzelt waren.

»Das alles werden die Männer noch holen, vielleicht nicht mehr heute, aber spätestens am Montag.« Carola von Rödelshausen sah die Gegenstände fast verächtlich an. »Was für ein überflüssiges Zeug!«

Anna dachte an das Kasperletheater und seufzte. Nicht alles überflüssig, aber vieles Opfer der Zeit.

Schließlich hatten sie den hinteren Teil des Speichers erreicht. In der Wand, an der ein Schrank und eine Truhe standen, befanden sich zwei Türen, durch Vorhängeschlösser gesichert. Die Baronin holte zwei kleine Schlüssel aus ihrer Hosentasche und öffnete die beiden Schlösser, die jeweils mit einem leichten Plopp aufsprangen.

Max stieß die erste Tür auf. Dahinter lag ein dunkler Raum von etwa fünfundzwanzig Quadratmetern. Von der Decke hing eine nackte Birne, die Max anknipste. Sehr viel Licht spendete die verstaubte Birne nicht, aber es reichte, um sich in der Kammer umschauen zu können. An den Wänden hingen zahlreiche Spinnweben, und auch in den Ecken baumelten Spinnennetze, in denen noch ein paar Opfer klebten.

»Wie lange war denn niemand mehr hier?«, fragte Anna die Baronin, die im Türrahmen stehen geblieben war und mit zusammengekniffenen Augen die Kammer musterte.

»Sicher mehr als zwanzig Jahre. Oder, Max, waren Sie je hier oben?«

Max schüttelte den Kopf und antwortete mit einem kleinen Hüsteln: »Nein, Baronin, ich weiß nur, dass mein Vorgänger hier wohl gelegentlich versucht hat, die Spinnen zu vertreiben. Aber auch das muss mindestens zwanzig Jahre her sein.«

Die Baronin nickte. »Ich habe nie Lust verspürt, auf dem Dachboden zu sein. Als Kind habe ich geglaubt, dass in diesen beiden Kammern Gespenster hausen, weil man oft Geräusche von hier oben hören konnte. Außerdem hatte mir mein Vater verboten, auf dem Dachboden zu spielen. Eigentlich ein idealer Spielplatz, gut und gerne fünfhundert Quadratmeter groß. So viel Platz hatten wir nirgendwo sonst im Schloss.« Sie lächelte. »Nun, aber jetzt wollen wir mal sehen, was auf uns wartet oder besser auf Sie, liebe Anna!«

An den Wänden aus rohem Stein lehnten knapp zwei Dutzend in Leinentücher dicht verpackte Bilder unterschiedlicher Größe. Am anderen Ende des Raumes standen zwei mannshohe Spiegel mit trübem Glas, deren Rahmen früher wohl golden geschimmert hatten. In einer anderen Ecke lehnte ein Paravent aus völlig zerschlissenem Stoff, direkt daneben lag ein Kronleuchter auf dem Boden. Die Luft war stickig und staubig. Anna musste hüsteln.

»Gut, hier sind etwa zwanzig Bilder«, sagte die Baronin mit energischer Stimme. »Dann gehen wir jetzt in die andere Kammer. Da müssten noch mehr sein.«

Der andere Raum, der ähnlich groß war, hatte keine Deckenbeleuchtung. Dafür fiel etwas Licht durch zwei kleine Fenster, deren Scheiben allerdings so blind waren, dass sie das Sonnenlicht grau filterten. Doch immerhin konnte Anna die Umrisse mehrerer Bettgestelle, zweier Regale, einer Truhe, mehrerer Sessel und Stühle, eines großen Esstisches und einer Puppenstube erkennen. Alles bedeckt mit Staub und Spinnweben.

»Und wo sind die Bilder?«, fragte sie.

Carola von Rödelshausen schien überrascht zu sein. »Das frage ich mich auch. Hier sollten eigentlich mindestens zehn weitere Bilder sein.«

Max trat in die Kammer und öffnete eines der beiden Fenster. Mit einem leichten Quietschen sprang es auf, und sofort ergoss sich Tageslicht in den düsteren Raum. Er schob die Bettgestelle beiseite, aber dahinter standen nur zwei alte Matratzen. In den Regalen lagen einige zusammengerollte längliche Gegenstände, die Max durch heftiges Pusten vom ersten Staub befreite.

»Landkarten, keine Bilder«, stellte er fest.

Durch die Polsterung der Sessel hatten sich die Sprungfedern gebohrt, aber die Stühle sahen eigentlich noch recht gut erhalten aus. Sie gehörten wohl zu dem alten Esstisch. Aber Bilder waren nicht zu entdecken.

Die Baronin wollte den Raum schon enttäuscht verlassen, als Anna auf die schwere Eichentruhe zeigte.

»Vielleicht sind die Bilder da drin«, sagte sie.

»Gut möglich.« Max ging zu der Truhe und versuchte, sie

zu öffnen, doch sie war verschlossen. Als er an ihr zog, rührte sie sich kaum von der Stelle.

»Für diese Truhe habe ich keinen Schlüssel«, sagte Carola von Rödelshausen, die plötzlich erschöpft wirkte. Sie lehnte sich an den Türrahmen.

»Dann breche ich das Schloss auf, wenn Sie erlauben«, sagte Max. »Ich hole rasch ein Stemmeisen.«

Die Baronin nickte nur, dann sagte sie mit etwas heiserer Stimme zu Anna: »Ich bin froh, wenn wir das alles endlich geordnet und die meisten Gegenstände entsorgt haben. Die Stühle und den Tisch werde ich wohl herrichten lassen und entweder verschenken oder selbst nutzen. Das ist Biedermeier. Die Stühle brauchen nur neue Bezüge, aber den Rest lasse ich entfernen. Dieses ganze Zeugs erinnert mich an Fontanes Gedicht ›Die Brück' am Tay‹ und diesen Satz der Hexen ›Tand, Tand ist das Gebilde von Menschenhand‹.«

Sie seufzte. Man sah ihr in diesem Moment ihre Jahre an. Dann aber gab sie sich einen Ruck und blickte Anna augenzwinkernd an. »Mal sehen, was diese Schatztruhe enthält. Vielleicht den Cranach oder auch Goldmünzen oder die Spielzeugeisenbahn meiner Brüder – alles ist möglich.«

Anna lächelte. »Vor zwei Monaten ist bei der Entrümpelung eines Kellers in Hannover hinter einer Wandöffnung eine Madonnenfigur entdeckt worden, die aus der frühen Barockzeit stammt. Den Teil des Kellers hatte seit dem Krieg niemand mehr genutzt. Es hat sechs Wochen gedauert, bis man anhand alter Unterlagen ihre Provenienz herausgefunden hat. Die Nachkommen der früheren Besitzer leben inzwischen in München und haben sie sofort zum Kauf angeboten. Sie hat fast zwanzigtausend Euro gebracht. Jetzt soll die Statue ins Kolumba nach Köln kommen.«

In diesem Moment kehrte Max zurück. Ein wenig außer Atem kniete er sich vor der Truhe nieder und begann, mit dem Brecheisen das dicke Vorhängeschloss auszuhebeln. Es krachte gewaltig, dann flog es auf den Boden. Max stemmte die Truhe auf, die ein lautes Knarren von sich gab.

Und tatsächlich – darin befanden sich sechs sorgfältig verpackte Bilder, dazu zwei gerollte längliche Objekte, jeweils mit einem blauen Band verschnürt.

Anna stöhnte innerlich. Hoffentlich nicht schon wieder alte Karten, dachte sie. Sosehr sie Karten mochte, verspürte sie derzeit keine Lust darauf. Viel mehr interessierten sie die sechs Bilder, die Max gerade aus der Truhe hob.

»Die kann ich gerne runtertragen. Dann sollen die Herren Entrümpler die Bilder aus der anderen Kammer nach unten bringen«, sagte er.

»Die haben Zeit«, erwiderte die Baronin. »Ich bin neugierig auf diese Bilder. Es wundert mich, dass sie getrennt von den anderen in dieser Truhe aufgehoben worden sind. Aber heute wird es sowieso nichts mehr mit der Begutachtung. Unsere Gäste werden bald zurückkommen, und vor allem Stefan Arendt sollte in Bälde da sein.« Sie nickte Max zu. »Nehmen Sie diese Bilder bitte schon mal mit. Sie sehen nicht sehr schwer aus, sind auch von der Größe her recht handlich. Die anderen Bilder können Sie dann bitte am Montag herunterholen lassen.«

Nach dem Aufenthalt auf dem staubigen Dachboden sehnte sich Anna nach einer Dusche. Inzwischen waren auch die Männer von ihrem Ausflug zurückgekehrt. Offenbar hatten sich Philip und Richard in die Bibliothek des Schlosses zurückgezogen. Anna hatte bisher nur einen kurzen Blick in den dunkel getäfelten Raum werfen können, an dessen Wänden Regale mit Tausenden von Büchern standen. Sie hoffte, bald mehr von der Bibliothek sehen zu können, von der ihre Patentante so schwärmte.

Zum Mittagessen, das es in dem gemütlichen Raum neben der Küche gab, tauchten die beiden Männer wieder auf. Richard lächelte, als er Anna sah, setzte sich aber nicht neben sie. Er vermittelte ihr inzwischen ein Gefühl, als ob sie sich kaum kannten. Astrid servierte Kalbsfrikassee mit Naturreis und grünem Salat und danach eine Welfenspeise, die Anna sehr gerne aß. Milch-Vanille-Creme mit steif geschlagenem Eiweißschaum. Astrid verstand ihr Handwerk.

Nach dem Essen erhob sich Richard, lächelte Anna noch einmal flüchtig zu und verabschiedete sich mit der Entschuldigung, er müsse wegen eines unvorhergesehenen Termins überraschend nach Hannover zurück und könne leider nicht für den Vortrag bleiben. Philip von Rödelshausen drückte sein Bedauern aus und bat ihn, doch in den nächsten Tagen noch einmal nach Hammelsberg zu kommen.

»Vielleicht können Sie Anna etwas zur Seite stehen, wenn sie die Bilder vom Dachboden untersucht. Möglicherweise haben Sie sogar selbst Interesse an dem einen oder anderen Bild. Wir könnten sie Ihnen in Kommission geben.«

Caspar Hermanns schien dieses Angebot Philips nicht zu behagen. Anna ahnte, dass er es selbst auf einige der Bilder abgesehen hatte. Nun ja, das gehörte zu seinem Beruf.

Richard sah kurz Anna an und sagte dann: »Gerne. Wenn ich in Hannover fertig bin, komme ich noch einmal vorbei. Der Weg ist ja nicht weit.« Anna fühlte eine Mischung aus Erleichterung und Enttäuschung.

Als Richard hinausging, blieb er bei ihr stehen und küsste sie auf die Wange. »Ich hoffe, dass wir uns dann endlich einmal länger miteinander unterhalten können«, wisperte er, bevor er endgültig ging.

Barbara von Rödelshausen verzog abschätzig den Mund und wandte sich an Caspar Hermanns: »Na ja, Richard Bernhard muss wohl sein angeschlagenes Image wieder ein bisschen aufpolieren.«

Anna spürte, wie sie rot wurde, zumal Barbara am gestrigen Abend alle Register gezogen hatte, ihren Tischherrn Richard für sich einzunehmen.

Caspar Hermanns aber antwortete – und das rechnete ihm Anna hoch an: »Richard ist ein sehr tüchtiger Kollege. Ich schätze ihn, auch wenn wir manchmal Konkurrenten sind. Bald wird niemand mehr über seine Probleme reden. Das ist Schnee von gestern.«

In Annas Verwunderung über den so plötzlichen Aufbruch schlich sich einmal mehr das Gefühl, dass irgendetwas nicht stimmte. Es erinnerte sie an Richards Eskapaden im vergangenen Jahr, als er sich gelegentlich einfach aus dem Staub gemacht und sein eigenes Ding gedreht hatte. Aber eigentlich ging sie das nichts an, und vielleicht gab es tatsächlich eine Situation, die seine Anwesenheit in Hannover erforderte. Vielleicht traf er sich auch mit einer Frau, wer konnte das sagen? Bei dem Gedanken allerdings spürte Anna einen Hauch von Eifersucht.

Die Baronin zog sich zu ihrem obligatorischen Mittagsschlaf zurück, und auch die anderen Gäste verschwanden. Anna besiegte ihre eigene mittägliche Müdigkeit durch ihre Neugierde. Sie wollte einen ersten Blick auf die Bilder aus der Truhe werfen und machte sich zu dem Zimmer auf, das man ihr als provisorisches Arbeitszimmer zugewiesen hatte. Die sechs Bilder lehnten verpackt am Tisch. Sie nahm eine große Schere, durchschnitt die Bindfäden, die kunstlos um das Sackleinen gewickelt worden waren, und öffnete das erste Paket. Sorgsam schälte sie das Bild heraus.

Auf den ersten Blick sah sie eine Landschaft mit Wiesen, zwei Kühen unter einer Weide und einem wolkenverhangenen Himmel. Aufgrund der Staubschicht und des Schmutzes, der die Leinwand trotz der Verpackung bedeckte, konnte sie noch nichts Genaueres feststellen, hielt dies aber für das Werk eines flämischen Malers.

Auch die beiden nächsten Bilder entpuppten sich als Landschaftsporträts. Auf dem einen grasten Kühe in der Ferne, im Vordergrund floss ein Bach, an dem etwas verloren ein Angler stand. Auf dem anderen Bild bestimmte eine Schafherde die Szene, im Hintergrund sah man ein Dorf mit Kirchturm. Nicht sehr aufregend, urteilte Anna. Aber sie musste die Bilder natürlich genauer anschauen.

Das vierte Bild dagegen, klein und in einem vergoldeten, reich verzierten Rahmen, zeigte einen Jungen von etwa sechs Jahren mit dunkelbraunen Haaren und großen graublauen

Augen. Vorsichtig legte Anna das Bild auf den Tisch. In den Augen des Jungen lag ein berührend melancholischer Ausdruck, sein Mund war zu einem schüchternen Lächeln verzogen.

Es erinnerte Anna an Kinderporträts, die sie auf Mallorca in der Fundación Yannick y Ben Jakober gesehen hatte. Als sie vor einigen Jahren ihrem fast achtzigjährigen Vater, der seit seiner Wiederheirat mit einer wesentlich jüngeren Frau in der Nähe von Pollença lebte, einen ihrer eher seltenen Besuche abgestattet hatte, war sie zu dem traumhaft schönen Anwesen auf einem Hügel bei Alcúdia gefahren. Dort befand sich das Museu Sa Bassa Blanca, eine Privatsammlung mit zahlreichen, vor allem modernen Kunstwerken, aber auch mit hundertfünfzig Kinderdarstellungen, meist von Kindern aus adligen Häusern aus dem 17., 18. und 19. Jahrhundert.

Das kleine Bild vom Dachboden in Hammelsberg hätte durchaus zu dieser Sammlung gehören können. Ein Kind, für sein Alter viel zu ernst, gekleidet in eine dunkelblaue seidene Kniehose und einen gleichfarbigen Gehrock, der Mode des frühen 18. Jahrhunderts entsprechend.

Versonnen betrachtete Anna das Bild. Sie konnte keine Signatur darauf erkennen und auf den ersten Blick seinen Wert nicht schätzen. Aber das war unerheblich. Das Bild hatte etwas Bewegendes an sich.

Das fünfte Paket enthielt eine mit Öl auf Holz gemalte Szene mit Segelschiffen und Fischerbooten auf offenem Meer. Die Wolken über den Schiffen ballten sich zu einem Gewitter zusammen, die Wellen schimmerten matt. Anna vermutete, dass es das Werk eines niederländischen Malers aus dem 17. Jahrhundert war. Die Signatur war auch hier nicht zu erkennen.

Und nun das sechste Paket, das schwerste und größte der Bilder aus der Truhe. Es war besonders fest verpackt, und sie benötigte einige Zeit, um all die Bindfäden durchzuschneiden. Langsam schälte sie das Bild aus seinem Kokon aus Leinenstoff.

Zunächst tauchte eine kunstvoll gepuderte Haartracht auf, darunter das Gesicht einer jungen Frau. Das Gemälde zeigte das Gesicht und einen Teil des Oberkörpers. Auffallend war der tiefe Ausschnitt des Kleides aus blauer Seide. Den Hals schmückte eine Kette mit großen dunkelgrünen Steinen, Smaragde, wie Anna vermutete. Die junge Frau hatte die gleichen großen, etwas traurigen Augen wie der kleine Junge auf dem anderen Bild. Um ihre vollen zartrosa Lippen spielte ein ähnlich verhaltenes Lächeln. Mutter und Sohn? Die Ähnlichkeit ließ diesen Schluss zu. Anna legte das Frauenbildnis neben das des Jungen. Auch dieses Bild schien nicht signiert zu sein. Aber der Malstil kam ihr bekannt vor. Ihr Jagdinstinkt war erwacht.

Ihr Blick fiel auf die Papierrollen, die Max ebenfalls aus der Truhe gefischt und nach unten gebracht hatte. Sie löste das Band der ersten Rolle. Darin befand sich eine Landkarte der Gegend rund um Hammelshausen und das Schloss aus dem Jahr 1870. Anna rollte die Karte wieder zusammen. Die Karte war gewiss kein Original. In der Kartenrolle lag noch eine wesentlich kleinere Skizze, die sie nicht zu deuten vermochte. Die Karte zeigte keine Landschaft, sondern sah eher aus wie die Abbildung eines Labyrinths oder eine architektonische Zeichnung mit Räumen und Gängen. Anna schob sie beiseite und beschloss, sie sich später genauer anzuschauen. Sie löste das Band der zweiten Rolle. Diesmal keine weitere Karte, sondern mehrere ineinandergeschobene Papiere. Alt, staubig, mit einer leicht verblassten Tinte beschrieben. Eindeutig Briefe. Anna gelang es mit Mühe, ein Datum auf dem obersten Blatt zu entziffern: »Glasgow, October 18, 1750«.

Doch ehe sie sich mit den Dokumenten näher beschäftigen konnte, wurde die Tür aufgerissen, und Caspar Hermanns kam herein. Anna war im ersten Moment unwillig über diese Störung, aber angesichts Caspars Gesichtsausdruck unterdrückte sie die harschen Worte, die ihr auf der Zunge lagen.

»Man hat sein Auto gefunden, aber von ihm keine Spur!«, stieß er hervor.

Anna hatte nicht die geringste Ahnung, von wem oder was er redete.

»Wessen Auto?«

»Stefan Arendts Wagen. Er sollte schon vor einer Stunde hier sein, ist aber bisher nicht aufgetaucht. Zwei weitere Gäste haben kurz hinter Hammelshausen einen leeren Wagen am Straßenrand gesehen. Sie haben angehalten, um nachzuschauen, was los ist. Der Wagen war nicht abgeschlossen, und auf dem Beifahrersitz lagen eine Karte mit der Wegbeschreibung nach Schloss Hammelsberg und ein an Stefan Arendt adressierter Umschlag mit der Einladung für heute Abend. Doch von ihm selbst ist weit und breit nichts zu sehen.«

»Das heißt doch gar nichts«, versuchte Anna ihn zu beruhigen. »Vielleicht ist er nur kurz ausgestiegen, um sich die Beine zu vertreten, und fährt jeden Augenblick vor.«

Caspar starrte sie an. »Das wäre möglich, aber der Baron erreicht ihn nicht auf seinem Handy.«

»Die Netzverbindung hier ist suboptimal«, bemerkte Anna. Sie verstand diese Aufregung nicht. »Er wird schon gleich auftauchen. Was für ein Auto hat er denn?«

»Einen alten Polo«, antwortete der Kunsthändler und trat näher an den Tisch heran.

»Ein alter Polo?« Anna durchzuckte eine Erinnerung. Gestern war sie an einem solchen Wagen vorbeigefahren, der unglücklich in einer Kurve geparkt stand. Aber das war gestern gewesen, und der Wagen hatte noch vor Hammelshausen an der Straße gestanden. Stefan Arendt wurde erst heute erwartet. Also war das sicherlich nicht sein Auto gewesen. Oder doch? Sie zuckte mit den Achseln.

»Keine Sorge«, sagte sie. »Was soll hier schon passieren? Räuber gibt es sicher keine mehr in diesen Wäldern.« Im nächsten Moment schämte sie sich für diese alberne Bemerkung, aber Caspar Hermanns schien sie gar nicht gehört zu haben.

Er starrte auf das Frauenbildnis auf dem Tisch, erblasste und flüsterte: »Mein Gott. Dieses Bild! Das ist ja ungeheuerlich!« Er wandte sich an Anna: »Darüber müssen wir noch reden.« Ehe Anna irgendetwas erwidern konnte, stürmte er aus dem Zimmer und ließ sie perplex zurück.

Was für eine seltsame Reaktion des Kunsthändlers auf das Porträt der jungen Frau! Rätselhaft und gleichzeitig beunruhigend. Aber es bestätigte ihre eigene Vermutung, dass dieses Frauenbildnis etwas Besonderes war.

Geistesabwesend zog sie einen der Briefe aus der Papierrolle heraus. »My dear James«, stand oben auf der Seite. Sie strich sanft über das leicht vergilbte Pergament und begann zu lesen. Einfach war dieses Unterfangen nicht, denn die Schrift war stellenweise verwischt, das Papier arg zerknittert. Aber Reisen in die Vergangenheit gehörten zu ihren liebsten Beschäftigungen – und so reiste sie über zweihundertfünfzig Jahre zurück. Die Gegenwart versank um sie.

Höhlenfeuer

Das war doch ein Feuerschein, eindeutig! Peter Grotherr spähte durch sein Fernglas hinauf zu der Hügelspitze, auf der die Bären- und die Einhornhöhle lagen. Nicht weit davon entfernt gab es noch die Koboldhöhle und die als Schattenhöhle bezeichnete Globesteinhöhle, vier Höhlen eng beisammen und doch jede sehr verschieden. Manchmal träumte Grotherr davon, durch Zufall eine bisher unbekannte Höhle zu entdecken oder in einer der noch wenig erforschten Höhlen wie der Schattenhöhle oder der Einhornhöhle Relikte früher Siedler in dieser Region zu finden. In verschiedenen Höhlen im Harz und auch in der Rothesteinhöhle im Ith hatte man Gefäßscherben und vor allem menschliche Knochen entdeckt. Die Bärenhöhle ähnelte der sagenumwobenen Rothesteinhöhle, vor deren Eingang noch heute bestimmte Rituale abgehalten wurden.

Grotherr setzte sein Fernglas ab und rieb sich die Augen. Hatte ihn die Sonne geblendet, oder leuchtete dort oben tatsächlich ein Feuer? Zwar standen ihm Bäume im Weg, doch nach einem erneuten Blick durch das Glas war er sich sicher: Auf dem Hügelkamm brannte ein Feuer.

Vor zwei Stunden war er mit Trixie, dem alten Jagdhund seiner in Hammelshausen lebenden Schwester Inge, losmarschiert, um den warmen Spätsommertag auszukosten. Eigentlich hatte er gerade umdrehen wollen, um nach Hause zurückzugehen, denn Trixie konnte mit ihren elf Jahren nicht mehr hemmungslos durch Wald und Feld toben wie noch vor wenigen Jahren. Darum hatte er auch darauf verzichtet, den Hügel zu den Höhlen hinaufzusteigen. Jedes Mal wenn er nach Hammelshausen kam, wanderte er zu ihnen hoch, ging aber nur selten tiefer als wenige Meter hinein. In früheren Zeiten hatte Trixie ihn bei diesen Ausflügen begleitet, aber der liebenswerte alte Hund trottete nun lieber neben ihm auf ebenem Grund daher, als die Hügel zu erstürmen.

Grotherr, der in einer Entzugsklinik in Eschershausen als Physiotherapeut arbeitete, hatte sich ein paar Tage freigenommen, um seinem Hobby nachzugehen. Dass er heute nicht auf den Hügel geklettert war, ärgerte ihn jetzt, als er den Feuerschein sah, umso mehr. Seit seiner Kindheit reizten ihn Höhlen. Was ihn aber am meisten faszinierte, waren die Sagen, die sich um die Höhlen in dieser bewaldeten Landschaft rankten. Da gab es die Sage vom Höhlenmann, der angeblich in der Bärenhöhle hauste und in unregelmäßigen Abständen im Eingang der Höhle auftauchte. Man munkelte, dass sein Erscheinen ein schlechtes Omen sei. Das wurde natürlich offiziell als Aberglauben und Legende abgetan, aber in der Dorfkneipe von Hammelshausen kehrte gelegentlich der eine oder andere Wanderer ein, der von einem Mann oben an der Bärenhöhle berichtete, der kurz erschien und rasch verschwand, sich wie Nebel auflöste. Immer wieder waren Dorfbewohner zur Bärenhöhle und zur Einhornhöhle gewandert, um den mysteriösen Höhlenbewohner zu sehen, doch man fand höchstens Zigarettenstummel und Plastikflaschen.

Sogar ein bekannter Sagenforscher aus Hannover hatte sich auf die Spur dieses Höhlenmannes gemacht und in alten Dokumenten gewühlt. Sein Ergebnis befriedigte Grotherr nicht, auch wenn Professor Adalbert Pfaffners Aufsatz in einer renommierten archäologischen Zeitschrift mit dem Titel »Der Höhlenmann vom Ith« 1987 viel Aufsehen erregt und den Tourismus in der Region für einige Monate angekurbelt hatte. Pfaffner interpretierte den Höhlenmann als Synonym für Flüchtlinge in unterschiedlichen Epochen, die sich in den Höhlen vor dem Gesetz versteckt hatten, und das schon seit dem frühen Mittelalter. Wenn sie dann im Höhleneingang gesehen wurden, glaubten die Menschen im Tal damals an übernatürliche Erscheinungen.

Pfaffner zeigte ungewöhnliches Interesse für die Schattenhöhle, die kleinste der bisher bekannten vier Höhlen. Ihren Namen verdankte sie dem Umstand, dass im Gegensatz zu den anderen Höhlen kein Sonnenlicht hineinfallen konnte. Zu viele Felsen standen in der Nähe, und zu viele dürre Bäume und Sträucher wuchsen auf dieser Seite des Hügelkamms, und so lag sie in ewigem Schatten. Sie war erst im 18. Jahrhundert von dem ehemaligen Amtmann Hinrich Globestein durch Zufall bei einem Spaziergang entdeckt worden, als er wegen eines plötzlichen Unwetters einen Unterschlupf zwischen den Felsen suchte. Aber sie hatte bisher noch keinen Höhlenforscher gereizt. Sie war langweilig, eher eine Nische als eine echte Höhle. Pfaffner veröffentlichte zwar dazu eine eigenwillige These, die er jedoch nicht beweisen konnte.

Laut einer anderen Sage aus dem 18. Jahrhundert war der Höhlenmann eine Art fliegender Holländer, für immer verdammt, in der Höhle zu leben, da er einst einen Menschen ermordet hatte. Nur an bestimmten Tagen durfte er das ewige Dunkel im Inneren der Felsen verlassen und ins Freie treten. Wirklichkeit und Phantasie lagen wie so oft bei Sagen nahe beieinander, und Pfaffner mochte mit seiner These, dass der Höhlenmann ein Flüchtling gewesen sei, recht haben.

Konkrete Hinweise auf solche Gesetzesflüchtlinge stammten aus der Zeit um 1740, als sich in den Höhlen im Ith gelegentlich Deserteure aus Hessen und dem Kurfürstentum Hannover versteckten. Zwei der Deserteure, Hannes Bock und Christian Bergmann, waren in die Annalen von Hammelshausen eingegangen. Sie hatten fast drei Jahre dort oben gehaust, und als man sie entdeckte und der Obrigkeit überstellen wollte, konnte Hannes entkommen, Christian dagegen wurde erschossen. Das musste um 1750 gewesen sein.

Grotherr glaubte nicht an das unheilverkündende Auftauchen eines Höhlenbewohners, dennoch hatten diese Geschichten durchaus ihren Reiz. Im Harz bevölkerten die Zwerge ja auch die Höhlen, und die Sagen berichteten von Hexen und anderen Spukgestalten.

Außer dem mysteriösen Höhlenmann, nach dem man vor gut hundert Jahren die Ortskneipe in Hammelshausen benannt hatte, behaupteten einige Bewohner des Ortes auch schon öfter Feuer oben auf dem Hügel bei den Höhlen gesehen zu haben, einen weitreichenden Lichterschein. Er schien aus dem tiefsten Inneren des Hügels zu kommen, ein rötliches Flackern, das für einige Minuten zu sehen war, dann jedoch jäh wieder verlosch. Aber es war nicht ganz eindeutig, in oder vor welcher der drei dicht beieinanderliegenden Höhlen, der Bärenhöhle, der Einhornhöhle oder der Koboldhöhle, dieses Feuer brannte. Man hatte bisher bei keiner davon Spuren von verbranntem Holz gefunden, wobei die Koboldhöhle bisher kaum erforscht war. Sie galt als gefährlich, da es dort nur einen kleinen Eingangsbereich gab, der sehr rasch in einen Abgrund mündete.

Erst kürzlich hatte ein Höhlenforscher aus Berlin Interesse geäußert, die Höhle zu erkunden. Dieter Elster galt als eine Kapazität auf diesem Gebiet und hatte schon einige der berühmtesten Höhlen der Welt durchwandert, durchklettert und durchschwommen. Er war sogar in den beiden riesigen mexikanischen Unterwasserhöhlen Sac Actun und Dos Ojos auf der Halbinsel Yucatán gewesen, wo man Schätze aus der Maya-Zeit gefunden hatte. Und angeblich hatte er in Deutschland schon jede Höhle, ob klein oder groß, besucht. Ihm fehlten nur noch die Höhlen im Umkreis von Hammelshausen, wie er kürzlich in einem Interview im Fernsehen gesagt hatte, und die wolle er sich bald gerne mal näher anschauen.

Peter Grotherr allerdings verspürte trotz seines Interesses keinerlei Lust auf die Koboldhöhle. Zwischenzeitlich war sie auch mit einem Drahtzaun abgesperrt gewesen, da vor wenigen Jahren ein Hund in die Höhle gerannt und in den Abgrund gestürzt war. Glücklicherweise war ihm sein Herrchen nicht gefolgt. Dem Hund dagegen konnte nicht mehr geholfen werden.

Doch nun hatte er durch sein Fernglas da oben etwas erspäht, das ihn beunruhigte und zugleich seine Neugierde weckte. Was war das da oben? Jugendliche, die an diesem lauen Tag grillten und deshalb leichtsinnig ein Feuer entzündet hatten? Ein schwelender Waldbrand? Oder gar das sagenumwobene Höhlenfeuer?

Grotherr seufzte. Er sah Trixie an, die seinen Blick mit ihren hellen braunen Augen freundlich erwiderte und mit dem Schwanz wedelte. Er wollte das arme Tier nicht zwingen, mit ihm hinaufzusteigen. Also band er die Hündin an eine kleine Birke und strich ihr über den Kopf. »Bin gleich wieder da, alte Dame. Ruh dich ein bisschen aus. Ich schaue nur mal kurz nach, was da oben los ist.«

Trixie legte sich nieder, bettete ihren Kopf auf die Pfoten und schien durchaus dankbar für diese Gelegenheit, ein Schläfchen einzulegen.

Der Aufstieg entwickelte sich zu einer Rutschpartie. Es hatte in den vergangenen Tagen viel geregnet, und das erste Laub lag schon auf dem Boden. Dazwischen Schlamm und Moos, alles nicht ideal für das Vorhaben, mit flottem Schritt den Hügel zu erklimmen. Grotherr fiel einmal mehr die merkwürdige Atmosphäre dieses Hügels auf. Es war seltsam still in dieser Gegend.

Die Hammelshausener nannten diese Anhöhe den »großen Schweiger«. Keiner bezeichnete ihn mit seinem wahren Namen. Er hieß eigentlich Koboldhügel nach der Höhle auf dem Gipfel, ein passender Name angesichts der sonderbar verformten Felsen, die wild verstreut auf dem Abhang und auf dem Gipfel herumlagen. Die bleierne Stille über diesem Hügel wurde nur gelegentlich durch das Motorengeräusch eines Autos oder eines Traktors unterbrochen. Aber keine Vogelstimme erklang, nur die Schreie der Bussarde, die hoch oben ihre Kreise zogen.

Grotherr zog seine Wolljacke fester um die Schultern. Die Sonne schimmerte matt durch die Baumwipfel, doch vom Hügel strömte ein kühles Lüftchen. Die Atmosphäre wirkte trotz des Tageslichts unheimlich. Grotherr schalt sich einen abergläubischen Narren. Er verlor den Feuerschein aus den Augen, als er keuchend um die dicken Steinbrocken herumrutschte, die ihm die Sicht auf den Hügel versperrten. Als er einen kleineren Felsen umrundete, der einer schlafenden Kuh glich, sah er das Feuer wieder, diesmal sehr deutlich. Laut der

Legenden hätte es eigentlich schon verglüht sein müssen, da es immer nur kurz zu sehen sei. Dieses hier schien ein »richtiges« Feuer zu sein.

Sicher das Werk von Jugendlichen. Grotherr hielt inne und kniff die Augen zusammen. Diese dummen Burschen! Wussten sie nicht, dass so ein Feuer einen Waldbrand verursachen konnte? Denen würde er die Leviten lesen!

Er schnaufte, empört und gleichzeitig angestrengt von dem Aufstieg. Am Fuß des Hügels sah er Trixie im Gras unter der Birke liegen. Eigentlich ein beruhigender Anblick. Aber als er sich wieder umwandte und das Feuer vor der Höhle sah, wurde ihm mulmig. Es loderte kräftig, doch weit und breit konnte er keinen Menschen sehen. Hatten sich die Jugendlichen in der Höhle versteckt? Würden sie gleich über ihn herfallen?

Es gab im Ort eine Bande, deren Anführer Klas Eversen als ein ziemlicher Rowdy galt. Inge hatte ihm von Klas und seinen Freunden erzählt, die dem einzigen »echten« Polizisten im Dorf viel Ärger bereiteten. Wenn Klas dahintersteckte, könnte es für Grotherr unangenehm werden, denn Klas galt als Rüpel, was bei seinem Vater Fritz Eversen nicht weiter verwunderte, der nach heftigen Trinkgelagen selbst keinen Streit scheute. Seine Frau Else dagegen war so sanft und zurückhaltend, dass man im Dorf Mitleid mit ihr empfand und deshalb gelegentlich ein Auge zudrückte, wenn Klas wieder einmal etwas angestellt hatte.

»Verdammte Brut«, sagte Grotherr, dann rief er: »Hallo, ist hier jemand?«

Zu seinem Entsetzen merkte er, dass seine Stimme zitterte. Feigling, beschimpfte er sich und trat näher an das Feuer heran.

Die Flammen zuckten, doch die Holzscheite waren, wie er jetzt erkannte, schon weitgehend heruntergebrannt. Das Feuer würde bald von allein erlöschen. Dennoch war es leichtsinnig, ein Feuer unbeobachtet brennen zu lassen. Obgleich es in den vergangenen Tagen geregnet hatte, konnte ein Windhauch die

Funken ins Unterholz treiben und dort das trockenere Gras in Brand setzen. Waren die Kerle, die hier gezündelt hatten, abgehauen, als sie ihn ächzend den Hügel hatten hinaufwandern sehen? Allerdings konnten sie sich nicht einfach in Luft aufgelöst haben.

Er ging um das Feuer herum und spähte in die Höhle. Aber der ohnehin schmale Eingang, der dann noch einen leichten Knick nach links machte, verhinderte einen besseren Einblick.

Grotherr räusperte sich. »Hallo, wenn hier jemand ist, zeigen Sie sich!«

Keine Antwort. Im Inneren der Höhle rührte sich nichts, und rund um das Feuer lagen nur einige angebrannte Äste. Keine Menschenseele. Unten im Tal glaubte Grotherr, Trixies Bellen zu hören. Kurz überlegte er, wie er das Feuer löschen könnte, als er auf einmal einen heftigen Stoß im Rücken verspürte, der ihn zu Boden stürzen ließ. Beim Fallen stieß er mit dem Kopf an eine Kante des mit dichtem Moos bewachsenen Felsens direkt am Höhleneingang. Einen Moment lang sah er Sterne blitzen und dann nichts mehr.

Grotherr kam mit einem Ruck zu sich. Etwas Feuchtes strich ihm über das Gesicht, und er hörte ein leises Grunzen. Mühsam schlug er die Augen auf. Er lag auf dem Boden neben einem Haufen Asche und fast verkohlter Zweige, und halb auf ihm saß Trixie, die inbrünstig sein Gesicht abschleckte. Die Hündin hatte sich offenbar von dem Baum losgerissen, an den er sie gebunden hatte. An ihrem Halsband baumelte die zerfetzte Leine. Er richtete sich langsam auf und schob die Hündin von sich. Sein Kopf dröhnte, und er sah immer wieder Blitze. In der Luft lag der Geruch von verbranntem Holz. Ihm wurde schlecht.

Er schloss die Augen und lehnte sich an den Felsen. Langsam fuhr er sich mit der Hand über die Stirn. Offenbar hatte er dort eine Platzwunde, denn er sah Blut an seinen Fingern. Vor allem aber bildete sich eine mächtige Beule, die er behutsam ertastete. Doch es hätte schlimmer kommen können.

Das dichte Moos auf dem Stein hatte den Aufprall gedämpft. Auch die Übelkeit wich einem milderen Gefühl von leichter Benommenheit. Ob er eine Gehirnerschütterung hatte? Er versuchte zu rekonstruieren, was eigentlich geschehen war.

Die Erinnerung kam in Fetzen wieder. Das Feuer, sein Rufen, dann der Stoß und sein Aufprall auf dem Felsen. Er warf einen Blick auf die Uhr. Kurz vor fünf Uhr nachmittags. Das bedeutete, dass er mehr als eine halbe Stunde neben der Höhle gelegen hatte, genügend Zeit für das Feuer, herunterzubrennen, dessen letzte Funken offensichtlich mit Sand gelöscht worden waren, für Trixie, sich unten am Fuß des Hügels von der kleinen Birke loszureißen und den Hügel hinaufzutraben, und vor allem ausreichend Zeit für denjenigen, der ihn gestoßen hatte, sich auf und davon zu machen und vorher noch seine Spuren zu verwischen.

Grotherr zog sich am Felsen hoch. Trixie blickte ihn aus ihren sanften Augen an, und er hatte das Gefühl, dass sie erleichtert war, als er wieder auf den Beinen stand.

»Guter Hund!«, sagte er und strich ihr über den Kopf.

Dann sah er sich um. Trixie schien ungewohnt aufgeregt zu sein. Die Hündin schnüffelte unruhig, und Grotherr hatte Mühe, die kaputte Leine notdürftig zusammenzuknoten.

»Ist ja gut, alte Dame«, sagte er leise zu Trixie, die versuchte, ihn zur Höhle zu zerren. Schließlich gab er das Gerangel mit dem Hund auf und wankte mühsam auf den Höhleneingang zu. Der sah aus wie immer, kahle Felsen, ein enger Schlund. Die Spätnachmittagssonne leuchtete durch die Baumwipfel und warf ein paar Strahlen in den schmalen Eingang. Grotherr verspürte wenig Lust, in seinem angeschlagenen Zustand in die Höhle zu gehen. Wer immer ihn gestoßen hatte, mochte sich dort vielleicht sogar noch verstecken, aber er hatte keine Kraft, sich als Detektiv zu betätigen. Er sehnte sich nur noch danach, so schnell wie möglich nach Hammelshausen zu kommen und sich einen Eisbeutel auf seine Beule zu legen.

Endlich hatte er die Leine so fest im Griff, dass er mit der widerstrebenden Trixie den Abstieg antreten konnte. Als er sich umdrehte, sah er etwas im hinteren Teil des Höhleneingangs aufblitzen. Vorsichtig spähte er durch den Eingang in den Vorraum. Die Sonne hatte sich hinter einer Wolke verzogen, und das Blitzen war nicht mehr zu sehen. Dennoch tastete er sich vorwärts, den Hund an der Leine ziehend. Der schien ohnehin nur darauf gewartet zu haben, in die Höhle hineinzurennen. Grotherr hoffte, dass sein Angreifer hier etwas verloren hatte, mit dem man ihn identifizieren könnte. Seine Lebensgeister kehrten allmählich zurück. Sein Schädel brummte noch, aber die Benommenheit war verflogen.

Als er in die Höhle trat, strauchelte er und wäre fast wieder gestürzt. Erschrocken blickte er auf den felsigen Boden. Vor ihm lag ein Mann auf dem Bauch, über dessen ausgestrecktes linkes Bein er gestolpert war. Die Sonne hatte sich wieder hinter der Wolke hervorgekämpft. Ihre Strahlen ließen die Armbanduhr am Handgelenk des Liegenden aufleuchten. Das also war das Blitzen gewesen.

Grotherr stieß den Mann vorsichtig mit der Fußspitze an. »Hallo«, sagte er heiser. »Hören Sie mich? Alles okay?«

Die törichte Frage, die immer in amerikanischen Krimiserien gestellt wurde, wenn der Gefragte sich eindeutig in schlechter Verfassung befand. Aber der Mann am Boden konnte auf diese alberne Frage nicht mehr antworten. Er hatte Arme und Beine weit von sich gestreckt, sein zur Seite gewandtes Gesicht war blutüberströmt, die Augen starrten ins Leere. Grotherr durchfuhr ein Schauder. Diesem Mann, über den er gestolpert war, konnte niemand mehr helfen. Für einen Augenblick glaubte er, wieder das Bewusstsein zu verlieren. Dann holte er tief Luft und tastete nach seinem Handy. Das aber war ihm wohl bei seinem Sturz aus der Tasche gerutscht. Grotherr fühlte sich zu schwach, um es zu suchen.

Mit schockschweren Gliedern machte er sich auf den mühsamen Weg nach Hammelshausen, um den Toten in der Bärenhöhle zu melden.

Reise in die Vergangenheit I

Glasgow, 18. Oktober 1750

Mein lieber James,
welch eine wundervolle Nachricht hat uns vor wenigen Tagen
erreicht. Die Geburt eurer Tochter Elisabeth Maria Margret
am 30. September hat uns mit großer Freude erfüllt. Dein Brief
ist gestern eingetroffen. Das ist dieses Mal erstaunlich schnell
gegangen. Manchmal brauchen deine Briefe mehrere Wochen,
umso schöner ist es, dass wir von der glücklichen Geburt der
kleinen Elisabeth so schnell erfahren konnten. Wir haben auch
Alistair von der Geburt seiner Schwester erzählt. Er hat sich
erfreut gezeigt, aber ein Junge von zehn Jahren, der zudem
seine Eltern seit vier Jahren nicht mehr gesehen hat, kann das
natürlich nicht wirklich verstehen.
Du hast mich gefragt, ob sich Alistair noch an euch erin-
nert. In meinem letzten Brief vor zwei Monaten habe ich dir
darauf schon eine ehrliche Antwort gegeben. Obgleich ihr ihm
mehrere Miniaturen mit eurem Abbild geschickt habt und er
auch das schöne kleine Porträt seiner Mutter besitzt, werden
seine Erinnerungen an seine Eltern immer schwächer. Das
hat natürlich auch seine gute Seite, sosehr dich diese Auskunft
schmerzen mag, denn früher hat er oft geweint und im Schlaf
nach euch gerufen. Er hat oft von euch geträumt. Doch je mehr
Zeit vergeht, desto seltener werden seine Tränen und Träume.
Aber natürlich hofft auch er, dass ihr eines Tages nach Schott-
land zurückkehrt und wieder eine Familie seid.
Es geht ihm jedoch körperlich und auch geistig sehr gut.
Alistair ist ein robuster Junge mit hoher Intelligenz und schnel-
ler Auffassungsgabe. Gemäß deinen Wünschen lernt er neben
Latein, Griechisch und Französisch auch Deutsch. Er ist mu-
sikalisch und spielt vorzüglich Cembalo, und er ist interessiert
an den Sternen, was Hugh natürlich sehr erfreut. So lässt er

den Jungen oft durch sein Teleskop schauen und spricht mit ihm über die Weiten des Universums.

Vor einigen Wochen kam James Bradley zu uns nach Glasgow. Er lebt in Greenwich und beschäftigt sich vor allem mit der Position von Sternen. Nach seinem Vortrag an der Universität kam er für eine Stunde zu uns. Hugh schwärmt noch immer von diesem Besuch. Sein Traum ist es, in Oxford zu lehren und auch irgendwann an das Royal Observatory in Greenwich berufen zu werden. Da er aber einige Zeit unter dem Verdacht stand, für Bonnie Prince Charlie Sympathien empfunden und die Jakobiten unterstützt zu haben, wird sich dieser Wunsch sicherlich nie erfüllen.

Doch unser Leben in Glasgow verläuft angenehm ruhig. Hugh hat sein Auskommen als Privatgelehrter, kann sich der Berechnung der Mondbahn widmen, was ihn wiederum mit Bradley verbindet, der auch dazu Forschungen betreibt, und hat Zeit für seine Whist-Abende im Club. Und er ist ja nun auch schon fast sechzig Jahre alt, drei Jahre älter als Bradley. Nicht jeder wird so alt wie der große Edmond Halley, der vor fast neun Jahren mit fünfundachtzig Jahren verstarb, und nicht jeder kann eine solche Karriere machen und die Geheimnisse von Kometen erforschen. Jeder nach seinen Gaben, und Hugh ist eher ein guter Lehrer als ein Entdecker.

Doch genug von der Sternenwelt. Du hast nach der politischen Lage gefragt. Nun, viel hat sich nicht geändert. Culloden liegt ja erst dreieinhalb Jahre zurück. In Glasgow spüren wir nicht viel von den Nachwehen der furchtbaren Schlacht. Du hast sicher erfahren, dass George Wade vor nunmehr anderthalb Jahren gestorben ist, der an der Seite des Herzogs von Cumberland die Schlacht ausgetragen hat. Er war von den beiden Generälen bei Weitem der menschlichere, doch auch er hat den Tod so vieler Clan-Mitglieder nicht verhindert. Seine Verdienste liegen auf einem anderen Gebiet, denn er hat durchgesetzt, dass in diesem Land ordentliche Straßen gebaut wurden, wenn sie auch meist der größeren Beweglichkeit von Truppen dienen. Er hat Culloden nicht einmal um zwei Jahre überlebt.

Unser Groll richtet sich weniger gegen ihn als gegen den Herzog von Cumberland. Seit seinem Triumph in Schottland, der sogar den großen Musikus Händel dazu gebracht hat, ihm eine Hymne zu widmen, ist es aber dann auf dem Kontinent mit seinem Ruhm bergab gegangen. Sicherlich hast auch du in deinem deutschen Exil von seiner Niederlage in Lauffeld bei Maastricht gegen die Franzosen gehört. Nach Schottland kehrt er hoffentlich nie mehr zurück. Gewiss gibt es bald wieder neue Kriegsschauplätze, auf denen er sich beweisen kann. Da strebt er vielleicht seinem Vater Georg nach, der immerhin 1743 in der Schlacht von Dettingen gemeinsam mit seinem Heer gegen die Franzosen ins Feld gezogen ist. Wäre sein Pferd nicht mit ihm durchgegangen, hätte der König wahrscheinlich die ganze Schlacht bestritten, ein tapferer Mann, wenn wir ihn auch nicht lieben. Aber immerhin wurden die Franzosen besiegt, und Georg war schon sechzig Jahre alt, als er sich in Dettingen mit seiner Armee den Franzosen stellte.

Du schreibst, dass du noch immer von der Schlacht bei Culloden träumst. Diese Schlacht muss furchtbar gewesen sein, aber du bist ihr ja entkommen und hast den »Star of Scotland« vor der Gier Cumberlands gerettet. Vergiss die bösen Träume! Der Alltag ist uns näher als all die Kriege, die ständig die Völker entzweien. Was uns derzeit zusehends bedrückt, ist die neue Fenstersteuer, die vor knapp zwei Jahren eingeführt wurde. Da unser Haus, wie du weißt, viele Fenster hat, müssen wir viel Geld zahlen. Für jedes unserer achtundzwanzig Fenster bedeutet das einen Schilling an Steuern. Das ist nicht wenig und muss erst einmal verdient sein. Doch Hugh würde niemals unser Haus gegen ein kleineres mit weniger Fenstern eintauschen. Immerhin befindet sich Carlisle Manor seit zweihundert Jahren in Familienbesitz.

Ich bete jeden Tag, dass du in Deutschland glücklich bist und dein Heimweh dich nicht verzehrt. Und sicherlich wirst du in nicht allzu ferner Zukunft zu uns nach Hause zurückkehren, denn allmählich beruhigen sich die Gemüter. Charles

Stuart wurde in Folge des Friedensvertrages von Aachen zwischen England und Frankreich 1748 aus Frankreich vertrieben. Sein Ruhm verblasst zusehends. Er trinkt zu viel, hat zahlreiche Affären und soll sogar geäußert haben, dass er bereit wäre, für die Krone Großbritanniens zum Protestantismus zu konvertieren. Was für eine Schmach! Und dafür diese vielen Opfer in Culloden! Doch die Gier nach Macht und Geld tötet in manchem Menschen jede Moral.

Und genau das bringt mich dazu, dir eine Warnung zu schicken, lieber Vetter. Mir ist zu Ohren gekommen, dass es Spione in Deutschland geben soll, die noch immer nach den Aufständischen suchen, die auf den Kontinent geflüchtet sind. Es geht dabei weniger um Politik als vielmehr um bestimmte Besitztümer wie Schmuck und Münzen, die dadurch auf den Kontinent gelangt sind. Und du bist nicht nur ein Verwandter der MacLachlan, sondern besitzt auch einen Schatz, der die Begehrlichkeit manches Mannes wecken könnte. Vor wenigen Wochen wurde ein Neffe von Seamus MacDonald in Amsterdam erschlagen, der ebenfalls nach der Schlacht von Culloden geflüchtet war und eine Kiste mit Goldmünzen bei sich führte. Er lebte in einem kleinen Haus an einer der Grachten und glaubte unerkannt bleiben zu können. Doch irgendjemand muss ihn aufgespürt haben. Alles war durchwühlt, und von der Kiste fehlt jegliche Spur.

Sei wachsam! Traue niemandem! Überall lauern Verräter! Sicherlich wird dieser Sturm bald vorüber sein, da Georg derzeit zahlreiche andere Probleme in seinem stetig wachsenden Empire zu bewältigen hat. Aber sei dennoch auf der Hut! Ich hoffe, du kannst dich auf William und Seamus verlassen, denn die Verlockung durch Gold hat schon manchen braven Mann vom geraden Weg abkommen lassen.

Gottes Segen für dich, Alexandra und die kleine Elisabeth! Wir werden uns weiterhin um Alistair liebevoll kümmern bis zu dem Tag eurer Heimkehr.
Deine Cousine Claire de Abreville

Anna brauchte geraume Zeit für dieses Schreiben. Sie blätterte kurz durch die anderen Briefe. Offenbar stammten alle zwölf Briefe von Claire de Abreville, verfasst zwischen Oktober 1750 und Februar 1751.

Die MacNeills schienen um 1750 im Schloss Hammelsberg gelebt zu haben, als Flüchtlinge nach der Schlacht von Culloden, nach der viele Stuartanhänger ins Exil gingen. Sollte das Bildnis des Jungen mit den melancholischen Augen etwa den kleinen Alistair darstellen, der offenbar von 1746 an bei der Cousine von James und ihrem Mann Hugh in Glasgow gelebt hatte? Und wer oder was war dieser ominöse »Star of Scotland«?

Anna hatte vor vielen Jahren bei einer kleinen Schottlandreise auch das berühmte Schlachtfeld von Culloden besucht. Sie erinnerte sich noch genau an das seltsame Gefühl, das sie in dieser Gegend beschlichen hatte. Es war, als ob die Geister jener kurzen, blutigen Schlacht noch irgendwo lauerten, und als der Wind über das Gras strich, klang das wie Wehklagen. Anna überlief auch jetzt, fast zwanzig Jahre nach ihrem Besuch, eine Gänsehaut. Die Vergangenheit rückte auf einmal ganz nahe an sie heran. Ein beklemmendes Gefühl.

Anna hatte beim Lesen völlig die Zeit vergessen. Sie bemerkte plötzlich, wie still es in dem alten Schloss war. Keine Rufe, kein lautes »Hallo!«, kein Klappen von Wagentüren. Offenbar war Stefan Arendt noch immer nicht aufgetaucht.

Sie wollte gerade ihr Arbeitszimmer verlassen, um sich eine Tasse Tee zu holen, als ein Schrei ertönte, der sie bis ins Mark erschütterte: »Eine Leiche bei der Bärenhöhle! Da liegt ein Toter!«

Der Verschollene

Kaum war der Schrei verhallt, hörte Anna von allen Seiten aufgeregte Stimmen, hastige Schritte und dazwischen die rauchige Stimme der Baronin, die nach Max rief. Als sie in die Eingangshalle trat, hatten sich alle Schlossbewohner versammelt, wobei einige Personen darunter waren, die sie zuvor noch nicht gesehen hatte, offenbar weitere Gäste der geplanten Abendveranstaltung.

In ihrer Mitte stand eine völlig aufgelöste junge Frau, in der Anna eine der Küchenhilfen erkannte. Teresa Borg war die Tochter des Wirts vom »Höhlenmann« in Hammelshausen. Die Baronin ging mit energischen Schritten auf sie zu, nahm ihre Hand und fragte mit bestimmter, wenn auch leicht zitternder Stimme: »Was ist passiert, Teresa? Wer ist tot?«

Teresa schluckte. Ihre Augen waren verquollen von den Tränen, die ihre rundlichen Wangen herunterströmten. »Peter ... Peter Grotherr hat ihn gefunden. Er war mit Trixie spazieren, und da hat er oben bei der Bärenhöhle ein Feuer gesehen.« Sie rang nach Luft. »Und da ist er ohne Trixie hochgestiegen. Die hat er unten gelassen. Trixie ist ja alt.«

Teresa schniefte. Anna reichte ihr ein Papiertaschentuch. Das Mädchen blickte sie scheu an und lächelte dankbar.

»Wen hat Peter Grotherr denn nun gefunden?« Die Baronin wurde ungeduldig. Offensichtlich störte es sie, dass Teresa kein Detail ausließ.

Teresa räusperte sich. »Also, soweit ich weiß, hat ihn jemand zu Boden gestoßen, als er sich da oben bei der Höhle wegen des Feuers umgeschaut hat. Und da ist er wohl gestürzt, und dann hat er wohl das Bewusstsein verloren.« Teresa ließ sich nicht davon abbringen, jede Kleinigkeit über Peter Grotherrs Abenteuer zu berichten.

»Ja und?« Carola von Rödelshausen blickte das Mädchen unwillig an. »Du musst nicht jedes Detail wiedergeben. Also?«

Teresa sah die Baronin verunsichert an. »Und als er wieder zu sich kam, hat er den Mann im Eingang der Höhle gefunden. Es ist ein Mann, der schon vor einigen Wochen bei uns in Hammelshausen übernachtet hat. Peter hat ihn damals abends in der Kneipe gesehen. Ich weiß nicht, wie er heißt, aber er kommt aus Berlin und hat meinem Vater erzählt, dass er die Schattenhöhle besuchen möchte.«

»Schattenhöhle?« Die Baronin wirkte irritiert. »Welche Schattenhöhle? Doch nicht etwa die Globesteinhöhle? Da gibt es nun wirklich nichts zu entdecken.«

»Mein Vater hat ihm das auch gesagt. Wahrscheinlich meinte er entweder die Bärenhöhle oder die Koboldhöhle.«

»Und der Tote soll dieser Fremde sein? Was ist passiert?«, fragte Philip von Rödelshausen.

»Vermutlich war es ein Unfall«, sagte Caspar Hermanns. »Weiß man schon mehr? Und ist denn die Polizei an dem Fall dran?«

Teresa nickte eifrig. »Ja, mein Onkel hat seine Kollegen in Hameln informiert.« Als sie die fragenden Gesichter der Umstehenden sah, erklärte sie in knappen Worten, dass ihr Onkel Albert Mertens seit dreißig Jahren der Ortspolizist in Hammelshausen sei.

Die Baronin wandte sich an ihre Gäste. »Wir können nichts tun«, konstatierte sie. »Wahrscheinlich wird die Hamelner Polizei bald jemanden schicken, und sicher wird auch unser Dorfpolizist Albert Mertens bei uns vorbeikommen. Aber zuerst muss ja festgestellt werden, wer die Tote ist. Vielleicht ein Wanderer?« Sie winkte Max Greve herbei. »Haben Sie Stefan Arendt endlich erreichen können?«

Max schüttelte den Kopf. »Sein Handy schaltet sofort auf Mailbox. Entweder ist er in einem Funkloch, oder er hat das Handy ausgemacht.«

»Oder der Akku ist leer«, fügte Anna halblaut hinzu. Ihr passierte das regelmäßig.

Carola von Rödelshausen sah besorgt aus. »Da stimmt doch etwas nicht …« Mit einem gequälten Lächeln sagte sie dann: »Es scheint, dass der Vortrag heute Abend ausfällt. Aber Sie sind alle eingeladen, hierzubleiben, in Ruhe zu essen und zu trinken. Mit wenigen Ausnahmen übernachten Sie ja ohnehin im Schloss. Wir erwarten noch zwei Gäste, die sich in Hammelshausen einquartiert haben. Sie sollten jeden Moment kommen. Wir wollen das Beste aus diesem Abend machen.« Sie versuchte, ruhig zu wirken, aber ihre Stimme bebte leicht. Anna spürte die wachsende Nervosität ihrer Gastgeberin. Sie hörte, wie die Baronin ihrem Sohn zuflüsterte: »Und wenn der Tote bei der Bärenhöhle Stefan Arendt ist?«

Der winkte ab. »Du hast doch gehört, Mutter, dass es ein Mann ist, der offenbar schon mal hier in der Gegend war und im Gasthof wohnt. Sicher einer von diesen Wanderern, die seit einiger Zeit auf dem Koboldhügel herumklettern und sich als Höhlenforscher gerieren. Das kann nicht Arendt sein, der außerdem im Schloss untergebracht ist.«

Philips Worte schienen die Baronin ein wenig zu beruhigen.

Wenig später waren alle Gäste im Salon versammelt, und eine Hausangestellte und Max gingen mit Tabletts voller Gläser mit Champagner, Orangensaft und Weißwein umher. Die Baronin hatte Teresa in die Küche zu Astrid geschickt, die sich um die junge Frau kümmerte.

Vor dem Kamin, in dem ein Feuer brannte, lagen Cú und Alisha, die sich durch nichts stören ließen. Beide hatten die Köpfe auf die Pfoten gelegt und blinzelten nur hie und da. Alisha, die schon zwölf Jahre alt war, bewegte sich ohnehin nur noch in Maßen. Anna beneidete die Tiere um ihre Ruhe. Sie selbst spürte eine Unruhe, die nicht nur mit Peter Grotherrs schaurigem Fund in der Bärenhöhle zu tun hatte. Wo war der Referent des Abends abgeblieben? Gab es eine Verbindung zwischen dem Verschwinden von Arendt und dem Toten? In ihrer Phantasie entwickelte sich der verschollene Doktorand zum Mörder, der den Fremden gemeuchelt und dann das Weite gesucht hatte. Schnell verwarf sie diesen absurden Gedanken, nahm dankbar ein Glas Wein entgegen und setzte sich in einen der Chintz-Sessel in der Nähe des Kamins. Cú hob kurz den Kopf und sah sie aus seinen blauen Augen freundlich an. Um sich abzulenken, fragte sie die Baronin, die in ihrer Nähe saß: »Wen erwarten Sie denn noch?«

»Einen Historiker, dessen Spezialgebiet die Geschichte des 18. Jahrhunderts ist. Er hat vor einigen Jahren einen interessanten Artikel in einem Geschichtsmagazin über unser Schloss und die historischen Hintergründe veröffentlicht.«

»Heißt dieser Historiker zufällig Harald Frostauer?« Anna ahnte die Antwort schon.

Carola von Rödelshausen sah sie überrascht an. »Ja, genau. Kennen Sie ihn? Er ist eine Kapazität auf seinem Gebiet.«

Und ob Anna ihn kannte. Harald Frostauer war, wie er zumindest behauptete, vor einiger Zeit in sie verliebt gewesen und im vergangenen Jahr in Bresterholz aufgetaucht, als sie an dem Katalog zur Ausstellung in der Leibniz-Bibliothek gearbeitet hatte. Frostauers Rolle in der Geschichte um den Moormann war damals nicht nur ruhmreich gewesen. Sie hatte ihn nie gemocht, allerdings mit ihm inzwischen eine Art Burgfrieden geschlossen und sich bei gelegentlichen beruflichen Treffen mit ihm recht angeregt unterhalten. Dennoch gehörte er nicht zu ihren Freunden. Aber offenbar schien ihn die Baronin zu schätzen.

Deshalb sagte sie nur: »Ja, wir sind uns schon öfter begegnet.«

Lebhafte Gespräche kamen nicht auf. Gerne hätte sich Anna mit dem Höhlenarchäologen Michael Terhorst unterhalten. Er galt als Fachmann für alte Kultstätten und hatte im Harz und auch im Ith schon geforscht. Aber Terhorst war ins Gespräch mit seinem Kollegen Klaus Fritzen vertieft, der sich als Geologe auf die Entstehung von Höhlen spezialisiert hatte und als renommierter Höhlenforscher galt.

Vor einigen Jahren hatte er eine Höhle im Solling entdeckt, die aufgrund ihrer Lage an einem steilen Hang nie erforscht worden war und deren Eingang man lange Zeit nur als Felsenriss abgetan hatte. Fritzen aber hatte den Einstieg gewagt und eine recht geräumige Höhle gefunden, in der vor Jahrtausenden Tiere Zuflucht gesucht hatten. Allerdings gab es dort keine menschlichen Relikte, und so gelang es Fritzen zu seinem Ärger nicht, Fördergelder für eine ausführlichere Untersuchung der Höhle zu akquirieren. Das führte dazu, dass er seiner Universität vorwarf, an der falschen Stelle zu sparen. Fast hätte ihn dieser Disput seine Stelle gekostet. Das lag einige Jahre zurück, und inzwischen hatten sich die Wogen geglättet. Anna kannte diese Geschichte durch Zufall aus einem Magazin. Der Archäologe und der Geologe verstanden sich offenbar sehr gut und planten sicher gemeinsame Projekte. Jedenfalls ging es in ihrem Gespräch, das sie mit gedämpften Stimmen führten, recht einvernehmlich zu. Und Anna glaubte die Worte »Dann lass uns das aber wirklich gemeinsam angehen!« zu hören.

Die anderen Gäste saßen eher schweigsam im Salon, und wenn sie redeten, dann in verhaltenem Ton. Gelegentlich übertönte Barbara von Rödelshausens hohe Stimme das Gemurmel der anderen. Anna hatte mit ihr noch kein einziges Wort außer den Begrüßungsfloskeln gewechselt und verspürte auch wenig Lust, sich mit dieser viel zu grell geschminkten Kunstfigur zu unterhalten.

Sie schloss die Augen. Die Standuhr schlug die halbe Stunde, als die Haustürglocke ertönte. Wenig später tauchte Max Greve mit zwei Männern im Salon auf.

Der eine war ein untersetzter Mann von Ende vierzig mit einem runden Gesicht, schütteren blonden Haaren und einem schüchternen Lächeln, der andere war Harald Frostauer, der auf seine gewohnt forsche Art mit einem breiten Grinsen im Gesicht den Raum betrat und auf die Baronin zusteuerte. Anna schien er nicht zu sehen.

Frostauer gab der alten Dame einen perfekten Handkuss und plapperte los: »Liebe Baronin! Ich freue mich ja so sehr, dass ich heute Abend Ihr Gast sein darf. Vor allem bin ich gespannt auf den Vortrag von Stefan Arendt, den ich vor zwei Jahren bei einem Historikerkongress getroffen habe.

Ein hochbegabter junger Mann.« Suchend sah er sich um, und ehe Carola von Rödelshausen ihm antworten konnte, fragte er: »Wo ist Stefan denn? Bereitet er sich auf den Vortrag vor?« Dann fiel sein Blick auf Anna. Für den Bruchteil einer Sekunde erstarrte sein Lächeln, dann aber winkte er ihr zu. »Wie schön, dass du auch hier bist!«, rief er überschwänglich.

Carola von Rödelshausen legte kurz eine Hand auf seinen Arm. »Es freut mich, dass Sie die Zeit gefunden haben, die nächsten Tage mein Gast zu sein.«

Als Anna das hörte, lief es ihr kalt über den Rücken. Auch das noch. Einen Abend konnte sie Frostauer ertragen, aber mehrere Tage? Wie gut, dass sie mit den Bildern beschäftigt sein würde.

Als die Baronin Frostauers schweifenden Blick bemerkte, fügte sie hinzu: »Herr Arendt ist noch nicht eingetroffen. Wir werden wohl auf den Vortrag verzichten müssen, wenn er nicht innerhalb der nächsten halben Stunde doch noch erscheint.« Während Frostauer sich den anderen Gästen vorstellte, wandte sie sich mit einem liebenswürdigen Lächeln an den untersetzten Mann: »Lieber Herr Mertens, leider führt Sie heute kein schöner Grund zu uns ins Schloss. Ich habe es letztens sehr genossen, als Sie mit Ihrer reizenden Frau und mit Ihren beiden Kindern bei uns waren. Ich hoffe, dass Sie Spaß an der Schlossbesichtigung hatten?«

Mertens wurde rot und stammelte: »Ja, es war ein schöner Ausflug für uns alle.« Dann aber wurde er ernst und sah sich etwas hilflos um. »Es ist mir sehr unangenehm, Baronin. Aber es scheint, als ob der Tote in der Bärenhöhle zu Ihren Gästen gehört.«

Die Baronin wurde bleich. »Sie wollen doch nicht andeuten, Herr Mertens, dass der Tote Stefan Arendt ist? Wir warten auf ihn. Er ist unser Ehrengast.«

»Nein, es ist eindeutig nicht Herr Arendt, auch wenn sein Auto verlassen am Straßenrand gefunden wurde.« Mertens zog ein Taschentuch aus seiner Jackentasche und schnäuzte sich lautstark. Alle Gäste starrten ihn an. Wieder errötete er.

»Entschuldigung, eine Allergie!« Er stopfte das Taschentuch in seine Jacke.

»Nun, wer ist der unglückliche Mensch denn? Ich weiß jetzt auf Anhieb nicht, welcher Gast noch fehlt außer dem Vortragenden.« Die Baronin blickte Mertens fragend an.

Albert Mertens fühlte sich sichtlich unwohl, zumal alle Augen auf ihn gerichtet waren. Vor allem Harald Frostauer starrte ihn gebannt an.

»Der Tote ist ein gewisser Dieter Elster«, sagte Mertens.

Ein erschrecktes Raunen ging durch die kleine Gruppe im Salon.

Carola von Rödelshausen sah Mertens entsetzt an. »Dieter Elster? Der Höhlenforscher? Ursprünglich wollte er erst morgen kommen. Ich hatte ihn dann aber schon für heute Abend eingeladen, und er hat erst vor wenigen Tagen zugesagt. Ich hätte doch merken müssen, dass er noch nicht hier ist. Aber mir schwirrt der Kopf wegen Stefan Arendt, der immer noch nicht aufgetaucht ist.« Sie schluckte schwer. »Sind Sie sicher, Mertens, dass es wirklich Dieter Elster ist?«

»Es tut mir sehr leid, Baronin, aber es besteht kein Zweifel. Wir haben in seiner Jackentasche seinen Personalausweis gefunden. Er hatte im ›Höhlenmann‹ für vier Nächte ein Zimmer gebucht und ist heute am Mittag angereist. Sein Auto, ein älterer Ford, steht auf dem kleinen privaten Parkplatz hinter dem ›Höhlenmann‹. Er hat seinen Koffer in seinem Zimmer abgestellt und ist dann, wie uns der Wirt gesagt hat, bald nach seiner Ankunft weggegangen.«

»Es war doch wohl ein Unfall?« Die Baronin blickte Mertens fragend an.

Er zuckte mit den Achseln. »Wir haben noch keine näheren Auskünfte. Seine Leiche ist in die Gerichtsmedizin nach Hameln gebracht worden. Wir haben die Höhle abgesperrt, aber die Spurensicherung kommt noch. Leider ist es jetzt schon zu dunkel, um viel erkennen zu können.«

Frostauer, der neben Philip von Rödelshausen und seiner Frau gestanden hatte, trat vor. »Elster hatte sich auch mit mir verabredet. Für morgen zum Mittagessen. Er wollte von mir die Geschichte dieser Region genauer erfahren, weil ihn die Legenden um diese Höhlen interessiert haben. Er hat mir vor drei Wochen eine Mail geschrieben, um mir das Datum seiner Ankunft zu nennen. Ich wusste nicht, dass er schon heute im Hotel abgestiegen ist, wo ich ja auch untergebracht bin, und heute Abend im Schloss erwartet wurde.«

»Sie kannten Dieter Elster?« Mertens hatte sich Frostauer zugewandt.

»Nicht persönlich, aber er war mir seit Jahren ein Begriff. Sein Buch ›Abstieg in den Hades‹ über isländische Eishöhlen und seinen Artikel ›Das wahre Gesicht des Minotaurus‹ über eine Höhle im Ida-Gebirge auf Kreta habe ich mit Begeisterung gelesen.« Frostauer schien ehrlich schockiert zu sein über die Nachricht.

»Was glauben Sie, Mertens? War es ein Unfall?« Philip von Rödelshausen hatte seinen Arm um seine Frau gelegt, die sich an ihn klammerte.

»Das können wir noch nicht mit Sicherheit sagen. Die Untersuchung der Leiche ist nicht abgeschlossen.« Mertens wirkte auf einmal sehr offiziell.

»Was sollte es denn anderes als ein Unfall gewesen sein?«, mischte sich Klaus Fritzen ein.

Mertens zögerte einen Augenblick. »Ich kann und darf Ihnen keine weiteren Informationen geben. Doch Herr Elster war nicht das erste Mal in dieser Gegend. Er ist Anfang August hierhergekommen und hat laut Aussage des Wirts vom ›Höhlenmann‹ angedeutet, dass er die hiesigen Höhlen besuchen wollte. Er hat damals eine Nacht in Hammelshausen verbracht, aber das Wetter war so schlecht, dass er wieder abgereist ist, ohne größere Expeditionen in die Umgebung zu unternehmen.«

Die Baronin nickte. »Ja, Anfang August war es hier sehr ungemütlich. Deshalb bin ich für einige Tage spontan nach Italien geflogen. Allerdings hatte ich keine Ahnung, dass Elster damals vor Ort war.« Sie setzte sich und forderte Mertens auf, sich ebenfalls einen Stuhl zu nehmen. Vorsichtig ließ er sich auf dem kleinen Sessel neben der Baronin nieder und bat dann mit leiser Stimme um ein Glas Wasser, das ihm Max sofort brachte.

»Und nun? Was wollen Sie von den hier Anwesenden wissen?« Philip von Rödelshausen blickte auf die Uhr. Offensichtlich wollte er den Polizisten gerne schnell wieder loswerden.

Der Baronin dagegen setzte die Todesnachricht offenbar sehr zu. Sie versuchte zwar, Haltung zu bewahren, aber Anna spürte, dass sie sich nur mühsam aufrecht hielt.

Mertens antwortete mit überraschend kräftiger Stimme, die im Widerspruch zu seinem bisherigen Auftreten stand: »Zum einen möchte ich von Ihnen wissen, wer Dieter Elster persönlich gekannt hat und wer ihn vielleicht heute gesehen hat. Zum anderen interessiert es mich auch, ob jemand von Ihnen im Laufe des Tages bei der Bärenhöhle oder bei einer der anderen Höhlen war.«

»Sie wollen doch nicht im Ernst andeuten, dass einer unserer Gäste etwas mit dem Tod dieses Mannes zu tun hat?« Philip von Rödelshausen lief rot an.

Höflich, aber bestimmt erwiderte Mertens: »Meine Fragen deuten nichts an, sie sind reine Routine.«

Klaus Fritzen trat vor. »Ich kannte Dieter seit vielen Jahren persönlich. Wir waren 1998 gemeinsam auf Island und haben uns die berühmten Eishöhlen angesehen, und ich habe ihn mehrmals als Gastredner bei uns in Göttingen gehabt. Dieter konnte sehr eloquent über Höhlen und vor allem über Entdeckungen erzählen. Er sollte im November wieder zu uns kommen und über die Maya-Schätze in der Riesenhöhle von Sac Actun und Dos Ojos auf Yucatán berichten. Sein Tod ist ein sehr schwerer Schlag für die Wissenschaft und natürlich auch für alle, die ihn kannten.«

»Waren Sie mit ihm befreundet?« Mertens hatte ein Notizbüchlein gezückt und schrieb etwas hinein.

Trotz des Ernstes der Lage musste Anna schmunzeln. Mertens erfüllte jedes Klischee eines emsigen Dorfpolizisten. Irgendwie erinnerte er sie aber auch an den berühmten Inspektor Columbo, der ebenfalls immer alles Mögliche in seinem schwarzen Büchlein notierte. Es fehlten nur die Zigarre und der zerknitterte Regenmantel.

Fritzen zögerte einen Augenblick, ehe er antwortete. »Befreundet? Wohl eher nicht. Ich habe ihn geschätzt, vor allem seinen Mut, in verzweigte Labyrinthe unter der Erde und unter Wasser einzutauchen. Er war ein erfahrener Apnoe-Taucher. Doch Dieter war ein Einzelgänger. Unverheiratet, soviel ich weiß, und auch nur selten in seiner Wohnung in Berlin. Er war öfter auf Kreuzfahrten als Experte eingeladen und hat dort Passagiere mit seinen Abenteuergeschichten unterhalten. Erst kürzlich ist er mit einem dieser Riesenkreuzfahrtschiffe in der Karibik unterwegs gewesen, drei Wochen lang.« Er verstummte.

»Und?«, fragte Mertens. »Sie wollten noch etwas sagen?«

»Na ja, er hat mir vor zwei Monaten nach seiner Rückkehr gemailt, dass er an Bord ein paarmal Ärger mit einem Reisenden hatte, der seine Ausführungen kritisierte. Es scheint, als sei er da auf einen Besserwisser gestoßen, der ihn furchtbar genervt hat. Dieser Mann beschwerte sich wohl, dass Dieter alle Höhlen der Welt, nicht aber die vor seiner eigenen Nase in Deutschland kannte. Dabei hat Dieter fast alle Höhlen im Harz, im Solling, in den Alpen und wo auch immer gekannt. Vielleicht hat ihn dieser unzufriedene Passagier dazu gebracht, sich auch mal die Höhlen in dieser Gegend anzuschauen. Aber das hat bestimmt nichts mit seinem Tod zu tun.«

»Sicherlich nicht«, bestätigte Mertens.

Von den anderen Gästen kannte nur noch Michael Terhorst, der Höhlenarchäologe, Dieter Elster. Er hatte einige Jahre zuvor mit ihm gemeinsam eine Tour im Harz unternommen.

»Dieter Elster war ein Abenteurer, der zwar solide Kenntnisse über Höhlen besaß, aber ich glaube, dass er auch eine Art Schatzsucher war, der immer hoffte, irgendetwas Sensationelles zu entdecken. Und dieser Eifer hatte nichts mehr mit wissenschaftlicher Korrektheit zu tun.« Offenbar hatte Terhorst Elster nicht besonders geschätzt. Er gab sich keine Mühe, das zu verbergen.

Viel mehr erfuhr Mertens nicht von den Gästen der Baronin. Er stand auf und wollte gerade gehen, da fiel sein Blick auf Anna, die den großen irischen Hund unter dem Kinn kraulte.

»Ach, Frau Bentorp, Sie sind auch hier? Das ist aber sehr schön. Ich hoffe nur, dass Sie nach Ihren Moorabenteuern nicht darauf aus sind, nun eine Art Miss Marple der Höhlen zu werden«, sagte er in Anspielung auf Annas letztjährige Versuche, an der Polizei vorbei den Fall des Moormanns von Bresterholz zu lösen.

Frostauer kicherte, und Anna wurde puterrot. Sie schüttelte den Kopf und fragte sich, woher Mertens das wissen konnte. Der fuhr bereits fort: »Hans Schumann ist ein alter Bekannter von mir, und er ist seit zwei Monaten in Hameln. Vielleicht übernimmt er ja den Fall. Man sieht sich!«

Damit verließ Mertens den Salon und ließ die verwirrten und beunruhigten Gäste zurück.

Max begleitete ihn zur Haustür. Zwar war sein Gesicht wieder zur üblichen Maske erstarrt, aber glücklich schien er nicht zu sein. Bei aller Disziplin merkte man ihm seine Sorge an. Kein Wunder, dachte Anna. Stets liebevoll um die Baronin bemüht, konnte ihm nicht entgangen sein, dass es der alten Dame nicht gut ging, auch wenn sie sich tapfer hielt.

Nachdenklich kraulte Anna Cú weiter unter seinem borstigen Kinn. Sie hatte seit Mai nichts mehr von Schumann gehört und nicht gewusst, dass er sein geliebtes Stade verlassen hatte und nach Hameln versetzt worden war. Eigentlich war sein Ziel Hannover gewesen, das hatte er ihr bei ihrem letzten Treffen erzählt. Doch seltsamerweise hatte sie keinen Kontakt mehr mit ihm, sosehr sie ihn auch mochte und gespürt zu haben glaubte, dass auch er sie schätzte. Musste erst ein Mord geschehen, um ihn wiederzusehen? Anna fühlte sich auf einmal erschöpft. Zudem machte ihr die Hitze des Kaminfeuers zu schaffen.

Sie stand auf, schob Cú sanft zur Seite, der sich daraufhin wieder zu seiner Freundin Alisha vor das Feuer legte, und ging zur Baronin. Sie saß neben ihrem Sohn und nippte an einem Glas Wasser.

Als sie Anna sah, lächelte sie matt. »Es tut mir so leid, dass Sie das alles miterleben müssen, aber wahrscheinlich ist der Tod dieses armen Mannes ein Unfall. Schlimm genug, dass er zu meinen Gästen zählt. Als er nicht kam, wie eigentlich verabredet, habe ich mir noch gedacht, er wolle doch lieber erst morgen kommen. So kann man sich irren. Das alles aber befreit uns nicht von der Frage, wo Stefan Arendt ist. Ich hätte das Mertens sagen sollen, aber die Sache mit Dieter Elster hat mich völlig abgelenkt. Wenn Arendt sich bis morgen nicht gemeldet hat, dann werde ich Mertens informieren müssen. Vielleicht hat er tatsächlich einen Spaziergang gemacht und ist dabei verunglückt und liegt irgendwo hilflos im Wald. Wer weiß?« Sie seufzte tief. »Es ist schrecklich. Ein Wochenende, das einfach nur unterhaltsam und anregend sein sollte, wird zu einem Alptraum.« Sie gab sich einen Ruck. »Wir werden jetzt aber zum Essen gehen, und morgen sehen wir weiter.«

Mit einiger Mühe erhob sie sich und ging ihren Gästen voran in das geräumige Esszimmer, in dem liebevoll der Tisch gedeckt war.

Wenige Minuten später saßen alle Gäste um die lange Tafel. Natürlich war der Tote von der Bärenhöhle das Gesprächsthema, und es wurde wild spekuliert, wie Dieter Elster gestorben war. Die meisten meinten, es müsse ein Unfall gewesen sein. Anna jedoch schwieg. Sie hatte im vergangenen Jahr im Brester Moor zu viele sogenannte »Unfälle« erlebt, die sich dann als Mord oder versuchter Mord entpuppt hatten. Vielleicht hatte Dieter Elster ja ein Geheimnis oder hatte jemanden provoziert. Sie dachte an die Bemerkung von Mertens, dass sie sich nicht als Miss Marple der Höhlen aufspielen sollte. Gedankenschwer löffelte sie die köstliche Hummersuppe und hörte kaum noch zu, was die anderen Gäste am Tisch das restliche Essen über erzählten.

Harald Frostauer schaffte es, sich beim anschließenden Kaffee im Salon neben sie zu setzen. Sie fühlte sich von ihm gestört, denn er legte gleich los mit seinen intimen Kenntnissen zur Geschichte der Familie von Rödelshausen und zu ihrem Schloss.

»Die von Rödelshausens«, begann er ohne große Vorrede, »sind eine uralte Familie. Ihr Vorfahre Roderick hat Heinrich den Löwen auf seinem Kreuzzug begleitet. Als Dank für seinen Mut hat ihn Heinrich mit dieser Gegend belehnt, wobei damals hier nur eine kleine Burg stand, die im 15. Jahrhundert zerstört wurde. Es gibt eine interessante Familiengruft auf dem Friedhof von Hammelshausen, wo einige dieser wackeren Vorfahren begraben liegen. Die zeige ich dir gerne mal.«

Frostauer leerte seine Tasse mit einem einzigen Schluck. »Ja, und dann gibt es diese Geschichte von den schottischen Verwandten, die nach der Schlacht von Culloden hierher geflüchtet sind. Aber die Frau ist nach der Geburt einer Tochter gestorben, ihr Mann spurlos verschwunden, und natürlich erzählen sich die Leute viel. Der geheimnisvolle Schotte habe einen Schatz im Schloss versteckt. Er sei deswegen ermordet worden, weil Rudolf von Rödelshausen hoch verschuldet gewesen sein soll und den Schatz haben wollte. Aber das sind wohl nur Gerüchte. Die Chroniken aus der Gegend wimmeln von ähnlichen Storys. Das sind die Klatschblätter des 18. Jahrhunderts, die unseren modernen Illustrierten in nichts nachstehen.«

Gegen ihren Willen hörte Anna gespannt zu. Frostauer bemerkte es und grinste. »Ich weiß, du liebst solche Geschichten. Diesmal hat aber kein Moormann seine Hand im Spiel.«

Anna schüttelte den Kopf. »Natürlich interessiert mich das. Alles, was mit dem Schloss zu tun hat, ist für mich wichtig. Immerhin soll ich in den nächsten Tagen die Bilder untersuchen, die seit langer Zeit hier lagern. Sicher sind darunter auch Ahnenporträts.«

Anna dachte unwillkürlich an das Bildnis der jungen Frau und an den Jungen mit den melancholischen Augen. Sie schob sich eine der köstlichen Trüffelpralinen in den Mund, die in einer kleinen Schale aus Meißener Porzellan auf dem Beistelltisch angerichtet waren. »Du kannst mir ruhig noch mehr Gerüchte erzählen. Das lenkt mich von dieser schrecklichen Nachricht ab.«

Frostauer zog die Stirn in Falten. »Ja, der arme Dieter Elster. Alle großen Höhlen der Welt hat er heil überstanden, ausgerechnet die kleine unbedeutende Bärenhöhle wird sein Schicksal. Das Leben ist schon gemein.« Versonnen stellte er seine Espressotasse auf die Untertasse und sah ins Feuer. Anna nickte zustimmend.

»Du wolltest mir noch mehr über die Geschichte des Schlosses erzählen«, sagte sie nach einer Weile.

Frostauer wandte sich ihr wieder zu. »Nun ja, es hat alles mit der Schlacht von Culloden zu tun. Dieser Schotte war offenbar ein angeheirateter Verwandter der Familie, der hier untergetaucht ist, um für einige Zeit von der Bildfläche zu verschwinden. Es muss darüber Dokumente oder andere Aufzeichnungen in der Bibliothek geben.« Frostauer lächelte Anna fast schüchtern an. »Diese Epoche interessiert mich, und das ist auch ein Grund, weshalb ich hier bin. Du weißt ja, dass eines meiner Hauptforschungsgebiete englische Geschichte im 17. und 18. Jahrhundert ist.«

Natürlich wusste Anna das; Harald Frostauer hatte immerhin mehrere Bücher zu dem Thema veröffentlicht, von denen sie sein Werk mit dem Titel »Das Vermächtnis der Stuarts« gelesen hatte. Vor allem aber ließ er keine Gelegenheit aus, um mit seinen Kenntnissen zu prahlen. Auch jetzt schien er wieder auf dem besten Weg zu sein, Mr Allwissend zu spielen.

Als er jedoch Annas Gesichtsausdruck sah, hielt er einen Moment inne und sagte dann: »Aber natürlich lernt man nie aus. Ich habe mich deshalb auf den Vortrag gefreut, denn Stefan Arendt hat, wie es heißt, ein paar recht interessante neue Erkenntnisse über historische Ereignisse in dieser Region und über Sir Walter Scotts Arbeit an seinem großen Roman ›Waverley‹ gewonnen. ›Waverley‹ handelt auch von den Jakobiten und ihrem aussichtslosen Kampf gegen Georg II., und irgendwie hängen die von Rödelshausen da mittendrin.« Er fügte hinzu: »Ich interessiere mich für die Familiengeschichte der von Rödelshausens und würde gerne über sie schreiben, aber mir fehlt das genaue Hintergrundwissen vor allem aus der Zeit zwischen 1750 und 1800. Ich werde mich mal in der Bibliothek umschauen. Da müssen ja alte Chroniken liegen.«

Anna hörte ihm aufmerksam zu, hielt sich aber zurück. Sie kannte den Namen des Schotten aus den alten Briefen vom Dachboden und hatte einige der Puzzlesteine entdeckt, die Frostauer fehlten. Sie wunderte sich nur, weshalb der Name des Mannes, der einige Jahre als Flüchtling im Schloss gewohnt hatte, nicht allgemein bekannt war. Hatte Rudolf von Rödelshausen versucht, die Spuren des Mannes zu verwischen? Aber auf dem Friedhof stand sicherlich ein Grabstein mit dem Namen der kurz nach der Geburt verstorbenen Ehefrau.

Sie wandte sich an Frostauer. »Hast du schon nach dem Grab der unbekannten Verstorbenen gesucht?«

Frostauer schüttelte den Kopf. »Ich dachte eigentlich, dass sie als Verwandte der von Rödelshausens in der Familiengruft bestattet wurde, aber da findet man keinen Anhaltspunkt, und auf dem Friedhof stehen nur noch sehr wenige Grabsteine aus der Epoche. Es waren damals unruhige Zeiten, und vielleicht fürchtete Rudolf von Rödelshausen, dass es ihm schaden würde, wenn herauskäme, dass er schottische Flüchtlinge bei sich beherbergt hat. Er war sicherlich erleichtert, als der Mann fort war. Wobei ich glaube, dass die Tochter der beiden hier aufgewachsen ist. Doch das muss ich alles noch genauer recherchieren.«

Fast hätte Anna ihm verraten, dass sie mehrere Briefe aus genau der Zeit entdeckt hatte, die von einer Cousine jenes James MacNeill stammten. Und dass sie deshalb wusste, dass die »Unbekannte« Alexandra hieß. Sie würde es Frostauer später sagen und ihm dann auch die beiden Bilder zeigen, aber momentan verspürte sie wenig Lust darauf, es ihm allzu leicht zu machen. Sie bewegte vor allem die Frage, was aus der kleinen Elisabeth geworden war. Hatten die von Rödelshausens sie als eigenes Kind aufgezogen? Vielleicht fand sie ja etwas darüber in einer der Schlosschroniken.

Sie sagte nur: »Viel Glück. Aber ich bin mir sicher, dass du in der Bibliothek mehr als genug spannendes Material finden wirst.«

»Hoffentlich«, erwiderte Frostauer. »Es wäre hilfreich gewesen, wenn Stefan seinen Vortrag gehalten hätte.«

Die Gäste blieben noch eine Weile im Salon, doch irgendwann wich die etwas gelockerte Stimmung während des Essens wieder einem Gefühl der Unsicherheit, das nicht nur dem Tod des Höhlenforschers, sondern auch dem mysteriösen Verschwinden von Stefan Arendt geschuldet war. Bald verstummten die Gespräche. Auch Philip von Rödelshausen, der anfangs noch versucht hatte, durch ein paar Anekdoten die Stimmung aufzuheitern, fügte sich in das Unvermeidliche und schwieg schließlich. Nachdenklich starrte er in die Flammen des Kaminfeuers.

Als Anna zu Bett ging, war Stefan Arendt noch immer nicht eingetroffen. Sein Handy, antwortete Max Greve auf ihre Frage, sei nach wie vor stumm. Sein Auto war inzwischen auf den Hof des Schlosses geschleppt worden, am nächsten Tag würde sich die Polizei darum kümmern. Es war nicht auszuschließen, dass Arendt sich verirrt hatte oder ihm irgendein anderes Unglück widerfahren war. Deshalb würde ein Suchtrupp zusammengestellt werden.

Die Baronin hatte den Abend über noch gehofft, der junge Mann würde schuldbewusst wegen seiner Verspätung, aber gesund auftauchen. Doch als die große Standuhr in der Eingangshalle des Schlosses elfmal schlug, hatte Carola von Rödelshausen diese Hoffnung aufgegeben. Ehe sie ins Bett ging, hatte sie sich an Anna gewandt und mit leiser Stimme gesagt:

»Ich bin nicht abergläubisch, aber es scheint mir, als liege ein Fluch über diesem Wochenende.« In diesem Moment rief draußen ein Käuzchen. Anna sah zu ihrem Erstaunen, dass sich die Baronin hastig bekreuzigte. Und das, obgleich jeder wusste, dass Carola von Rödelshausen eine überzeugte Protestantin war. Als sie Annas Überraschung bemerkte, lächelte sie: »Es mag albern klingen, aber der Schrei des Käuzchens weckt in mir die alten Urängste, die ich als Kind im Schloss und vor allem angesichts des Koboldhügels empfunden habe. Gespeist wurden sie vor allem durch die Erzählungen meiner katholischen Kinderfrau Emma, die alle Sagen dieser Gegend kannte. Sie aber besaß ein Allheilmittel gegen Angst: Sie verbannte durch das Kreuzzeichen alle Dämonen im Schloss, im Park und im Tal rund um Hammelsberg.« Sie blickte Anna nachdenklich an. »Seltsamerweise sehne ich mich in solchen Nächten zurück nach dem Trost, den Emma mir immer spendete, wenn ihre Geschichten mich allzu sehr verschreckt haben. Das liegt achtzig Jahre zurück, in einer anderen Zeit, in einer anderen Welt.«

Reise in die Vergangenheit II

Glasgow, 13. November 1750

Mein liebster James,
was für eine schreckliche Nachricht hat uns vor wenigen Tagen
erreicht! Wie nahe doch Kummer und Freude beieinander-
liegen! Gerade noch habe ich dir zur Geburt deiner kleinen
Tochter gratuliert, nun erfahre ich, dass deine wunderbare
Frau gestorben ist und du mit der kleinen Elisabeth alleine
zurückgeblieben bist. Welch unfassbarer Schmerz!
Wir haben es Alistair noch nicht gesagt. Ich finde nicht
die richtigen Worte dafür, und Hugh, dieser Sternenträumer,
wäre denkbar ungeeignet, einem zehnjährigen Kind eine sol-
che Nachricht mitzuteilen. Also muss ich bald den Mut dazu
aufbringen. In Gedanken sind Hugh und ich an deiner Seite,
aber mir wird wieder einmal schmerzlich bewusst, wie viele
Meilen zwischen uns liegen. Solange Alexandra an deiner Seite
lebte, war die Fremde sicherlich nicht unerträglich für dich,
selbst wenn das Leben in der Einöde mir eher trostlos erscheint,
und Rudolf von Rödelshausen scheint auch kein Freund froher
Feste zu sein. Wie du uns geschrieben hast, hat er nur einmal
im Sommer vor zwei Jahren einen Ball veranstaltet und nur
zweimal musikalische Abende in seinen doch recht prunkvol-
len Sälen. Deine Schilderungen, dass der Park und auch viele
Gemächer im Schloss den Anschein von Vernachlässigung tra-
gen, stimmen mich nachdenklich. Hat Alexandras Vetter auf
zu großem Fuß gelebt? Ist sein Reichtum, von dem du mir vor
einigen Jahren berichtet hast, dahingeschmolzen? Ich fürchte,
dass er durch den Tod seiner Cousine dir gegenüber vielleicht
keine Verpflichtung mehr fühlt, selbst wenn die kleine Elisa-
beth mit ihm verwandt ist. Doch was schreibe ich da! Meine
Ängste um dich, dieses Gefühl der Ungewissheit über dein
Schicksal, verbunden mit der Trauer um Alexandra, verne-

beln meinen Blick für das Wesentliche, und das ist dein eigener Kummer!

Dieser Herbst hat dir Freude und Leid im Übermaß beschert. Vielleicht ist aber jetzt die Zeit gekommen, in der du Hammelsberg hinter dir lässt und in Richtung Heimat aufbrichst, ehe Rudolf von Rödelshausen dich spüren lässt, dass du ein ungewollter Gast in seinem Hause bist. Hier hast du Verwandte, die dich lieben, einen Sohn, der dich braucht. Deiner Tochter würde es bei uns wohlergehen. Wir können uns ebenso um sie kümmern wie um deinen Sohn, bis du wieder Fuß gefasst hast. Alistair gilt als unser eigener Sohn, und bisher hat niemand dies bezweifelt oder in Frage gestellt. Allerdings kam vor einigen Tagen ein Mann zu unserem Haus, der nach Alistair MacNeill fragte. Unser Diener Cameron hat ihm gesagt, dass es hier nur einen Alistair de Abreville gebe. Seiner Beschreibung nach war der Mann gut gekleidet. Er schien sich mit der Antwort zufriedenzugeben. Aber mich erfüllt dieser Besuch mit Unruhe. Weshalb hat er nach Alistair gefragt, wer hat ihn geschickt und weshalb? War er ein Agent des Herzogs oder ein Nachbar aus deiner Heimat am Loch Ness, der sich auf die Suche nach dir begeben hat?

Das Auftauchen dieses Fremden hat mich alarmiert und steht im Widerspruch zu meinem Wunsch, du mögest bald wieder nach Schottland heimkehren. Wir werden in London Auskünfte einholen, wie sicher deine Heimkehr wäre. Was ich vermute, ist, dass der Herzog von Cumberland nicht ganz überwunden hat, dass der »Star of Scotland« verschwunden ist. Zu gerne hätte er seine Hand daraufgelegt und ihn als Kriegsbeute nach London geholt. Wahrscheinlich könntest du dich damit sogar freikaufen, andererseits weiß ich, dass dir das zutiefst widerstrebt.

Geliebter Vetter, bleibe wachsam! Wer weiß, ob der Herzog nicht noch immer von diesem Schatz träumt, und er hat weitreichende Verbindungen nach Deutschland. Das Schloss der von Rödelshausens liegt ja noch im Kurfürstentum Hannover, wenn auch in einem abgelegenen Teil. Oft denke ich, ihr hättet *nach Frankreich oder besser Italien flüchten sollen oder nach Köln oder Frankfurt, wenn es denn Deutschland sein musste.*

Doch genug von meinen Gedanken! Ich bin bei dir und deiner kleinen Tochter, die nun aller Liebe bedarf, derer du fähig bist. Du sollst wissen, dass ich mich ständig um dich sorge und wie weh es mir tut, dass Alexandra nun in der Fremde zu Grabe getragen worden ist. Ich weiß aus einem ihrer Briefe, dass sie stets davon träumte, eines Tages wieder in Drumnadrochit zu leben.

Bleib behütet!

Deine Cousine Claire

Anna war um kurz nach fünf Uhr aufgewacht. Die Vögel im Park schmetterten dem Morgen entgegen. Bei diesem vielstimmigen Konzert vermochte sie nicht wieder einzuschlafen. Also war sie aufgestanden, hatte geduscht, sich angezogen und beschlossen, die Gunst der Stunde zu nutzen. Sie schlich sich in den frühen Morgenstunden in ihr provisorisches Arbeitszimmer. Ihr Wunsch, mehr über James MacNeill zu erfahren, ließ sie die kühle, neblige Luft vergessen, die bis in die Mauern des Schlosses einzudringen schien. Das Tal lag im Morgendunst, durch den sich die Sonne nur zaghaft hindurchkämpfte. Im Schloss rührte sich nichts. Selbst Cú streckte sich bloß in seinem Korb in der Eingangshalle und blinzelte kurz, als Anna vorbeiging. Dann legte er seinen großen grauen Kopf wieder auf die Pfoten und schlief weiter. Seine ältere und wesentlich trägere Gefährtin Alisha ließ sich gar nicht stören. Sie schnarchte leise vor sich hin. Selbst der rührige Max war nirgendwo zu sehen. Kein Wunder, die Standuhr hatte gerade erst halb sechs geschlagen. In frühestens einer halben Stunde würde Astrid mit den Vorbereitungen für das Frühstück beginnen und Max die Hunde in den Park lassen, und natürlich würde das Frühstücksthema wieder der tote Dieter Elster und der verschollene Stefan Arendt sein.

Dieser zweite Brief, den Anna aus der Rolle gezogen hatte, war einfacher zu lesen. Das Papier war weniger vergilbt, die

Schrift nur an den Rändern verwischt. Auch das etwas antiquierte Englisch verstand Anna inzwischen wieder leichter. Immerhin hatte sie Jonathan Swift, Daniel Defoe und andere Autoren des 18. Jahrhunderts im Original gelesen. Sie musste sich nur wieder daran gewöhnen. Claire de Abreville schrieb in verhältnismäßig klaren Worten und in einfach strukturierten Sätzen.

Anna war berührt von der Nachricht vom Tod Alexandras und von der Sorge Claires um ihren Vetter im fernen Deutschland. Irgendetwas musste damals vorgefallen sein, was dazu geführt hatte, dass James MacNeill seine Zelte in Hammelsberg verhältnismäßig früh nach dem Tod seiner Frau abgebrochen hatte. Aber wohin hatte er sich gewandt? Und war er allein aufgebrochen? Anna bezweifelte, dass er seine kleine Tochter mitgenommen hatte, die damals erst wenige Monate alt gewesen war. Aber was trieb einen Vater dazu, ein zweites Mal sein Kind zu verlassen und in fremde Hände zu geben? Sie hoffte, dass ein später datierter Brief Claires ihr darauf eine Antwort geben würde.

Ein weiteres Rätsel war der »Star of Scotland«. War das der angebliche Schatz, von dem Harald Frostauer gesprochen hatte? Und wenn ja, wo war er heute? Gestohlen, verkauft, verloren – es gab viele Möglichkeiten. Und spielte dabei der Herzog von Cumberland eine Rolle? Hatte er Agenten ausgeschickt, Menschen bestochen, die den Verbleib von James MacNeill und diesem rätselhaften Schatz herausfinden sollten? Das klang alles wie eine Räuberpistole, aber Anna hatte erst im Jahr zuvor erlebt, was Menschen aus Gier anderen Menschen antaten.

Sie zückte ihr Smartphone und suchte im Internet nach Informationen zum Herzog von Cumberland. Zwar war die Internetverbindung im Schloss nicht die beste, und gelegentlich setzte das Netz aus, aber es reichte immerhin, um nachzulesen, dass William Augustus 1721 in London geboren worden war, wo er 1765 starb. Bei der Schlacht von Culloden war er erst fünfundzwanzig Jahre alt gewesen und schon ein recht erfahrener Krieger. Die Öffentlichkeit bezeichnete ihn als »The Young Hanoverian Brave« und war voll des Lobes für seinen Mut in der Schlacht gegen die Franzosen 1745. Doch nach der Schlacht von Culloden, deren Sieg über die Jakobiten den Komponisten Händel zu seinem großartigen Oratorium »Judas Maccabaeus« inspirierte, erwies er den Gegnern keine Gnade. Bald wendete sich das Blatt. Die Bezeichnung »Butcher Cumberland« blieb an ihm haften.

Als er dann 1757 während des Siebenjährigen Krieges bei Hastenbeck in der Nähe von Hameln von den Franzosen vernichtend geschlagen wurde und auch danach keine militärischen Erfolge mehr erzielen konnte, versetzte ihm sein Vater, Georg II., den moralischen Todesstoß: »Das ist mein Sohn, der mich ruiniert und Schande über sich selbst gebracht hat.« Nicht gerade liebevolle Worte eines Vaters für seinen Sohn, der ihm immerhin viele Jahre treu gedient und den das Kriegsglück verlassen hatte. Nach dieser Niederlage zog sich William Augustus aus Militär und Politik zurück und widmete sich den Pferden. 1765 starb er mit nur vierundvierzig Jahren, unverheiratet und ohne legitime Nachkommen. Nachfolger des 1760 verstorbenen Georg II. wurde sein Enkel Georg, der 1738 geborene Sohn seines ältesten, 1751 gestorbenen Sohnes Friedrich Ludwig.

Anna stutzte. 1757 hatte der Herzog von Cumberland die Schlacht bei Hastenbeck gegen die Franzosen verloren. Hastenbeck gehörte heute zu Hameln, war aber damals ein Dorf in der Nähe der Stadt gewesen, nur wenige Stunden zu Pferd von Hammelsberg entfernt. Konnte es sein, dass der Herzog auf seinem Weg nach oder von Hastenbeck hier haltgemacht hatte? Wenn der Herzog so begierig auf den »Star of Scotland« gewesen war und erfahren hatte, dass die MacNeills bei Rudolf von Rödelshausen Asyl gefunden hatten, war es doch naheliegend, dass Cumberland hier aufgetaucht war, um Fragen nach dem Verbleib des »Stars« und seiner eigentlichen Besitzer zu stellen?

Anna ermahnte sich im Stillen, nicht immer ihrer Phantasie

freien Lauf zu lassen. Aber das wäre auch eine Erklärung, weshalb Rudolf von Rödelshausen die Spuren seiner schottischen Gäste zu verwischen versucht hatte. Er wollte so wenig wie möglich mit den Flüchtlingen zu tun haben, die bei Cumberland in Ungnade standen.

Doch wie sollte Anna ihre Theorie beweisen? Wahrscheinlich würde ein so hoher Besuch in einer der Schlosschroniken vermerkt sein. Vielleicht sollte sie Frostauer einen Tipp geben. Der wäre sicher begeistert von der Vorstellung, dass der berühmt-berüchtigte Spross aus königlicher Familie Schloss Hammelsberg mit einem Besuch beehrt hatte, und wenn es Aufzeichnungen dazu gab, dann würde Spürhund Frostauer sie garantiert finden.

Zufrieden wandte Anna sich wieder der Papierrolle zu. Sie wollte vor dem Frühstück und dem Trubel um den Tod von Dieter Elster noch versuchen, einen weiteren Brief der Cousine von James MacNeill zu lesen. Ein Blick auf ihre Armbanduhr, die immer fünf Minuten vorging, zeigte ihr, dass es gleich halb sieben war. Nicht mehr viel Zeit, um sich noch einmal auf eine kleine Reise in die Vergangenheit zu begeben.

Aber bevor sie den nächsten Brief aus der Rolle ziehen konnte, hörte sie auf dem Flur Rufe, dann ein Läuten an der Haustür, und gleich darauf stürmte Harald Frostauer in Jogginghose und einem hässlichen grauen Sweater in ihr Arbeitszimmer.

»Anna, komm schnell! Schumann ist da, und wir sollen uns alle im Salon versammeln.«

Anna ließ die Papierrolle fallen und folgte Frostauer in den Salon, wo bereits mehrere Gäste sichtlich unausgeschlafen saßen. Noch fehlten Philip von Rödelshausen und seine Mutter. Kommissar Hans Schumann stand mitten im Raum und lächelte Anna freundlich an.

Der Junge am Abgrund

Als Klas Eversen am Sonntagmorgen an den gestrigen Tag zurückdachte, stieg ihm die Schamesröte ins Gesicht. Der Samstag war einer der schlimmsten Tage seines bisher siebzehnjährigen Lebens gewesen. Dabei hatte der Tag gut angefangen. Mit einem großen Frühstück und dem Gefühl, dass er an diesem Samstag mit seinen Freunden ein paar coole Stunden verbringen würde. Aber dann war alles völlig anders gekommen. Klas schauderte bei der Erinnerung, vor allem aber genierte er sich furchtbar. Was ihm passiert war, nagte gewaltig an seinem Selbstbewusstsein. Denn er hatte etwas verspürt, was er noch nie empfunden hatte: Angst.

Sonst war er es immer, der andere mit Drohgebärden in Furcht versetzte. Nicht wenige seiner jüngeren Mitschüler an der Realschule brachte er mit Androhung von Gewalt dazu, ihm ihr Taschengeld auszuhändigen, damit er und seine Bande, »The Goblins«, sie in Ruhe ließen. Niemand hätte in dem zitternden Burschen, der an diesem Samstagnachmittag hinter einem Stein in der Höhle gekauert war, den rotznäsigen, lauten Klas erkannt, der trotz seiner nicht gerade imposanten Größe von einem Meter zweiundsiebzig auftrat wie ein Silberrücken-Gorilla und mit seiner Bande oft genug dafür sorgte, dass Albert Mertens bei seinen Eltern Fritz und Else Eversen vorstellig werden musste.

Aber an diesem Samstagnachmittag hatte sich Klas ganz klein mit Hut gefühlt. Er hatte am ganzen Körper gezittert und wäre am liebsten ganz und gar in den kalten Felsen hineingekrochen, an den er sich so eng wie möglich geschmiegt hatte.

Der Teil der Einhornhöhle, in die er Hals über Kopf gestürzt war, um sich zu verstecken, hatte dunkelrote Wände und einen unebenen Boden, aus dem größere Steine herausragten. Von irgendwoher aus dem Inneren des Hügels wehte ein kühler Luftzug. Klas hatte sich erinnert, dass jemand gesagt hatte, alle Höhlen auf diesem Hügel seien irgendwie miteinander verbunden. Vielleicht war dieser Luftzug ein Beweis für diese These, was Klas aber in seiner Lage momentan egal war.

Bisher war er erst einmal wegen einer Mutprobe in der Einhornhöhle gewesen. Vor zwei Jahren hatte er nachts den Hügel erklommen und sich nur mit der Taschenlampe seines Handys in die Höhle gewagt. Gestern, als er zum zweiten Mal bei den Höhlen gewesen war, erinnerte er sich genau an die Nacht. Der Neumond stand fast unsichtbar am Himmel, in den Bäumen rauschte der Wind, und in der Ferne riefen Eulen. Am Anfang fand er die Mutprobe eher läppisch, aber während er tiefer in die Höhle eindrang, begannen die nächtlichen Geräusche auf dem oft so stillen Hügel andere Dimensionen anzunehmen. Es knisterte und knackte im Gebüsch, der Wind wurde stärker und schien mit fast menschlicher Stimme zu klagen, und tief in der Höhle bewegte sich etwas. Klas hatte eine Gänsehaut am ganzen Körper gefühlt. Sämtliche Geistergeschichten, die man sich hier seit Urzeiten erzählte, waren ihm eingefallen, und so wagte er sich in jener Nacht nicht sehr tief hinein in diese unergründliche Dunkelheit, in die das Licht seiner Handytaschenlampe kaum drang. Er war heilfroh gewesen, als er kurz nach Mitternacht die Höhle hinter sich gelassen hatte. Als Beweis für seinen Aufenthalt in der Einhornhöhle hatte er ein Video mit seinem Handy gedreht. Diese wenige Sekunden dauernde Aufnahme von feuchten Wänden und wabernden Schatten überzeugte seine Freunde. Offiziell hatte er damit die Mutprobe bestanden, und keines der anderen Bandenmitglieder wagte, es ihm gleichzutun. Klas war und blieb der Chef der Goblins.

Gestern war Klas dankbar gewesen, dass er sich noch an einige Details von damals erinnern konnte. Durch einen runden Eingang kam man in eine Art Vorraum, von dem aus ein schmaler Gang ins Innere führte. Diesen Gang hatte er damals gemieden, gestern allerdings hatte er keine andere Wahl gehabt, und so war er ein paar Meter tiefer in die Höhle vorgedrungen. Aber weil draußen helllichter Tag war, ängstigte ihn die Höhle gestern weitaus weniger als vor zwei Jahren. Klas aber fürchtete, dass ihn der »Schatten« entdecken könnte. Aus seinem Versteck beobachtete er den Höhleneingang. Zur Not würde er sich noch tiefer in das Innere dieses Schlundes zurückziehen.

Alles hatte ganz harmlos angefangen. Klas wollte sich mit seinen Freunden an diesem Samstagnachmittag an der Bärenhöhle treffen. Geplant war, über einem Feuer Würstchen an einem Holzspieß zu rösten. Im Hinterkopf hatte Klas die Legende von dem Höhlenfeuer, an dessen mystische Bedeutung immer noch einige Leute in Hammelshausen glaubten, auch seine Großmutter, die ihm in seiner Kindheit allzu gerne Schauergeschichten von Kobolden in den Hügeln und giftigen Nebeln im Tal erzählt hatte. Er hatte bei der Vorstellung gegrinst, irgendwelche Schwachköpfe könnten beim Anblick des Feuers glauben, dass die alte Legende doch wahr wäre.

Klas kam schon am Mittag zur Bärenhöhle. In Ruhe packte er die Würstchen aus, die er seiner Mutter stibitzt hatte, sammelte Äste und entzündete dann das Feuer. Seine Freunde allerdings tauchten nicht auf. Einer nach dem anderen sagte per WhatsApp ab und schob vor, wegen Hausarrest, Hausaufgaben oder plötzlichem Schnupfen nicht kommen zu können. Klas blieb allein mit dem Feuer und den Würstchen. Er verpackte sie wieder in seinem Rucksack. Eine Weile wollte er noch am Feuer sitzen bleiben, es dann löschen und sich heimwärts trollen. Seltsamerweise war er gar nicht unglücklich, dass die Goblins ihn im Stich gelassen hatten. Klas mochte zwar ein ziemlicher Dorfschreck sein, aber kaum jemand wusste, dass er ein geheimes Hobby hatte: Er zeichnete gerne. Kunst und Sport waren die einzigen Fächer, in denen er regelmäßig gute Noten einheimste. Er war schon zweimal wegen Englisch und Mathe sitzen geblieben, aber sein Kunstlehrer hielt viel von ihm, und das war auch der einzige Lehrer, den

Klas noch nie geärgert hatte. Er würde nach diesem geplatzten Treffen mit den Goblins zu Hause seinen Zeichenblock herausholen und ein paar Skizzen anfertigen. Sein geheimer Traum war es, Comiczeichner zu werden und eine Figur wie Superman oder Black Panther zu erschaffen.

Als Klas sich gerade aufraffen wollte, das Feuer zu löschen, hörte er ein Geräusch. Er hielt den Atem ans und sah sich suchend um. Er konnte nicht einfach abhauen. Der einzige Weg ins Tal führte von hier aus den Hügel hinunter. Hinter ihm ragten die Felsen des Koboldhügels mit ihren zum Teil bizarren Formationen auf. Wenn man Zeit hatte, konnte man darauf- und darüberklettern. Aber die hatte er eindeutig nicht, denn da stieg jemand zielstrebig den Hügel hinauf. Er konnte zwar durch die Baumkronen nicht sehen, wer es war, aber er hörte unterdrückte Flüche.

Es blieb ihm nur eine Möglichkeit: Er musste sich verstecken. Seinen Rucksack stopfte er hinter einen dicken Strauch und huschte zur Einhornhöhle, die ein Stück entfernt von der gerne von Touristen besuchten Bärenhöhle in der Felswand lag. Er schlüpfte hinein und wartete ab. Bei Tageslicht wirkte die Höhle gar nicht so unheimlich. Er setzte sich hinter einen Felsvorsprung in der Nähe des Eingangs und spähte vorsichtig raus.

Viel konnte er nicht erkennen, vor allem weil ihn die Sonne blendete, die jetzt direkt in die Höhle leuchtete. Alles, was er sah, waren zwei Hosenbeine und feste Wanderschuhe. Schnell verzog er sich noch ein Stückchen tiefer in die Höhle, deren Schatten ihn verschluckten. Der Mann – Klas war sich sicher, dass es ein Mann war – ging an der Höhle vorbei und schien auf die Koboldhöhle zuzusteuern. Was wollte er dort? Die Höhle war tückisch. Schon nach wenigen Metern endete sie in einem felsigen Abgrund.

Neben der Koboldhöhle lag aber auch der Eingang zur Globesteinhöhle, die im Vergleich zu den anderen Höhlen wenig zu bieten hatte. Sie war klein und überschaubar, ein fast runder Raum, von dem aus ein Schlitz im Felsen ins Innere führte. Der aber war zu schmal für Menschen. Tiere passten hindurch, und es gab eine Theorie, dass hinter diesem Felsenschlitz ein größerer Raum sei, in dem Tiere überwinterten. Vielleicht waren es auch nur Fledermäuse. Niemand hatte sich bisher näher mit dieser Höhle befasst.

Klas lauschte. In der Tat schien der Unbekannte zur Globesteinhöhle zu gehen. Was er dort machte, blieb Klas verborgen, weil die Höhle ein Stückchen entfernt lag. Nach etwa zehn Minuten, die sich endlos zu dehnen schienen, hörte Klas wieder Schritte. Diesmal versuchte er gar nicht erst herauszufinden, wer der Mann war. Seine Neugierde hielt sich entgegen seiner sonstigen Veranlagung in Grenzen. Der Unbekannte ging wieder in Richtung Bärenhöhle. Er warf dabei einen langen Schatten, dessen Umrisse bizarr wirkten. Klas konnte aber sonst nicht viel erkennen. Der Schatten bewegte sich langsam an der Einhornhöhle vorbei und schien mit jedem Schritt zu wachsen, was Klas als unheimlich empfand, selbst wenn dieser Eindruck dem Stand der Sonne geschuldet war.

Er rutschte noch ein Stückchen tiefer in die Höhle und spürte sein Herz wild klopfen. Nur ganz flach atmete er durch den halb offenen Mund und vermied jede Bewegung. Die Situation kam ihm fast unwirklich vor. Er fühlte sich in der Höhle wie ein Gefangener.

Wieder vergingen einige Minuten. Klas fühlte, wie sein rechtes Bein einschlief. Er brauchte Bewegung. Unruhig rutschte er hinter dem Felsen hin und her und wollte gerade aufstehen, weil er glaubte, dass der Fremde inzwischen verschwunden war. Er fürchtete allerdings die möglichen Konsequenzen seines Lagerfeuers, falls der Unbekannte das Feuer meldete. Mertens würde sofort erraten, wer das Feuer gemacht hatte. Klas verdrehte die Augen bei dem Gedanken. Taschengeldentzug und Hausarrest. Wobei er es noch immer geschafft hatte, das Haus heimlich zu verlassen. Seine Mutter arbeitete viel, und sein Vater zeigte sich tagsüber sowieso nicht. Der nahm das alles auch eher gelassen. Wenn es ihm zu bunt wurde, hielt er eine lange Predigt, und das war es dann. Jungens waren halt Jungens, und irgendwann würde sich das schon alles richten.

Klas drängte es, möglichst schnell das Feuer zu löschen und alle Spuren zu beseitigen. Er stand langsam auf und hinkte mit seinem kribbelnden Bein zum Höhleneingang, als er plötzlich zwei Stimmen hörte. Wo kam denn der zweite Mann auf dem Hügel plötzlich her? Zunächst schien es eine normale Unterhaltung zu sein, aber dann schwollen die Stimmen jäh an. Klas setzte sich schnell wieder hin. Bloß nicht in irgendwas reingeraten. Die beiden würden ihren Streit schon schlichten und dann hoffentlich verschwinden. Er hatte keine Lust mehr, noch länger untätig hier herumzusitzen. Ihm war gerade eine tolle Idee für eine Comicfigur gekommen, die er so schnell wie möglich umsetzen wollte.

Klas vernahm ein dumpfes Geräusch, und plötzlich verstummten die Stimmen. Auf einmal lag eine seltsame Stille über dem Hügelkamm. Klas lauschte angestrengt, aber es war nichts mehr zu hören. Absolutes Schweigen, wenn man vom Rascheln des Windes im Gesträuch und den Rufen der beiden Bussarde absah, die schon seit geraumer Zeit über den Wipfeln kreisten. Klas rührte sich trotzdem erst einmal nicht. Er wollte sicher sein, dass die Männer wirklich weg waren. Kurz darauf hörte er ein Rascheln und das Geräusch von rutschenden Schuhen. Die Männer hatten ihren Streit wohl beigelegt und machten sich an den Abstieg.

Klas krabbelte hinter dem Felsen in der Höhle hervor und ging zum Eingang. Sein rechtes Bein wachte langsam wieder auf. Vorsichtig spähte er hinaus. Zunächst sah er nur das Feuer. Die beiden Männer hatten es also nicht zu löschen versucht. Er trat auf die Stelle zu. Es galt schnell zu handeln, denn falls die beiden Männer nach Hammelshausen gehen sollten und das Feuer meldeten, durfte er nicht damit in Verbindung gebracht werden. In seinem Rucksack, in dem auch die Würstchen lagen, hatte er eine Packung mit Sand zum Löschen, die er immer dabeihatte, wenn er ein Feuer anzündete. Den Sand würde er auf die Flammen werfen, die sowieso, wie es ihm schien, nur noch matt züngelten.

Als er auf den Busch zuging, hinter dem sein Rucksack lag, hörte er ein Bellen unten am Fuß des Hügels. Dieses Bellen kannte er. Trixie, die alte Töle, war wohl mal wieder mit Peter Grotherr unterwegs auf einem Spaziergang durch Wald und Wiese.

Klas erstarrte. Wenn die beiden zu den Höhlen hochkamen, war er aufgeschmissen. Das ganze Dorf lachte darüber, dass Grotherr sich als verkappten Höhlenforscher sah und bei seinen Wochenendbesuchen in Hammelshausen regelmäßig zur Bärenhöhle aufstieg. Klas fluchte leise. »Fuck!«

Peter Grotherr nervte ihn sowieso. Das war so ein blöder Besserwisser, der seiner Mutter einreden wollte, ihn auf ein Internat zu schicken. Gegen Trixie hatte er nichts, im Gegenteil. Er ärgerte zwar mit Vergnügen Schwächere, quälte aber grundsätzlich keine Tiere und hatte erst vor ein paar Wochen ein Bandenmitglied aus der Gruppe ausgeschlossen, das eine Katze mit Pfeilen beschossen hatte. Klas hatte selbst früher eine Katze gehabt, die von einem Auto überfahren worden war. Damals hatte er eine so unbändige Wut auf alle Autofahrer, dass er mehrere Wagen zerkratzte und ihre Rückspiegel abriss.

Peter Grotherr schien den Aufstieg allerdings ohne Trixie zu machen, denn Klas hörte den Hund am Fuß des Hügels unwillig fiepen, während Grotherr den Hügel schliddernd hinaufstieg. Also wieder verstecken. Klas drehte sich um und steuerte auf die Bärenhöhle zu. Er ließ das Feuer weiterbrennen, er hatte keine Zeit mehr, den Sand darüberzukippen. Grotherr kam unaufhaltsam den Abhang heraufgestapft.

Klas war so sehr auf Grotherr konzentriert, dass er den Mann auf dem Boden im Eingang der Bärenhöhle übersah, der mit ausgestreckten Armen und Beinen dalag. Er stolperte und fiel auf den leblosen Körper. Nur mit äußerster Anstrengung gelang es ihm, einen Schrei zu unterdrücken, als er auf dem Rücken des Mannes landete. Der hatte den Kopf schräg zur Seite gedreht, und Klas blickte direkt in seine erstarrten Augen. Auf dem kalkweißen Gesicht des Toten hatten sich bereits die ersten Fliegen niedergelassen.

Klas war ein Großmaul, aber nicht so abgebrüht, dass ihn der Anblick des Toten nicht mit Grauen erfüllte. Dieses Bild würde er sein Leben lang nicht vergessen. Mühsam wälzte er sich von der Leiche und kam auf die Beine. Sie zitterten so stark, dass er fast wieder das Gleichgewicht verloren hätte. Er huschte ein paar Meter tiefer in die Bärenhöhle hinein. In diesem Augenblick tauchte Peter Grotherr auf, der beim Anblick des Feuers laut zu schimpfen begann.

»Verdammte Brut!«, schnauzte er und dann: »Hallo, ist hier jemand?«

Klas zog sich ein Stückchen weiter in die Höhle zurück, hörte, wie Grotherr draußen umherging und vor sich hinmurmelte. Und dann erschien er direkt vor dem Höhleneingang. Klas sprang mit einem Ruck auf, stürzte sich auf Grotherr, ehe der ihn wahrnehmen konnte, und stieß ihn mit aller Kraft nieder. Grotherr stürzte und knallte mit dem Kopf an den Felsen. Klas sah mit Entsetzen, wie er zu Boden sank. Dann überflutete ihn Erleichterung, als er sah, dass Grotherr noch atmete, also bewusstlos und nicht tot war. Ein geringer Trost, doch er hatte keine Zeit mehr, sich um ihn zu kümmern. Er warf noch einen Blick auf den Bewusstlosen, besaß noch die Geistesgegenwart, endlich den Sand auf die Flammen zu kippen, stopfte den leeren Beutel zurück in den Rucksack und wollte sich gerade an den Abstieg machen, da hörte er, wie wieder jemand den Hügel hinaufkam.

Klas spürte Panik in sich aufsteigen. Nur weg! Er packte seinen Rucksack und rannte in Richtung Einhornhöhle. Er musste sich erneut verstecken. Nahm denn dieser Alptraum gar kein Ende? Zitternd verkroch er sich erneut hinter dem Felsenvorsprung und lauschte. Vom Luftanhalten war ihm schwindelig. Aber er wagte nicht, Atem zu holen.

Zunächst hörte er nur das Rascheln der Blätter, aber dann drang plötzlich ein seltsames Geräusch an sein Ohr, das aus

dem Inneren des Berges zu kommen schien. Erst eine Art
Schaben und Kratzen, dann ein Poltern und Rumpeln. In die-
sem Moment war Klas, der immer toughe und coole Junge, der
Dorfschreck von Hammelshausen, ohnmächtig geworden.

Sturmzeichen

In der Ferne braute sich ein Gewitter zusammen, als Hans Schumann die Schlossgäste nach einer kurzen Begrüßung nach ihren Aktivitäten am vergangenen Samstag befragte. Über dem Koboldhügel zuckte hie und da ein Blitz, doch die Sonne bahnte sich tapfer immer wieder ihren Weg hinter den Wolken hervor.

Die Ausflügler waren am Samstag entgegen ihrer ursprünglichen Planung nicht zu den Höhlen hinaufgestiegen, weil einige der Herren keine Lust auf größere physische Anstrengungen verspürten.

Philip von Rödelshausen hatte die kleine Gruppe stattdessen ins Dorf und ins Museum geführt. Vor allem der Dudelsack weckte die Neugierde der Besucher und reizte sie zu albernen Kommentaren über die Bedeutung dieses Instruments in der Musik und in der schottischen Folklore. Hermanns hatte sich sogar dazu verstiegen, misstönend die Melodie von »Scotland the Brave« zu pfeifen. Danach hatten sie noch einen Frühschoppen im »Höhlenmann« zu sich genommen und waren dann zum Mittagessen wieder im Schloss gewesen. Keinem der Herren schien am Nachmittag der Sinn nach einem Spaziergang zu stehen.

Als letzter Gast der Baronin war am Nachmittag schließlich noch Gregor Markland angereist, ein renommierter emeritierter Historiker, der viele Jahre als Dozent in Freiburg und Bonn unterrichtet hatte und den Harald Frostauer aus dieser Zeit kannte. Er war gegen sechzehn Uhr im Schloss aufgetaucht und glaubte nun, eine »sachdienliche Aussage« machen zu können.

»Ich wollte die Landschaft genießen und zudem nicht zu früh im Schloss sein. Auf der Einladung stand, dass der Tee ab sechzehn Uhr gereicht würde. Also ließ ich mir Zeit«, gab er zu Protokoll. »Auf dem Weg habe ich dann einen Mann mit

Hund gesehen. Die beiden gingen kurz hinter Hammelshausen querfeldein, wohl in Richtung Koboldhügel.«

Schumann dankte Markland. »Das waren Peter Grotherr und Trixie. Ihn habe ich schon vernommen, bei Trixie war das schwieriger.«

Anna musste grinsen, aber Markland starrte den Kommissar befremdet an. Dann verzog er seinen schmalen Mund zu einer Art Lächeln. »Ach so, ich verstehe. Sehr witzig.«

Niemand in der Runde konnte weitere Aussagen hinzufügen, selbst der sonst immer gesprächige Harald Frostauer nicht.

Michael Terhorst fragte Schumann schließlich: »Und wann dürfen wir abreisen? Ich muss nach Göttingen zurück, meine Vorlesungen für das nächste Semester vorbereiten. Eigentlich wollte ich schon heute Mittag wieder los.«

Schumann runzelte die Stirn. »Ich möchte Sie alle bitten, ein wenig Geduld zu haben. Wir müssen erst den Befund der Gerichtsmedizin und unserer Spurensicherung abwarten. Wenn ich dann keine weiteren Aussagen von Ihnen brauche, können Sie nach Göttingen zurückkehren.«

»Das ist unmöglich! Meine Arbeit wartet nicht. Jeder Tag ist kostbar.«

»Für uns Polizisten auch«, gab Schumann trocken zurück.

Anna verbiss sich ein Lächeln. So kannte und schätzte sie den Kommissar, der seinem Spitznamen Schumanski eigentlich keine Ehre machte. Sie verglich ihn eher mit Inspektor Alan Banks, dem Polizisten aus den Romanen von Peter Robinson, die in Yorkshire spielten. Banks, ein Streiter für Recht und Gerechtigkeit, war ein knorriger, aber fairer Ermittler mit viel Empathie und guter Menschenkenntnis. Schumann ähnelte auch Inspektor Morse aus den Romanen von Colin Dexter.

Die Baronin versuchte, Terhorst zu beruhigen. »Auch die Polizei muss ihre Arbeit machen. Zumal wir ja noch immer keine Spur von Stefan Arendt haben.« Sie wandte sich an die Anwesenden. »Sie sind selbstverständlich alle meine

Gäste, auch Sie, Herr Frostauer. Ich veranlasse, dass Max Ihr Gepäck aus dem Hotel abholt und Sie ein Zimmer hier bekommen.«

Frostauer hatte schon die letzte Nacht im Schloss verbracht, da er ein Gläschen zu viel getrunken hatte. Er bedankte sich, bot aber an, seine Tasche selbst im »Höhlenmann« abzuholen.

Schumann, der Frostauer aus dem vergangenen Jahr kannte und ihn – wie Anna wusste – nicht besonders mochte, nickte nur kurz.

Wenig später rief Astrid die Gäste ins Esszimmer und servierte ein opulentes Frühstück, und endlich trat Schumann an Anna heran.

»Es ist vertrackt, dass wir uns nun schon wieder bei einem Todesfall wiedersehen. Schade, dass es immer solcher Umstände bedarf, dass wir uns treffen.«

Anna schmunzelte. »Mir wäre ein Essen in Hannover auch lieber gewesen. Aber ich habe Elster nicht niedergeschlagen, damit wir uns wiedersehen!«

Schumann sah sie streng an. »Das ist kein Spaß.« Anna errötete, doch dann lächelte der Kommissar und sagte versöhnlich: »Ich hätte mich bei Ihnen melden sollen, allein schon, um Ihnen zu berichten, dass ich jetzt vorübergehend in Hameln stationiert bin. Eigentlich möchte ich nach Hannover, aber dort wird erst zum 1. Januar eine Stelle frei. Es hat mich zwar nicht gedrängt, Stade zu verlassen, aber meine Stelle dort war schon jemand anderem zugesagt worden, und die Verzögerung in Hannover hat sich erst kurz vor meinem Aufbruch aus Stade ergeben. In Hameln war noch ein Zimmer frei«, fügte er hinzu, einen Filmtitel abgewandelt zitierend, der eigentlich »Im Kittchen ist kein Zimmer frei« lautete.

Schumann war, das wusste Anna, ein großer Liebhaber älterer französischer Filme, vor allem der mit Jean Gabin, Jean Marais und Gérard Philippe. Sie lachte. »Ich freue mich aber trotzdem sehr, Sie wiederzusehen, selbst wenn es mal wieder um Leichen geht.«

»Leichen?« Schumann zog die Augenbrauen hoch und goss sich einen Kaffee ein. »Hoffentlich bleibt es bei nur *einer* Leiche. Es ist schon ein komischer Zufall, dass ausgerechnet Sie hier sind, wenn ein Toter entdeckt wird, und dass ich der zuständige Ermittler bin.«

Nachdenklich biss er in eines der frisch gebackenen Croissants. Dann sah er Anna ein wenig forschend an. »Und Frostauer ist auch wieder dabei. Komischer Kerl, aber er ist ja wohl Ihnen gegenüber wesentlich höflicher geworden. Fehlt nur noch Richard Bernhard in dieser Runde, aber der ist ja laut Aussage des Hausherrn gestern etwas überstürzt nach Hannover zurückgefahren. Ihn werde ich auch noch befragen müssen.«

Anna fühlte sich verunsichert. Richard spielte immer gerne sein eigenes Spiel, und ganz traute sie ihm nicht über den Weg. Doch sie verriet Schumann natürlich nichts von ihren Zweifeln.

»Und was hat Sie hierhergeführt?«, fragte Schumann schließlich.

Anna erzählte ihm von dem Anliegen der Baronin, »der alten Freundin« ihrer Patentante, dass sie einige Bilder untersuchen sollte, die viele Jahrzehnte auf dem Dachboden gestanden und Staub angesetzt hatten.

»Und? Schon etwas Lohnendes gefunden?«

»Nein, aber ich bin auch erst seit vorgestern da. Max Greve, der Mann für alles, hat gestern sechs Bilder vom Dachboden geholt, morgen sollen die übrigen zwanzig Gemälde aus einer Dachkammer heruntergebracht werden. Nicht gerade der ideale Ort, um Bilder zu lagern, aber bestens geeignet als Versteck. Der Dachboden ist riesig, und diese Kammern liegen fast unsichtbar im hintersten Teil des Raumes. Möglicherweise sind tatsächlich ein paar interessante Bilder dabei, aber ich glaube nicht an den verschollenen Lucas Cranach, der angeblich früher hier im Schloss hing.«

»You never know«, sagte Schumann und erhob sich. »Wir sehen uns später. Ich muss jetzt nach Hammelshausen und mit Christian Borg, dem Wirt des ›Höhlenmanns‹, reden, der Dieter Elster kurz vor seinem Aufbruch zu den Höhlen noch gesehen hat. Mittlerweile ist auch ein Suchtrupp ausgeschwärmt, um Stefan Arendt zu finden. Leider hat die Baronin Mertens gestern erst spät darüber informiert, dass Arendts Wagen am Straßenrand entdeckt wurde. Das ist ärgerlich. Wir hätten schon gestern bei Tageslicht mit unserer Suche beginnen können.«

Der Rest des Vormittags verlief ereignislos. Frostauer zog sich mit Terhorst und Markland in die Bibliothek zurück. Philip und Barbara von Rödelshausen waren zum Gottesdienst in die Kirche nach Hammelshausen gefahren, die anderen Gäste beschlossen, bei dem schönen Wetter einen kleinen Spaziergang im Park zu machen, und Anna zog sich in ihr Arbeitszimmer zurück.

Kaum hatte sie sich hingesetzt und die Papierrolle mit den Briefen zur Hand genommen, kam die Baronin herein. Sie sah nicht mehr so erschöpft aus wie am gestrigen Abend, aber sie war bleich und wirkte angespannt.

»Ich hoffe, dass sich Dieter Elsters Tod als Unfall erweist«, sagte sie und strich mit der Hand über den Bilderrahmen des Frauenporträts, das Anna auf den Tisch gelegt hatte. »Und noch mehr hoffe ich, dass Stefan Arendt gefunden wird. Ich habe letzte Nacht kaum geschlafen. Kommissar Schumann hat mir mit Recht vorgeworfen, dass ich mich erst so spät gemeldet habe, aber ich dachte immer noch, Arendt kommt zur Tür hereinspaziert, dreckig von einer langen Wanderung, aber unversehrt. Nun fürchte ich, dass er irgendwo hilflos im Wald liegt. Dort gibt es einige kleinere Schluchten und unwegsame Ecken. Ideal für Tiere, unbequem für Menschen. Glücklicherweise sind Wölfe in dieser Gegend Niedersachsens noch rar.«

Sie seufzte. »Aber bitte lassen Sie sich nicht allzu sehr ablenken und irritieren. Ich sehe, dass Sie sich schon die ersten Bilder vorgenommen haben. Caspar Hermanns hat im Übrigen sein Interesse bekundet, das eine oder andere Bild für seine

Kunsthandlung und eventuell für Auktionen zu erwerben. Und auch Herr Bernhard ist interessiert.« Sie lachte. »Falls Sie Zeit haben, machen Sie ruhig auch einen Rundgang durch die weniger benutzten Räume im hinteren Teil des Schlosses. Vielleicht haben wir da noch ein paar Bilder, die von Interesse sein könnten.«

Zum Mittagessen trafen sich alle bis auf Carola von Rödelshausen wieder, die sich entschuldigen ließ. Die beiden alten Freunde der Baronin, Sebastian von Roth und Magnus Brecht, versuchten, die Gäste mit Anekdoten über ihre lange Freundschaft mit der Baronin zu unterhalten.

Anna hörte nur mit halbem Ohr zu, horchte aber auf, als Magnus Brecht fragte: »Sag mal, hast du eigentlich eine Ahnung, wo diese Karte von den Höhlen hingeraten ist, die Carolas Mann damals gezeichnet hat? Er war sich sicher, dass die Höhlen zusammenhängen, und hat eine Art unterirdische Landkarte gezeichnet. Wobei sie vermutlich mehr auf Phantasie als auf Erfahrung beruhte, aber sie sah hübsch aus.«

Sebastian von Roth nickte. »Ja, er hat uns immer sehr gut mit seinen Geschichten über die Höhlen unterhalten. Sie waren eine herrliche Mischung aus Grusel und Historie.«

Brecht sah zu Anna hinüber, die ihm schräg gegenüber am Tisch saß. »Ihre Patentante Amelie war damals übrigens auch öfter hier, eine reizende und sehr hübsche Frau. Schade, dass sie nicht mehr reisen kann. Sie als Kunstkennerin interessierte sich auch für den Dachboden, aber die beiden Freundinnen hatten wohl keine Lust, im Staub herumzuwandern. Dort oben türmt sich seit bald fünfzig Jahren ohnehin fast nur noch Gerümpel. Ich wünsche Ihnen viel Glück!« Er lachte freundlich.

Anna murmelte zustimmend.

Danach ließ auch die Energie der beiden alten Herren nach, und das Essen endete eher abrupt.

Anna war dankbar dafür. Umso schneller konnte sie sich wieder in ihr Arbeitszimmer zurückziehen und sich der schönen Fremden auf dem Bild widmen, die sie mit einem sanften

Lächeln anzusehen schien. Irgendetwas aber spukte in ihrem Hinterkopf umher. Es hatte mit dem Gespräch der beiden alten Freunde der Baronin zu tun. War es die Bemerkung über ihre Patentante, die sie als »Kunstkennerin« bezeichnet hatten? Anna wusste, dass Amelie tatsächlich früher oft auf Schloss Hammelsberg gewesen war. Aber irgendetwas musste vor gut zwanzig Jahren, noch lange vor dem Schlaganfall ihrer Patentante, geschehen sein, weshalb sie nie wieder hierhergekommen war, auch wenn sie Anna gegenüber immer von dem Schloss und von ihrer Freundschaft zu Carola von Rödelshausen geschwärmt hatte. Und auch die Baronin hatte, wie Anna von ihrer Patentante erfahren hatte, ihre alte Freundin nur zweimal in all den Jahren in Köln besucht. Seinerzeit war sie »mit einem gut aussehenden Chauffeur« angereist, wie Amelie erzählt hatte, »ein sehr gepflegter und höflicher Mann«. Das musste Max Greve gewesen sein, der schon so viele Jahre als Faktotum in Hammelsberg lebte.

Der letzte Besuch der Baronin war 2012 gewesen. Wenig später hatte Amelie den Schlaganfall erlitten.

Geistesabwesend schob Anna die Papierrolle auf dem Tisch hin und her. Dann fiel ihr endlich wieder ein, was in ihrem Kopf herumspukte. Die Höhlenkarte, die Ernst von Rödelshausen gezeichnet hatte! Eine Karte dieser geheimnisvollen Welt im Inneren des Hügels, basierend auf seinen eigenen Vorstellungen und auf Beobachtungen von Menschen, die sich in die Höhlen vorgewagt hatten. Konnte diese seltsame Karte, aus der sie nicht schlau geworden war, diese Skizze der Höhlen sein?

Sie sah sich suchend um. Die leicht zerfledderte Rolle mit den alten Briefen lag noch auf dem Tisch, aber nicht die Karte. Anna erinnerte sich, dass sie sie beiseitegelegt hatte, um irgendwann später einen Blick darauf zu werfen. Ihr Interesse war eher gering gewesen, doch die Bemerkung von Magnus Brecht hatte ihre Neugierde geweckt. Wo genau hatte sie die Karte hingetan? Die Kartenrolle war nirgendwo zu entdecken, auch nicht unter dem Tisch, zwischen den Bildern oder auf dem Fensterbrett. Sie musste Max danach fragen. Vielleicht hatte er sie weggeräumt. Möglicherweise war es ja eine völlig unwichtige Karte, die nicht die Höhlen zeigte. Aber sie hätte sie sich schon gerne näher angesehen.

Ihre Gedanken wanderten unwillkürlich zu Dieter Elster und den nicht eindeutig geklärten Umständen seines Todes. Was hatte Elster an diesem Samstagnachmittag dort oben getrieben? Wollte er im Alleingang in die Höhlen, oder war er mit jemandem verabredet gewesen? Sie selbst würde wenig zur Aufklärung beitragen können, hatte ihn nie persönlich getroffen, nur irgendwann mal, soweit sie sich vage erinnern konnte, in einer Sonntagszeitung seinen Beitrag zum Thema »Höhlenfunde aus der Maya-Zeit« gelesen und eine Notiz, dass er in den Alpen eine Grotte entdeckt hatte, die wahrscheinlich Steinzeitmenschen als Unterschlupf gedient hatte.

Sicherlich würde Schumann bald Entwarnung geben, dass kein Fremdverschulden vorlag, außer Elster war einem Raubmord zum Opfer gefallen. Doch die Zeit der Räuber im Ith lag schon lange zurück, und auch Hammelshausen wirkte nicht gerade wie ein Hotspot des Verbrechens. »Ein Paradies für Wanderer«, hatte Max die Gegend genannt. »Unser Albert Mertens wäre arbeitslos, hätten wir nicht diese Jugendbande im Dorf, mal einen Radau im ›Höhlenmann‹ oder einige Autofahrer, die durch die Gegend rasen.«

Anna nahm sich wieder das Bildnis der jungen Frau vor. Mit einer Lupe studierte sie die Oberfläche des Gemäldes, das Craquelé mit all seinen feinen Rissen und Sprüngen. Ein wunderhübsches Bild. Wenn sie nicht alles täuschte, dann handelte es sich hier um ein Werk eines berühmten Malers. Zumindest sah dieses Porträt aus wie von Thomas Gainsborough gemalt. Es erinnerte sie an spätere Werke wie »The Lady in Blue«, entstanden Ende der siebziger Jahre des 18. Jahrhunderts, ein Gemälde, das heute in der Eremitage in St. Petersburg hing. Der 1727 geborene Gainsborough hatte bereits mit sechzehn Jahren sein eigenes Atelier in London betrieben. Das war um 1743 gewesen. Anna wagte kaum daran zu denken, dass der

Schöpfer des Porträts vor ihr womöglich tatsächlich der damals noch sehr junge Thomas Gainsborough gewesen sein könnte oder zumindest ein Künstler, dessen Stil dem des berühmten Malers ähnelte.

Aber sie hatte eine Ahnung, wen das Bild darstellte: Es könnte sich um Alexandra handeln, die früh verstorbene Frau von James MacNeill. Dann musste dieses Porträt spätestens im Winter 1745/46 entstanden sein. Aber wo hatte MacNeill den Künstler getroffen? Waren er und seine Frau in London gewesen, hatte Gainsborough die MacNeills in Schottland aufgesucht?

Anna liebte Thomas Gainsborough und versäumte es bei ihren Besuchen in London niemals, in der Londoner National Gallery seine Bilder zu bestaunen, darunter das Porträt von Mrs Siddons oder »Der Morgenspaziergang«, beide 1785 entstanden, also rund vierzig Jahre nach diesem kleinen Porträt. Wobei sie ihr Lieblingsbild des Meisters, »Der Knabe in Blau«, nur als Kopien und Postkarten kannte. Das Original aus dem Jahr 1769 hing in der Huntington Collection in San Marino in Kalifornien.

Im Frühling dieses Jahres allerdings hatte sie in der Hamburger Kunsthalle eine wundervolle Ausstellung mit Gainsboroughs Werken gesehen, Leihgaben aus mehreren Museen und dem Geburtshaus des Künstlers in Sudbury in der Grafschaft Suffolk. Der Titel der Ausstellung lautete »Die moderne Landschaft«. Die achtzig Gemälde belegten ein enges Miteinander von Mensch und Natur, schwelgten in Impressionen von Parks und zeigten Bilder einer Natur, in die der Mensch längst »kreativ« eingegriffen hatte. Der Beginn der industriellen Revolution in England und die Verwandlung der landwirtschaftlich geprägten Welt waren spannende Themen, die Gainsborough in diesen Werken aufgriff.

Ein Donnerschlag riss sie aus ihren Gedanken. Das Gewitter kam langsam näher. Aus dem fernen Grollen wurde allmählich ein Trommelwirbel, der die schwüle Luft erzittern ließ. Die Sonne stand als fahle Kugel inmitten der sich immer dunkler verfärbenden Wolken. Anna fürchtete Gewitter nicht, im Gegenteil. Eine ihrer frühen Kindheitserinnerungen war, dass sie auf der Terrasse des elterlichen Hauses vergnügt eine Schale mit Kirschen leerte, während sich ein riesiges Gewitter über der Stadt entlud. Ihre Geschwister hatten längst Zuflucht im Haus gesucht.

Da die Wolken das Tageslicht dimmten, schaltete sie die Deckenlampe und die kleine Lampe auf dem Tisch ein und wandte ihre Aufmerksamkeit wieder dem Frauenporträt zu. Wenn sie doch eine Signatur finden könnte. Das Bild war von einem schmucklosen Rahmen gefasst, der sich auffällig unterschied von den vielen vergoldeten und reich verzierten Rahmen, die Anna in der Eingangshalle des Schlosses und im Salon gesehen hatte, ebenso wie von dem des Jungenbildnisses. Es sah aus, als sei das Bild aus seinem ursprünglichen Rahmen gelöst und in diesen schlichten Holzrahmen gesteckt worden. Anna konnte sich nicht vorstellen, dass ein so schönes Bild schon immer so schlicht gerahmt gewesen sein sollte.

Dieses kleine Ölgemälde, das nur sechsundfünfzig mal vierundvierzig Zentimeter maß, hatte eine intensive Ausstrahlung. Das lag an den dunkelblauen Augen der jungen Frau, an ihrem zu einem scheuen Lächeln geöffneten Mund und an der leicht geneigten Haltung ihres Kopfes. Die Steine sollten wohl dunkelgrüne Smaragde sein, die allerdings, wie Anna ein wenig verwundert feststellte, nicht zum Kobaltblau ihres Kleides passten, dessen obersten Teil man auf dem Bild andeutungsweise sehen konnte. Und bei genauem Hinschauen wirkte diese Kette eher plump gemalt.

In ihre Überlegungen platzte Max Greve, der nach kurzem Anklopfen die Tür öffnete. »Kommen Sie bitte in den Salon, Frau Bentorp. Kommissar Schumann ist wieder da und möchte, dass wir uns alle versammeln.«

»Ganz wie bei Agatha Christie«, sagte Anna. »Da versammeln sich auch immer alle in der guten Stube, wenn Hercule Poirot oder Miss Marple den Täter nennen wollen.«

Max entgegnete trocken: »Einen Täter hat er nicht, aber einige interessante Neuigkeiten.«

Im Salon saßen schon fast alle anderen Gäste bei einer Tasse Tee vor dem Kamin. Die beiden Hunde lagen wie stets vor dem Feuer; Cú hob den Kopf, als er Anna bemerkte. Sie streichelte ihn kurz, und mit einem zufriedenen Grunzen sank sein graues Haupt wieder auf seine Pfoten. Für ihn und seine Gefährtin Alisha war die Welt in Ordnung, anders als für die Baronin.

Sie stand neben ihrem Sessel, kerzengrade und angespannt. Anna lächelte ihr ermutigend zu, aber Carola von Rödelshausen reagierte nicht. Sie fixierte Kommissar Schumann, der in der Mitte des Raumes stand. Astrid reichte Anna eine Tasse Tee, die sich damit in ihren Stammsessel am Kamin setzte. Alle außer Caspar Hermanns waren versammelt.

»Er telefoniert noch«, erklärte Philip dessen Abwesenheit. »Er müsste eigentlich bei einer Auktion in Köln sein, schickt aber wohl seinen Assistenten.«

Schumann nickte und wandte sich an die versammelten Gäste, wobei er Anna anlächelte. In dem Moment betrat Hermanns den Raum und setzte sich neben Philip und Barbara von Rödelshausen.

Das ähnelt ja immer mehr den Romanen von Agatha Christie, dachte Anna amüsiert.

Alle schienen den Atem anzuhalten, als Schumann sich räusperte und begann: »Danke, dass Sie alle hier zusammengekommen sind.«

»Was hätten wir auch anderes tun können?«, raunte Frostauer ziemlich deutlich vernehmbar.

Schumann lächelte kühl. »Da haben Sie wohl recht, Herr Frostauer. Nur eines gleich vorweg: Wir wissen leider immer noch nicht, wo sich Stefan Arendt aufhält. Wenn wir weiterhin keine Spur von ihm entdecken, werden wir Unterstützung anfordern. Wir wollen aber nicht die Pferde scheu machen. Seine Eltern befinden sich derzeit auf Reisen und sind schwer zu erreichen. Laut Auskunft von Constantin von Lengsfeld hat

er momentan keine feste Freundin, die uns vielleicht weiterhelfen könnte, aber wir werden hoffentlich spätestens morgen
mehr wissen.«

Er hustete, dann setzte er erneut an. »Jetzt zum Fall Dieter
Elster. Die Spurensicherung hat ihre Untersuchungen an der
Bärenhöhle beendet, und auch das Ergebnis der Gerichtsmedizin liegt mir vor. Der Tote ist zweifelsfrei Dieter Elster.
Zwar haben wir keine Brieftasche bei der Leiche entdeckt,
und auch sein Handy ist verschwunden, aber in seiner Jackentasche steckte sein Personalausweis. Zudem hat ihn Christian Borg als den Mann identifiziert, der sich vor einiger Zeit
schon einmal bei ihm im Hotel aufgehalten hat und gestern
Mittag erneut anreiste.« Er wandte sich an Terhorst und Fritzen. »Sie brauchen ihn also nicht zu identifizieren. Das ist
sicherlich eine Erleichterung für Sie.« Die beiden Männer
nickten.

Philip von Rödelshausen fragte in das einsetzende Schweigen: »Und? Hatte er nun einen Unfall? Was haben Sie herausgefunden? Könnte es auch Fremdeinwirken gewesen sein?«

Schumann ließ sich von Philips Ungeduld nicht provozie-
ren. Anna kannte ihn gut genug, um zu wissen, dass seine
bedächtige Art Methode hatte.

Michael Terhorst, der Höhlenarchäologe, brummelte: »Na
ja, ich schätze, der gute Dieter hat sich mit seinen oft abenteu-
erlichen Thesen in den letzten Jahren mehr Feinde als Freunde
gemacht. Aber dass sich jemand die Mühe macht, ihn ausgerechnet hier zu meucheln, bezweifele ich doch sehr.«

Klaus Fritzen stieß ihn in die Seite und verdrehte die Augen.

Schumann ging nicht auf die Bemerkung ein. Er hob die
Mundwinkel zu einem winzigen Lächeln, sagte dann jedoch
mit ernster Stimme: »Zuletzt hat ihn laut unseren Ermittlun-
gen der Wirt vom ›Höhlenmann‹ gestern um die Mittagszeit
gesehen. Elster hatte ihm kurz zugerufen, er wolle einen Spaziergang machen, ehe er dann gegen Abend zum Schloss fahren würde. Laut Christian Borg verließ Elster um vierzehn

Uhr dreißig das Hotel und ging in Richtung Ortsausgang auf den Koboldhügel zu. Danach hat ihn wohl niemand mehr gesehen. Peter Grotherr, der mit dem Hund Trixie einen langen Spaziergang unternahm, entdeckte dann die Leiche etwa gegen siebzehn Uhr. Grotherr war wegen eines Feuers vor der Bärenhöhle neugierig geworden und zur Höhle hinaufgestiegen. Als er dort ankam, sah er niemanden, wurde aber von irgendjemandem so heftig gestoßen, dass er mit dem Kopf gegen einen Felsen prallte und wohl für einige Minuten bewusstlos war. Als er wieder zu sich kam, habe ihn der Hund Trixie zur Höhle gezerrt. Und da hat er dann Dieter Elster gefunden.«

Schumann nieste und zog ein großes Stofftaschentuch aus der Hosentasche.

Auch Anna spürte inzwischen einen Anflug von Ungeduld. Wann kam Schumann endlich zur Sache?

Er schien es zu bemerken, denn er fuhr fort: »Die Gerichtsmedizin hat die Todeszeit auf etwa fünfzehn bis sechzehn Uhr gestern Nachmittag eingegrenzt, also kurz bevor ihn Peter Grotherr gefunden hat. Möglicherweise ist Elster in dem durch feuchtes Moos rutschigen schmalen Eingang der Bärenhöhle gestolpert oder ausgerutscht und mit dem Kopf gegen einen Felsvorsprung geschlagen. Zumindest war die einzige Verletzung, die wir feststellen konnten, eine Wunde an der Stirn, die eindeutig durch den Sturz verursacht wurde. Der Aufprall muss so heftig gewesen sein, dass er dabei ein Schädeltrauma erlitten hat und daran gestorben ist.«

»Also war es ein Unfall?«, fragte Philip mit einer Mischung aus Erleichterung und Bestürzung.

»Das können wir nicht mit Gewissheit sagen. Durch den Angriff auf Peter Grotherr ist unstrittig, dass sich jemand um die Todeszeit bei den Höhlen aufgehalten haben muss. Zudem fehlt Elsters Brieftasche, die auch nicht in seinem Hotelzimmer auffindbar war, ebenso sein Handy. Laut Christian Borg hat er das aber mitgenommen. Borg hat gesehen, dass Elster nach Verlassen des ›Höhlenmanns‹ auf der Straße kurz stehen geblieben ist und telefoniert hat. Wir versuchen, es zu orten, aber bisher erfolglos.«

Schumann nieste erneut, bevor er fortfuhr: »An Elsters Kleidung wurden einige DNA-Spuren entdeckt, die wir noch nicht zuordnen konnten. Das muss aber nichts heißen. Elster wird sicherlich mit der einen oder anderen Person in Berührung gekommen sein, die Spuren auf seiner Kleidung hinterlassen hat. Christian Borg beispielsweise hat gesagt, er habe ihn am Arm gepackt, als Elster im Eingangsbereich des ›Höhlenmanns‹ auf den frisch geputzten Fliesen fast ausgeglitten wäre. Es gab zudem Hundehaare von Trixie, Abdrücke von Peter Grotherrs Schuhen, Blut aus Grotherrs Platzwunde und zahlreiche andere Schuhabdrücke in den sandigen Zwischenräumen der den Höhlen vorgelagerten Felsplatten. Allerdings kommen fast täglich Wanderer oder Spaziergänger in diese Gegend, und die Höhlen sind am Wochenende ein beliebtes Ausflugsziel. Die Spuren überlagern sich. Die Schuhabdrücke von Peter Grotherr konnten wir allerdings identifizieren. Er hat nagelneue Wanderschuhe mit einem sehr auffallenden Profil.« Schumann hielt inne.

Eigentlich hatte Anna keinen Kommentar zu Schumanns Erklärungen abgeben wollen. Aber dann überkam es sie, und es rutschte aus ihr heraus, ehe sie sich zügeln konnte. »Deutet das alles nicht doch auf einen missglückten Raubüberfall hin? Immerhin fehlen Brieftasche und Handy.«

Schumann sah sie mit einem Blick an, den sie nicht zu deuten vermochte.

»Sind Sie jetzt die Miss Marple vom Ith?«, fragte er dann, eine ähnliche Formulierung wie Albert Mertens am Tag zuvor benutzend. Die Umstehenden grinsten, Frostauer, der unverschämte Kerl, kicherte fast hysterisch.

Anna spürte zu ihrem Ärger, dass sie errötete. Dennoch schien es ihr, als ob Schumanns Kommentar eher als eine Art Ablenkung diente. Sie war sich plötzlich sicher, dass da mehr war, als er preisgab, und sie fragte sich, ob er vielleicht doch einen vagen Verdacht hegte, dass mehr hinter Elsters Tod steckte, als er bislang verraten hatte.

In diesem Augenblick ging die Tür auf, und Richard Bernhard erschien wie ein Geist in der Tür. Er steuerte direkt auf Schumann zu.

»Ich möchte eine Aussage bezüglich Dieter Elster machen«, sagte er mit rauer Stimme, und seine Worte übertönten das dumpfe Poltern des Donners über Schloss Hammelsberg.

Die Geschäfte des Herrn Elster

Richards Auftauchen mit triefend nassen Haaren und verstörtem Blick, während draußen das Gewitter an Heftigkeit zunahm, wirkte wie eine Szene aus einem schlechten Theaterstück. Richard hatte einen Hang zur Theatralik und war sich gewiss seines dramatischen Auftritts bewusst. Schumann nahm seine Ankündigung jedoch ernst, führte ihn zu einem Sessel am Kaminfeuer, bat Astrid um eine Tasse Tee für den durchnässten Mann und fragte, als Richard den ersten Schluck getrunken hatte: »Also, Herr Bernhard, was können Sie mir erzählen?«

Richard sah sich mit unstetem Blick um. »Ich würde das lieber unter vier Augen besprechen.«

Schumann wandte sich an die anderen Anwesenden: »Könnten Sie bitte für ein paar Minuten den Raum verlassen? Ich rufe Sie gleich noch einmal zurück, um Ihnen einige weitere Informationen zu geben.«

Frostauer grunzte unwillig. »Spielt unser Mann aus Hannover wieder seine eigenen kleinen Spiele?«

Er warf einen mürrischen Blick auf Richard, der sich aber wenig um seinen alten Rivalen Frostauer scherte. Vielmehr sah er zu Anna hinüber, die sich aus dem Sessel erhob und in Richtung Tür ging. »Anna, ich würde nachher gerne etwas mit dir besprechen!«, rief er ihr nach.

Anna hielt sich in den nächsten Minuten in der Nähe des Salons auf. Aber sie hörte nur einige gemurmelte Worte durch die Tür dringen, die ihre Neugierde nicht befriedigten. Was konnte Richard, der am gestrigen Tag so hastig abgereist war, dem Kommissar erzählen? Hatte er Elster gekannt, ihn getroffen, ihn etwa auf seinem Gang zu den Höhlen begleitet? Bei Richard war alles möglich. Obwohl er gerade einen Prozess überstanden hatte, bei dem er glimpflich davongekommen war, glich er einer Katze, die das Mausen nicht lassen konnte. Irgendetwas brodelte bei ihm immer im Geheimen. Anna fürchtete, dass Richard seine Lektion nicht gelernt hatte. Er geriet allzu leicht in Versuchung, Angebote, die reizvoll, aber vielleicht nicht ganz legal waren, zumindest zu »überdenken«.

Anna mochte Richard; sie schätzte seinen Humor, seinen Charme und seine Bildung, und seine Neigung zum Flirt amüsierte sie. Gleichzeitig wusste sie aber auch, dass dieser gut aussehende Mann ein wenig zu sehr den ambivalenten Ganoven aus den Lieblingsbüchern ihrer Jugendzeit glich: Piraten mit Herz, Schurken mit Charme. Vertrauen ließ sich da nicht so recht aufbauen. Doch vielleicht würde ihr Richard später berichten, was er dem Kommissar anvertraut hatte.

Schumann kam schon recht bald wieder aus dem Salon und bat die wartenden Gäste, sich noch einmal zu versammeln.

Als er die fragenden Blicke aller auf sich gerichtet sah, begann er: »Richard Bernhard war derjenige, der mit Dieter Elster telefoniert hat, als dieser den ›Höhlenmann‹ verlassen und sich zu den Höhlen aufgemacht hat. Worum es bei dem Gespräch ging, bleibt vertraulich. Da wir noch immer nicht wissen, ob Fremdverschulden auszuschließen ist, muss ich Sie bitten, mindestens noch den morgigen Tag die Gegend nicht zu verlassen. Vielleicht brauche ich Sie noch. Die Baronin hat großzügig angeboten, dass Sie weiterhin im Schloss bleiben können. Ich weiß, dass einige von Ihnen Verpflichtungen haben, doch hoffe ich, dass wir bis morgen Abend mehr wissen. Bis dahin bitte ich um Geduld und Verständnis.«

Frostauer flüsterte Anna zu: »Das klingt wie eine der üblichen Ansagen der Deutschen Bahn, wenn der Zug mal wieder eine Stunde verspätet ist.«

Anna musste grinsen. Da hatte das Lästermaul Frostauer nicht unrecht.

Damit war die Versammlung aufgelöst. Schumann wandte sich an Anna. »Ich muss jetzt zurück nach Hameln, aber wir werden uns morgen wiedersehen. Ich würde mit Ihnen gerne über ein paar Sachen sprechen, die Ihre Aufgabe im Schloss betreffen. Ich weiß, dass Sie die Bilder vom Dachboden bewerten sollen. Dazu habe ich eine Information bekommen, die ich gerne mit Ihnen diskutieren würde.«

»Das klingt jetzt aber sehr geheimnisvoll«, antwortete Anna. »Sie machen mich furchtbar neugierig. Können Sie es mir nicht jetzt gleich sagen, anstatt mich auf die Folter zu spannen? Sie kennen mich doch und wissen, dass ich ungern mit Rätseln zu tun habe.«

Schumann lächelte. »Nein, bis morgen müssen Sie sich noch gedulden. Vielleicht ist das auch nicht so wichtig. Zuerst müssen wir uns dem Fall Elster und vor allem der Suche nach Arendt widmen.«

Er verabschiedete sich mit einem Händedruck, der länger als ein normales Händeschütteln dauerte.

Die Baronin hatte Schumanns Worte gehört und trat zu Anna. »Ich hoffe, Sie sagen mir Bescheid, wenn diese Information auch für mich wichtig sein sollte.« Sie wirkte etwas indigniert. »Der Kommissar scheint zwar tüchtig zu sein, und höflich ist er auch, aber er liebt wohl Geheimnisse.« Sie wandte sich zum Gehen. »Dieses Wochenende ist für mich zu einem Alptraum geworden. Auch mein Sohn scheint mir etwas zu verschweigen. Er hockt stundenlang mit Caspar Hermanns in der Bibliothek, und wenn ich in den Raum komme, tun die beiden so, als würden sie über die Ölschinken in der Eingangshalle reden. Das macht mich nervös.« Sie legte kurz eine Hand auf Annas Arm. »Ich ärgere mich, dass ich nicht längst einen Experten gebeten habe, die Bilder im Schloss zu begutachten. Ein paar könnten wir gut und gerne verkaufen, um einige Renovierungsarbeiten in Gang zu setzen.« Sie lächelte etwas wehmütig. »Jeder im Ort hält uns für reich, weil wir das Schloss und die umliegenden zehn Hektar besitzen, aber das ist ein trauriger Trugschluss.« Mit müden Schritten ging sie zur Treppe, die von der Eingangshalle in die oberen Stockwerke führte. »Ein kleiner Paulus Potter oder ein Willem van de Velde wäre mir sehr willkommen.«

Als Anna gerade in ihr Zimmer gehen wollte, kam Richard auf sie zu. Sie sah ihn mit einer Mischung aus Neugierde und Unsicherheit an.

Er aber nahm sie kurz in die Arme, küsste sie auf beide Wangen und sagte leise: »Das wollte ich schon die ganze Zeit tun. Aber dieser dämliche Anruf gestern, der mich nach Hannover zurückgeholt hat, und der Tod von Elster haben mir bisher keine Gelegenheit gegeben.«

»Und? Was hattest du dem Kommissar so Wichtiges zu erzählen?«, fragte Anna, als sie sich aus seiner Umarmung befreit hatte. »Willst du es mir sagen?«

Richard blickte betreten auf seine Schuhe. Manchmal wirkte er wie ein Schuljunge, dem man nach einem missglückten Streich auf die Schliche gekommen war.

Er rieb sich die Nase und erwiderte nach kurzem Zögern: »Ich vertraue dir mehr als dem Kommissar, Anna, und ich wünsche mir nichts so sehr, als dass sich unsere Beziehung von all den Ereignissen im letzten Jahr erholt. Um dir das zu beweisen, werde ich dir jetzt etwas sagen, was ich Schumann verschwiegen habe.«

Anna blickte ihn ermutigend an.

»Lass uns in dein Arbeitszimmer gehen«, schlug Richard vor. »Hier laufen mir zu viele Leute herum, und dieser Butler Max muss auch nicht alles wissen. Er taucht immer wie aus dem Nichts auf und steht dann plötzlich hinter einem. Ein bisschen spooky.«

Anna fand Max zwar nicht »spooky«, führte Richard aber dennoch in ihr Arbeitszimmer. Draußen rauschte der Regen, der dem Gewitter gefolgt war, und das Zimmer war in den Schatten des späten Nachmittags getaucht.

Richard setzte sich auf einen der beiden harten Stühle am Tisch und warf einen Blick auf das Bild der jungen Frau, das dort noch lag.

»Donnerwetter«, entfuhr es ihm. »Das sieht ja fast nach einem Gainsborough aus oder zumindest nach einem Künstler, der dem Meister nacheiferte.«

Anna ging nicht darauf ein und schob das Bild beiseite. »Nun?«

»Also, ich kannte Dieter Elster von früher«, begann Richard und strich sich seine noch immer feuchten Haare aus der Stirn. »Vor etwa acht Jahren hat er mir ein paar Deals angeboten. Er hatte bei einigen seiner Höhlenexpeditionen in Südamerika und Afrika ein paar Dinge gefunden, die er unter der Hand loswerden wollte. Elster war kein Biedermann. Er hat mehr als einmal Höhlenfunde wie alte Knochen, Scherben und Schnitzereien beiseitegeschafft und illegal an den Käufer gebracht. Immer nur kleine Objekte und auch nie größere Mengen.« Richard kaute an seiner Unterlippe und rutschte unruhig auf dem Stuhl hin und her.

»Und weiter?« Anna sah ihn gebannt an. Sie hatte irgendwie geahnt, dass er, wenn vielleicht auch nur am Rande, etwas mit Elster zu tun gehabt hatte. Ihr Bauchgefühl trog sie selten.

»Na ja, ich habe ihm ein einziges Mal tatsächlich ein Objekt abgekauft. Einen Elefanten aus Holz, wunderhübsch geschnitzt, den er in einer Höhle in Namibia gefunden hatte. Er wollte mir den Namen der Höhle nicht nennen, aber ich vermute, der Elefant stammte aus der Phillips-Höhle im Erongo-Gebirge, wo man phantastische Höhlenmalereien entdeckt hat, darunter die Abbildungen eines weißen Elefanten und einer roten Antilope. Diese Malereien sind etwa 3300 vor Christus entstanden. Warum sollte man da nicht auf ein paar Relikte stoßen, die neben der Malkunst auch Zeugnis von der Handwerkskunst der Höhlenbewohner ablegen? Ich weiß nicht, ob Elster noch mehr entdeckt und heimlich an sich genommen hat. Der Elefant auf jeden Fall war ein Glücksgriff.«

Richard schluckte. »Ich weiß, Anna, dass du mich jetzt gleich wieder in die Schublade ›Betrüger‹ schieben wirst, aber Elster hat mir damals ein Zertifikat gezeigt, das ihn als rechtmäßigen Besitzer auswies. Er bat mich, die Schnitzerei für ihn zu verkaufen, da er keine Kontakte zu potenziellen

Käufern habe. Alles gelogen. Der Mann kannte Hinz und Kunz auf dem schwarzen Markt, wollte aber seine kleinen Geschäfte mit Hilfe seriöser Händler ehrbar erscheinen lassen. Ich habe den Elefanten an einen Sammler von afrikanischer Kunst verkauft, der in Paris ein Privatmuseum einrichten wollte. Und natürlich habe ich wenig später erfahren, dass das Zertifikat gefälscht war, aber ich habe nichts unternommen. Elster ist immer davongekommen, und ich wollte keinen Ärger. Ich habe danach jeden Kontakt zu ihm abgebrochen. Zwei Jahre später hat er noch einmal einen Anlauf unternommen und wollte mir ein Obsidianmesser aus Peru unterjubeln. Forscher haben in Andenhöhlen wunderbare Malereien entdeckt und vor allem Werkzeuge, die etwa zwölftausend Jahre alt sind.«

Richard schwieg wieder. Das Rauschen des Regens hatte nachgelassen. Nichts schien sich im Schloss zu regen. Eine Art Dornröschenschlaf, dachte Anna. Wir können alle das Schloss nicht verlassen und warten darauf, dass Schumann uns befreit, indem er verkündet, man habe Arendt wohlbehalten aufgefunden und Elsters Tod sei ein tragischer Unfall gewesen.

Richard zog ein blau kariertes Taschentuch aus seiner Jeans und schnäuzte sich. »Spätestens da hätte ich ihn anzeigen sollen, aber ich war zu feige und schwieg weiter. Danach hat er sich nicht mehr bei mir gemeldet. Tja, bis gestern. Ich war schon fast auf dem Weg nach Hannover, als er mich von seinem Handy aus anrief. Er hatte gerade das Gasthaus verlassen und wollte zur Bärenhöhle. Er sagte mir, dass er dabei sei, einen sensationellen Fund zu machen, von dem weder Klaus Fritzen noch Michael Terhorst eine Ahnung hätten. Er aber habe einen todsicheren Tipp bekommen und sei nun auf dem Weg zur Höhle, um die Gegend auszukundschaften. Innerhalb der nächsten Tage werde er dann in eine bestimmte Höhle einsteigen und dort, wenn alles gut ginge und sein Informant recht habe, eine großartige Entdeckung machen.«

»Worin könnte dieser ›sensationelle Fund‹ denn bestehen?«, fragte Anna. »In den Höhlen gibt es doch nichts außer den Knochen, die man schon vor Jahren entdeckt hat.«

»Elster sprach nicht von der Bärenhöhle als Fundort, die ja längst abgegrast ist, sondern er erwähnte eine bisher noch unerforschte Höhle oder einen bisher noch unerforschten Teil einer der Höhlen. Er hat leider keinen Namen genannt und alles so atemlos ins Handy gerasselt, dass ich kaum die Hälfte verstehen konnte. Er schlug mir vor, ihn am späten Nachmittag auf dem Hügel zu treffen, aber ich habe ihn abgewimmelt und ihm erklärt, dass ich auf dem Weg nach Hannover sei und ohnehin mit seinen Machenschaften nichts mehr zu tun haben wolle.«

»Wie hat er reagiert?«

»Er blieb ganz gelassen und meinte nur, dass ich das bedauern würde, aber er hätte noch andere Interessenten. Er habe mir als Erstem davon erzählen wollen, falls ich doch wieder mal Lust auf einen spannenden Deal hätte. Dann hat er unser Gespräch weggedrückt, weil offenbar ein anderer Anruf reinkam.«

»Wie viel davon hast du Schumann erzählt?«

Richard schnaubte. »Der traut mir immer noch nicht so richtig über den Weg. Ich habe ihm nichts von meinem früheren Deal mit Elster berichtet, ihn aber darüber informiert, dass ich Elster kannte und mir zu Ohren gekommen sei, dass er das eine oder andere Objekt heimlich an sich genommen und illegal verkauft habe. Ich bin aber wohl offiziell der letzte Mensch, der Elster lebend, zumindest am Telefon, erlebt hat. Ausgenommen den anderen Anrufer, den Schumann aber nicht ausfindig machen kann, weil das Handy von Elster verschwunden ist. Auch der Provider von Elster konnte uns nicht weiterhelfen. Wahrscheinlich war es ein Anruf von einem Prepaidhandy. Es kann ja durchaus sein, dass er sich mit jemandem verabredet und die Person noch vor seinem tödlichen Sturz getroffen hat.«

Richard stand auf. »Jetzt weißt du es, liebe Anna. Ich kannte den Kerl, mochte ihn nicht, habe mich aber von ihm ferngehalten, so gut es ging. Kurz nach dem Anruf bin ich dann losgefahren, war zwei Stunden später in Hannover und hatte dort ein Geschäftstreffen mit einem interessanten Mann, der leider nur gestern in der Stadt war. Deshalb bin ich so überstürzt nach Hannover gefahren.«

»Wer war das?«, fragte Anna. »Ein Kunstsammler aus dem Ausland?«

»Nein, nur jemand, der mir etwas angeboten hat«, sagte Richard plötzlich kurz angebunden. Er küsste Anna noch einmal auf die Wange. »Ich lege mich jetzt für eine Stunde aufs Ohr, ehe Astrid uns wieder mit Köstlichkeiten verwöhnt.«

»Könnte es sein, dass Elster doch nicht durch einen unglücklichen Unfall, sondern durch einen tödlichen Stoß gestorben ist? Wenn er Feinde hatte aufgrund seiner unlauteren Machenschaften und seiner wenig liebenswerten Art, mit Wissenschaftlern und Experten umzugehen, wie zum Beispiel mit Terhorst, dann könnte das Ganze doch die Folge eines Streits oder sogar ein absichtlich herbeigeführter Sturz gewesen sein. Ein kräftiger Schubs, und aus!«

»Ach, Anna, du bist wieder im Moormann-Modus gelandet.« Richard lachte. »Mörder lauern immer und überall. Nein, ich glaube, dass Elster ausgerutscht oder gestolpert und unglücklich gefallen ist. Es werden nicht viele um ihn trauern, obwohl seine beiden Bücher über Höhlenexpeditionen gut geschriebene Dokus sind. Ich hoffe nur, dass ich nicht in seinen Mails auftauche. Schumann lässt ja noch den Laptop untersuchen. Na ja, es kann gut sein, dass dann herauskommt, welche dubiosen Geschäfte der ehrbare Herr Elster nebenbei getätigt hat. Das könnte peinlich werden.« Damit verließ Richard den Raum.

Anna blieb nachdenklich zurück. Richard war und blieb ihr ein Rätsel. Warum balancierte er so oft am Rande der Legalität? Er führte einen wunderschönen Laden mit kostbaren Stichen, Bildern, Möbeln und Buchraritäten. Und dennoch geriet er immer wieder in Versuchung, den graden Weg zu verlassen. Es konnte nicht nur der Reiz des Geldes sein, bei Richard war es eher der Reiz des Abenteuers.

Seine Enthüllungen waren recht starker Tobak und warfen ein interessantes Licht auf Dieter Elster. Anna schüttelte den Kopf und wandte sich ihrer Arbeit zu. Doch mehr noch als auf eine genauere Analyse des Frauenporträts hatte sie Lust auf einen weiteren Brief von Claire. Und während die Sonnenstrahlen die letzten Reste des Gewitters aufsaugten und die Vögel im Park mit ihrem frühabendlichen Konzert begannen, reiste sie zurück ins 18. Jahrhundert.

Reise in die Vergangenheit III

Glasgow, 25. Dezember 1750

Liebster James,
heute ist Weihnachten, das wir in diesem Jahr sehr still bege-
hen. Ohnehin ist dieses Fest bei uns ja offiziell verboten und
gilt nicht als Feiertag. Hugh war einige Stunden an der Uni-
versität, ist aber früh nach Hause gekommen, und wir haben
ein bescheidenes, aber gutes Mahl zu uns genommen und eine
Kerze für die Lebenden und die Toten aufgestellt.
An diesem speziellen Tag beneide ich unsere südlichen
Nachbarn, die seit dem Ende der Cromwell-Ära und der
Rückkehr von Charles II. als König im Jahre 1660 wieder die-
ses Fest feiern dürfen. Bei uns hat die Kirche eine strenge Hand
darauf. Niemand in unserem Umfeld ahnt, dass wir eigentlich
katholisch sind, und das darf auch niemand erfahren. Deshalb
besuchen wir die presbyterianische Kirche in unserer Nach-
barschaft. Aber wir sind, wie du weißt, mit Father Anthony
befreundet, der für uns die Messe liest, alles im Verborgenen
wie bei den ersten Christen in Rom. Er hat auch versucht, uns
Trost zu spenden, als wir die Nachricht vom Tode Alexandras
erhielten. Offiziell ist er Hauslehrer bei uns und unterrichtet
Alistair in Mathematik und Latein.
Der Schock sitzt uns noch tief in der Seele. Alistair hat
einige schwere Wochen hinter sich. Ich habe es ihm endlich
erzählen können. Seine Reaktion hat mir das Herz zerrissen.
Er wollte drei Tage nicht essen, nicht reden, nicht aufstehen.
Doch nun scheint er allmählich mit der furchtbaren Ge-
wissheit umgehen zu können, dass er seine Mutter nie mehr
wiedersehen wird. Es erscheint mir unter diesen Umständen
schon fast gnädig, dass er in den vergangenen Jahren ohne sie
gelebt hat. So kann er leichter auch weiterhin ohne sie sein.
Dennoch geht der Kummer tief. Deshalb möchte ich dich

bitten, James, dass du dir überlegst, rasch zurückzukehren. Der Junge liebt Hugh zwar sehr, der ihn streng, aber gerecht behandelt und nichts auslässt, um ihn für die Naturwissenschaften zu begeistern und vor allem für die Astronomie. Er verbringt mit dem Jungen viele Stunden am Teleskop, und obgleich Hugh ein sehr nüchtern veranlagter Mensch ist, hat er Alistair jüngst einen besonders klaren Stern am Nachthimmel gezeigt und ihm gesagt, dass dies seine Mutter sei. Es rührt mich, wie liebevoll Hugh versucht, Alistairs Schmerz zu lindern.

Dennoch braucht das Kind dich, seinen richtigen Vater. Die Wogen glätten sich immer mehr, und fürs Erste könntest du unbesorgt in unserem Landhaus bei Glasgow unterkommen, ehe du nach Hause weiterziehst. Dort wärst du ungestört und weit entfernt von neugierigen Blicken. Ich verstehe deine Ängste bezüglich der politischen Situation. Die Clans sind zerschlagen, einige Mitglieder sitzen noch in Kerkern, andere haben sich in die Highlands zurückgezogen, wieder andere haben das Land verlassen und sind nach Frankreich, Italien oder in die amerikanischen Kolonien geflüchtet. Geradezu lächerlich ist es, dass der Dudelsack genau wie der Tartan als angebliches Symbol der rebellischen Highlander noch immer »unter Bann« steht.

Doch vor drei Wochen ist Angus McAngus aus seinem niederländischen Exil heimgekehrt, unbeschadet und ohne Furcht, dass man ihn verhaften werde. Er hat uns besucht und erzählt, dass man ihm Pardon gewährt hat. Er musste einen Eid auf König Georg ablegen, was ihm sehr schwergefallen ist. Doch nun lebt er wieder in der Nähe von Inverness auf seinem Landgut. Auch du kannst unter diesen Umständen heimkehren. Der Eid wird natürlich auch dir eine Last sein, doch denke daran, dass deine Familie hier auf dich wartet und dein Sohn dich braucht. Auch die kleine Elisabeth sollte hier aufwachsen. Es mag zu früh sein, dir dies zu sagen, und du wirst mich als herzlos bezeichnen. Aber ich bin der festen Überzeugung, dass du wieder eine gute Frau finden wirst, die deine Kinder und dich liebevoll umsorgt und die Trauer um Alexandra lindern hilft. Die Zeit ist noch nicht reif, ich weiß. Aber es mag doch ein Lichtstreif am fernen Horizont sein.

Nun noch eine Nachricht, die dich gewiss interessieren wird. Vor wenigen Wochen war Thomas Gainsborough in der Stadt. Er hatte den Auftrag, die Tochter eines reichen Patriarchen zu porträtieren. Er ist inzwischen dreiundzwanzig Jahre alt, und obwohl hochbegabt, tut er sich noch immer schwer, genügend Aufträge zu bekommen. Er lebt jetzt nach seinen Jahren in London wieder in seiner Heimat Sudbury, und ich glaube, dass er einmal zu unseren großen Malern gerechnet werden wird. Das Porträt, das er vor vier Jahren von Alexandra gemacht hat, ist zauberhaft, selbst wenn es derzeit wahrscheinlich noch nicht so wertvoll ist, wie es sicherlich in einigen Jahren sein wird, wenn er die verdiente Anerkennung gefunden hat.

Er kam überraschend eines Nachmittags bei uns vorbei und hat mit mir Tee getrunken. Ein wenig besorgt erkundigte er sich nach dem Verbleib des Bildes, das du bei ihm im Januar 1746 in Auftrag gegeben hattest. Er sprach von einem Doppelbild, und diese Bemerkung habe ich nicht verstanden. Doch bin ich auch nicht weiter in ihn gedrungen. Ich habe ihm nur gesagt, dass du das Bild mitgenommen hast, um es in Sicherheit zu bringen, denn deine Furcht war ja groß, dass deine Burg geplündert und die Bilder, die dir am Herzen liegen, geraubt werden könnten. Seine Reaktion schwankte zwischen Erleichterung und Enttäuschung. Wahrscheinlich hatte er gehofft, das Bildnis bei uns zu sehen, sozusagen als eine Leihgabe von dir, bis du es in deinem Schloss wieder aufhängen kannst. Er hat mir versprochen, nicht über das Porträt von Alexandra zu sprechen und es wie ein Beichtgeheimnis zu hüten. Zu viel steht auf dem Spiel, wenn ruchbar wird, dass es auf die Spur des »Star of Scotland« führen könnte. Ich hoffe, du bewahrst diesen Schatz sicher auf.

Mir graut manchmal bei der Vorstellung von deinem Leben

in diesem einsamen Schloss im schattigen Tal am Fuße des Hü-
gels mit den Höhlen, von denen du mir geschrieben hast. Du
bezeichnest sie als geheimnisvolle Orte, in denen Geister zu
hausen scheinen und manchmal nächtliche Feuer glühen. Ich
bin nicht abergläubisch, doch fürchte ich, dass etwas Dunkles
in ihnen lauert. Mein Gefühl sagt mir, dass du sie meiden soll-
test.

Unlängst hat mir dein treuer Diener William ein paar
Zeilen geschrieben. Auch er hat seinem Kummer um deine
geliebte Frau Ausdruck verliehen, aber auch seiner Sorge,
dass sich im Schloss seltsame Dinge zutragen. Du scheinst in
deinem Schmerz um Alexandra manches nicht wahrzuneh-
men. Doch William Fraser ist nicht nur ein treuer Diener
seines Herrn, sondern auch ein Mann mit Gespür und hat na-
türlich Zugang zu anderen Kreisen im Schloss. Er drückte mir
gegenüber sein Unbehagen aus, dass er sich beobachtet fühle
und nachts seltsame Geräusche in den Fluren gehört habe,
ein Tuscheln und Raunen und abgewandte Blicke, wenn er
auftaucht. William fürchtet, dass Seamus ein doppeltes Spiel
treibt. Aber er kann nichts beweisen. Seamus tändelt offen-
bar mit der ehemaligen Zofe von Alexandra, Beatrice, und
im Schloss wird hinter vorgehaltener Hand geflüstert, dass
er nachts in ihre Kammer schleiche und nicht nur in ihre.
Manchmal glaube ich, dass ich mehr über die Zustände in
Hammelsberg weiß als du, lieber James, der du in deiner Welt
der Trauer versunken bist. Und so fürchte ich, dass William
mit seinem Gefühl, dass sich im Schloss etwas zusammen-
braut, recht behalten wird.
Ich blicke mit Spannung dem neuen Jahr entgegen, vor allem
aber mit der Hoffnung, dass es dich nach Hause bringen
wird.
In Liebe
deine Cousine Claire

Anna legte den Brief beiseite. Diese Claire, die aus der Vergangenheit zu ihr sprach, war ihr sehr sympathisch. Sie

schien eine kluge und gebildete Frau gewesen zu sein und vor allem bestens informiert. Was war aus ihr, ihrem Mann und dem kleinen Alistair geworden? Vielleicht konnte sie das irgendwo herausfinden, in alten Archiven oder Kirchenbüchern. Am liebsten wäre sie sofort nach Glasgow gereist und hätte vor Ort recherchiert. Es würde sicherlich Dokumente zu den de Abrevilles geben, zumal Hugh als königlicher Astrologe eine prominente Figur der Glasgower Gesellschaft gewesen sein musste und die Familie ein großes Haus mit vielen »steuerpflichtigen« Fenstern besessen hatte. Auch über die Familie von James MacNeill müsste man einiges herausfinden können. Immerhin hatte James Nachfahren gehabt, wobei Anna noch immer nicht wusste, ob Elisabeth je nach Schottland zurückgekehrt war. Und auch Alistair sollte Spuren hinterlassen haben. Sie würde diesen Fragen nachgehen.

Was sie aber an diesem Brief am meisten fesselte, war der Hinweis auf den Besuch von Thomas Gainsborough bei den de Abrevilles in Glasgow und die Erwähnung eines »Doppelbildes«. Was bedeutete das?

Unschlüssig betrachtete Anna das Porträt Alexandras. War dies der eindeutige Beweis, dass Thomas Gainsborough das Porträt 1746 gemalt hatte? Auf jeden Fall nutzte Claires Brief ihrer Expertise. Aber irgendetwas ließ sie zögern. Etwas stimmte an dem Bild nicht. Das sagte ihr ein feiner Instinkt, gepaart mit ihrer Kenntnis der Werke des englischen Malers. Sie nahm die anderen Briefe von Claire aus der Hülle und blätterte in ihnen. Die zwei Briefe zwischen Anfang Januar und Anfang Februar waren eher kurze Notizen, ein paar Anmerkungen zu Alistairs Fortschritten in der Schule, Hughs Entdeckungen bei seinen astronomischen Arbeiten, Beschreibungen der winterlichen Kälte in Glasgow, Schilderung des Besuchs einer Tante aus Edinburgh, die »trotz der schrecklichen Wetterverhältnisse zu uns gekommen ist, dann aber länger als die geplanten zehn Tage bleiben musste, da die Straßen dicht verschneit und für Kutschen nicht befahrbar waren«. Der letzte Brief stammte vom 10. Februar 1751.

Anna sah zum Fenster hinaus. Es begann zu dämmern, und sie war müde. Ein leichter Kopfschmerz machte sich bemerkbar, und es graute ihr vor dem Abendessen mit all den anderen Gästen. Selbst die Aussicht auf Richards Gesellschaft reizte sie nicht besonders. Am liebsten hätte sie sich mit einem Butterbrot und einem Buch in ihr Zimmer verkrochen. Zudem ärgerte es sie, dass sie die Landkarte vom Dachboden nicht finden konnte. Sie hatte Max schon danach gefragt, aber auch er hatte sie nicht gesehen. Vielleicht war diese Karte völlig unbedeutend, aber Anna hasste es, wenn Dinge sich in Luft aufzulösen schienen.

Natürlich würde der noch immer verschollene Stefan Arendt das Thema bei Tisch sein, und gewiss kommentierten Michael Terhorst und Klaus Fritzen den Tod von Dieter Elster. Anna sah die Szenerie vor sich: die Baronin mit erschöpftem Blick, ihr Sohn steif und korrekt, seine grell geschminkte Frau, die wahrscheinlich erneut Richard Avancen machen würde, die beiden alten Herren, die über die Vergangenheit plauderten und Anspielungen machten, die nur sie selbst verstanden, und Frostauer, der seine Kenntnisse über die Historie der Gegend zum Besten geben würde. Caspar Hermanns ließe dann wieder seinen taxierenden Blick über die Ölgemälde im Esszimmer schweifen, abwägend, welches davon es wert wäre, ein Gebot dafür abzugeben. Aber das einzige interessante Bild in diesem eher dunklen Raum war ein Stillleben mit Früchten und einem toten Hasen aus der Schule des flämischen Malers Jasper Geeraerts. Zwischen all diesen Menschen der würdevolle Max Greve, der selten das Gesicht verzog, und schließlich sie, Anna, die Schumann gewarnt hatte, sich als »Miss Marple« zu gebärden.

Ein wenig pikiert war sie über diesen Vergleich, denn Miss Marple war eine alte Dame mit Strickzeug, und Anna konnte weder stricken, noch fühlte sie sich einen Tag älter als ihre siebenundvierzig Jahre. Welchem literarischen Detektiv wollte sie eher gleichen? Sie grübelte. Am liebsten einem weiblichen Sherlock Holmes ohne Geige und Drogen. Doch es fehlte der Dr. Watson in ihrem Leben, und Richard eignete sich gewiss nicht für diese Rolle.

Vor diesem Abendessen, das ihr sicherlich keinerlei vergnügliche Überraschungen bescheren würde, hatte sie noch Zeit, den letzten Brief von Claire zu lesen. Während sich langsam die Dämmerung über das Tal legte, vertiefte sie sich darin.

Reise in die Vergangenheit IV

Glasgow, 15. Februar 1751

Geliebter Vetter,
deine Nachricht vom 19. Januar traf vor wenigen Tagen ein.
Du schriebst darin, dass du um dein Leben fürchtest und des-
halb Hammelsberg so schnell wie möglich verlassen möchtest.
Zwei Tage nach deinem Brief erreichte mich eine Notiz dei-
nes getreuen Dieners William Fraser. Er schreibt darin, dass
du in der Nacht zum 21. Januar das Schloss verlassen habest
und nicht wiedergekehrt seist. William schrieb mir, dass du
deine Tochter zurückgelassen hast, wohl in der Absicht, dich
ohne sie auf den Heimweg nach Schottland zu machen. Falls
du in der Tat planst, die lange Reise ohne dein Kind, das ja
noch sehr klein ist, anzutreten, wird William dir sicher noch
folgen, denn er wird wie ein guter Geist und Schutzengel bei
dir bleiben wollen. Seine Familie dient unserer seit vielen
Generationen und ist ein Teil von uns geworden. So besteht
die vage Hoffnung, dass du meinen Brief doch noch erhalten
wirst.
   Laut William wirst du versuchen, den »Star of Scotland«
zu retten, und er meint, dass du den Gainsborough, den der
Künstler aber immer als Doppelbild bezeichnet hat, sicherlich
nicht zurücklassen willst. Ich weiß, dass du dieses Bild nicht
verkaufen würdest, selbst wenn man dir dafür viel Geld bietet,
denn es ist das letzte Porträt von Alexandra und somit kostba-
rer als alles Geld. Und auch das Bild von Alistair ist dir sicher
mehr wert als Gold.
   Von den anderen Bildern hätte ich gerne den Ruisdael
wiedergesehen, diese zauberhafte Landschaft mit der Wind-
mühle, die der große niederländische Künstler um 1660 ge-
malt hat. Ich wünschte mir natürlich, dass du auch die beiden
Hogarths, den Jan Steen und den Jan van Goyen zurück in

dein Schloss bei Loch Ness bringen kannst. Vor allem ande-
ren aber bete ich dafür, dass du selbst wohlbehalten auf dem
Heimweg bist.
In Liebe
deine Cousine Claire

Anna legte den Brief beiseite. Was sie bisher nicht gewusst
hatte, war, dass es noch ein siebtes Bild geben musste, neben
den beiden Hogarths, den Gainsboroughs, dem van Goyen
und dem Ruisdal noch einen Jan Steen. Aber offenbar zählte
James MacNeill »das Doppelbild« seiner Frau und seines Sohnes wie ein einziges Werk, weshalb es dieses Missverständnis
gegeben hatte. Falls Claires Angaben stimmten, könnten sich
unter den Bildern vom Dachboden tatsächlich mindestens
noch zwei unermesslich kostbare Niederländer befinden, die
offenbar nicht in den Räumen des Schlosses hingen. Als sie
gestern kurz durch einige der zum Teil wenig benutzten unteren Wohnräume gegangen war, in denen viele Möbelstücke
unter weißen Laken vor Staub geschützt standen, hatte sie
allerlei Stiche, ein paar hübsche Jagdszenen und ein Porträt
Rudolf von Rödelshausens von Johann Heinrich Tischbein
dem Älteren aus dem Jahr 1770 entdeckt. Dazwischen hingen
die für viele Schlösser so typischen Ahnenbilder aus mehreren
Jahrhunderten. Männer mit arrogantem Blick, kein Lächeln
in den Augen unter schweren Lidern, Frauen in prächtigen
Gewändern, sanfte Hingabe auf den bleichen Gesichtern.
Ein Bild zeigte offenbar die Frau von Rudolf von Rödelshausen, Dorothea, gemalt von einem unbekannten Künstler,
datiert 1754. Ein schmales, spitzes Gesicht mit melancholi-
schem Blick. Sie trug ein Kleid mit einem tiefen Ausschnitt,
um den langen, dünnen Hals eine mehrreihige Perlenkette.

Anna hatte aber keine großen Italiener oder Meister des
Goldenen Zeitalters flämischer und niederländischer Malerei gesehen. Vielleicht hatte der alte von Rödelshausen tatsächlich die wertvollsten Bilder in den Dachbodenkammern
versteckt, oder es waren einige kostbare Gemälde längst

verkauft worden, ohne dass die Baronin davon wusste. Jan Steens Landschaften wurden mit Preisen von bis zu zweihunderttausend Euro gehandelt, Jan van Goyen lag noch ein großes Stück darüber. Und der Preis für die Werke von Jacob van Ruisdael lag auch nicht unter zweihunderttausend Euro. Doch James MacNeill war vor mehr als zweihundertfünfzig Jahren verschwunden. Alles Mögliche konnte inzwischen mit seinen Bildern geschehen sein. Anna wagte gar nicht daran zu denken.

Sie stand auf und verließ das Arbeitszimmer mit gemischten Gefühlen. Claires letzter Brief bewies, dass James MacNeill am 21. Januar 1751 Hammelsberg aus Angst um sein Leben verlassen hatte. Was war damals geschehen? Wer trachtete ihm nach dem Leben? Welche Rolle spielte der Diener Seamus dabei, der anders als der getreue William eine eher zwielichtige Gestalt gewesen zu sein schien? Anna beschloss, in der Bibliothek nach Chroniken zu suchen und Max Greve um Rat zu fragen. Sie hätte sich auch an Philip von Rödelshausen wenden können, aber mit ihm kam sie nicht recht ins Gespräch. Er war höflich, doch distanziert, und seine Frau benahm sich wie ein alberner Teenager, was Philip mit stoischem Gleichmut zu ertragen schien – zumindest nach außen hin.

Anna seufzte. Es hatte keinen Sinn, sie würde sich dem Abendessen stellen und danach so rasch wie möglich ins Bett gehen.

Als sie sich auf den Weg zur Bibliothek machte und in die Halle trat, kam ihr Cú entgegen. Der große Hund trottete auf sie zu, sah sie aus seinen blauen Augen an und ließ direkt vor ihr etwas auf den Boden plumpsen, was er offensichtlich im Maul getragen hatte. Anna bückte sich und hob den Gegenstand auf. Es war eine durchnässte, zerknautschte Brieftasche aus dunkelbraunem Leder, auf der die Initialen »D. E.« prangten. Cús Erwartung, Anna werde ihm den zerkauten Klumpen wieder zuwerfen, erfüllte sich nicht. Sie griff zu ihrem Handy und wählte die Nummer von Hans Schumann. Seine Mailbox sprang an.

Ohne Vorrede sagte Anna etwas atemlos: »Dieter Elsters Brieftasche ist aufgetaucht.«

Als sie das Handy wegsteckte, spürte sie, wie ihre Beine zitterten. In diesem Moment ertönte der elektronische Gong, der die Gäste zum Essen rief.

Der Mann im Dunkeln

Else Eversen war irritiert. Klas benahm sich seit gestern sehr eigenartig. Er war am Abend gegen acht Uhr nach Hause gekommen. Else hatte die Haustür zuschlagen hören. Meistens kam er dann entweder bei ihr im Wohnzimmer vorbei, wo sie jeden Abend vor dem Fernseher saß, oder marschierte in die Küche, um sich irgendetwas aus dem Kühlschrank zu holen. Klas hatte immer Hunger. Aber nicht gestern Abend. Er hatte auch nicht wie sonst »Hallo! Ich bin wieder da!« gerufen. Ohne ein Wort war er die Treppe hinaufgegangen und hatte sich im Badezimmer eingeschlossen. Dort veranstaltete er einen wahren Duschmarathon, und auch nachdem er das Badezimmer verlassen hatte, tauchte er nicht mehr unten auf, sondern verschwand in seinem Zimmer. Else stellte den Fernseher leiser und ging nach oben. Sein Verhalten beunruhigte sie. Hatte er schon wieder etwas ausgefressen?

Sie klopfte an seine Tür und fragte: »Ist was, Klas? Fühlst du dich nicht wohl?«

Normalerweise hätte er mit einem etwas unwilligen Grunzen die Tür aufgemacht und sie sogar hineingebeten, denn seine Mutter behandelte er fast mit so etwas wie Respekt. Aber heute rührte sich nichts hinter der Tür, und als Else noch einmal energisch klopfte, hörte sie die seltsam gequetscht klingende Stimme ihres Sohnes: »Lass mich in Ruhe!«

Else fühlte sich nicht verletzt. Dazu hatte sie in ihrem Leben schon zu oft Ablehnung erlebt. Sie zuckte nur mit den Schultern und ging hinunter in die Küche. Sie war eine gute Köchin, aber selbst Klas' Lieblingsessen, Spaghetti mit Tomatensoße, lockte ihn nicht aus seinem Zimmer. Dabei duftete es im ganzen Haus danach.

An fast jedem Samstagabend verließ Klas spätestens um halb zehn das Haus, um sich mit seinen Freunden im Dorf zu treffen und auf Tour zu gehen. Meistens kam er erst gegen ein oder zwei Uhr nachts nach Hause, und die Predigten seiner Eltern, dass er noch nicht volljährig sei und eigentlich vor Mitternacht wieder daheim sein sollte, stießen bei ihm auf taube Ohren. Aber an diesem Samstagabend war Klas in seinem Zimmer geblieben. Else stellte ihm ein Tablett vor die Tür und fürchtete, dass ihr Sohn sich einen Infekt eingefangen haben könnte.

Immer wieder war sie an diesem Abend die Treppe hochgeschlichen, um nach Klas zu sehen. Das Tablett war zwar irgendwann in seinem Zimmer verschwunden, doch die Tür blieb zu.

Um kurz vor zehn Uhr hatte Tobias Kluge geläutet. Von allen Goblins war er noch das angenehmste Bandenmitglied, ein schmaler Junge mit kurzen blonden Haaren und einer Stupsnase, die seinem Gesicht etwas Kindliches verlieh. Tobias lebte alleine mit seiner Mutter Eva am Ortsrand. Sein Vater hatte die Familie verlassen, als Tobias zwei Jahre alt war. Seine Mutter arbeitete als Aushilfe im »Höhlenmann« und manchmal auch bei Else im Laden, eine stille, blasse Frau, die wesentlich älter als ihre vierzig Jahre aussah.

»Ist Klas da?«, hatte Tobias gefragt.

»Ja, aber er hat sich in seinem Zimmer eingeschlossen und scheint keine Lust auf Gesellschaft zu haben«, erwiderte Else wahrheitsgemäß.

Tobias verzog das Gesicht. »Ich hab versucht, ihn auf dem Handy zu erreichen, aber er meldet sich nicht. Na, wenigstens ist er gut wieder zu Hause angekommen.«

»Wie meinst du das?« Else war hellhörig geworden.

»Er war heute oben bei den Höhlen«, hatte Tobias geantwortet.

»Was wollte er denn da?«

»Das weiß ich nicht«, sagte Tobias hastig.

Else durchschaute Tobias, aber sie war klug genug, den Jungen nicht zu bedrängen. »Dann hat er wohl einen kleinen Ausflug gemacht«, winkte sie ab.

Kaum hatte sie das gesagt, durchfuhr es sie siedend heiß: Es hatte sich wie ein Lauffeuer im Dorf herumgesprochen, dass Peter Grotherr am Nachmittag im Eingang der Bärenhöhle zunächst niedergeschlagen worden war und dann eine Leiche entdeckt hatte. Albert Mertens hatte Unterstützung aus Hameln angefordert. Der Tote sollte ein Gast sein, der sich im »Höhlenmann« einquartiert hatte. Ein Mann aus Berlin, angeblich ein Höhlenforscher. Im Dorf kochte die Gerüchteküche, aber bisher sprach offenbar einiges dafür, dass der Mann einem Unfall zum Opfer gefallen war. Das allerdings erklärte Peter Grotherrs eigenen Sturz nicht.

Else durchzuckte der jähe Verdacht, dass Klas vielleicht etwas bei den Höhlen gesehen und erlebt haben könnte, was seinen Zustand erklärte, und im schlimmsten Fall derjenige war, der Peter Grotherr aus welchen Gründen auch immer den Stoß versetzt hatte. Else glaubte nicht, dass ihr Sohn, trotz all seiner zum Teil üblen Streiche, ein gefährlicher Gewalttäter war. Aber vielleicht hatte er ja das Feuer entzündet und gefürchtet, von Peter Grotherr erwischt zu werden. Ein leiser Zweifel begann an ihr zu nagen.

Zu Tobias aber sagte sie: »Ich fürchte, dass Klas etwas ausbrütet. Es geht irgendein Virus um. Morgen geht es ihm bestimmt schon wieder besser. Melde dich doch dann wieder.« Sie nickte Tobias freundlich zu und schloss hastig die Tür.

Am liebsten wäre sie die Treppe hinaufgestürmt und hätte Klas zur Rede gestellt. Sie beherrschte sich und stieg die Treppe langsam hinauf. Dabei lauschte sie angestrengt, ob aus seinem Zimmer irgendetwas zu hören war, aber es war vollkommen ruhig im Haus. Als sie an Klas' Zimmer vorbeikam, sah sie keinen Lichtstreifen mehr unter der Tür, auch der Fernseher schwieg. Offenbar hatte Klas entgegen seiner üblichen Gewohnheit bereits das Licht ausgemacht und sich in sein Bett verzogen. Das Tablett mit dem leeren Teller stand vor der Tür. Immerhin hatte ihn sein Appetit nicht ganz verlassen. Else schüttelte den Kopf. Da stimmte etwas ganz und gar nicht.

Klas hatte tatsächlich entgegen seinen sonstigen Gepflogenheiten schon im Bett gelegen. An Schlaf war aber nicht zu denken gewesen. Unruhig hatte er sich im Bett herumgewälzt. Jedes Mal wenn er die Augen schloss, hatte er geglaubt, wieder in der engen Höhle zu hocken, umgeben von harten Felswänden, seinen Ängsten und Phantasien ausgeliefert. Bei der Erinnerung an die Erlebnisse dieses Tages trat ihm der Angstschweiß auf die Stirn. Er entsann sich jedes einzelnen Moments.

Als er aus seiner kurzen Ohnmacht erwacht war, hatte er das beunruhigende Geräusch aus dem Inneren des Hügels nicht mehr hören können. Stattdessen herrschte eine bleierne Stille. Vorsichtig war er näher an den Eingang der Einhornhöhle gerutscht und hatte hinausgespäht. Der »Schatten« war nicht mehr zu sehen gewesen, was aber nicht heißen musste, dass der Unbekannte verschwunden war.

Vorsichtig war Klas aufgestanden und aus der Höhle herausgetreten. Zu seiner großen Erleichterung bemerkte er, dass sich Peter Grotherr von dem Sturz offenbar so weit erholt hatte, dass er auf dem Weg nach Hammelshausen war. Aus der Ferne hörte Klas das Bellen von Trixie. Sicher hatte Grotherr den Toten ebenfalls entdeckt und würde das Mertens melden, der sich sofort zur Bärenhöhle aufmachen würde. Höchste Zeit also, von hier zu verschwinden. Klas wäre aber nicht Klas gewesen, wenn ihn nicht trotz seiner Angst die Neugierde übermannt hätte. Manchmal trieb ihn diese Neugierde in ziemlich dumme Situationen, aber er konnte sich nicht helfen. Noch einen Blick auf den Toten, und dann nichts wie weg.

Der Fremde lag noch genauso da, wie ihn Klas und wohl auch Grotherr vorgefunden hatten. Auf dem Bauch, mit zur Seite gedrehtem Kopf. Klas überlief eine Gänsehaut. Fliegenschwärme hatten sich über der Blutlache neben dem Kopf des Toten versammelt. Ihr intensives Brummen durchbrach als einziger Laut die Stille, die über dem Hügel lastete.

Er wollte sich gerade umdrehen und davonstehlen, als sein

Blick auf etwas fiel, das direkt neben der Leiche lag. Eine braune Lederbrieftasche. Klas handelte in diesem Augenblick rein instinktiv. Er dachte keine Sekunde an mögliche Konsequenzen, als er die Brieftasche aufhob und in seine Hosentasche steckte. Vergessen war das dumpfe Geräusch im Inneren des Hügels, das ihn fast zu Tode erschreckt hatte, vergessen waren seine Ängste. Klas fühlte, wie das Adrenalin durch seine Adern schoss. Er spürte nicht den Hauch von Gewissensbissen, als er die Brieftasche des Toten an sich nahm. Der brauchte sie sowieso nicht mehr. Ehe ein anderer sie sich schnappte oder Mertens sie konfiszierte, nahm er sie lieber. Die Brieftasche wollte er schnell wieder loswerden, ihn interessierte nur das Bargeld.

Als er sich umdrehte, um den Hügel hinunterzuklettern, warf er einen letzten Blick zurück auf die Bärenhöhle. Der Sand, den er nach seinem Angriff auf Grotherr rasch auf die nur noch schwach zuckenden Flammen geworfen hatte, hatte das Feuer erstickt, der leichte Abendwind trieb die Asche auseinander.

Plötzlich durchfuhr ihn ein eisiger Schrecken. Im hinteren Teil des Höhleneingangs, ein Stückchen entfernt von dem Toten, glaubte er ihn wieder zu sehen – den Schatten. Eine Gestalt, die hinter einem Felsen stand, regungslos. Zunächst vermutete Klas eine optische Täuschung, doch dann bewegte sich der konturlose Schatten und verschwand im Inneren der Höhle. Klas unterdrückte einen Schrei des Entsetzens. Nur nach Hause, weg von diesen Höhlen und weg von dem Toten und dem Schatten.

Er hatte weder links noch rechts gesehen, sondern war rutschend und schliddernd den Hügel hinuntergerannt und auf das Dorf zugejagt, die Panik im Nacken. Zweimal hatte er einen Blick über die Schulter gewagt, aber niemand verfolgte ihn. Als er sein Elternhaus erreicht hatte, wäre er vor Erleichterung fast in Tränen ausgebrochen. Aber dann überkam ihn die Erinnerung an die letzten Stunden wie eine Lawine, und selbst die heiße Dusche konnte diese Furcht nicht wegspülen.

Der Schattenmann schien ihm bis in sein Zuhause gefolgt zu sein und stand drohend an seinem Bett, als Klas sich unter seiner Decke versteckte.

Erst als die Kirchturmuhr Mitternacht schlug, wagte sich Klas wieder aus seinem Bett. Er schob die Vorhänge zur Seite und spähte hinaus. Aber niemand beobachtete ihn im Schatten der Bäume, niemand war ihm gefolgt.

Alles Einbildung! Klas schimpfte sich einen ängstlichen Idioten. Der Schatten in der Höhle war sicherlich auch nur eine Ausgeburt seiner Phantasie gewesen, dem Schock geschuldet. Real aber blieben der Tote, sein eigener Angriff auf Peter Grotherr und die Brieftasche, die er jetzt aus seiner Hosentasche zog.

Seine Finger zitterten ein wenig, als er sie öffnete. Zwei Kreditkarten, mehrere Visitenkarten mit unterschiedlichen Namen und vier Visitenkarten, die dem Toten gehörten, der Dieter Elster hieß. Dazu noch eine Kundenkarte für eine Elektromarkt-Kette, eine blaue Miles-&-More-Karte, ein Zettel mit mehreren Telefonnummern und dann schließlich das, was Klas suchte: Geld. Sechs Fünfzig-Euro-Scheine, fünf Zwanzig-Euro-Scheine und ein Hunderter, dazu etwa sieben Euro in Münzen und ein paar Cent. Klas grinste. Das nannte er eine fette Beute. Hätte er je Skrupel empfunden, wären die jetzt endgültig vergessen gewesen.

Er steckte das Geld in eine kleine Schachtel, die er unter seinen T-Shirts im Schrank aufbewahrte. Da seine Mutter neuerdings seine Wäsche nicht mehr in den Schrank räumte, sondern ihm das überließ, fürchtete er auch nicht, dass sie das Versteck finden würde. Er steckte nur zwei Zwanziger ein. Die Karten und den Zettel wollte er im ersten Impuls im Klo wegspülen, aber dann besann er sich eines Besseren. Wer weiß, was man damit noch anstellen konnte? Und so schob er alles unter die Schulhefte in seiner Schreibtischschublade. Die Brieftasche wollte er morgen irgendwo entsorgen. Selbst wenn die Polizei sie finden würde, wäre er sicher nicht verdächtig. Er hatte genug Krimis gesehen, um zu wissen, wie er vorher seine Fingerabdrücke entfernen konnte. Wenig später schlief er ein.

Am nächsten Morgen war er aus einer Serie von Alpträumen erwacht, in denen Peter Grotherr mit blutiger Stirn aufgetaucht war und ihm mit geballter Faust gedroht und sich der Tote langsam vom felsigen Grund erhoben und ihn anklagend angestarrt hatte. Das war schlimmer als jeder Horrorfilm, den Klas je gesehen hatte, und er liebte Horrorfilme. Aber der schlimmste Teil der Träume bestand darin, dass Klas von einem Schatten ohne Gesicht verfolgt wurde, der ihn in das tiefste Innere der Höhle jagte, wo Fledermäuse von der Decke hingen und in den Ecken riesige Spinnen lauerten, so groß wie Kankra aus »Herr der Ringe«.

Aber trotz all dieser Alpträume dachte Klas nicht daran, die Brieftasche wieder zu füllen und als zufällige »Fundsache« abzuliefern. Das würde Albert Mertens zu allzu vielen Fragen verleiten, und das Geld wollte er auf keinen Fall wieder hergeben. Er war sich sicher, dass ihn niemand mit dem Toten in der Höhle in Verbindung bringen würde.

Das hatte Klas jedenfalls geglaubt, bis er in die Küche gegangen war und im Kühlschrank nach Essbarem gestöbert hatte.

»Was hast du gestern bei den Höhlen getrieben?« Die Stimme seiner Mutter klang spitz und erregt. Klas drehte sich zu ihr um.

»Wie, bei den Höhlen?«, fragte er zurück und bemühte sich um einen möglichst gleichgültigen Tonfall.

»Versuch gar nicht erst, dich herauszureden! Tobias ist gestern Abend vorbeigekommen, weil er sich Sorgen um dich gemacht hat. Und er hat mir erzählt, dass du dich mit deinen Kumpels bei der Bärenhöhle treffen wolltest.«

Klas spürte Zorn in sich aufsteigen. Tobias, dieser Volltrottel!

Betont lässig winkte er ab. »Ach so, ja. Wir wollten uns treffen, aber es ist keiner von denen gekommen, und da bin ich durch den Wald gelaufen. Ich hatte echt keine Lust, dort oben bei den Höhlen herumzuhängen. Ich brauche auch ein bisschen Training fürs Sportfest Ende September. Aber ich habe niemanden gesehen, nur in der Ferne Trixie bellen hören.«

»Warum bist du dann gestern so schnell in deinem Zimmer verschwunden? Da ist doch was passiert?« Else ließ nicht locker.

»Ich hab mich nicht so gut gefühlt, ich bekomme wohl einen Schnupfen«, antwortete Klas und zog demonstrativ die Nase hoch. »Deshalb bin ich lieber gleich ins Bett. Ich hatte keinen Bock mehr, noch irgendwas zu unternehmen. Aber heute fühle ich mich schon wieder besser«, fügte er hinzu und schaute mit sehnsüchtigem Blick auf den Schokoladenkuchen, den seine Mutter in den Kühlschrank stellen wollte.

»Weißt du überhaupt schon, dass bei der Bärenhöhle ein Toter gefunden und Peter Grotherr niedergeschlagen wurde?«, fragte seine Mutter. »Er war für ein paar Minuten weggetreten und hat dann, als er wieder zu sich gekommen ist, die Leiche entdeckt.«

Fast wäre Klas herausgerutscht, dass Grotherr nicht niedergeschlagen worden war, sondern er ihn nur gestoßen hatte. Aber er hielt sich gerade noch zurück. Verdammt, er musste höllisch aufpassen, sich nicht zu verplappern.

Er versuchte, überrascht zu wirken. »Echt? Krass. Als ich kurz oben bei der Höhle war, lag da keine Leiche. Und später bin ich ja nicht mehr da vorbeigegangen, sondern durch den Wald wieder ins Tal«, log er und sah seine Mutter mit unschuldigem Blick an.

»Und wer hat das Feuer da oben angezündet?«

Klas gab sich Mühe, verwirrt auszuschauen. »Feuer? Ich habe kein Feuer gesehen. Aber wer ist denn eigentlich der Tote?«, fragte Klas, um seine Mutter abzulenken, und schielte dabei weiter nach dem Schokoladenkuchen, den seine Mutter immer noch in den Händen hielt, von dem sie ihm aber offenbar nichts abgeben wollte.

»Ein Höhlenforscher aus Berlin, der gestern bei Christian im Hotel ein Zimmer gemietet hat.«

Klas wurde heiß. Er musste die belastende Brieftasche loswerden. »Ich brauch mal frische Luft«, verkündete er seiner Mutter, die ihn immer noch skeptisch betrachtete, aber dann bloß nickte.

Ehe er das Haus verließ, huschte Klas noch schnell in sein Zimmer und steckte die Brieftasche ein. Im letzten Moment holte er die Kreditkarten aus der Schublade, mit denen er nichts anfangen konnte, und steckte sie wieder in die Brieftasche. Auch die Miles-&-More-Karte brauchte er nicht, behielt aber den Zettel mit den Telefonnummern und die Kundenkarte für den Elektromarkt. Bei den Visitenkarten zögerte er, legte sie aber dann zusammen mit dem Zettel und der Karte zurück in die Schublade unter seine Schulhefte.

Wenig später schlug er die Haustür hinter sich zu und ging die Straße hinunter zum Dorfausgang. Vor dem »Höhlenmann« standen zwei Polizeiwagen, und aus dem Lokal drang das Gemurmel von Stimmen. Sicher war auch sein Vater dabei, hockte mit seinen Kumpels am Stammtisch und klopfte große Sprüche.

Kurz hinter dem »Höhlenmann« führte ein Fußgängerweg in Richtung Hügel. Dorthin wandte sich Klas. Irgendwo zwischen Hammelshausen und dem Hügel wollte er die Brieftasche wegwerfen.

Inzwischen war er sich sicher, dass ihn der »Schatten« entweder nicht gesehen oder nicht erkannt hatte. Seine Angst war wie weggeblasen.

Als er eine gute Viertelstunde später die Brieftasche von allen Fingerabdrücken gesäubert und sie in einem struppigen Dornengebüsch hinter einem dicken Steinbrocken am Fuß des Koboldhügels entsorgt hatte, fiel eine schwere Last von ihm ab. Hier würde die Brieftasche sicher niemand entdecken. Er hätte sie auch an einem anderen Ort wegwerfen können, in den Bach oder tiefer im Wald.

Aber etwas in ihm sträubte sich dagegen, weiter ins Tal

oder womöglich auf die Anhöhe zu laufen. Ihm schien dieser Felsbrocken, der einen guten Kilometer außerhalb von Hammelshausen lag, genau der richtige Platz für Elsters Brieftasche zu sein.

Post aus Edinburgh

Am frühen Montagmorgen schwärmten weitere zwei Trupps auf der Suche nach Stefan Arendt aus. Auch Schäferhunde kamen zum Einsatz; Anna hörte das Hundegebell vom Hügel herunterschallen. Cú und Alisha standen schwanzwedelnd an der Eingangstür, offenbar erpicht darauf, an der Suche teilzunehmen, was ihnen allerdings verwehrt blieb, obwohl Cú die Brieftasche entdeckt hatte. Da der große Hund manchmal stundenlang allein draußen umherlief, war der Radius für seinen Fund nicht näher einzugrenzen. Kommissar Schumann war am Morgen um kurz vor acht Uhr aufgetaucht und hatte die Brieftasche in Empfang genommen. Anna hatte der Versuchung widerstanden, den feuchten Klumpen abzuwischen, an dem Hundesabber klebte. Vielleicht würde die Polizei ja noch andere Spuren finden.

Annas kriminalistische Kenntnisse stammten aus den zahllosen Krimis, die sie seit ihrem zwölften Lebensjahr verschlang, weshalb sie wusste, dass die Forensiker oft noch brauchbare DNA an zerstörtem Material entdecken konnten. Schumann zeigte sich belustigt, als Anna ihm die abgekaute Brieftasche in ein Stück Zellophan gewickelt übergab.

»Na, dann hoffe ich mal, dass die Spuren jetzt nicht alle am Zellophan haften«, sagte er gutmütig, bedankte sich aber bei Anna, die wiederum auf Cú zeigte.

»Der freundliche Riese hat sie gefunden und mir als Geschenk vor die Füße gelegt.«

Schumann strich dem Hund über den Kopf, der sich neben Anna postiert hatte. »Ein schönes Tier und offensichtlich klug genug zu erkennen, dass dieses Ding, an dem er gekaut hat, zu einem Fall gehört.«

Anna schmunzelte. »Ich sehe das eher als eine Liebeserklärung. Er hat mir das Schönste gegeben, an dem er je herumgesabbert hat.«

Ehe Schumann ihr wieder entwischen konnte, fragte sie ihn nach der Information, von der er gestern gesprochen hatte.

»Ach so, richtig«, sagte er. »Im Rahmen meiner allgemeinen Erkundigungen über die Familie von Rödelshausen habe ich auch zu Philip und seinem engen Vertrauten Caspar Hermanns recherchiert. Ich habe dazu einen Tipp aus der Szene bekommen. Es scheint, dass vor einigen Monaten zwei Hogarths für eine Auktion angeboten wurden, deren Provenienz nicht eindeutig geklärt ist. Hermanns hat die von Rödelshausens als frühere Besitzer angegeben, aber da gibt es einige Unklarheiten. Sie sind deshalb noch nicht verkauft worden, sondern noch in Hermanns' Galerie. Das riecht ein wenig danach, also würde Philip von Rödelshausen hinter dem Rücken seiner Mutter Deals machen, aber ganz koscher ist dieser Hermanns auch nicht.«

Anna nickte. Das erschien ihr sehr wahrscheinlich und bestätigte einen leisen Verdacht, den sie schon seit der Lektüre von Claires Briefen gehegt hatte. Claire de Abreville hatte zwei Hogarths erwähnt, die James MacNeill nach Culloden gerettet hatte und wieder zurück nach Schottland bringen wollte. Offenbar waren sie nach der heimlichen Abreise von James aus irgendeinem Grund im Schloss verblieben. Vielleicht hatte Philip sie schon vor längerer Zeit entdeckt und heimlich an Hermanns verkauft. Sollte er wirklich sein eigenes Spiel hinter dem Rücken seiner allzu gutgläubigen Mutter spielen, wäre das nicht gerade ein liebenswerter Zug an dem Baron.

Sie dankte Schumann für den Hinweis, verabschiedete sich und ging in den Salon hinüber. Dort traf sie Max Greve, der gerade den Kamin säuberte.

»Ach, Max«, sagte sie. »Ich möchte Sie etwas fragen.«

Der Butler erhob sich. Anna musste zu ihm aufschauen, da er gut einen Meter fünfundneunzig groß war.

»Ja, Frau Bentorp? Wie kann ich Ihnen helfen? Wenn es um die Bilder vom Dachboden geht, die Männer vom Entrümpelungsservice kommen gegen zehn Uhr und tragen sie dann in Ihr Arbeitszimmer.«

»Das ist schön, Max. Ich glaube, ich kann mit meiner Arbeit erst richtig anfangen, wenn alle Bilder da sind. Aber in der Tat geht es um eines der Bilder, und zwar um das Frauenporträt. Caspar Hermanns war ziemlich überwältigt, als er einen kurzen Blick darauf geworfen hat. Allerdings hat er sich bisher nicht weiter dazu geäußert. Meines Erachtens könnte es ein Porträt einer jungen Frau sein, die um 1750 hier im Schloss gelebt hat und die Ehefrau eines schottischen Flüchtlings war. Gibt es in der Schlossbibliothek eine entsprechende Chronik dieser Zeit?«

Max stand fast regungslos vor Anna und blickte sie eine Sekunde lang schweigend an. Dann räusperte er sich und antwortete: »Ich weiß von diesem Bild und war überrascht, es bei Ihnen im Arbeitszimmer zu sehen. Gerne zeige ich Ihnen die Quelle meines Wissens. Tatsächlich befindet sich in der Bibliothek eine Chronik von Hammelsberg aus dem 18. Jahrhundert, die ich beim Aufräumen vor etwa sechs Monaten entdeckt habe. Darin stehen einige wenige Anmerkungen zu Alexandra MacNeill, die mit ihrem Mann James von 1746 bis 1750 auf dem Schloss gelebt hat. Sie hat hier eine Tochter geboren und ist kurz darauf verstorben. Leider findet man in der Chronik nur sehr wenig über das Schicksal von Elisabeth MacNeill, der Tochter, und gar nichts über den Verbleib ihres Vaters, der laut einer einzigen Eintragung aus dem Januar 1751 eines Nachts verschwunden ist, zusammen mit seinem Diener William Fraser. In der Chronik steht ein Satz zu Alexandra, der mich darauf gebracht hat, dass dieses schöne kleine Bild ein Porträt von ihr sein müsste. Er besagt, dass ein Porträt von ihr im Schloss zurückgeblieben ist. Eine junge Frau mit einer grünen Halskette.«

Max blickte zum Kamin, über dem eine Landschaftsszene in einem reichlich vergoldeten Rahmen hing. »Ich mag Porträts lieber als diese Landschaftsschinken. Sicherlich ist Ihnen das Bildnis von Rudolf von Rödelshausen aufgefallen, das Johann Heinrich Tischbein um 1770 gemalt hat. Das war zwei Jahre vor dem Tod des Barons.«

»Sie kennen sich gut mit Kunst aus«, sagte Anna erstaunt.

Max schien zu erröten. »Vielleicht überrascht es Sie, aber ich habe ein abgeschlossenes Hochschulstudium. Im Hauptfach habe ich zwar englische Literatur studiert, mich aber viel mit Kunst beschäftigt«, erwiderte er, war aber offenbar nicht willens, das Thema zu vertiefen. »Doch um noch einmal auf das Frauenporträt zurückzukommen: Haben Sie schon eine Ahnung, wer der Künstler sein könnte?«

Max war kaum wiederzuerkennen. Der schweigsame Mann mit der meist ausdruckslosen Miene wirkte plötzlich lebhaft, seine Augen sprühten geradezu. Anna zögerte einen Moment. Sollte sie ihm anvertrauen, dass es sich bei dem Bild um einen sehr frühen Gainsborough handeln könnte? Sie entschloss sich, ihn einzuweihen.

»Es gibt ein paar interessante Möglichkeiten. Vielleicht ein Thomas Gainsborough oder jemand, der einen ähnlichen Stil hatte. Auf jeden Fall muss es spätestens im Frühjahr 1746 entstanden sein.«

Max nickte. »Gainsborough, das würde passen. Das Bild zeigt Ähnlichkeiten mit anderen Porträts des Künstlers aus späteren Jahren. Wie schön, dass es wiederaufgetaucht ist. Angeblich soll sich damit ein Geheimnis verbinden. Worum es sich dabei handelt, hat die Chronik nicht weiter ausgeführt.«

»Ich werde mir diese Chronik mal aus der Bibliothek leihen«, sagte Anna.

»Ich hole sie Ihnen später. Sie steht ziemlich weit oben auf einem der Regale. Dazu braucht man eine Leiter.« Max wandte sich zum Gehen. Er schwieg einen Augenblick, dann sagte er leise: »Ich hoffe sehr, dass Sie einige ordentliche Bilder finden. Die Baronin würde keines der Gemälde verkaufen, die im Schloss hängen, aber vielleicht eines der Dachboden-Bilder. Caspar Hermanns ist nicht ohne Grund seit mehreren Tagen vor Ort. Er hat schon öfter für Bilder geboten und wollte letztens das Tischbein-Gemälde kaufen. Doch die Baronin war strikt dagegen. Leider aber braucht Schloss Hammelsberg Geld für dringende Sanierungen.« Er drehte sich abrupt um, als hätte er etwas verraten, was ihm nicht zustand.

Anna sah ihm nach, wie er mit raschen Schritten den Salon verließ, dann trat sie an den Sims, um sich das große Landschaftsbild darüber anzuschauen. Eindeutig 19. Jahrhundert, kein Meisterwerk, aber hübsch. Es zeigte einen Fluss, an dessen Ufer sich ein kleines Dorf erstreckte. Die Spitze des Kirchturms ragte in einen graublauen Himmel, eine kleine Gruppe von Menschen saß vorne links auf einigen Steinen und schien eine Art Picknick zu veranstalten. Vor der Gruppe standen Körbe mit Brot und Weinflaschen. Anna konnte die Signatur nicht entziffern. Das Bild hätte einer Reinigung bedurft. Kein Wunder, es hing wohl seit Jahrzehnten über dem Kamin. Asche und Ruß hatten ihr Werk getan.

Anna ließ den Blick über die Feuerstelle wandern und entdeckte zu ihrer Überraschung mehrere halb verkohlte, dicht beschriebene Papierstücke in den letzten Ascheresten. Hatte da jemand versucht, einen Brief zu verbrennen?

Sie bückte sich und fischte die fünf Papierfetzen heraus, pustete die feinen Aschestäubchen weg und steckte sie ein. Mal wieder ein für sie typischer spontaner Akt, ihrer Neugierde geschuldet. Wahrscheinlich war das ein völlig harmloses Stück Papier gewesen, das jemand entsorgt hatte, eine alte Rechnung oder eine Quittung. Vielleicht war es aber auch ein Liebesbrief von Philip an eine heimliche Geliebte. Anna schmunzelte. Es hätte sie nicht überrascht. Wie er einen solchen Drachen wie Barbara an seiner Seite ertragen konnte, blieb ihr rätselhaft. Aber das ging sie nichts an.

Als sie in ihr Arbeitszimmer gehen wollte, klingelte es an der Haustür, und wenig später kam Astrid mit einem Paket in der Hand zu ihr.

»Das ist gerade geliefert worden«, sagte sie. »Der Adressat ist Stefan Arendt, c/o Schloss Hammelsberg. Da ich niemanden außer Ihnen hier unten antreffe, würde ich das Päckchen gerne Ihnen geben.« Mit diesen Worten drückte sie Anna das Paket in die Hände und rauschte davon.

Anna warf einen Blick auf den Absender. »Ian Clark, Edinburgh«, stand da ohne weitere Angaben von Straße oder Hausnummer. Sie nahm das Päckchen mit in ihr Arbeitszimmer. Es sah nach einem Buch aus. Weshalb hatte der Absender es hierher geschickt und nicht an Arendts private Adresse in Göttingen? Anna juckte es in den Fingern, das Päckchen zu öffnen, aber sie hielt sich zurück. Das Postgeheimnis bremste selbst ihre Neugierde für den Augenblick.

Eine Stunde später tauchten die Männer auf, die den Dachboden entrümpeln sollten.

Richard steckte seine Nase ins Arbeitszimmer und rief Anna zu: »Ich gehe mit den Burschen mal nach oben. Da gibt es sicher ein paar Sachen, die man nicht einfach wegwerfen sollte. Willst du nicht mitkommen? Vielleicht finden wir etwas, was du bei ›Gutes für Geld‹ anbieten könntest. Das wird dir sicher Spaß machen. Und wenn du Glück hast, kommst du ins Fernsehen. Ich soll im Oktober wieder als Experte antreten.«

Richard arbeitete gelegentlich für ein Fernsehformat, in dem x-beliebige Menschen meist ungeliebte oder ausrangierte Gegenstände, darunter oft Dachboden- oder Kellerfunde, von Fachleuten begutachten lassen und im Glücksfall verkaufen konnten. Richard war seit seiner Gerichtsverhandlung, zum Staunen seiner Bekannten, bereits mehrere Male wieder als Experte in der Sendung aufgetreten und hatte letzthin einen Stich, den eine Frau in ihrem Keller gefunden und entstaubt hatte, mit tausend Euro bewertet. Der Stich, eine Jagdszene aus England, datiert auf das frühe 19. Jahrhundert, war dann für tausendzweihundert Euro an einen der Händler gegangen. Anna schmunzelte. Richard ließ sich wirklich durch nichts in seinem Optimismus erschüttern.

Sein Angebot an diesem Septembermorgen, an dem das Wetter sich nicht zwischen Sonne und Regen entscheiden konnte, noch einmal einen Ausflug auf den Dachboden zu unternehmen, reizte Anna. Allerdings konnte sie sich beileibe nicht vorstellen, je bei dieser Fernsehsendung mitzuwirken und in die Versuchung zu geraten, diesen Experten irgendetwas vorzulegen, geschweige denn sich den Händlern zu stellen.

»Die Männer werden erst einmal die Bilder aus der Kammer herunterholen«, sagte sie und ging zur Tür, die Richard ihr galant aufhielt.

»Umso besser«, erwiderte er. »Das gibt uns Zeit, uns noch etwas umzusehen.«

Der Dachboden war genauso dämmrig wie vor zwei Tagen. Inzwischen aber hatten die Männer einiges mehr an Gerümpel weggeholt. Die Türen zu den beiden Dachkammern standen offen. Anna verspürte wenig Lust, dort noch einmal hineinzugehen. Ihr fiel allerdings auf, dass sich neben der rechten Dachkammer in der Wand eine kleine Holztür befand. Die war offenbar durch irgendein inzwischen entsorgtes Möbelstück verdeckt gewesen. Was verbarg sich dahinter? Ein Kamin, eine Räucherkammer, eine Luke? Sie würde dem nachgehen. Aber alleine.

Sie drehte sich zu Richard um, der im vorderen Teil des Dachbodens vor einem riesigen Schrank stand, der schon bessere Zeiten gesehen hatte.

»Den könnte man wiederherrichten«, sagte er. »Spätes 19. Jahrhundert, und er scheint nicht einmal vom Holzwurm befallen zu sein.« Vorsichtig öffnete er die Schranktüren. »Oh, là, là!«, hörte Anna ihn leise ausrufen.

Sie trat an seine Seite und spähte hinein. Dort saßen nebeneinandergereiht drei Puppen unterschiedlicher Größe. Alle drei trugen hübsche Kleider und niedliche Schuhe.

»Die sind gut und gerne hundert Jahre alt«, sagte Richard. »Man müsste sie säubern und ein wenig herausputzen, und dann könnte man sicherlich ein paar Hunderter dafür bekommen.«

»Auf jeden Fall sollten sie nicht weggeworfen werden«, sagte Anna. »Du musst sie der Baronin zeigen.«

Richard schien ihr nicht zuzuhören. Er hatte ein altes Buch im Schrank erspäht, daneben lag ein Stapel mit vergilbten Blättern, die er an sich nahm.

»Wahrscheinlich nichts Tolles«, sagte er. »Aber ich schaue mal, ob etwas dabei ist, das einen gewissen Sammlerwert hat und das mir die Baronin für wenig Geld überlassen könnte.«

Ehe sie sich den beiden anderen Schränken zuwenden konnten, die danebenstanden, tauchten die beiden kräftigen Männer vom Entrümpelungsservice auf.

»Wir holen jetzt die Bilder«, verkündete einer der beiden, bevor sie sich in Richtung der Dachkammern aufmachten.

Richard trug die drei Puppen hinunter, Anna folgte ihm mit dem Buch und dem Papierstapel. Sie brachten alles in das Arbeitszimmer, in das die Männer auch nach und nach die Bilder stellten. Viel Platz gab es jetzt nicht mehr in ihrer kleinen Kammer. Anna fand jedoch den Staub, den die Männer mitsamt den Bildern in das Zimmer schleppten, wesentlich störender als die Enge des Raumes. Sie ging in die Küche und bat die junge Frau – sie hieß Petra, wie sie mittlerweile wusste, und war Teresas Cousine –, die Astrid gerade bei der Essenszubereitung half, den Staub möglichst gründlich zu entfernen.

Als sie wieder im Arbeitszimmer war und Petra begann, die Leinwandhüllen der Bilder zu säubern, nahm Anna noch einmal das Päckchen aus Edinburgh in die Hand, das sie auf den Tisch gelegt hatte. Sie musste es Kommissar Schumann aushändigen, der sich für später angekündigt hatte. Anna drehte es mit einem leisen Seufzer in den Händen. Petra würde offenbar noch einige Zeit mit Saubermachen beschäftigt sein, und Anna wurde allmählich etwas unruhig, da sie mit ihrer Arbeit nicht so vorankam wie erhofft. Sie beschloss, in den Salon zu gehen.

Richard saß mit einer Tasse Kaffee vor dem Kamin, den Max nun wohl fertig gereinigt und wieder neu entzündet hatte. Obwohl es erst September war, kühlte dieser Raum schnell aus und war jetzt dank des Kaminfeuers angenehm temperiert. Carola von Rödelshausen stand am Fenster und blickte hinaus. Sie wirkte müde und niedergeschlagen.

Als Anna zu ihr trat, lächelte sie matt. »Von Stefan Arendt keine Spur. Sie wollen jetzt mit Hilfe von Klaus Fritzen und Michael Terhorst in die Höhlen einsteigen. Es kann sein, dass Arendt sich die Höhlen auf seinem Weg zum Schloss anschauen wollte. Sein Wagen wurde ja unweit des Hügels gefunden. Auch Christian Borg hat seine Hilfe angeboten. Er kennt sich in dieser Gegend am besten aus. Er hat früher Touristen zu den Höhlen geführt und vor gut zwanzig Jahren ein Fernsehteam begleitet, das einen Beitrag über Kulthöhlen im Ith, Solling und Harz gemacht hat.« Sie seufzte. »Ich verstehe das alles nicht und hoffe, dass uns Kommissar Schumann heute bessere Nachrichten bringen kann.«

»Ich habe ein Päckchen für Stefan Arendt.« Anna zeigte Carola von Rödelshausen das Paket aus Edinburgh. »Es wurde vorhin abgegeben.«

»Ian Clark?« Die Baronin stutzte, als sie den Absender las. »Der Name kommt mir bekannt vor. Ich glaube, dass mich ein Ian Clark vor einiger Zeit angeschrieben hat. Aber mein Gedächtnis ist nicht mehr so gut wie früher.«

»Und was wollte dieser Ian Clark von Ihnen?«

»Er bat mich um ein paar Auskünfte über unsere Familiengeschichte. Ihn interessierte, soweit ich mich erinnern kann, die Frage, ob der Herzog von Cumberland vor oder nach der Schlacht bei Hastenbeck im Jahre 1757 hier vorbeigekommen ist. Ich habe nicht die geringste Ahnung, aber sicherlich findet sich dazu etwas in den Schlossannalen. Ich habe ihm geschrieben, dass er herzlich eingeladen sei, sich selbst ein Bild zu machen, aber er hat nicht mehr geantwortet.«

»Wann war das?«

»Das muss vor etwa einem halben Jahr gewesen sein, im Februar oder März. In der Zeit hat Max gerade die Bibliothek gründlich aufgeräumt und dabei manches spannende alte Buch über die Geschichte von Hammelsberg entdeckt.«

Das passte zu dem, was Max ihr zu der Chronik erzählt

hatte, die er in der Bibliothek gefunden hatte. Sie musste ihn daran erinnern, ihr das Buch zu geben. Offenbar hatte er sein Versprechen vergessen, was Anna ein wenig ärgerte. Sie spürte, dass Richard lauschte. Sie drehte sich zu ihm. Und in der Tat saß er angespannt auf der vordersten Kante seines Sessels und konzentrierte sich auf das Gespräch zwischen ihr und der Baronin. Er besaß den Anstand zu erröten, als er ihren Blick bemerkte. Dann aber stand er auf und kam zu ihnen.

»Entschuldigung«, sagte er mit seinem unwiderstehlichen Lächeln. »Anna hat es bemerkt. Ich habe gelauscht. Als der Name Ian Clark gefallen ist, bin ich auf Ihr Gespräch aufmerksam geworden, denn ich kenne diesen Mann.«

Anna schloss für eine Sekunde die Augen. Nicht schon wieder, dachte sie.

»Woher denn?«, fragte sie dann. Sie erinnerte sich an ihre Erlebnisse mit Richard im Jahr zuvor, als er »zufällig« einen Antiquitätenhändler in London kannte, der für Annas Recherchen zu einem bestimmten Kartografen aus der Ära Georgs III. wichtig gewesen war. Richard schien immer jeden zu kennen, und nicht jeder dieser »Bekannten« war integer.

Richard grinste. »Sei nicht immer gleich so misstrauisch, liebe Anna! Ian Clark war Bibliothekar und Mitarbeiter eines großen Archivs in Edinburgh und besitzt zudem eine umfangreiche Privatsammlung alter Bücher und betätigt sich als Ahnenforscher und Regionalhistoriker. Er hat mir vor Kurzem einige sehr schöne Exemplare von Erstausgaben der Gedichte von Robert Burns und Romanen von Sir Walter Scott angeboten. Leider waren sie für mich zu teuer, zumal ich nicht wüsste, wem ich sie hier verkaufen könnte. In Großbritannien gibt es dafür einen wesentlich größeren Markt als hier.«

»Interessant, dass sich dein Ahnenforscher und Büchersammler für die Bibliothek von Hammelsberg interessiert«, sagte Anna.

Richard winkte ab. »Das wundert mich nicht. Er hat wohl Stefan Arendt während dessen Recherchen im Scott-Archiv in Edinburgh getroffen, wo er selbst lange Zeit gearbeitet hat. Vielleicht ist sein eigenes Interesse für Hammelsberg dadurch geweckt worden. Es gibt ja offenbar einige interessante Verbindungen zu dieser Gegend, über die Arendt sprechen wollte.« Richard wirkte äußerlich ruhig, aber Anna, die ihn recht gut zu kennen meinte, sah etwas in seinen Augen aufflackern.

Die Baronin legte eine Hand auf Richards Arm. »Falls Sie mit Ian Clark noch einmal sprechen sollten, sagen Sie ihm, dass ich meine Einladung an ihn gerne wiederhole. Aber die Reise von Edinburgh in dieses einsame Tal ist recht weit, auch wenn wir keine Kutschen mehr benutzen wie im 18. Jahrhundert.«

Wieder glaubte Anna, in Richards Augen ein kurzes Flackern zu entdecken, aber sie schwieg. Doch so leicht sollte er ihr nicht davonkommen. Sie würde ihn später noch einmal auf Ian Clark ansprechen.

Draußen fuhr der Wagen des Kommissars vor, und wenig später stand Schumann im Salon, in dem mittlerweile auch einige der anderen Gäste Platz genommen hatten. Terhorst und Fritzen waren mit den Suchtrupps unterwegs.

Schumann schüttelte den Kopf, ehe ihn die Anwesenden etwas fragen konnten.

»Nein«, sagte er dann. »Noch immer nichts.« Er wandte sich an Anna. »In der Brieftasche haben wir zwei Kreditkarten gefunden, aber kein Geld. Die Gerichtsmedizin wertet noch bestimmte Spuren an der Kleidung der Leiche aus. Wir untersuchen auch die Brieftasche auf DNA, aber sie lag in einem feuchten Gestrüpp, und der Hund hat sie danach ganz schön traktiert.« Er straffte sich. »Ich muss wieder los.«

»Halt!«, rief Anna und hielt ihm das Päckchen entgegen. »Das wird Sie interessieren. Es ist heute früh per Eilpost aus Edinburgh gekommen, von einem gewissen Ian Clark und adressiert an Stefan Arendt im Schloss.«

Schumann nahm das kleine Paket in die Hand und drehte es ein paarmal hin und her. »Falls wir Stefan Arendt bis heute Nachmittag nicht gefunden haben, öffne ich das Päckchen.«

Vielleicht ist etwas darin, das uns helfen könnte. Sie dürfen dabei sein, auch falls ich Ihre Hilfe als Übersetzerin brauche. Sie wissen ja, mein Englisch ist unter aller Kanone.«

Als Schumann hinausging, klingelte sein Handy. Er zog es aus der Tasche und blickte aufs Display. Sein besorgter Gesichtsausdruck weckte in Anna ein ungutes Gefühl.

Schattenspiele

Klas Eversen kam mittags gut gelaunt aus der Schule nach Hause. Die Ereignisse vom Wochenende hatte er in seinem Gedächtnis in den hintersten Winkel geschoben. Heute Nachmittag wollte er nach Hameln fahren und einen kleinen Einkaufsbummel machen. Nicht alles Geld auf einmal ausgeben, aber mal ein bisschen gucken.

Aus der Küche drang der Geruch von Gemüse. Meistens kochte seine Mutter montags einen Gemüseeintopf mit Würstchen. Klas leckte sich die Lippen. Er hatte gewaltigen Kohldampf.

Mit einem vergnügten »Hallo, Ma, ich bin wieder da!« stürmte er in die Küche und blieb wie angewurzelt stehen.

Der Dorfbulle Albert Mertens saß am Küchentisch. Seine Mutter hockte ihm gegenüber. Ihre Hand umklammerte ein Wasserglas. Das konnte nichts Gutes bedeuten, zumal ihm seine Mutter ihren besonderen Blick zuwarf – eine Mischung aus Zweifel, Zorn und Unsicherheit.

Am liebsten wäre Klas aus dem Haus gelaufen. Aber das würde ihm nichts nützen. Er musste sich Mertens und seiner Mutter stellen. Also fragte er mit möglichst harmloser Miene: »Ist was los?«

Mertens fixierte ihn. »Man hat die Brieftasche des Toten gefunden.«

Klas schluckte. »Und?«

Mertens warf einen Blick auf die bleiche Else, die kaum zu atmen schien, dann fixierte er wieder Klas. »Du warst am Samstag oben bei der Bärenhöhle. Bist du sicher, dass du da oben nichts Außergewöhnliches gesehen oder gehört hast?«

Klas schüttelte den Kopf. Jetzt musste er cool bleiben. Keine Regung zeigen, aber auch nicht völlig erstarrt wirken. Möglichst normal also. »Nein, ich war ja auch nur kurz da. Als meine Freunde mir abgesagt haben, bin ich alleine losgezogen. Ich wollte einen längeren Waldlauf machen, wegen dem Training fürs Sportfest.«

Mertens blickte ihm weiter in die Augen. »Und das Feuer? Du weißt ja, dass Peter Grotherr zur Höhle gestiegen ist, weil er dort einen Feuerschein gesehen hat.«

»Als ich oben war, gab es kein Feuer. Wie gesagt, ich bin dann auch ganz schnell wieder abgehauen. Alleine bin ich nicht so gerne bei den Höhlen.«

Mertens nickte. »Lassen wir es erst einmal dabei. Aber wenn dir irgendetwas einfällt, auch Kleinigkeiten, vielleicht etwas, das du nicht bewusst wahrgenommen hast, dann melde dich sofort bei mir. Es besteht der Verdacht, dass Dieter Elster Opfer eines Raubüberfalls geworden ist oder nach seinem Tod bestohlen wurde.« Mertens schob den Stuhl zurück und wandte sich an Else. »Ich komme später noch mal vorbei.« Er sah Klas ein letztes Mal prüfend an und verließ dann das Haus.

Klas' Mutter saß wie versteinert auf dem Stuhl. Klas wusste nicht, wohin mit sich, und setzte sich schließlich auf den Stuhl, auf dem Mertens gerade noch gesessen hatte. Irgendwann hielt er es nicht mehr aus.

»Ma, was ist denn eigentlich los? Ich hab dir doch gesagt, dass ich nur ganz kurz bei der Bärenhöhle war und dann meinen Waldlauf gemacht habe. Warum glaubst du mir nicht?«

»Ich kenne dich, Klas«, sagte seine Mutter mit heiserer Stimme und trank einen großen Schluck Wasser. »Du bist zwar mein Sohn, und ich liebe dich, aber wenn du mich in diesem Fall angelogen und etwas mit der Sache an der Bärenhöhle zu tun hast, dann reicht es mir. Das mit deinem Waldlauf klingt auch wenig überzeugend. Seit wann joggst du durch den Ith?«

Ein trockenes Schluchzen schüttelte ihren Körper. Klas überkam eine Welle des Mitgefühls. Fast hätte er seiner Mutter die Wahrheit gestanden. Aber er blieb standhaft.

»Ma, ich habe wirklich nichts damit zu tun. Ich war doch schon am frühen Nachmittag bei der Höhle und bin auf meinem Rückweg nicht mehr dort vorbeigegangen.«

»Du kamst aber völlig durchgedreht nach Hause an dem Abend«, sagte seine Mutter anklagend. »Du hast dich in dein Zimmer eingeschlossen und dich sehr seltsam benommen.«

»Ich habe es dir doch gesagt, Ma! Ich hatte mich wohl etwas verkühlt, und außerdem war ich sauer, dass mich meine Freunde an dem Nachmittag im Stich gelassen haben. Da hatte ich echt keine Lust mehr, mich abends mit ihnen zu treffen.«

Seine Mutter stand auf. »Na gut, wie du willst. Iss jetzt dein Mittagessen und mach deine Schulaufgaben. Du wirst heute das Haus nicht mehr verlassen.«

Klas war der Hunger vergangen. Er schob das Würstchen in der Suppe hin und her. Nach wenigen Happen ging er in sein Zimmer. Mertens verdächtigte ihn ganz klar, irgendetwas mit der Sache zu tun zu haben. Er würde sicherlich irgendeinen Vorwand finden, sich »unauffällig« in seinem Zimmer umzusehen. Er musste die Visitenkarten und den Zettel in seiner Schublade und natürlich das Geld verschwinden lassen. Aus der Traum, sich heute etwas Cooles in Hameln zu kaufen.

Die Visitenkarten und den Zettel mit den Telefonnummern steckte er in seine enge Jeanstasche, die kleine Schachtel mit den Geldscheinen in seinen Rucksack. Er spähte aus dem Fenster. Kaum Verkehr, nur vereinzelt fuhr ein Auto vorbei. Die Mittagszeit wurde in Hammelshausen hochgehalten. Die meisten Einwohner saßen zu Hause beim Essen oder hielten Mittagsschlaf.

Im Haus war es ruhig. Seine Mutter zog sich nach dem Mittagessen oft für eine Stunde zurück und öffnete den Gemischtwarenladen erst wieder gegen fünfzehn Uhr. Klas musste schnell handeln. Es war ja nicht das erste Mal, dass er sich nicht an die Anordnung seiner Mutter hielt, das Haus nicht zu verlassen. Ihm blieb allerdings wenig Zeit. Einen Moment überlegte er, ob er die Visitenkarten und den Zettel ins Klo werfen sollte, wie er das schon am Samstag hatte tun wollen, aber das erschien ihm zu unsicher. Manchmal funktionierte die Spülung nicht hundertprozentig. Er musste es anders machen.

Vorsichtig trat er aus seinem Zimmer und schlich sich aus dem Haus. Als er hinter dem Haus die Richtung zum Wäldchen am Fuß des Hügels einschlug, fiepte sein Handy, das Zeichen, dass eine Nachricht eingetroffen war.

»Muss dringend was mit dir besprechen. Hat mit dem Toten zu tun. Treffen siebzehn Uhr, Bärenhöhle. Grüße B.«

Die Nummer kannte er nicht. Und wer war B.? Ben Ebert? Den hatte er doch vorhin noch im Schulbus gesehen, und er hatte nichts gesagt außer: »Blöde Sache mit diesem Toten. Jetzt können wir erst mal nicht zu den Höhlen.«

Gab es noch jemanden in seinem Bekanntenkreis, dessen Name mit B begann? Und was wollte derjenige von ihm? Hatte er ihn beobachtet und wollte einen Deal mit ihm aushandeln?

Klas fielen nach einigem Grübeln vier Leute an, die mit B anfingen: Bella Mayer aus der Klasse unter ihm, Bernd Borg, genannt BB, ein Neffe des Wirts vom »Höhlenmann«, der in der Küche seines Onkels eine Lehre machte, Bettina Overath, die mit seiner Mutter befreundet war, und Boris Ahlhof, der aber mittlerweile in Göttingen studierte. Seiner Meinung nach kamen die alle nicht in Frage.

Klas beeilte sich. Er wollte die Visitenkarten schnell loswerden und die Schachtel mit dem Geld möglichst gut verstecken. Da fiepte sein Handy schon wieder.

»Es wäre gut, wenn du kommen würdest. Ich habe etwas Wichtiges für dich. Ich warte bei der Bärenhöhle auf dich. Wenn du bis achtzehn Uhr nicht da bist, gehe ich zu Albert Mertens. Gruß B.«

Klas durchfuhr ein eisiger Schrecken. Wahrscheinlich hatte irgendjemand, vielleicht sogar jemand aus dem Suchtrupp, etwas entdeckt, was ihn belastete. Und derjenige startete jetzt einen Erpressungsversuch. Klas kannte sich mit solchen Spielchen aus. Vielleicht wollte sich auch nur jemand an ihm rächen, hatte erfahren, dass er am Nachmittag bei der Bärenhöhle war, und plante, ihn unter Druck zu setzen. Das konnten auch leere Drohungen sein. Aber wer hieß B.? Dieser Buchstabe B wies garantiert nicht auf den echten Namen hin, sondern sollte ihn auf eine falsche Spur lenken. Sein Bauchgefühl sagte ihm, dass er mit diesen Nachrichten zu Albert Mertens gehen sollte. Aber dann hätte er seine Lügen gestehen müssen, die bittere Tatsache, dass er einen Toten bestohlen hatte, und auch seinen Angriff auf Peter Grotherr. Das würde gigantischen Ärger geben. Nein, lieber wollte er versuchen, gegen fünf zur Höhle hochzusteigen und aus einem sicheren Versteck zu beobachten, ob dieser B. auftauchte. Vielleicht kannte er ihn ja und konnte mit ihm verhandeln oder den Spieß sogar umdrehen. Drohen, ihn wegen Erpressung anzuzeigen. Wenn das alles nichts half, konnte er ja einen Fünfziger springen lassen. Irgendwie würde er es schon schaffen, seinen Kopf aus der Schlinge zu ziehen. Besser erst mal alles leugnen, den Unschuldigen spielen und B. abwimmeln.

Klas war an seinem Ziel angekommen. Die Gruft der Familie von Rödelshausen, die in einer Ecke des kleinen Friedhofs der Kirche St. Christophorus stand. Ein dunkelgraues Gebäude mit einer Kuppel, die insgesamt fast zehn Meter hoch aufragte. Der unterirdische Teil des eher schlichten Bauwerks beherbergte die Sarkophage der vor langer Zeit verstorbenen Angehörigen der Familie von Rödelshausen. Imposant, aber abweisend und finster wirkte dieser Bau aus dem 18. Jahrhundert. Auf der Kuppel hockten ein paar fette Tauben, die wenigen Fenster starrten vor Schmutz. Die Eingangstür zur Gruft hing ein wenig schief in den Angeln. Ein Hauch von Verwahrlosung umgab das alte Bauwerk. Schon lange war hier kein Familienmitglied der von Rödelshausens mehr zu Grabe getragen worden.

Klas hatte längst herausgefunden, wie man sich Zutritt zur Gruft verschaffen konnte. Das Vorhängeschloss hatte schon bessere Zeiten gesehen und ließ sich leicht öffnen und danach wieder so an die Tür hängen, dass es geschlossen aussah.

Ein paarmal hatte er sich mit seinen Goblins hier getroffen. Eine kleine Treppe führte von dem oberen Teil des Gebäudes hinunter in die eigentliche Gruft mit den steinernen Särgen. Im oberen Teil waren früher wohl Trauerfeiern abgehalten worden. In der Mitte standen ein Altar und an den Wänden steinerne Bänke. Für die Treffen der Goblins eigentlich der ideale Ort. Aber seltsamerweise mochte keiner der Jungs diese runde Steinkammer mit ihren kleinen Fenstern hoch oben in der Wand. Tobias fand es hier gruselig, und selbst der ansonsten eher robuste Ralf Orth hatte nach dem dritten Treffen in der Gruft gesagt, es wäre ihm zu schmutzig und ungemütlich. Man traf sich von da an lieber in einer Ecke im Kneipenraum vom »Höhlenmann«.

Klas kam manchmal alleine hierher und nutzte den Ort als Versteck, für seine Comiczeichnungen, die er nicht unbedingt zu Hause aufbewahren wollte, für Pornohefte, die er seinem Vater geklaut hatte, und für ein schön illustriertes altes Buch, das er aus der Bibliothek von Hammelsberg gestohlen hatte.

Vor ein paar Monaten hatte er im Auftrag seiner Mutter Lebensmittel ins Schloss gebracht und sich, während Astrid alles in der Küche verstaute und ihm das Geld holte, in die Bibliothek geschlichen. Dort gab es Tausende von Büchern in Regalen und auf Tischen. Es roch nach altem Leder und Papier. Er mochte diesen Geruch. Sein Blick war auf ein Buch mit goldgeprägtem Rücken gefallen, das in einem Regal quer stand. Ohne groß darüber nachzudenken, hatte er das Buch in seinen Rucksack gesteckt und war gerade rechtzeitig zurück in der Eingangshalle, um von Astrid das Geld für die Lieferung entgegenzunehmen. Klas bezweifelte, dass irgendjemand den Verlust dieses Buches bemerken würde. Die von Rödelshausens hatten bei diesen vielen Schwarten bestimmt längst den Überblick verloren.

Leider konnte er es nicht wirklich lesen, weil die Schrift verschnörkelt war und der Text zudem in einem seltsamen Deutsch. Aber die Illustrationen an jedem Kapitelanfang gefielen ihm.

Er hatte das Buch unten in der Gruft zwischen den Sarkophagen von Ernst August und Sophia Augusta von Rödelshausen versteckt, die sehr eng beieinanderstanden. Manchmal holte er es raus und bewunderte die farbenfrohen Bilder. Den Wert seines Diebesgutes hätte er nicht einmal im Traum einschätzen können. Es wimmelte von Namen auf den Seiten und von Daten, was ihn aber nicht interessierte. Vielleicht ein altes Adressbuch, mutmaßte er. Dass es kein Telefonbuch sein konnte, erkannte sogar Klas, dessen spärliche Geschichtskenntnisse gerade ausreichten, um zu wissen, dass es vor fast zweihundert Jahren noch keine Telefonbücher gegeben hatte. Das Buch stammte mindestens aus der Zeit um 1850.

Die Tür quietschte leise, als Klas sie aufstieß. Müsste Grufti-Ecki, der alte Friedhofsgärtner, mal ölen, dachte er. Er spürte keinerlei Angst in dem dämmrigen Raum. Ohne zu zögern, stieg er die Treppe hinunter, wobei ihm die Taschenlampe seines Handys den Weg leuchtete. Insgesamt acht steinerne Särge gab es hier, und in der roh gemauerten Wand befanden sich auch noch einige sehr viel ältere Grabstellen, von denen die älteste, soweit Klas das entziffern konnte, aus dem Jahr 1546 stammte. Ein gewisser Adalbert von Rödelshausen lag dort hinter der Mauer zusammen mit seiner Frau Charlotte begraben. Klas hatte überlegt, ob diese Toten vielleicht schöne Grabbeigaben besaßen, war dann aber vor seinen eigenen Gedanken zurückgeschreckt. So viel Ehrgefühl besaß er dann doch noch.

Rasch schob er die Schachtel mit seiner Barschaft in eine Nische unter einem kleinen Mauervorsprung. Einem Impuls folgend hatte er auch die Visitenkarten und den Plastikausweis für den Elektromarkt hineingelegt. Zufrieden sah er sich um. Das gestohlene Buch lag auch noch immer wohlbehalten in einer Plastiktüte zwischen den Sarkophagen. Bei dem schummrigen Licht konnte man die Tüte nicht so ohne Weiteres sehen. Klas wusste, dass der alte Friedhofsgärtner Eckhart Meerkatz, genannt Grufti-Ecki, nur alle zwei Monate hierherkam, um Spinnennetze zu entfernen und den schlimmsten Staub von den Särgen zu wischen. Der Mann war extrem kurzsichtig und würde nichts finden, zumal er nur sehr oberflächlich mit seinem Staubwedel umherfuchtelte. Im oberen Teil des Grabhauses hatte er früher sogar die Fenster geputzt. Das aber hatte er inzwischen aufgegeben.

Klas schloss vorsichtig die Tür zur Gruft hinter sich, holte tief Luft und machte sich auf den Weg.

Der Zettel mit den Telefonnummern steckte dreifach gefaltet in der innersten Tasche seiner Jeansjacke. Den würde niemand entdecken, nicht mal seine neugierige Mutter. Und vielleicht konnte der ihm ja noch nutzen.

Getrieben von Neugierde und neu erwachter Abenteuerlust steuerte Klas auf den Koboldhügel zu. Falls seine Mutter frühzeitig nach Hause kommen und bemerken sollte, dass er sich nicht an ihr Verbot gehalten hatte, würde ihm schon irgendeine Ausrede einfallen. Die ferne Kirchturmuhr schlug die halbe Stunde vor siebzehn Uhr. Die Sonnenstrahlen, die den immer etwas düster wirkenden Hügel in warmes Licht tauchten, spiegelten seine Stimmung wider.

»Oh what a wonderful world!«, brummte er wenig melodisch vor sich hin, als er die Bärenhöhle erreichte. Er sah sich nach einem Versteck um, von dem aus er Bs Ankunft beobachten wollte, aber urplötzlich versank die gerade noch so helle Sonnenwelt in Dunkelheit, und Klas stürzte in absolute Finsternis.

Rätselhafte Botschaft

Die drei Puppen besaßen eine merkwürdige Ausstrahlung. Anna hatte gerade einen ersten Blick auf eines der neuen Bilder vom Dachboden geworfen, eine eher belanglose Fluss-idylle eines ihr unbekannten Künstlers namens H. Klapf, der das Bild laut Signatur um 1860 gemalt hatte. Soweit sie das erkennen konnte, stammte es aus der Düsseldorfer Maler-schule. Ehe sie weiter recherchierte, wurde sie durch die Puppen von den Gemälden abgelenkt. Die größte von ihnen maß ungefähr siebzig Zentimeter, trug ein reichlich zerknittertes blaues Baumwollkleid, handgefertigte Schuhe und um den Hals ein Seidentuch. Richards Reaktion war nach seiner ersten Begeisterung über diesen Fund ein wenig abgekühlt.

»Ich glaube doch nicht, dass sie sich für ›Gutes für Geld‹ eignen. Sie sehen zu schäbig aus, und so hoch ist der Wert von Puppen heute leider nicht mehr, um sie teuer zu restaurieren. Ich sage aber natürlich der Baronin Bescheid. Falls sie nichts damit anfangen kann, schenkt sie mir die Porzellanmädels vielleicht, ich werde sie ein bisschen aufpeppen, und dann dekoriere ich damit mein Schaufenster.«

Anna hatte geschwiegen. Sie wäre ja ohnehin nicht nach Köln gereist, um was auch immer bei »Gutes für Geld« anzu-bieten, selbst wenn Richard ihr die Puppen nach Absprache mit der Baronin geschenkt hätte. Sie sah die Sendung gele-gentlich im Fernsehen, aber das war es auch schon. Etwas zu verhökern lag ihr nicht.

Nachdenklich betrachtete sie die Puppen. Obwohl alle drei unterschiedlich groß waren, trugen sie die gleichen Kleider, ähnliche Schuhe und blaue Halstücher. Die größte Puppe hatte riesige blaue Augen aus Glas, die zweitgrößte besaß grasgrüne Augen und die kleinste dunkelbraune. Anna hatte als Kind eine einzige Babypuppe namens Piet besessen, an-sonsten hatte sie lieber mit Kuscheltieren, mit Ritterburgen und mit Lego gespielt. Puppen waren ihr unheimlich, vor allem Bauchrednerpuppen. Diese drei sahen zwar eigentlich recht friedlich aus, doch Anna mochte den starren Blick ihrer Augen nicht. An sich gehörten Puppen nicht zu ihrem Spezialgebiet, aber sie beabsichtigte, der Baronin einen ungefähren Wert für diesen Fund anzugeben. Sie schätzte ihn, trotz der negativen Bemerkung von Richard, auf ein paar hundert Euro. Es würde sich ihrer Meinung nach durchaus lohnen, die Porzellanmädchen wiederherzurichten. Als Erstes müsste man ihre verstaubten Kleider und Halstücher waschen.

Richard hatte einen raschen Blick auf die Papiere und das Buch geworfen, die er aus dem Schrank gefischt hatte.

»Falls es Briefe oder Urkunden sind, die zum Schloss gehören, gebe ich sie der Baronin natürlich sofort zurück. Das Buch scheint eine Sammlung von Legenden und Sagen der Gegend zu sein. Erstaunlich, dass es in dem alten Schrank lag. Es gehört eigentlich in die Bibliothek. Ich zeige es gleich mal Philip.« Damit verschwand er in Richtung Salon.

Als Anna gerade überlegte, ob sie den Puppen ihre Kleider ausziehen und sie säubern sollte, kam er schon wieder zur Tür hinein.

Er warf einen Blick auf die Puppen. »Weißt du, ich habe es mir anders überlegt. Ich möchte sie gerne mitnehmen. Die Baronin hat nichts dagegen. Als Schaufensterdekoration sind sie auf jeden Fall hübsch.«

»Hast du wirklich die Baronin gefragt?« Anna erschien das plötzlich wiedererwachte Interesse Richards ein wenig seltsam.

»Ja, ja! Sie sagt, dass der Schrank früher in ihrem Kinderzimmer stand und ihr Vater ihn und ein paar Möbelstücke um 1940 herum auf den Dachboden schaffen ließ. Offenbar mitsamt den Puppen, mit denen sie zu dem Zeitpunkt längst nicht mehr gespielt hat.«

»Schade«, sagte Anna. »Ich hätte sie gerne etwas näher angeschaut, aber dann nimm du sie mit und sei nett zu ihnen.«

»Das bin ich, versprochen.« Richard nahm die drei Puppenmädchen mit Schwung auf die Arme und verließ den Raum.

Anna sah ihm befremdet hinterher. Was hatte zu diesem plötzlichen Sinneswandel geführt? Richard war immer für eine Überraschung gut. Also blieben ihr wieder die Bilder. Die Flussidylle von H. Klapf würde nach der Restaurierung ein recht ansprechendes Bild sein, das sicherlich tausend Euro oder etwas mehr bringen könnte – falls die Baronin es verkaufen wollte. Ein Bild nach dem anderen holte sie aus dem groben Leinen, in das sie eingeschlagen waren. Mit einem Tuch und einem Staubwedel fuhr sie sanft über die Oberfläche der Gemälde. Die meisten von ihnen waren ebenfalls Landschaftsdarstellungen, zwei zeigten ältliche Damen in Witwentracht und eines einen Herrn mit einem federgeschmückten Hut, entstanden etwa um 1880, die übrigen waren Stillleben. Alle benötigten eine gründliche Säuberung.

Während sie die Bilder Stück für Stück betrachtete, fiel ihr wieder die kleine Tür auf dem Dachboden ein. Wahrscheinlich verbarg sich dahinter nichts. Aber falls der Vater der Baronin Bilder vor der Zerstörung oder auch vor Raub schützen wollte, die ihm besonders am Herzen lagen, dann hätte er für sie doch einen anderen Ort ausgewählt als die beiden leicht zugänglichen Dachkammern. Dass dort Gemälde lagerten, war ja allgemein bekannt. Aber waren das wirklich alle? Bisher hatte sie außer den beiden schönen Porträts nichts entdeckt, was wirklich herausragend war. Wo waren denn die von der Baronin gerne zitierten Kunstschätze geblieben?

Sie überlegte, ob sie noch einmal auf den Dachboden gehen sollte, selbst auf die Gefahr hin, dass sich hinter der kleinen Tür in der Mauer nur eine leere Nische oder ein Kaminabzug befand. Doch letztlich drängte das nicht. Sie hatte mit den anderen Bildern erst einmal genug zu tun.

Plötzlich sehnte sie sich nach frischer Luft. Ein Spaziergang im Park wäre jetzt genau das Richtige. Danach hätte vielleicht Caspar Hermanns Zeit, mit ihr gemeinsam einige der Bilder anzusehen. Sie traute ihm zwar nicht wirklich über den Weg, aber zweifelsfrei war er ein Experte für die Malerei des 17. und 18. Jahrhunderts, das hatte sie recherchiert.

Anna reckte sich, um ihre steifen Schultern zu lockern, und beschloss, ihr Vorhaben in die Tat umzusetzen und einen Rundgang durch den Park zu machen.

Die beiden Hunde tollten im Garten umher, wobei Cú selbst beim Toben etwas Würdevolles besaß. Alisha dagegen kugelte wie ein großer schwarzer Ball durchs Gras. Auf der Terrasse hatte die rührige Astrid eine Art Nachmittagsbuffet aufgebaut mit mehreren Kuchen, Tee- und Kaffeekannen und frischen Säften. Michael Terhorst und Klaus Fritzen saßen erschöpft auf zwei bequemen Gartenstühlen und tranken Tee. Anna gesellte sich zu ihnen.

»Sind Sie gerade von der Suche zurückgekehrt?«, fragte sie. Die beiden Männer nickten.

»Leider ohne Erfolg. Wir sind in die Bärenhöhle gegangen und haben uns bis an den Abgrund herangewagt. Die Grube ist etwa drei Meter tief. Wir haben hineingeleuchtet, doch da war nichts.« Terhorst leerte seine Tasse. »Dann haben wir uns die Einhornhöhle vorgenommen. Die ist weniger eng und weniger schlauchförmig als die Bärenhöhle. Aber nach etwa fünfzig Metern kommt man zu einer Felsenkammer, von der aus man nicht weitergehen kann. Da gibt es zwar ein paar Felsnischen und eine schmale Spalte, die vielleicht in eine weitere Höhle führt, aber das bringt uns nicht weiter, und sicherlich hat sich Stefan Arendt nicht durch diese enge Spalte gezwängt.« Er stand auf. »Jetzt bleibt noch die Koboldhöhle. Aber Klaus und ich mussten erst mal einen Augenblick ausruhen. Wir sind ziemlich erledigt.«

»Was ist mit der Schattenhöhle?«, fragte Anna.

Fritzen schüttelte den Kopf. »Auch sie haben wir kurz inspiziert, ohne Ergebnis. Sie ist klein und ohne irgendwelche Seitengänge oder größere Durchgänge in andere Felsenkammern, soweit wir wissen. So genau erforscht sind diese Höhlen alle noch nicht, außer der Bärenhöhle. Am ehesten aber glaube ich, dass die Koboldhöhle in Frage kommt. Die ist nicht ohne. Wir müssen uns im hinteren Teil abseilen. Da geht es ziemlich tief hinunter, und ehrlich gesagt wissen wir nicht, wie es dort unten aussieht und ob von da aus ein weiterer Gang tiefer ins Innere des Hügels führt. Selbst ich scheue davor zurück, hinunterzuklettern.«

»Es gibt keine richtige Karte oder Vorstellung über die Ausdehnung dieser Höhlen«, ergänzte Terhorst. »Es wäre hilfreich, wenn wir wüssten, ob Verbindungen zwischen ihnen existieren. Sebastian von Roth und Magnus Brecht sind ja der Überzeugung, dass der verstorbene Baron eine Karte der Höhlen angefertigt hatte. Aber sie scheint verschwunden zu sein. Die Baronin ist nicht sehr hilfreich, weil sie der festen Meinung ist, dass ihr Mann diese Karte vernichtet habe, und ihr Sohn behauptet, er hätte diese Karte nie gesehen.«

Anna zögerte. Sollte sie den beiden Herren verraten, dass sie auf dem Dachboden eine Karte entdeckt hatte, die eventuell die verschollene Höhlenkarte des verstorbenen Barons war? Und die jetzt unerklärlicherweise verschwunden war? Anna entschloss sich, nichts zu sagen. Falls die Karte wieder-auftauchen würde und sich als belangloser Plan von Hammelsberg und Umgebung erweisen sollte, hätte sie nur unnütz die Pferde scheu gemacht.

Terhorst gähnte. »Am liebsten würde ich mich aufs Ohr hauen, aber Schumann drängt natürlich, dass wir weitermachen.«

Fritzen sah auf seine Uhr. »Die anderen werden wohl auch bald zurückkommen. Es ist schon wahnsinnig frustrierend, so ergebnislos herumzustochern. Was hat den Kerl bloß getrieben, sich alleine auf den Weg zu machen? Er kennt sich doch hier überhaupt nicht aus. Amateure!« Er schnaubte verächtlich. »Und natürlich sinkt die Hoffnung mit jeder Stunde, ihn lebend zu finden.«

Er stellte seine Tasse auf einen der Gartentische und folgte seinem Kollegen ins Haus. Anna setzte sich mit einer Tasse Tee und einem Stück Käsekuchen an den Tisch. Auf den ersten Blick sahen Park und Schloss gepflegt und gut erhalten aus. Doch bei genauerem Hinsehen entdeckte Anna unter dem Dachfirst Stellen, an denen der Putz herausgebrochen war, und über einigen der Fenster hatten sich die steinernen Umrandungen gelöst. Philip lebte nur wenige Wochen im Jahr in dem Gebäude, aber seine Mutter hing an Hammelsberg. Anna vermutete, dass Philip seine betagte Mutter gerne in einem schönen Altersstift untergebracht hätte, um im Schloss freie Hand zu haben.

Anna spürte, wie sie müde wurde, und schloss die Augen. Puppen, Bilder, alte Briefe, Päckchen aus Edinburgh – alles vermischte sich in ihren Gedanken. Das Zwitschern der Vögel und der leise Wind schläferten sie ein. Sie döste weg.

Plötzlich erklangen laute Stimmen. Jäh fuhr sie aus ihrem Halbschlaf auf. Schumann trat auf die Terrasse, das Päckchen von Ian Clark trug er bei sich. Ehe Anna etwas sagen konnte, hob er die Hand.

»Noch immer keine Spur im Fall Arendt. Die Suche wird bis Einbruch der Dunkelheit fortgesetzt. Morgen früh werden wir dann zusammen mit dem Kletterprofi in die Koboldhöhle einsteigen.« Er warf einen Blick auf seine Uhr. »Heute bleiben uns noch etwa zwei Stunden.« Er hob das Päckchen hoch. »Wir beide sollten uns jetzt erst einmal mit der Post aus Schottland beschäftigen. Eventuell enthält es etwas, das uns weiterhelfen kann. Sie sehen, ich greife nach jedem Strohhalm. Bei Gefahr im Verzug ist das Postgeheimnis vernachlässigbar. Übrigens habe ich von Arendts Vermieterin erfahren, dass er bereits am Freitag aus Göttingen abgefahren ist. Er wollte wohl noch ein bisschen den Ith erkunden und unter anderem nach Eschershausen fahren. Aber soweit wir recherchieren konnten, ist er dort nie aufgetaucht.«

Anna räusperte sich. »Ich habe wohl Stefan Arendts Wagen schon auf meinem Weg hierher am Freitagnachmittag gesehen. Er stand sehr unglücklich an einer Kurve. Ich habe dann aber nicht weiter darauf geachtet. Das passt ja zur Aussage seiner Vermieterin. Vielleicht wollte er hier noch etwas erledigen und dann bis Samstag in Eschershausen sein?«

Schumann erwiderte etwas unwillig: »Warum sagen Sie das erst jetzt? Das ist ein wichtiger Hinweis. Dann war er schon am Freitag hier und ist seither verschwunden. Das macht das Ganze noch mysteriöser.« Er sah Anna mit gerunzelter Stirn an. »Sie lernen wohl nie aus Ihren Fehlern. Im letzten Jahr haben Sie auch manchmal, um es freundlich auszudrücken, recht eigenwillig gehandelt.«

Anna errötete und senkte den Blick. Leider hatte der Kommissar recht.

»Konzentrieren wir uns jetzt auf das Päckchen.« Schumann zog ein Taschenmesser aus der Hosentasche, klappte es auf und schnitt den Bindfaden des Päckchens durch. Das Packpapier segelte auf den Boden, als er den Inhalt herausholte. Tatsächlich ein Buch, dick eingewickelt in Zeitungspapier.

»Das ist ja wie das Kinderspiel mit dem Schokoladeessen«, kommentierte er, als er begann, das Buch vom Zeitungspapier zu befreien. »Fehlen nur noch Mütze, Schal, Handschuhe und Würfel.«

Schließlich kam das Buch zum Vorschein. Es war in Leder gebunden und eindeutig alt. Ein Umschlag fiel auf den Boden. Anna hob ihn rasch auf.

»Das scheint ein Brief zu sein«, bemerkte sie.

»Gut beobachtet!« Schumann grinste, öffnete den Umschlag und zog ein Blatt Papier heraus. »Offenbar mit dem Computer geschrieben und ausgedruckt. Mal kein altes Schriftstück, auch schön zur Abwechslung. Ist aber wie erwartet auf Englisch. Da brauche ich Ihre Hilfe.«

Anna hegte den Verdacht, dass Schumanns Englisch beileibe nicht so schlecht war, wie er behauptete. Aber es schmeichelte ihr, dass er ihr wohl nicht mehr böse war und sie mit ins Boot holen wollte.

Sie nahm das Papier und las vor. Dabei kam sie sich vor, als täte sie etwas Illegales. Entschuldigt wurde das nur von der traurigen Tatsache, dass Stefan Arendt noch immer verschwunden war. Wenn Schumann als Vertreter des Gesetzes es richtig fand, das Päckchen und den Brief zu öffnen, brauchte sie kein schlechtes Gewissen zu haben. Sie übersetzte den Brief beim Vorlesen ins Deutsche:

>*Lieber Stefan, anbei das Buch, das du noch für deine Arbeit brauchst. Es wird wohl nicht mehr rechtzeitig zu deinem Vortrag in Hammelsberg eintreffen, aber du hast ja vor, ein paar Tage länger zu bleiben, um weiter zu recherchieren und ein paar Fakten und einige deiner Theorien gründlicher zu belegen. Behandele das Buch bitte mit größter Sorgfalt. Du weißt, dass ich es dir nicht ausleihen dürfte. Doch wenn es dir nützt, erfüllt es einen besseren Zweck, als wenn es immer nur im Archiv zwischen all den anderen Dokumenten liegt. Erfreulich wäre es, wenn wir demnächst zusammenarbeiten könnten. Wie du weißt, bin ich sehr interessiert an deinen Forschungsergebnissen. Lange genug habe ich im Scott-Archiv nur theoretisch gearbeitet und im wörtlichen Sinne Bücher abgestaubt. Da ich nun pensioniert bin, möchte ich aktiver werden. Bisher habe ich dir darüber nur Andeutungen gemacht, aber ich werde demnächst nach Deutschland reisen, um ein paar Details zu ergründen. Deine Hilfe dabei wäre mir sehr angenehm und könnte auch für dich nützlich sein. Falls du das aber nicht möchtest, da du andere Wege beschreiten willst, müsste ich wohl leider darauf bestehen, das Buch so rasch wie möglich zurückzubekommen, damit ich es nicht als gestohlen melden muss. Doch sicher finden wir Wege für eine gemeinsame Arbeit, die uns beiden Vorteile bringt.*
Mit besten Grüßen
Ian.«

Schumann und Anna sahen sich an.

>Verstehe ich das recht, dass dieser Ian aus Edinburgh mit Stefan Arendt irgendwie gemauschelt hat und nun eine Art Erpressungsversuch startet?«

Schumann nahm Anna den Brief aus der Hand. »I am afraid that I then must insist you will hand the book back to me. Else I have to report it as stolen. But surely we will come

to an agreement to join our efforts to both our advantages.«
Schumann schlug sich wacker mit dem englischen Text. »Das
klingt in der Tat sehr nach einem Erpressungsversuch.« Er
schob Anna das Buch hin. »Waverley, or it's sixty years since«,
stand in goldenen Buchstaben auf dem ledernen Bucheinband.
»Kennen Sie den Titel?«

»Aber natürlich«, antwortete Anna. »Das ist der erste große
Roman von Sir Walter Scott, erschienen 1814. Sie werden keinen Autorennamen finden, denn Scott hat das Buch anonym
veröffentlicht.«

Schumann sah sie verständnislos an. »Wieso?«

»Ganz genau weiß ich das nicht. Scott war damals schon ein
berühmter Dichter und Lyrik-Übersetzer von unter anderem
deutschen Dichtern wie Gottfried August Bürger und Goe-
the. Aber dann hat er diesen Roman geschrieben, sein erstes
großes Prosawerk. Im Mittelpunkt der Geschichte steht ein
junger Schotte namens Edward Waverley. Der gerät in all die
politischen Umbrüche und Veränderungen um 1740, als es
einen der vielen Versuche in Schottland gab, sich vom englischen Königshaus abzuwenden und einen der Nachfahren
des katholischen Königs James II. zu etablieren. Der Roman
gipfelt in den Ereignissen des Jahres 1745, als die Jakobiten, die
Stuartanhänger, unter dem Thronprätendenten Charles Stuart
gegen die Engländer kämpfen. Zunächst war das erfolgreich,
aber 1746 endete dieser Versuch, die katholischen Stuarts wieder zu Herrschern von Schottland und Großbritannien zu
machen, mit der vernichtenden Schlacht von Culloden. Danach war dieser Traum ausgeträumt. Georg II. aus dem Hause
Hannover, dessen Vater Georg I. 1714 das Erbe der Stuarts
aufgrund verwandtschaftlicher Beziehungen angetreten hatte,
blieb bis zu seinem Lebensende König, gefolgt von seinem
Enkel Georg III.«

»Na ja, mit dem und seinem Sprössling Georg August hatten wir ja im Fall des Moormanns reichlich zu tun«, sagte
Schumann lächelnd. Mit leicht ironischem Unterton fügte er
hinzu: »Welch ein Glück, dass ich in Ihnen eine so gebildete

Hilfe gefunden habe. Ich war in der Schule in Mathe, Physik und Sport gut, aber alles andere ist an mir vorbeigerauscht.«

Anna errötete erneut. Er hatte nicht unrecht. Sie kehrte ihre gründliche Halbbildung manchmal gerne heraus. Aber Schumann legte ihr freundlich eine Hand auf den Arm.

»Ich meine das ernst, ich schätze Ihre Kenntnisse sehr. Bitte machen Sie weiter.«

Seine »Gehilfin« warf einen nachdenklichen Blick auf das Buch. »Es sieht sehr alt aus, wahrscheinlich eine der ersten Ausgaben.« Sie blätterte darin. Tatsächlich stand dort als Erscheinungsjahr 1815. Sie kam zur ersten Seite des Textes:

»Wie gesagt, vor sechzig Jahren war's, da sagte Waverley, der Held unserer Geschichte, seiner Familie Lebewohl, um sich zu dem Dragonerregiment zu begeben, bei dem er angeworben worden war. Es war ein trauriger Tag für Waverley-Würden, als der neugebackene Offizier von seinem greisen, ihm herzlich zugetanen Onkel Sir Everard sich trennte, dessen Rang und Stammgut er einmal erben sollte. Zwischen unserem Helden und seinem Vater, dem jüngeren Bruder des Baronets, Richard Waverley, hatten sich durch abweichende Ansichten über die politischen Strömungen im Lande Differenzen gebildet.«

»Ja, das ist ein episches Werk«, kommentierte Anna etwas lapidar ein Œuvre, das als der erste historische Roman der englischen Literatur galt. Sie erinnerte sich an eine Bemerkung von Jane Austen, die zu Scotts Romanen sagte, es sei unfair, dass Scott, damals bereits ein sehr erfolgreicher Dichter, nun auch noch durch seine Prosa anderen Autoren Konkurrenz mache.

Das Buch lag schwer in ihrer Hand. Es umfasste mehr als fünfhundert Seiten, aber ihr schien es, als sei es wesentlich dicker, als die Seitenzahl vorgab. Vor allem der lederne Einband wirkte unförmig und aufgebläht. War das Buch einmal längere Zeit Feuchtigkeit ausgesetzt gewesen? Nachdenklich fuhr sie mit dem Finger über den Einband, dann klappte sie das Buch wieder auf und tastete über die Innenkante. Sie fühlte einen kleinen Riss.

Da sie alte Bücher stets mit Ehrfurcht behandelte, zögerte

sie einen Augenblick. Aber dann pulte sie mit dem Finger an der winzigen Öffnung, die sich schnell vergrößerte.

»Was machen Sie denn da?«, fragte Schumann entsetzt. »Sie zerstören ja den Einband. Um Himmels willen, Anna, das Buch ist doch wertvoll!«

Aber Anna hörte nicht auf ihn. Behutsam öffnete sie den Riss weiter. Und dann war da auf einmal ein langer Schlitz, aus dem sich ein Stück Papier schob. Vorsichtig zog Anna daran. Sie klappte das Innere des Einbandes beiseite. Dahinter steckten mehrere Blätter, die sie sorgfältig aus ihrem Versteck holte. Ehe Schumann etwas einwenden konnte, wiederholte sie den Vorgang beim rückwärtigen Buchdeckel mit dem gleichen Ergebnis. Auch hier öffnete sich ein Schlitz, den sie vergrößerte, und auch hier fand sie mehrere Seiten Papier.

»Da hat jemand den Einband aufgetrennt und später an den Rändern nur zugeklebt«, erklärte Anna dem überraschten Kommissar. Schumann starrte die Blätter an.

»Es sind insgesamt zwanzig Seiten«, sagte Anna mit leicht bebender Stimme, als sie die Blätter auf den Tisch gelegt und gezählt hatte. Eng beschrieben, aber, wie sie feststellte, entzifferbar. »Und jetzt?«, fragte sie.

»Jetzt dürfen Sie für mich herausfinden, worum es sich bei diesen Papieren handelt, das heißt, Sie dürfen das Ganze übersetzen«, antwortete Schumann mit einem leicht boshaften Schmunzeln.

»Also ehrlich gesagt habe ich auch anderes zu tun«, protestierte Anna. »Ich bin hier, um Bilder für die Baronin zu begutachten, und nicht, um Ihre Übersetzerin zu spielen!«

»Liebe Anna, die Bilder können Sie sich immer noch anschauen. Und diese Blätter werfen vielleicht ein wenig Licht auf Stefan Arendts Verschwinden. Sie sind doch gerne Detektivin. Jetzt ist die Gelegenheit, ganz offiziell der Polizei zu helfen und nicht heimlich im Alleingang.« Schumann entschärfte seine Worte mit einem charmanten Lächeln.

Anna versuchte, wütend zu sein, doch das misslang ihr gründlich.

»Okay«, sagte sie. »Ich fange gleich an. Aber erst habe ich noch etwas anderes zu tun. Es geht um ein meiner Meinung nach besonderes Bild. Und dann stehe ich Ihnen zur Verfügung.«

»Gut.« Schumann sah wieder auf seine Uhr. »Ich muss mich ohnehin beeilen. Wir haben nicht mehr viel Zeit, bevor es dunkel wird. Die Suchtrupps durchforsten noch mal den Wald.« In diesem Moment klingelte sein Handy.

Schon wieder, dachte Anna, das wird zum Running Gag.

Schumanns Miene wurde ernst, als er lauschte. Er sagte nicht viel, nur: »Ich bin gleich da.«

Die untergehende Sonne streifte die Baumwipfel im Park, als er die Terrasse verließ. Schließlich wandte er sich noch einmal kurz zu Anna um: »Das war Mertens. Offenbar ist ein Junge aus dem Dorf verschwunden.«

Der fremde Gast

Christian Borg, der einen der beiden Suchtrupps anführte, war erschöpft von der vergeblichen Suche nach dem Göttinger Doktoranden in sein Lokal zurückgekehrt. Als er den warmen, gedämpft erleuchteten Raum des »Höhlenmanns« betrat, fiel ihm ein Mann auf, den er bisher noch nie gesehen hatte. Obwohl nicht jeder Einwohner von Hammelshausen regelmäßig in seine Kneipe kam, kannte Christian die Einwohner des Ortes zumindest vom Sehen. Sonntags kamen viele in die Kirche, in die Christian einmal im Monat und zu Ostern und Heiligabend ging, und fast jeder Bewohner im Tal hatte bei ihm schon irgendein Familienfest gefeiert.

Vor dem Mann, der allein in der Ecke der Kneipe saß, stand ein großes Bier. Während Christian unterwegs gewesen war, hatte seine Frau Hilde den Laden geschmissen. Manchmal half Teresa aus, wenn sie nicht im Schloss von Astrid und Petra als dritte Kraft gebraucht wurde. Auch Paul, sein sechzehnjähriger Sohn, zapfte Bier, wenn am Wochenende die Stammgäste Fußball guckten.

Christian ging auf den Fremden zu und grüßte ihn höflich. »Kann ich Ihnen noch irgendetwas bringen?«

Der Fremde sah ihn kurz an und antwortete mit starkem englischen Akzent: »Nein danke.«

»Aha«, sagte Christian, »Engländer?«

»Schotte.«

Christian hatte noch nie einen leibhaftigen Schotten gesehen und stellte sich den seriös gekleideten Mann, der etwa Mitte sechzig sein mochte, unwillkürlich im Kilt vor. Den Schottenrock kannte er vor allem aus »Braveheart« mit Mel Gibson in der Rolle des furchtlosen William Wallace, der im Mittelalter die schottischen Clans gegen die Engländer führte und am Ende grausam gemeuchelt wurde.

»Und was bringt Sie hierher, wenn ich fragen darf?«

Der Schotte reichte Christian die Hand. »Ich heiße Ian Clark und möchte ein Zimmer für eine Nacht haben. Ich bin nur auf der Durchreise. Mein Auto steht hinterm Haus. Ist noch ein Zimmer frei? Sie sind doch hier der Boss?«

»Ja, ich bin Christian Borg. Mir gehört diese Kneipe und auch das kleine Hotel. Wir haben noch ein hübsches Zimmer mit Blick auf den Koboldhügel im hinteren Teil des Hauses.«

»Oh, very good. Kann ich es sehen?«

Ian Clark trank sein Glas mit einem kraftvollen Zug aus und stand auf. Christian Borg maß einen Meter neunzig, aber dieser Bursche überragte ihn noch um mindestens acht Zentimeter. Ein dünner Riese mit einer weißen Mähne und einer imposanten Nase in einem schmalen Gesicht mit auffallend buschigen weißen Augenbrauen über dunkelblauen Augen.

»Gern. Kommen Sie mit«, sagte Christian.

Clark nahm seine Reisetasche, die er unter dem Tisch abgestellt hatte, und folgte Christian durch das Lokal zu der Tür, die zu den Gästezimmern führte.

Als Christian die Tür mit der Nummer 6 aufschloss und den Schlüssel seinem neuen Gast in die Hand drückte, fragte dieser: »Was ist in dem Ort los? Ich habe Polizeiautos gesehen. Ist etwas passiert?«

»Ja, man hat einen Toten oben bei einer der Höhlen entdeckt, und ein Mann ist verschwunden. Er wird noch gesucht.«

In Ian Clarks Augen blitzte für den Bruchteil einer Sekunde etwas auf. Jedenfalls konnte sich Christian dieses Eindrucks nicht erwehren. Aber dann sagte der Schotte mit ruhiger Stimme: »Das ist aber schrecklich. Ich hoffe nicht, dass es Bekannte von Ihnen sind?«

Christian schüttelte den Kopf. »Nein, aber Gäste der Baronin von Rödelshausen. Ihrer Familie gehört Schloss Hammelsberg.« Er verspürte keine Lust, dem Fremden mehr zu verraten. Aber der schien sich ohnehin nicht weiter dafür zu interessieren.

Er warf einen Blick in das Zimmer mit den geblümten Vorhängen und dem breiten Bett, nickte zufrieden und sagte dann: »Ich mache noch einen kleinen Spaziergang, ehe es richtig dunkel wird. Kann ich bei Ihnen zu Abend essen?«

»Natürlich. Ich empfehle das Schnitzel mit Bratkartoffeln. Die Anmeldung können wir dann später machen. Hat alles seine Zeit.«

In der Kneipe trudelten die ersten müden Mitglieder der Suchmannschaft ein. Christian und Hilde hatten alle Hände voll zu tun, die Männer mit Getränken zu versorgen. Dabei vergaß Christian den Schotten völlig. Er merkte auch nicht, dass Clark irgendwann nach dem Essen verschwand. Jedenfalls hatte er den Teller geleert und ein zweites Glas getrunken. Christian glaubte, die Tür zum Hotel zuschlagen zu hören, achtete aber nicht weiter darauf. Jeder konnte kommen und gehen, wie er es wollte.

Gegen zwanzig Uhr tauchte Fritz Eversen auf. Christian merkte sofort, dass mit ihm etwas nicht stimmte.

»Was ist denn los, Fritz? Hat dein Junge wieder was angestellt?«

Fritz murmelte: »Ich brauche erst mal ein großes Bier.« Er schüttete es hinunter und sagte dann mit heiserer Stimme: »Klas ist weg!«

»Mit seinen Goblins losgezogen, oder was?« Christian nahm Fritz nicht ganz ernst. Mit Klas war immer etwas los. Der Junge ging einem ganz schön auf die Nerven.

»Nein, Christian, er ist weg! Seine Freunde haben keine Ahnung, wo er ist. Die haben wir alle schon gefragt.« Fritz wirkte ehrlich beunruhigt.

»Na, der wird schon wieder auftauchen.« Christian stellte ein Glas Schnaps neben Fritz' Bierglas. »Hier, trink das. Beruhigt die Nerven.«

Im Gastraum hatte sich rasch herumgesprochen, dass Klas verschwunden war. Aber darüber regte sich niemand auf. »Der kommt schon wieder«, lautete die allgemeine Meinung. Nach dem zweiten Glas Schnaps beruhigten sich auch die Nerven von Fritz Eversen wieder.

Gegen elf Uhr kam der Schotte zurück in die Wirtsstube. Christian hatte bereits aufgeräumt, die Tische abgewischt und die Stühle daraufgestellt. Montags gingen seine letzten Gäste oft schon lange vor Mitternacht nach Hause, und heute kam hinzu, dass fast alle Männer bei der vergeblichen Suchaktion dabei gewesen waren und nun keine große Lust mehr auf ein geselliges Beisammensein verspürt hatten. Der Schotte dagegen erweckte den Anschein, als könnte er ein Bier gebrauchen, das Christian ihm rasch zapfte und wortlos hinstellte. Er trank es in einem Zug aus.

Ian Clark sah aus, als sei er durch Wald und Feld marschiert. Seine Hosenbeine waren voller Spritzer, die Schuhe schmutzig. Er nickte Christian nur kurz zu und verschwand durch die Tür zum Hotel. Der Mann hatte sich wohl quer durchs Gebüsch und die Wäldchen rings um den Ort geschlagen. Christian wunderte sich über gar nichts mehr.

Puppentanz

Auf Richards Bett hockten die drei Puppendamen, die er Elfie, Evi und Erna getauft hatte. Er wollte die drei Grazien vor dem Abendessen noch rasch auf Herkunft und Alter untersuchen. Zwei von ihnen, Elfie und Evi, die eine siebzig Zentimeter, die andere sechzig Zentimeter groß, stammten, wie er an der Markierung »HCH H« feststellte, vom Thüringer Puppenmacher Heinrich Handwerck, der bis 1902 gelebt hatte. Demnach mussten die beiden noch im ausgehenden 19. Jahrhundert gefertigt worden sein. Die dritte Puppe, Erna, knapp fünfundvierzig Zentimeter groß, war jünger als ihre Halbschwestern und trug die Initialen »BSW« mit einem kleinen Herz. Auch sie war in Thüringen zur Welt gekommen, in der Werkstatt des Puppenherstellers Bruno Schmidt. Richard war zwar kein ausgewiesener Spezialist, doch als einer der fünf Experten, die bei »Gutes für Geld« auftraten, hatte er schon viele Puppen gesehen und bewertet. Er hatte Anna zwar erklärt, diese drei Mädels seien nicht viel wert. Doch dann erkannte er, dass sie wesentlich älter und raren waren, als er zunächst angenommen hatte. Er hatte das »HCH H« und die anderen Initialen zunächst nicht richtig wahrgenommen, aber dann war ihm eingefallen, dass er diese Zeichen kürzlich in einem Auktionskatalog bei der Beschreibung antiker Puppen gesehen hatte. Die Puppen waren sehr hochpreisig gehandelt worden. Also hatte er die drei Porzellangrazien wieder in seine Obhut genommen.

Er lächelte zufrieden. Jede dieser Puppen konnte er für mindestens drei- bis vierhundert Euro verkaufen, wenn nicht sogar für mehr. Aber zunächst sollten sie in seinem Schaufenster zwischen alten Möbeln, Stichen und Globen sitzen. Das würde die Neugierde von manchem potenziellen Käufer wecken.

Inmitten dieser Gedanken ertönte der Gong. Richard verspürte leichten Hunger und ging zum Abendessen, das dank

Astrids Kochkunst wieder einmal köstlich schmeckte. Er beteiligte sich zwar an der Konversation bei Tisch, die sich ausnahmsweise nicht um den toten Elster und den verschollenen Arendt drehte, sondern um Tagespolitik und um eine große Kunstauktion, die Caspar Hermanns mit den Werken niederländischer Maler plante. In Gedanken aber war er bei seinen drei Puppenmädchen. Nebenbei wehrte er Barbara von Rödelshausens Avancen ab und vermied es, mit der Baronin zu sprechen, die mit jeder Stunde, die Arendt verschwunden blieb, zerbrechlicher wirkte.

Den Kaffee im Salon nach dem Essen ließ er ausfallen und eilte stattdessen zurück in sein Zimmer, sehr zum Erstaunen von Anna. Doch er wich ihr aus gutem Grund aus. Er hatte der Baronin nicht, wie er Anna versichert hatte, von den Puppen erzählt. Als er Annas Blick auf sich ruhen sah, meldete sich sein schlechtes Gewissen. Insgesamt waren die Puppen gut und gerne mehr als tausend Euro wert. Er würde der Baronin die Hälfte anbieten, und vielleicht überließ sie ihm die drei Grazien aus Biskuitporzellan. Im besten Fall schenkte sie ihm die drei Mädels. Er würde sich dann auf andere Art revanchieren.

Richard murmelte eine Entschuldigung und ging in sein Zimmer. Er legte das Handy aufs Bett und wandte sich erneut den drei Puppen zu. Ihn störten die schmutzigen Halstücher. Als er Elfie das verdreckte Halstuch abnahm, um es zu säubern, verschlug es ihm den Atem: Unter dem Tuch trug die Puppe eine mehrfach um den Hals gewundene Kette mit schimmernden blauen Steinen.

Hastig nahm Richard auch Evi und Erna die Halstücher ab. Auch sie trugen Ketten, Evi eine mit grünen Steinen, Ernas Kette war mit dunkelroten Steinen besetzt. Wie wertvoll diese Ketten waren, vermochte er nicht zu sagen, aber sie sahen nicht nach billigem Tinnef aus. Richard hatte bei »Gutes für Geld« vor einigen Jahren mit einer älteren Dame zu tun gehabt, die ein kostbares, mit Diamanten besetztes Armband anbot, das sie einem alten Plüschlöwen als Halskette umgelegt hatte. Sie hatte den staunenden Experten erklärt, dass dies der ideale Schutz gegen Diebstahl sei. »Wer kommt schon auf die Idee, dass ein Plüschtier einen so kostbaren Schmuck trägt?«

Wahrscheinlich steckte hinter seiner Entdeckung ein ähnlicher Gedanke. Wer kommt schon auf die Idee, dass eine Puppe wertvollen Schmuck tragen könnte? Richard schauderte bei der Vorstellung, dass die Männer vom Entrümpelungsservice den alten Schrank samt Inhalt mitgenommen hätten und damit diese Schätze verloren gewesen wären. Er nahm ein Papiertaschentuch und wischte die Steine ab. Sie funkelten im Lampenlicht. Was sollte er jetzt tun? Seinen Fund der Baronin melden? Das wäre selbstverständlich das moralisch Richtige. Doch seine Spielernatur und seine Neugierde hielten ihn davon ab. Erst einmal brannte ihm die Frage auf den Nägeln, ob diese Ketten mit echten Steinen besetzt waren oder es sich um Halbedelsteine, im schlechtesten Fall um Glas, handelte. Mit Schmuck hatte er allerdings nie viel zu tun gehabt.

Sollte er Caspar Hermanns davon erzählen? Aber der war auf Kunst spezialisiert. Richard überlegte, ob er sich am nächsten Tag unauffällig von Hammelsberg nach Hameln begeben könne, um bei einem Juwelier vorbeizuschauen. Da er nicht den Suchtrupps angehörte, würde ihn vermutlich keiner vermissen. Und im Laufe des späten Vormittags wäre er dann sicher wieder im Schloss. Er band den Puppen die Halstücher wieder um.

Es war kurz vor Mitternacht, als Richards Handy klingelte. Verdutzt sah er auf das Display. Er hatte nicht damit gerechnet, dass ihn ausgerechnet dieser Mann anrufen würde. Sein Ärger wegen der späten Störung verflog rasch, als er hörte, was ihm der Mann am anderen Ende zu sagen hatte.

»Ich komme morgen«, sagte Richard nur kurz. Nach dem Anruf beschloss er einmal mehr, seine Pläne zu ändern und neue Prioritäten zu setzen. Er verstaute die Puppen im geräumigen Kleiderschrank. Elfie, Evi und Erna würden ihm im wahrsten Sinne des Wortes nicht davonlaufen.

Das Geheimnis der schönen Schottin

Als Caspar Hermanns am Dienstagmorgen erwachte, war er alles andere als vergnügt. Seine hochfahrenden Pläne für seinen Aufenthalt auf Schloss Hammelsberg schienen allesamt langsam, aber sicher wie ein Soufflé in sich zusammenzufallen. Mit Philip von Rödelshausen hatte er kaum in Ruhe sprechen können, da der tote Dieter Elster und dieser verschwundene Stefan Arendt praktisch keine normalen Gespräche zuließen und die Stimmung im Schloss beherrschten. Dabei blieb ihm nicht mehr viel Zeit. Seine Geschäftsführerin Sylvia Floskow hatte ihn gestern angerufen und gesagt, dass man dringend auf positive Ergebnisse seiner Verhandlungen mit Philip von Rödelshausen wegen des Ankaufs bestimmter Bilder warte, sonst käme er in arge Bredouille. Zu ärgerlich, dass er die beiden Hogarths, die er Philip verhältnismäßig günstig abgeluchst hatte, indem er ihm weisgemacht hatte, die Echtheit der Bilder müsste noch geklärt werden, nicht wie geplant zur Auktion hatte einreichen können. Es gab Zweifel wegen der Provenienz. Geradezu wütend war er auch, dass die Baronin Anna Bentorp mit ins Boot genommen hatte. Carola von Rödelshausen schien weder ihm noch anderen Experten über den Weg zu trauen. Also musste er weiterhin gute Miene zum bösen Spiel machen. Noch war nicht alles verloren.

Er trank hastig seinen Kaffee und trat mit einem falschen Lächeln in Anna Bentorps Arbeitszimmer. Sie hatte ihn um ein Gespräch gebeten. Lächelnd sah sie ihm entgegen und hielt sich nicht mit langen Vorreden auf.

»Sie haben vor zwei Tagen beim ersten Blick auf das Frauenbildnis sehr begeistert gewirkt.« Sie deutete auf das Bild, das vor ihr lag. »Deshalb meine direkte Frage: Könnte es ein echter Gainsborough sein? Meiner Meinung nach ist das sehr gut möglich.«

Hermanns zuckte mit den Achseln. Was soll's, dachte er. Er

hoffte beinahe, dass er sich geirrt hatte. Aber als er das kleine Bild mit dem wunderhübschen Frauenkopf in den Händen hielt, überlief ihn ein Schauer. Zwar trug das Bild, soweit er sehen konnte, keine Signatur, aber er ahnte, dass ihn sein erster Eindruck nicht getäuscht hatte. Selbst ohne Signatur erkannte er die Hand des Meisters.

»Woher stammt das Bild?«, fragte er, um Zeit zu schinden.

»Wahrscheinlich hat es einem Mann namens James MacNeill gehört, der 1746 mit seiner Frau nach der Schlacht von Culloden bei den von Rödelshausens Zuflucht gesucht hat. Seine Frau, Alexandra MacNeill, war mit Rudolf von Rödelshausen entfernt verwandt. Das ist offenbar ihr Porträt. Sie ist 1750 gestorben, ihr Mann verschwand wenige Monate später. Das Bild ist aber im Schloss geblieben und irgendwann aus welchen Gründen auch immer auf dem Dachboden gelandet«, erklärte Anna.

Hermanns hatte nicht die geringste Ahnung, was die Schlacht von Culloden war, aber er wusste, dass Thomas Gainsborough bereits um 1746 künstlerisch aktiv gewesen war. Ein Wunderkind sozusagen. Allerdings hatte er noch nie ein so früh datiertes Bild des Engländers gesehen. Er betrachtete es nachdenklich.

»Schade, dass es nicht signiert ist. Es könnte natürlich auch eine geniale Kopie sein«, gab er wider besseres Wissen zu bedenken.

Anna klemmte sich die Lupe vors Auge. »Ich weiß nicht«, sagte sie. »Aber schauen Sie mal, da hat jemand an dem Bild herumgemacht!«

»Wie ›herumgemacht‹?« Hermanns nahm die Lupe und sah sich das kleine Kunstwerk aufmerksam an. »Woran wollen Sie das erkennen?«, fragte er etwas indigniert, da er nichts entdecken konnte.

»Am Hals der Frau.« Anna deutete auf die Halskette mit den smaragdgrünen Steinen. »Die Kette sieht so aus, als wäre sie später aufgemalt worden und verberge etwas, was darunter ist.«

Hermanns starrte auf die Halskette. Da mochte Anna recht haben. Die Kette sah aus, als habe sie jemand ziemlich energisch auf das Bild gespachtelt. Irgendwie passte sie nicht zu dem übrigen Porträt mit seiner sehr zarten Pinselführung.

Anna nahm eine Pinzette vom Tisch und kratzte vorsichtig an der Halskette. Die Farbe löste sich ab. Darunter schimmerte es bläulich.

»Ach du lieber Himmel«, entfuhr es Hermanns. »Sie haben recht. Da hat jemand die ursprüngliche Kette übermalt. Das waren wohl eigentlich blaue Steine und keine grünen.«

»Seltsam. Warum sollte das jemand machen?« Anna sah ihn an.

»Ich schätze mal, dass dieser laienhafte Versuch, die ursprüngliche Kette zu übermalen, erst ein paar Jahrzehnte nach dem Entstehen des Bildes geschehen ist«, mutmaßte Hermanns.

Anna schabte weiter behutsam an der grünen Kette, deren Farbe fast spielend leicht abblätterte. Darunter tauchte ein Geschmeide mit mindestens dreißig blauen Steinen auf. Hermanns stieß einen gutturalen Schrei aus.

»Schauen Sie.« Er deutete auf ein winziges Schriftzeichen, das unter der grünen Farbe auftauchte. »Es ist doch signiert, wenn auch an einer sehr ungewöhnlichen Stelle! Und auch nur mit Th.G.«

Caspar Hermanns blickte Anna feierlich an und sagte mit ungewohnt ernster Stimme: »Liebe Frau Bentorp, da haben Sie wohl einen echten Gainsborough aus seiner ersten Schaffensperiode zwischen 1743 und 1746 entdeckt. Gratuliere! Das ist nicht nur eine Sensation für die Kunstwelt, sondern auch ein Geschenk für Philip von Rödelshausen. Das Bild ist Abertausende wert.«

Anna fühlte sich benommen, auch wenn sie nicht wirklich überrascht war. Ihre Ahnung hatte sie doch nicht getrogen.

»Das wäre tatsächlich eine Sensation, Herr Hermanns«, sagte sie schließlich. »Aber das Bild gehört nicht unbedingt der Familie von Rödelshausen. Es stammt aus dem Besitz von James MacNeill, der meines Wissens eine Tochter und einen

Sohn hinterlassen hat. Die Nachfahren dieser beiden sind die Erben und haben Anspruch auf dieses Bild.«

Caspar Hermanns winkte ab. »Ach, da werden Sie sicherlich nicht mehr fündig. Das Bild befindet sich seit fast zweihundertfünfzig Jahren in diesem Schloss. Es ist längst in den Besitz der von Rödelshausens übergegangen, zumal Alexandra MacNeill ja offenbar mit Rudolf verwandt war.«

»Wir sollten erst einmal versuchen, Nachfahren der MacNeills zu finden, ehe Sie diese Rarität einfach so in den Besitz der Rödelshausens verorten«, widersprach Anna.

Sie klemmte sich das Bild unter den Arm, ehe Hermanns etwas sagen konnte, und ging mit energischen Schritten in den Salon, wo die Baronin bei einer Tasse grünem Tee saß. Die anderen Gäste frühstückten noch, nur Richard war, wie die Baronin erwähnte, schon früh zu einem Spaziergang in den Ort aufgebrochen.

Anna hielt Carola von Rödelshausen das Bild hin. »Liebe Baronin, meine Arbeit hat sich allemal gelohnt«, sagte sie ohne Einleitung. »Unter den Bildern vom Dachboden befindet sich ein Gainsborough-Porträt von Alexandra MacNeill, die mit ihrem Mann vor ungefähr zweihundertfünfzig Jahren hier für einige Zeit gelebt hat. Gainsborough kann nicht älter als neunzehn Jahre gewesen sein, als er das Porträt gemalt hat. Es scheint echt zu sein.« Sie hielt inne, weil ihr vor Aufregung der Atem stockte.

Die Baronin starrte das kleine Bild fassungslos an. »Mein Gott!«, rief sie dann aus. »Dann stimmt es also, dass dieser James MacNeill, der mit der Cousine meines entfernten Vorfahren verheiratet war, einen Gainsborough besessen hat. Aber was haben Sie mit dem Bild gemacht? Haben Sie daran herumgekratzt?« Sie deutete auf den Hals der jungen Frau.

»Darunter befindet sich etwas, das jemand recht primitiv übermalt hat«, erklärte Anna. »Alexandra MacNeill trägt keine Kette mit grünen Steinen, sondern ein Saphirhalsband, das überpinselt worden ist, aus welchen Gründen auch immer.«

»Ein echter Gainsborough«, sagte die Baronin leise, auf deren Wangen sich hektische rote Flecken zeigten.

»Ja, aber das Bild gehört den Erben von James MacNeill«, sagte Anna und schämte sich gleich darauf wegen ihres schulmeisterlichen Tons.

»Ja, ja, es gab diese Tochter, die im Schloss aufgewachsen ist. Rudolf und seine Frau bekamen erst 1755 zu aller Überraschung noch einen Sohn, Wilbert. Man hatte allgemein angenommen, dass die beiden keine eigenen Kinder haben könnten. Aber dann, nach zwölf Jahren Ehe, kam der Junge zur Welt, und die kleine Elisabeth wurde, soweit ich das alten Urkunden entnehmen konnte, ein wenig hintangestellt. Sie sollte wohl ihren fünf Jahre jüngeren Vetter Wilbert heiraten, auch wegen gewisser Erbansprüche, die man damit bereinigen wollte, ist dann aber nach einem Aufenthalt in Hannover nicht mehr hierher zurückgekommen. Ihre Spuren verlieren sich um 1780.«

»Hatte sie keine Kinder?«

Die Baronin zuckte die Schultern. »Ich weiß es nicht. Es gab in der Bibliothek ein paar Bücher mit Stammbäumen, alle um 1820 entstanden. Die meisten reichen bis etwa 1680 zurück. Aber wie gesagt, sie ist eines Tages von hier fortgegangen und hat Wilbert kurz vor der geplanten Hochzeit verlassen. Das entscheidende Buch mit allen Familienverzweigungen der von Rödelshausens, in dem sicherlich auch Alexandra aufgeführt ist, ist nicht auffindbar. Also wissen wir nicht, was mit ihr geschehen ist. Max hat diesen Stammbaum überall gesucht. In der Bibliothek liegen trotz der Versuche von Max, Ordnung zu schaffen, wahre Schätze wie Kraut und Rüben herum.«

»Gibt es denn in Schottland noch Nachfahren der MacNeills, die man finden könnte?« Während Anna diese Frage stellte, fiel ihr der Absender des Buches an Stefan Arendt ein. Ian Clark. Er war Archivar, lebte in Edinburgh und hatte vielleicht Zugang zu Archiven mit Stammbäumen schottischer Familien. Sie könnte versuchen, ihn aufzutreiben.

Die Baronin nickte zustimmend. »Falls es noch Nachfahren in direkter Linie gibt, müsste man sie kontaktieren. Ich weiß nicht, weshalb das alles nicht längst geschehen ist und wir überhaupt keine Verbindung mehr zu den MacNeills haben. Immerhin ist Elisabeth MacNeill hier aufgewachsen. Aber es ist auch durchaus möglich, dass es keine Nachfahren mehr gibt. Familien sterben auch aus.« Wahrscheinlich dachte die Baronin in diesem Moment an ihre eigene Familie, deren direkte Linie nicht mehr existieren würde, hätte sie nicht ihren Vetter geheiratet.

Liebevoll sah die alte Dame das Bildnis der jungen Frau an. »Was für eine Schönheit! Was ist wohl aus ihrer Halskette geworden? Die sieht recht hübsch aus.« Sie lächelte verschmitzt. »Vielleicht finden Sie die auch auf dem Dachboden, liebe Anna. Das hier ist schon ein wunderbarer Anfang!«

Laut Claires Briefen musste es neben den zwei Bildern von William Hogarth, die Schumann erwähnt hatte, einen Ruisdael, einen Jan Steen und einen Jan van Goyen gegeben haben, die James MacNeill nach Hammelsberg gebracht hatte. Aber Anna kam mit ihrer Arbeit mühsam voran, weil immer etwas anderes dazwischengeriet. Als nächste größere Aufgabe hatte sie die Entzifferung der eng beschriebenen Seiten aus dem Einband von »Waverley« vor sich. First things first, dachte sie.

Sie brachte den kostbaren Gainsborough zurück in das kleine Zimmer und beschloss, sich noch einmal den Jungen vorzunehmen, dessen Bildnis sie an den »Jungen in Blau« desselben Malers erinnerte. Doppelbild? Zwei Gainsboroughs zum Preis von einem? Hatte der Künstler das Bild des Kindes neben seiner eigentlichen Arbeit, dem Bildnis von Alexandra MacNeill, eher als »Fingerübung« erstellt und deshalb nicht signiert? Anna studierte das weiche Kindergesicht. Es interessierte sie, was Caspar Hermanns zu diesem Bild zu sagen hatte. Nach seiner ersten Begeisterung über den Fund war er aber in der Bibliothek verschwunden, wo er sich mit Philip von Rödelshausen getroffen hatte.

Anna konnte durch die geschlossene Tür die lebhaften Stimmen der beiden vernehmen. Es hörte sich nach einer Auseinandersetzung an. Da wollte sie auf keinen Fall hineingeraten. Also untersuchte sie das Bild erst einmal allein.

Es hatte im Stil und in der Ausführung starke Ähnlichkeiten mit dem Frauenporträt. Wie ärgerlich, dass es offenbar keine Signatur gab. Doch dann stutzte sie. Kaum sichtbar für das ungeübte Auge, erkannte sie mit Hilfe ihrer Lupe in der linken unteren Ecke ein hauchdünnes T und ein zartes G. Ihr Herz begann zu rasen. Doppelbild! Also tatsächlich zwei kleine Gainsboroughs, die der Künstler 1746 mit gerade einmal neunzehn Jahren im Auftrag von James MacNeill gemalt hatte. Mutter und Sohn. Bei James MacNeills Verschwinden waren diese beiden Bilder trotz seiner Absicht, sich nie von ihnen zu trennen, aus irgendeinem Grund zurückgeblieben. Die Baronin würde ihr Glück kaum fassen können, dass zwei Werke des großen Engländers in Hammelsberg die Jahrhunderte überdauert hatten.

Aber Annas Neugier war noch nicht befriedigt. Sie würde noch einmal auf den Dachboden hinaufsteigen und sich umsehen und mit der kleinen Tür in der Wand beginnen.

Sie hätte gern Hans Schumann von der Entdeckung der beiden Gainsboroughs berichtet. Er war aber wieder mit dem Suchtrupp unterwegs, und das konnte noch geraume Zeit dauern. Heute stand die Koboldhöhle an. Der aus Hannover angereiste Kletterexperte hatte keine angenehme Aufgabe vor sich. Und dann wurde auch noch dieser Junge aus dem Dorf vermisst. Die Suche nach dem Siebzehnjährigen lief.

Anna fühlte sich benommen. Sie beschloss, ein wenig Luft zu schnappen und ihrem Kopf eine kleine Pause zu gönnen.

Die anderen Gäste hatten sich im Garten verteilt, nur Terhorst und Fritzen waren wieder mit zu den Höhlen aufgestiegen. Der alte Historiker Gregor Markland saß zusammen mit Harald Frostauer auf der Terrasse. Sie winkten Anna freundlich, wandten sich aber gleich wieder ihrem Gespräch zu, in dem es, wie Anna beim Vorübergehen mitbekam, um Eiszeitsiedlungen im Ith ging.

Sie hatte Frostauer in den beiden vergangenen Tagen kaum zu Gesicht bekommen. Er war ständig mit Markland zusammen, und sein Interesse an Anna und ihrer Arbeit hier schien etwas abgekühlt zu sein. Ihr konnte das nur recht sein. Wenn sie ihn in die Entdeckung der beiden Gainsboroughs einweihen würde, wäre er sicherlich gleich Feuer und Flamme. Das 18. Jahrhundert war sein Fachgebiet, und alles, was mit der Zeit der Personalunion zwischen dem Kurfürstentum Hannover und England zusammenhing, interessierte ihn. Aber Anna hielt sich zurück.

Als sie über den Rasen schlenderte, sah sie Constantin von Lengsfeld mit gesenktem Kopf auf sie zukommen. Sie hatte sich seit Freitagabend kaum mehr mit ihm unterhalten. Ihr war aufgefallen, dass der junge Mann niedergeschlagen wirkte. Angesichts der Tatsache, dass er Stefan Arendt gut kannte, verwunderte sie das nicht.

Als er sie sah, lächelte er zaghaft und trat auf sie zu.

»Könnte ich Sie kurz sprechen?«, fragte er mit matter Stimme, die so gar nicht zu seiner früheren Lebhaftigkeit passen wollte.

»Aber gerne«, antwortete Anna. Sie setzten sich auf eine der Bänke unter einer Buche.

Constantin räusperte sich. »Es geht um Stefan Arendt. Eigentlich sollte ich das wohl dem Kommissar erzählen, aber ich scheue mich davor, weil ich nicht schlecht über Stefan reden möchte. Wir waren ja mal befreundet. Aber je länger er verschwunden bleibt, desto mehr glaube ich, dass ihm etwas Schlimmes passiert ist.« Er scharrte mit dem linken Fuß im Gras und knetete die Hände, um seine Nervosität zu verbergen. »Ich finde Sie nett, Anna, und deshalb wollte ich mit Ihnen sprechen und hören, was Sie mir raten.« Constantin kaute nervös an seiner Unterlippe. Ein Bild des Elends.

Anna verspürte Mitleid mit dem offensichtlich verstörten Jungen und sagte ermutigend: »Sie sagen, Sie *waren* befreundet? Ich dachte, Sie wären auch jetzt noch beste Freunde. Was liegt Ihnen auf dem Herzen?«

Constantin sah hinüber zur Schlossterrasse, wo Astrid gerade mit einem Tablett erschien. Er lächelte plötzlich. »Die gute Astrid. Ich kann verstehen, weshalb mein Onkel sie mag. Seine erste Frau Angela war ihr ähnlich, aber sie ist leider vor acht Jahren bei einem Lawinenunglück in den Dolomiten ums Leben gekommen. Sie hat eine Wandertour gemacht. Mein Onkel war nicht dabei. Er mag Schnee nicht besonders.«

»Dann ist Barbara also seine zweite Frau?« Anna fragte sich, weshalb Philip sie wohl geheiratet hatte.

»Ja, seit fünf Jahren, und niemand mag sie. Da bin ich ganz ehrlich. Vor allem meine Großmutter kann sie nicht besonders leiden. Am Anfang war Barbara wohl noch ganz amüsant und ist sehr auf ihn eingegangen, was ihm gutgetan hat. Aber nach und nach hat sie ihm das Leben mit ihren ewigen Ansprüchen und dem Genörgel schwerer gemacht. Sie scheint immer unzufrieden zu sein. Aber warum sie sich in letzter Zeit nach den beiden ersten ganz friedlichen Jahren so verändert hat, weiß ich nicht. Tja, Sie haben erlebt, wie sie auftritt.«

Also empfand nicht nur Anna die zweite Frau Philips als Nervensäge. Sie glaubte kaum, dass sich Barbara grundlegend verändert hatte, nur hatte sie sich offensichtlich längere Zeit besser im Zaum gehalten. Anna hatte keine Lust, auf die Eheprobleme der von Rödelshausens einzugehen, und fragte: »Was wollten Sie mir denn anvertrauen?«

Constantin zog die Schultern hoch und sah dadurch wie ein verschüchtertes Kind aus.

»Also«, begann er. »Also, es ist so. Ich habe ja Stefan diesen Vortragsabend bei uns im Schloss vermittelt. Ich kenne ihn seit unseren gemeinsamen zwei Semestern in Heidelberg. Er ist dann nach Göttingen gegangen, ich habe nach Bonn gewechselt. Er hat mich vor ein paar Wochen kontaktiert und mit ziemlichem Nachdruck gebeten, ihn zu uns aufs Schloss einzuladen. Wie Sie ja aus der Einladung wissen, hatte er ein paar neue Thesen über Scotts ersten Roman.«

»Ja, so wurde sein Vortrag angekündigt. Und was ist daran nicht in Ordnung?«

Constantin zögerte. »Na ja, ich war eigentlich nie wirklich eng mit ihm befreundet, auch wenn ich seine Arbeit bewundere. Er ist ehrgeizig und ziemlich kaltschnäuzig, aber das fand ich mal cool. Ich wollte ihn abwimmeln und habe ihm gesagt, dass ich meine Großmutter nicht so überrollen kann. Aber dann hat er …« Constantin hielt inne und blickte Anna mit sorgenvollem Ausdruck in seinen blauen Augen an. »Er hat mir gedroht.«

»Wie bitte?« Anna sah ihn überrascht an. »Wie das denn?«

Constantin blickte verlegen zu Boden. »Sehen Sie, ich war nicht so gut in meinem Studium wie er. Und Stefan hat öfter mal Kommilitonen unterstützt mit dem, wie ich dachte, großzügigen Angebot, Prüfungsunterlagen zu beschaffen oder bei Seminararbeiten sein Wissen zur Verfügung zu stellen. Er hat mir da auch zweimal sehr geholfen. Deshalb wollte er jetzt sozusagen eine Gegenleistung einfordern. Stefan ist ein ziemlich cleverer Typ, hat sich aber eine Menge Feinde gemacht, denn er hat wohl nicht nur mich erpresst. Von mir wollte er also, dass ich ihm die Gelegenheit zu diesem Vortrag verschaffe. Meine Großmutter fand die Idee toll, aber ich hatte schon die ganze Zeit so ein dummes Gefühl, als ob Stefan irgendetwas ausheckt.«

Constantin zog nervös an seinen Fingern. »Jetzt, wo er verschwunden ist, mache ich mir Gedanken, ob er vielleicht jemanden so sehr gereizt oder auch erpresst haben könnte, dass dieser Jemand ihn loswerden wollte.« Er holte tief Luft. »Das sind natürlich nur Befürchtungen von mir, reine Spekulationen.«

»Sie meinen, dass er jemanden erpresst haben könnte, der hier im Schloss zu Gast ist und der ihn zur Rede gestellt und ihn eventuell getötet hat? Das klingt aber sehr weit hergeholt, fast ein bisschen wie aus einem dieser Fernsehkrimis.« Anna lachte, doch Constantin blieb ernst.

»Ich weiß, ich kann mich auch total irren. Aber die Art und

Weise, wie er über seinen Vortrag gesprochen hat, der ein ganz neues Licht vor allem auf unsere Familie werfen könnte, war schon eigenartig und klang irgendwie bedrohlich.«

»Dann sollten Sie tatsächlich so schnell wie möglich Kommissar Schumann darüber informieren. Wenn Sie recht haben, könnte Stefan Arendt Opfer eines Mordversuchs oder gar Mordes geworden sein.«

Anna fror plötzlich. Die schattigen Bäume im Park schienen auf einmal die Wärme des Septembertages aufzusaugen.

Constantin stand auf. »Ja, ich hätte das Herrn Schumann längst sagen sollen. Stefan Arendt war kein Unschuldslamm, aber ich hatte Angst vor ihm. Er hatte mich in der Hand wegen meiner getürkten Prüfungen. Wenn meine Eltern das erfahren, wäre das sehr peinlich. Inzwischen komme ich sehr gut alleine zurecht und brauche keinen Stefan Arendt mehr.« Er lächelte sie an. »Danke, dass Sie mir zugehört haben.«

Nachdenklich blickte Anna dem jungen Mann nach, der mit großen Schritten auf das Schloss zuging. Stefan Arendt, ein Erpresser? Was hatte er über die Familie von Rödelshausen herausgefunden und eventuell über andere Ereignisse in diesem schattigen Tal des Ith, das ihn für eine oder für mehrere Personen zur Bedrohung hatte werden lassen?

Auf einmal hatte sie nur noch den Wunsch, Schloss und Park hinter sich zu lassen. Sie beschloss, einen Spaziergang ins Dorf zu unternehmen. Als sie aufbrach, trabte Cú, die treue Hundeseele, herbei und trottete neben ihr her. Alisha lag unter einem Rosenbusch, hob nur kurz den Kopf, brummte und schlief weiter. Ihr Hundeleben bestand aufgrund ihres fortgeschrittenen Alters nur noch aus Dösen, Fressen und Schmusen.

Der Weg nach Hammelshausen führte an einem kleinen Bach vorbei, der sich durch eine Wiese schlängelte und im Sonnenschein silbern glänzte. Von Weitem sah Anna die Kirchturmspitze von St. Christophorus mit dem vergoldeten Hahn. Wie aus heiterem Himmel überkam sie plötzlich ein Niesreiz, wobei sie eigentlich nicht zu Allergien neigte.

Genervt fischte sie ein Taschentuch aus ihrer Hosentasche und zog dabei die verkohlten Papierfetzen, die sie aus dem Kamin geholt hatte, mit heraus. Sie hatte sie völlig vergessen. Soweit sie erkennen konnte, standen ein paar Zahlen darauf. Aber letztlich waren es nur angekokelte Schnipsel, die sich gewiss nicht mehr wie ein Puzzle zusammenfügen ließen. Einen Augenblick sah Anna auf die wenigen Nummern, die sie entziffern konnte, doch sie ergaben keinen Sinn. Aber wegwerfen wollte sie diese Papierfetzen nicht, und so versenkte sie diese wieder in ihrer Hosentasche.

Der Fußmarsch vom Schloss in den Ort dauerte knapp vierzig Minuten. An diesem Dienstagmorgen rührte sich nicht viel in Hammelshausen. Ein paar Frauen kamen aus einem kleinen Lebensmittelgeschäft, über dem ein Schild mit der Aufschrift »Feinkost Eversen« hing, vor dem »Höhlenmann« parkten der Wagen von Schumann und drei weitere Autos, darunter ein Mietwagen aus München, und vor der Kirche rauften zwei Hunde, die Cú, der immer noch getreulich bei Fuß ging, mit einem verächtlichen Blick streifte. Rechter Hand der Kirche befand sich in der Mühlengasse das kleine Museum. Die Tür war aber noch verschlossen. Auf einem Blechschild am Eingang stand: »Geöffnet zwischen elf Uhr und sechzehn Uhr oder nach Vereinbarung«.

Viel mehr bot der Ort nicht. Hinter der Kirche, dem Zentrum von Hammelshausen, stand ein Kiosk, bei dem Anna sich eine Flasche Mineralwasser und eine Zeitung besorgte. Seltsamerweise hatte sie im Schloss bisher keine Tageszeitung gesehen, und der große Fernseher im Salon wurde selten genutzt. Philip hatte Sonntagabend spät zusammen mit Frostauer eine Sportsendung angeschaut. Für die Tagesnachrichten schien sich niemand zu interessieren.

Schnell überflog sie die Schlagzeilen. Weltpolitik und wie immer nichts Erfreuliches. Auf der Seite mit der Überschrift »Aus Stadt und Land« entdeckte sie einen kleinen Bericht über die bislang vergeblich verlaufene Suchaktion nach »Stefan A., dreißig, Doktorand aus Göttingen«. Schumann wurde mit dem Satz zitiert: »Wir sind zuversichtlich, dass wir bald eine Spur des jungen Mannes haben und ihn wohlbehalten finden werden.«

Anna schüttelte den Kopf. Daran glaubte sie nicht, und sie ahnte, dass auch Schumann diese Hoffnung inzwischen aufgegeben hatte. Obwohl sie nach dem Gespräch mit Constantin kein positives Bild von Arendt hatte, tat er ihr leid. Was immer mit ihm passiert war, es schien ungeheuerlich zu sein und niemandem zu wünschen.

Als Anna in Richtung Friedhof weiterging, drehte Cú sich um und lief zurück in Richtung Hammelsberg. Er hatte offenbar genug von dem Spaziergang und sicherlich Hunger. Sie sah dem großen grauen Hund nach, überlegte, ob sie ihm folgen sollte, ging aber dann weiter.

Der alte Friedhof von Hammelshausen lag kurz hinter dem Dorf. Anna sah ihn schon von Weitem. Die Kuppel der Familiengruft der Familie von Rödelshausen ragte zwischen den Erlen und Buchen auf, die das Areal säumten. Anna wollte daran vorbeigehen, als sie Richard durch das schmiedeeiserne Tor des Friedhofs auf die Straße treten sah. Er hatte sie nicht bemerkt, sondern starrte gedankenverloren zurück auf die Gräber. Dann wandte er sich mit einem Ruck um und wäre fast in sie hineingelaufen.

»Was treibst du denn hier?«, fragte er erschrocken.

»Na, dasselbe kann ich dich wohl fragen«, antwortete Anna etwas pikiert. »Seit wann interessierst du dich denn für Friedhöfe?«

»Schon immer.« Richard versuchte, nonchalant zu wirken. Das misslang ihm gründlich.

»Du hast wohl ein Gespenst zwischen den Gräbern gesehen«, sagte Anna.

Richard fuhr sich mit der Hand durch sein Haar. »Ich habe mir die Grabstätten angeschaut. Da ist kein einziger alter Grabstein der von Rödelshausens zu finden. Nur ein paar aus dem 20. Jahrhundert.«

»Wie ich gehört habe, sollen ja auch alle Ahnen in diesem

Mausoleum oder besser in dieser Gruft liegen. Zumindest diejenigen, die schon vor längerer Zeit verstorben sind.« Anna zeigte hinüber zu der Kuppel. »Ein seltsames Gebäude. Warst du drinnen?«

»Nein«, erwiderte er fast ein wenig zu rasch. Sie sah ihn skeptisch an.

»Wollen wir zusammen hingehen? Vielleicht ist die Gruft nicht verschlossen. Es wäre doch interessant zu sehen, wer da alles bestattet wurde.«

Anna dachte vor allem an Alexandra MacNeill und fragte sich, ob die junge Schottin dort auch ein Grab bekommen hatte.

Richard winkte ab. »Kein Interesse an Särgen. Das erinnert mich zu sehr an die Kirche in Bresterholz im vergangenen Jahr mit ihrer Krypta und den beiden Sarkophagen.«

Anna durchlief es eiskalt. Keine schöne Erinnerung.

Sie verspürte plötzlich selbst keine Lust mehr auf morbide Steinsärge. »Okay, dann lass uns zusammen zum Schloss zurückgehen. Ich würde gerne einen Kaffee trinken. Du auch?«

Richard nickte geistesabwesend. Irgendetwas schien ihn zu beschäftigen. Doch offenbar wollte er das nicht mit ihr teilen. Fast den ganzen Weg vom Friedhof durch den Ort schwieg er. Plötzlich blieb er stehen.

»Anna, tut mir leid. Ich habe ganz vergessen, dass ich noch jemanden treffen wollte. Ich muss noch mal zurück.«

»Wohin denn? Und wen willst du treffen?«

»Einen alten Bekannten auf der Durchreise. Wir waren verabredet, aber er ist nicht aufgetaucht. Ich glaube, dass er im ›Höhlenmann‹ übernachtet hat. Ich gehe dort schnell vorbei und schaue, wo er abgeblieben ist.«

Ehe Anna antworten konnte, eilte Richard den Weg zurück, den sie gerade gemeinsam gekommen waren.

Anna sah ihm nach. Sie war sich sicher, dass Richard mal wieder etwas ausheckte, und das behagte ihr gar nicht. Warum konnte er seine Finger nicht von dubiosen Angeboten lassen? Auch die Geschichte mit den Puppen kam ihr seltsam vor, und als sie ihn gestern beiläufig gefragt hatte, ob er zufällig in ihrem Arbeitszimmer eine eingerollte Karte gesehen habe, hatte er sie mit einem merkwürdigen Blick bedacht. Vielleicht hatte er die Karte an sich genommen? Zuzutrauen war es ihm.

Ihr wuchs allmählich alles über den Kopf: der Tote in der Höhle, der verschwundene Stefan Arendt, der offensichtlich Dreck am Stecken hatte, die entwendete Karte, die Gainsboroughs. Auch das Geheimnis um James MacNeill und dazu noch die Atmosphäre im Schloss erfüllten sie mit wachsender Unruhe. Richard hatte ihr en passant von Mauscheleien um das Schloss erzählt. Er hatte gehört, Philip plane das Schloss im Fall eines Falles an eine Hotelkette zu verpachten, die sich auf Golfhotels spezialisiert hatte. Anna hoffte, dass die Baronin davon noch nichts gehört hatte. Aber wenn dem so war, dann wunderte es sie nicht, wenn Caspar Hermanns noch das eine oder andere lukrative Geschäft abschließen wollte, ehe Philip Hammelsberg aufgab. Wenn sie nur möglichst rasch ihren Auftrag erledigen und abreisen könnte!

Gestern hatte sie noch mit ihrer Mutter in Köln telefoniert, die sie gebeten hatte, bald vorbeizukommen. »Tante Amelie würde dich gerne sehen. Du solltest deinen Besuch nicht mehr allzu lange aufschieben. Es geht ihr zwar nicht wirklich schlecht, aber auch nicht besonders gut.«

Anna hatte versprochen, am Wochenende nach Köln zu fahren. Auf die Frage ihrer Mutter, wie es ihr im Schloss erginge, hatte sie nur knapp geantwortet, dass sie eine erstaunliche Entdeckung gemacht habe, aber leider ein paar unliebsame Ereignisse ihren Aufenthalt überschatteten.

»Nicht schon wieder«, hatte der Kommentar ihrer Mutter gelautet, die dann aber rasch ablenkte und nach Annas Verhältnis zur Baronin fragte.

Anna mochte die Baronin trotz ihres herben Auftretens und bewunderte ihre Disziplin, aber wirklich warm werden konnte sie mit niemandem im Schloss. Am liebsten unterhielt sie sich mit Max Greve, der viel über die Vergangenheit von Hammelsberg zu wissen schien. Sie erzählte ihrer Mutter, dass alles gut sei und sie Frostauer, Richard und den Kommissar wiedergetroffen habe.

»Ich habe in der Zeitung gelesen, dass man einen bekannten Höhlenforscher tot bei den Höhlen entdeckt hat. Also kann nicht alles so gut sein, wie du behauptest. Und der gute Kommissar Schumann wird ja nicht als Tourist im Ith sein. Also pass auf dich auf und halte dich von den Höhlen fern«, riet ihre Mutter ihr, ehe sie das Telefonat beendete.

Man konnte ihr nichts vormachen, wie Anna einmal mehr feststellte. Gerne hätte sie ihre Mutter noch gefragt, ob sie wusste, weshalb sich die einst so innige Freundschaft zwischen der Baronin und ihrer Patentante in eine eher flüchtige Beziehung verwandelt hatte. Doch das musste bis zum nächsten Telefonat warten, da ihre Mutter offensichtlich wenig Lust auf eine längere Plauderei verspürte.

Der Weg zurück zum Schloss erschien ihr länger als der Hinweg nach Hammelshausen. Auf dem Hügel in der Ferne glaubte sie, Schumann und seine Suchtruppe zu erkennen. Am liebsten wäre sie trotz der Warnung ihrer ständig besorgten Mutter hinauf zu den Höhlen gegangen. Es reizte sie, einen Blick in diese sagenumwobenen Grotten zu werfen, aber sie wollte Schumann und seine Helfer nicht stören.

Als sie die Allee erreichte, die zum Schloss führte, blieb sie stehen. Eigentlich hatte sie ja den Friedhof anschauen und in der Gruft nach Hinweisen auf Alexandra MacNeill suchen wollen, bevor sie sich von Richard ablenken ließ. Nun hielt sie eigentlich nichts mehr ab, ihren ursprünglichen Plan doch noch durchzuführen. Sie hatte Zeit und Richard offensichtlich Besseres zu tun. Also marschierte sie den ganzen Weg wieder zurück.

Sie ging wieder am »Höhlenmann« vorbei und bemerkte, dass der Mietwagen aus München nicht mehr dort stand. Wahrscheinlich ein Hotelgast auf der Durchreise wie Richards Bekannter, den er angeblich treffen wollte. Es kamen gar nicht so selten Fremde in diese Gegend, hatte Max ihr erzählt, weil sich die Region bestens für Wandertouren eignete, und eine

Übernachtung im »Höhlenmann« kostete nicht viel. Fast wäre sie in die Wirtsstube hineingegangen, aber falls Richard dort tatsächlich mit jemandem saß, männlich oder weiblich, wäre sie sich blöd vorgekommen. Also ging sie weiter.

Das Tor zum Friedhof stand offen. Zwischen den Gräbern entdeckte sie einen alten Mann, der Unkraut jätete und Blumen wässerte. Sie ging auf ihn zu und grüßte ihn freundlich. Ihre Frage, ob sie sich die Gruft anschauen dürfe, schien ihn zu freuen.

»Aber gerne! Ich muss da heute sowieso nach dem Rechten sehen. Ich heiße übrigens Eckart Meerkatz, aber alle nennen mich Ecki.« Er grinste. »Und einige dieser unverschämten Jugendlichen nennen mich Grufti-Ecki. Die denken, dass ich das nicht weiß. Aber ich höre viel und sehe viel.«

Anna mochte den kauzigen Alten auf Anhieb. Er humpelte ihr voraus zur Familiengruft der von Rödelshausens.

»Seltsam«, sagte er, als sie an dem grauen Gebäude ankamen. »Die Tür ist nur angelehnt. Ich wette, dass das mal wieder Klas Eversen mit seinen Goblins war. Die haben sich hier früher öfter mal getroffen und meinen, ich hätte keine Ahnung. Aber sie haben nix zerstört, deshalb habe ich nichts gesagt. Sonst kommt eigentlich niemand hierher. Philip von Rödelshausen und auch seine Mutter überlassen mir die Pflege dieser Gruft und werden eines Tages auf dem Friedhof beerdigt werden und nicht in dieser dunklen Kammer, wo schon lange kein Familienmitglied mehr bestattet worden ist. Auch Angela von Rödelshausen nicht, die erste Frau von Philip.«

Die Tür quietschte laut, als Ecki sie aufstieß. Anna spähte hinein. Ein unangenehmer Geruch schlug ihr entgegen. Ein Geruch, der unerfreuliche Erinnerungen in ihr weckte. Aber sie war neugierig und betrat den dämmrigen Raum.

»Wissen Sie, ob eine Alexandra MacNeill hier begraben liegt?«, fragte sie.

Ecki schüttelte den Kopf. »Soviel ich weiß, gibt es weder in der Gruft noch auf dem Friedhof eine Grabplatte mit diesem Namen.« Er kratzte sich hinterm Ohr und blinzelte. »Kommen Sie ruhig herein und sehen Sie sich um. Ich werde solange die Spinnweben und den Staub wegputzen. Sie können auch in den unteren Teil hinuntersteigen. Das ist die eigentliche Familiengruft. Da gehe ich nur selten hinunter.«

Ecki kramte eine Taschenlampe aus seiner Jackentasche. »Hier, nehmen Sie und passen Sie bitte auf. Die Treppe ist steil und rutschig.«

Anna nahm die Taschenlampe dankend an und stieg vorsichtig die Treppe hinunter. Mit Hilfe des starken Lichtstrahls entdeckte sie an den Wänden zahlreiche Grabplatten; auf dem Grund der Gruft standen die steinernen Särge. Sie vermied es tunlichst, einen intensiven Blick darauf zu werfen. Sarkophage waren seit bestimmten Erlebnissen in der unmittelbaren Vergangenheit nicht mehr ihr Ding.

Das Licht der Taschenlampe huschte über die Grabplatten, auf denen immer wieder der Name von Rödelshausen stand, nirgends aber der Name MacNeill. An einer Stelle der Wand sah Anna einen grob in die Mauer eingefügten Stein, auf dem kein Name stand.

Als sie näher trat, schien es ihr, als habe jemand versucht, Zahlen und Buchstaben aus der Platte zu tilgen. Mit Mühe konnte sie noch die Zahl 50 erkennen. War das Alexandra MacNeills Grab? Hatte niemand vor ihr diese Grabplatte mit der fast völlig zerstörten Inschrift entdeckt? Das konnte sie nicht glauben.

Interessant war, dass vor langer Zeit offenbar jemand versucht hatte, die Inschrift aus dem Stein in der Wand zu entfernen. Sie würde darüber gerne mit der Baronin sprechen und mit Harald Frostauer, der sich mit Land und Leuten in dieser geschichtlichen Epoche beschäftigte.

Der Lichtstrahl begann zu schwächeln. Anna hatte genug gesehen. Es war auch höchste Zeit, den Heimweg anzutreten.

Als sie quer durch die Gruft ging, sah sie aus dem Augenwinkel etwas zwischen den beiden Sarkophagen liegen. Sie trat näher heran. Eine Plastiktüte. Wahrscheinlich ein Überbleibsel der Goblins, das Ecki Meerkatz übersehen hatte. Der alte

Mann würde garantiert keine Plastiktüte herumliegen lassen. Sie hob die Tüte auf und sah hinein. Zu ihrer Überraschung befand sich ein Buch darin. Sie trug die Tüte in den oberen Teil der Grabstätte und zeigte sie Ecki, der noch damit beschäftigt war, Spinnweben aus den Fensterecken zu entfernen.

»Nein, die stammt nicht von mir«, sagte er. »Wahrscheinlich gehört sie Klas Eversen. Der nutzt die Gruft als Versteck für irgendwelche albernen Sachen und lässt schon mal was hier liegen.« Ecki kicherte. »Er meint, ich wüsste nix von seinen Schatzverstecken. Kürzlich hab ich ein ganzes Bündel mit alten Pornoheften in einer Nische entdeckt. Aber ich kümmere mich nicht weiter um das Zeugs und lasse es liegen. Die Tüte aber habe ich noch nie gesehen.«

Anna verabschiedete sich von dem freundlichen Mann und machte sich auf den Weg zurück zum Schloss. Dicke Gewitterwolken schoben sich vor die Sonne, der Wind hatte aufgefrischt. Anna beeilte sich. Als sie sich dem Schloss näherte, trafen sie die ersten Regentropfen wie Platzpatronen. Der Park lag menschenleer vor ihr, die Tische und Stühle auf der Terrasse waren zusammengeklappt worden.

Aus dem Salon drang Gemurmel. Sie legte ihren Mantel ab und brachte das Buch in ihr Arbeitszimmer, ehe sie in den Salon trat. Dort saßen alle Gäste der Baronin um Kommissar Schumann versammelt, auch Richard war dabei. Anna setzte sich auf den einzigen freien Stuhl im Raum neben Harald Frostauer.

Schumann warf ihr einen kurzen Blick zu und fuhr dann in seiner Schilderung der Situation fort. »Unser Kletterexperte ist bis auf den Grund der Koboldhöhle hinabgestiegen. Da unten lagen nur eine Menge Tierkot, ein Häuflein mit Tierknochen und seltsamerweise Zigarettenkippen, leider aber gab es keine Spur von Arendt und auch keine Spur von Klas Eversen. Zu Michael Terhorsts Enttäuschung auch keinerlei Relikte alter menschlicher Kultur.« Dankend nahm er ein Glas Wasser, das Astrid ihm reichte.

Nach der Bemerkung von Constantin im Garten über

seinen Onkel und dessen zweite Frau betrachtete Anna die gute Seele des Schlosses etwas näher. Astrid war Ende vierzig, eine robuste Frau mit auffallend hübschen grauen Augen und einer dunkelbrauen Lockenmähne, in der sich die ersten grauen Strähnen zeigten. Sie musste den Vergleich mit Barbara Rödelshausen nicht scheuen, die in einem hellgrünen Sommerkleid mit passender Jacke und einer doppelreihigen Perlenkette stocksteif neben Philip saß und gelangweilt auf ihre dunkelrosa lackierten Fingernägel starrte. Zwischen den beiden Frauen lagen Welten, wobei Astrid im Vergleich mit der aufgeplusterten Barbara weitaus besser abschnitt.

»Die wahrscheinlichste Theorie ist immer noch«, berichtete Schumann weiter, »dass Arendt am Freitagnachmittag tatsächlich eine Wanderung zu den Höhlen machen wollte. Da er erst für Samstag im Schloss angemeldet war, hat er sich wohl Zeit für die Gegend genommen. Seitdem er mittags in Göttingen abgefahren ist, hat ihn niemand mehr gesehen. Leider gibt es auch keine Spur von Klas Eversen, dem siebzehnjährigen Sohn des Ehepaares Fritz und Else Eversen.«

Richard hatte bisher mit teilnahmsloser Miene zugehört. Nun aber rutschte er wie ein Schulkind hin und her, das sich am Unterricht beteiligen möchte. Es fehlte nur noch, dachte Anna, dass er den Finger hob und »Herr Lehrer, Herr Lehrer!« rief.

Schumann bemerkte Richards Unruhe. »Herr Bernhard, Sie möchten etwas beitragen?«

Richard sah alle Blicke auf sich gerichtet. Er erhob sich und sagte mit lauter, aber etwas zittriger Stimme: »Ich habe mir vorhin die Familiengruft der von Rödelshausens angeschaut, und da habe ich dies unter einer Mauernische entdeckt.«

Aha, dachte Anna, weniger verärgert als amüsiert, erwischt! Dann hatte er doch die Gruft besucht. Der alte Halunke!

Richard hielt ein Kästchen hoch, und als er es etwas ungeschickt öffnete, segelten mehrere Fünfzig-Euro-Scheine auf den Boden. Auch ein paar Visitenkarten fielen heraus, Annas scharfe Augen konnten sie entziffern: »Dieter Elster, M. A.,

Höhlenforscher und Expeditionsleiter«, stand darauf, dazu die Adresse Elsters in Berlin, seine Handynummer und seine Mailanschrift.

Schumann nahm Richard die Schachtel ab und las laut die krakeligen Buchstaben vor, die auf dem Deckel standen: »Wer diese Schachtel öffnet, ist des Todes. Der Goblin King.« Er sagte erst nichts, dann nickte er und verkündete: »Das ändert die Sachlage. Klas Eversen scheint in den Fall verwickelt zu sein. Die Suche nach ihm bekommt jetzt ein ganz anderes Gewicht. Er wird zur Fahndung ausgeschrieben. Vielleicht ist er auf der Flucht.«

Hades

Tropf, tropf, tropf. Wasser auf Stein, ein Geräusch irgendwo im Dunkeln. Unerreichbar. Klas Eversen keuchte. Seine Kehle fühlte sich an, als hätte sie jemand mit einer Bürste geschrubbt. Er hatte den Überblick über die Zeit verloren, wusste nicht, ob es Abend war oder Morgen, Montag oder Mittwoch. Alles verschwamm zu einem Einerlei aus Schmerz und Angst. Jeder Knochen tat ihm weh, sein Kopf schien aus einer einzigen Beule zu bestehen, und ihm war speiübel. Er hatte seit gefühlt mehreren Tagen nichts gegessen und nur etwas Wasser aus einer inzwischen leeren Plastikflasche getrunken, die sein Entführer neben ihm abgelegt hatte. Sein Magen war leer, und so konnte er sich nicht einmal übergeben. Er verharrte in einer Art Dämmerzustand. Aus dem Berginnern glaubte er, ein Scharren wahrzunehmen.

Den Schmerz und die Furcht versuchte er, durch Comicgeschichten zu verdrängen, die er trotz seines Zustandes äußerster Erschöpfung erfand. Der Schattenmann, den er in seinem ersten Entwurf zum Helden der Abenteuer erkoren hatte, verwandelte sich in den Bösewicht. Sein Held war jetzt ein Junge ohne überirdische Kräfte, aber voller Mut und Geschicklichkeit, der den Schattenmann stellen und besiegen würde.

Klas richtete sich mühsam auf und rutschte an der Felswand ein Stückchen höher. So konnte er fast aufrecht sitzen. Seine Augen hatten sich mittlerweile an die Dunkelheit gewöhnt, und er meinte, Umrisse von Felsbrocken in seinem Gefängnis zu erkennen. Er hatte keine Ahnung, in welcher der Höhlen er sich befand. Wahrscheinlich in der Koboldhöhle. Aus der gab es kein Entrinnen, denn der Schlund am hinteren Ende der Höhle war viel zu tief, um alleine hinauszugelangen. Oder hatte ihn der Fremde in einem anderen Teil der Höhlen abgelegt, den nur er kannte? Er wusste, dass in diesem Höhlensystem noch Nebenräume und Felsenkammern existierten, die bisher nicht erforscht worden waren.

Klas hustete. Er konnte nicht einmal mehr um Hilfe schreien. Seine Stimme versagte. Plötzlich überkam ihn eine unbändige Sehnsucht nach seiner Mutter. Diese Sehnsucht brannte noch mehr als seine trockene Kehle. Klas brach in Tränen aus. Suchte ihn denn niemand? In den ersten Stunden in diesem Loch hatte er noch gehofft, dass er bald gefunden werden oder sein Entführer ihn freilassen würde. Wahrscheinlich glaubte der Unbekannte, von ihm wiedererkannt zu werden, wenn er ihm irgendwo begegnete. Und das brachte ihn zum Grübeln. Aber war derjenige, der ihn in diese Höhle geschleppt hatte, identisch mit dem anderen Schatten, den er am Samstag gesehen hatte? Gab es zwei Schattenmänner?

Klas dachte nach, bis sein ohnehin schmerzender Kopf noch mehr dröhnte. Da war etwas an diesem ersten Schatten gewesen, das ihm aufgefallen war. Die Art, wie er sich bewegte, den Kopf hielt, den er als dunkle Silhouette gesehen hatte. Aber er hätte nicht sagen können, wie der Mann aussah, der ihn überfallen und in diese Höhle gesperrt hatte. Das war alles zu schnell gegangen. Der geheimnisvolle »B«, dem er ja eigentlich auflauern wollte, hatte ihn aus dem Hinterhalt überrumpelt.

Klas schloss die Augen. Er musste etwas unternehmen, ehe seine Kräfte völlig aufgezehrt waren. Langsam schob er sich an der Felswand entlang. Seine Hände tasteten über weiche Flechten, über grobe Furchen im Gestein und griffen plötzlich ins Leere. Er erstarrte. Eine Spalte? Etwa ein Durchgang? Er kroch auf dieses Nichts zu und streckte seine Arme aus. Sie fanden keinen Widerstand. Stattdessen kam ihm ein leiser Luftzug entgegen. Auf einmal fühlte er, wie seine Kopfschmerzen schwanden und ihn eine Woge der Energie überrollte. Vielleicht hatte er einen Ausweg gefunden!

Mühsam arbeitete er sich weiter vor in diesen dunklen Schlauch. Er spürte Feuchtigkeit an den Wänden und leckte mit der Zunge daran. Die spärlichen Wassertropfen, die von den Steinen rannen, schmeckten besser als alles, was er je in seinem Leben gekostet hatte. Erfrischt kroch er weiter. Er kam langsam voran, immer tastend, ob sich nicht plötzlich vor ihm ein Hindernis oder ein Abgrund auftat.

Und auf einmal sah er einen hauchdünnen Schimmer. Das erste Licht, das er seit Tagen wahrnahm. Ein winziger Funken in der Finsternis. Aber der genügte ihm, um zu erkennen, dass er sich in einer fast ovalen Felsenkammer befand, von deren Decke dicke Steinzapfen hingen. Ganz oben in der Kuppel öffnete sich ein kleiner Spalt, durch den das spärliche Licht drang. Klas sah hoch oben an der Decke Dutzende von Fledermäusen, aber er fürchtete sich nicht vor ihnen. Vor Tieren hatte er noch nie Angst gehabt. Er stand mühsam auf und streckte sich. Zwar schmerzten seine steifen Glieder, trotzdem durchströmte ihn ein Gefühl der Zuversicht. Er würde es schaffen. Zumindest hockte er nicht mehr tatenlos in ewiger Dunkelheit. Er fuhr mit einem Finger über die Felswand. Auch hier Feuchtigkeit, die er ableckte. Das Wasser hatte einen leicht schwefeligen Beigeschmack.

Als die erste Euphorie abgeklungen war, blickte Klas sich genauer in dem schattigen Gewölbe um. Hier war sicher noch nie eine Menschenseele gewesen. Allmählich gewöhnten sich seine Augen, die so lange ins Schwarze gestarrt hatten, an die tanzenden Lichtpunkte und wabernden Schatten. Ihn traf die Erkenntnis wie der Blitz. Aus diesem Loch gab es kein Entkommen. Und mit einem Schlag verschwand das zaghafte Licht in der Höhle, als jenseits der steinernen Kuppel eine Wolke die Septembersonne schluckte.

Die anfängliche Hoffnung, genährt von dem schmalen Lichtstrahl, der durch die Deckenritze fiel, zerplatzte wie eine Seifenblase. Es gab keinen Spalt im Felsen, der in die Freiheit führte. Nachdem Klas jeden Zentimeter der Wände abgesucht hatte, sank er wie ein Häufchen Elend in einer Ecke zusammen und weinte.

Das verwunschene Schloss

Edinburgh, im Jahre des Herrn 1811

Meine Arbeit an meinem ersten großen Prosawerk schreitet voran. Ich möchte meinen Lesern und meinen Kritikern nicht vorausgreifen, doch mein Roman soll ein Hohes Lied werden auf Schottland und seine wechselvolle Geschichte. Im Mittelpunkt steht ein junger Mann, der in den Strudel der Auseinandersetzungen zwischen England und Schottland gerät. Etwas mehr als sechzig Jahre sind seit jenem letzten Bestreben der katholischen Stuarts vergangen, den Thron zurückzuerobern, den 1714 die Nachfahren der protestantischen Elisabeth Stuart, Tochter Jakobs I. und Gemahlin des Kurfürsten Friedrich von der Pfalz, geerbt haben. Und so soll mein Roman über den jungen Schotten namens Edward Waverley im Untertitel heißen: »Es ist sechzig Jahre her«.

Es wird kein leichtes Unterfangen sein, da ich versuche, meinem Helden alle Optionen offenzulassen, sich von der Sache des jungen Prinzen Charles Stuart ebenso angesprochen zu fühlen wie sich dann letztlich für den König zu entscheiden. Doch er strebt in seinem Tun und Denken stets danach, dass Schottland einen eigenen Weg gehen kann, und fühlt sich als Mittler zwischen den Parteien. Ich werde nicht über Culloden schreiben, obgleich ich einige recht interessante Dinge erfahren habe, die man in den Roman einarbeiten könnte. Doch Culloden ist zu grausam, um dies fiktiv auszuschmücken. Das mögen andere besser können als ich.

Als ich vor einigen Monaten für den Roman zu recherchieren begann, fiel mir ein Bündel älterer Briefe und Tagebuchnotizen in die Hände, die mir ein gewisser Charles MacNeill vor einigen Jahren geschickt hat. MacNeill starb vor sieben Jahren an einem Fieber mit erst achtunddreißig Jahren. Er hatte keine direkten Verwandten mehr, da er selbst nie ge-

heiratet und keine leiblichen Kinder hatte, und so hat er mir seine Dokumente anvertraut. Er nennt mich den Chronisten Schottlands, wobei ich mich selbst nicht als solchen sehe. Seine Berichte über seine Vorfahren kamen wie gerufen, kann ich mit ihrer Hilfe doch einiges aus erster Hand für meinen Roman nutzen.

So beispielsweise eine kurze Begegnung, die sein Großvater mit dem Prinzen Charles, dem jungen Prätendenten, 1744 hatte. Auch die Schilderung der Stimmung in Schottland 1745, wie sie sein Großvater James MacNeill, den ich später namentlich in einer Chronik über die Jakobitenaufstände gegen das Haus Hannover 1745 und 1746 erwähnt fand, in Briefen an eine Cousine niedergeschrieben hat, ist für mich eine Quelle der Information. James MacNeill konnte nach Culloden fliehen und den »Star of Scotland« mitnehmen, den ich bisher immer für eine Legende gehalten hatte. Vieles, was Charles später auf einer Reise nach Deutschland als Begleiter des genialen Ingenieurs und Erfinders James Watt über das Schicksal seiner Großeltern erforschte, wäre der Stoff für einen weiteren Roman, der den Titel »Star of Scotland« oder »Das verwunschene Schloss« tragen könnte. Denn was Charles über dieses seltsame Schloss in einer unwirtlichen Gegend Deutschlands berichtet, erinnert an die Balladen, die ich selbst aus dem Deutschen ins Englische übertragen habe, wie zum Beispiel Gottfried August Bürgers »Leonore«. Eigentlich ideal für die Phantasie eines Schriftstellers, doch daran mögen andere ihre Kunst erproben.

Anna legte das Blatt beiseite. Als nach Richards überraschendem Fund im Salon ein wahrer Tumult ausgebrochen war, da diese Entdeckung erneut die Diskussion aufwarf, ob Dieter Elster doch einem Überfall zum Opfer gefallen oder nach seinem Tod ausgeraubt worden war, hatte sie sich unauffällig in ihr Arbeitszimmer geschlichen. Bilder hin oder her, die in der Ausgabe von »Waverley« entdeckten Seiten reizten sie jetzt mehr als alle Gemälde.

Eigentlich hätte sie auf Schumann warten sollen. Der war aber zu sehr mit Richards Entdeckung und der Frage beschäftigt, ob Klas aus Angst vor den Konsequenzen seines Handelns geflohen war und warum er das Geld, immerhin fast fünfhundert Euro, zurückgelassen hatte.

Da sie in dieser Sache nichts weiter tun konnte, konzentrierte sie sich auf die Notizen von Scott. Dieser Fund bedeutete eine absolute literarische und auch historische Sensation. Nicht nur war dies ein bislang unbekanntes Dokument aus der Feder des großen schottischen Dichters, sondern vor allem warfen die Unterlagen, die ihm Charles MacNeill überlassen hatte, ein neues Licht auf die Recherchen für sein Prosadebüt »Waverley« und auch auf das Schicksal des schottischen Flüchtlings James MacNeill. Er war offenbar tiefer in historische Ereignisse verwickelt gewesen, als man hätte vermuten können, zumal er im Schatten der Geschichte weitgehend verschwunden war. Bis sich offenbar sein Enkel auf die Suche nach seinem verschollenen Großvater gemacht hatte. Doch das größte Rätsel bedeutete immer noch der »Star of Scotland«, der ja offenbar auch die Begehrlichkeit des Herzogs von Cumberland geweckt hatte. Sie konnte nur hoffen, dass dieser Schatz nicht längst verloren gegangen oder in den Händen irgendeines dubiosen Käufers gelandet war.

Welche Rolle Ian Clark in der Angelegenheit spielte, ahnte Anna nicht. Hatte er gespürt oder sogar gewusst, dass Stefan Arendt dieses alte Exemplar des Scott-Romans für seine eigenen Zwecke genutzt und Scotts Notizen im Einband des Buches versteckt hatte? Sie hätte ihn gerne dazu befragt, hatte aber weder eine Adresse noch eine Telefonnummer des Mannes. Sie machte sich auf die Suche nach ihm.

Im Internet entdeckte sie unter dem Namen »Ian Clark« fünf Einträge in Edinburgh – einen Arzt, einen Tischler, einen Optiker, einen Fernsehtechniker und einen Blumenhändler, aber keinen Bibliothekar oder Archivar. Sie erweiterte ihre Suche auf den Umkreis von Edinburgh. Schließlich stieß sie auf einen Ian Clark in Musselburgh, einem kleinen Ort ungefähr zehn Kilometer östlich von Edinburgh. Keine Berufsangabe, aber ein »M. A.« hinter dem Namen, ein akademischer Titel. Mit leichter Nervosität wählte sie die angegebene Nummer. Es dauerte etwa zwanzig Sekunden, dann antwortete eine Frauenstimme.

»Yes?«

Anna schluckte und fragte dann: »Könnte ich bitte Ian Clark sprechen?«

»Wer ist da bitte?« Die Stimme klang höflich, aber reserviert.

»Mein Name ist Anna Bentorp. Ich bin auf der Suche nach einem Ian Clark, der ein Experte für die Werke von Sir Walter Scott ist.« Sie kam sich irgendwie lächerlich vor, als sie das sagte. Was musste die Frau am anderen Ende der Leitung von ihr denken?

Doch zu ihrem Erstaunen antwortete sie: »Mein Mann ist nicht da. Er ist vor vier Tagen nach Deutschland gereist. Nach Berlin, Hamburg und dann Hannover. Er wird erst Ende der Woche wieder hier sein.«

»Ist er denn Experte für Scott?«, fragte Anna.

»Oh ja, er hat bis zu seiner Pensionierung vor einem halben Jahr mehr als dreißig Jahre im Scott-Archiv gearbeitet.«

»Könnten Sie mir bitte seine Handynummer geben? Ich müsste ihn dringend sprechen.«

Die Frau zögerte. »Vor vier Tagen habe ich die schon jemandem gegeben, der aus Deutschland angerufen hat. Ein Mann, der Ian wegen seiner Arbeiten über Scotts historische Romane befragen wollte.«

»Wissen Sie seinen Namen?«

»Ja, Richard soundso. Den Nachnamen habe ich mir nicht gemerkt.«

Richard? Was um alles in der Welt hatte Richard mit Ian Clark zu schaffen? Anna spürte, wie ihr heiß wurde. Richards überraschende Rückfahrt nach Hannover am vergangenen Samstag – hatte das etwas mit Ian Clark zu tun?

Sie hörte kaum, wie Mrs Clark fortfuhr: »Warum sind alle

plötzlich so an Sir Walter Scott interessiert? Dieser deutsche Student hat meinen Mann auch ausgequetscht, als er in Edinburgh für seine Doktorarbeit recherchiert hat, und Ian immer wieder angerufen und sich mit ihm getroffen.«

Anna sagte einige Sekunden nichts. Stefan Arendt hatte offenbar sehr eng mit Clark zusammengearbeitet. Und dann war Clark nach Deutschland gereist, hatte das Buch aber trotzdem nicht direkt abgeliefert. Oder war seine Deutschlandreise eine spontane Entscheidung gewesen?

»Wollte Ihr Mann denn schon länger hierherkommen?«

»Nein, nein, das hat er erst letzten Mittwoch entschieden. Was er genau in Deutschland wollte, weiß ich nicht, aber es hat mit diesen Scott-Forschungen zu tun. Ich gebe Ihnen am besten wirklich seine Handynummer. Er ist allerdings schwer zu erreichen, da er das Handy meist ausstellt und auch nicht gerne zurückruft. Ich habe seit Sonntag nichts von ihm gehört. Vielleicht haben Sie mehr Glück.« Die Frau schien nicht weiter beunruhigt zu sein, dass sich ihr Mann tagelang nicht meldete. »Ian ist kein Freund von Smartphones und dergleichen neumodischem Zeug.«

Sie nannte Anna eine Telefonnummer mit der Vorwahl 0044 und verabschiedete sich mit den Worten, die fast ironisch klangen: »Falls Sie meinen Mann erreichen, grüßen Sie ihn von Laura. Das bin ich.«

Anna versuchte, Ian Clark gleich nach diesem Gespräch mit Laura Clark zu erreichen. Doch es sprang nur die Mailbox an. Sie hinterließ eine Nachricht mit der dringenden Bitte um Rückruf.

Ehe sie sich wieder den Blättern aus dem alten Exemplar von »Waverley« zuwandte, schlug sie das Buch auf, das sie aus der Gruft mitgenommen hatte. Wer weiß, was ich noch alles finde, dachte sie. Bilder, Puppen, in alten Romanen versteckte Papiere und nun dieses recht dicke Buch, das eindeutig aus der Hammelsberger Bibliothek stammte: Auf der Titelseite stand in großen schwarzen Lettern: »Chroniken von Schloss und Land Hammelsberg. 1750 bis 1790«. Ein toller Fund, den Klas anscheinend aus der Bibliothek des Schlosses hatte mitgehen lassen. Was hatte ihn wohl gerade an diesem Buch so sehr gereizt, dass er es eingesteckt hatte? Als Lesestoff eignete es sich aufgrund der altertümlichen Schrift und des veralteten Deutsch sicher nicht, aber dafür enthielt es einige schöne Illustrationen.

Dem Buch entströmte ein leicht muffiger Geruch. Es hatte allzu lange in der Plastiktüte in der Gruft gelegen, nicht gerade ein idealer Platz für ein fast zweihundertfünfzig Jahre altes Werk. Anna rümpfte die Nase, blätterte dann aber weiter.

Ihr Blick fiel auf einen Abschnitt mit der Jahreszahl 1751. Dem Text entnahm sie, dass im Januar dieses Jahres der »schottische Gast« entschwunden und ihm sein Diener William Fraser gefolgt sei. Demnach war Fraser Mitte Februar zu einem Ritt nach Hameln aufgebrochen und nicht mehr zurückgekehrt. Im Frühling wurden zwei Deserteure, Hannes Bock und Christian Bergmann, bei den Höhlen gefasst, von denen der eine dabei zu Tode kam, der andere dagegen fliehen konnte. Mehr als drei Jahre hatten die beiden mehr schlecht als recht in den feuchten Höhlen überlebt. Sie kannten sich offenbar sehr gut aus in dem Gewirr der unterirdischen Gänge, die tief in das Innere des Hügels hineinführten. Doch da der eine starb und der andere entkam, blieb ihr Wissen ein Geheimnis. Bei dem Toten fand man allerdings eine Geldbörse mit einigen Goldstücken, die Seamus Connor, der ebenfalls in den Diensten von James MacNeill gestanden hatte, als Besitz seines Herrn wiedererkannte. Das wiederum setzte im Dorf das Gerücht in Umlauf, Christian Bergmann habe James MacNeill ausgeraubt und ermordet. Tote können bekanntlich nicht widersprechen, und so blieb auch diese Frage unbeantwortet.

Anna überflog die nächsten Kapitel. Da war von Missernten und Unwettern, aber auch von erfolgreichen Jagden und Festen die Rede. Im August 1755 bekam das Ehepaar von Rödelshausen nach langen Jahren des Wartens auf ein eigenes Kind einen Sohn, den sie Wilbert tauften. Von der kleinen Elisabeth war nur einmal kurz im Oktober desselben Jahres die Rede. Das Mädchen war beim Reitunterricht mit Seamus Connor vom Pferd gefallen und hatte sich ein Bein gebrochen.

Immer wieder dieser Seamus Connor, dachte Anna. Der Diener, vor dem Claire James in ihren Briefen gewarnt hatte und der in Hammelsberg geblieben war, als ihr Cousin 1751 verschwand. Welche Rolle hatte dieser Mann gespielt? War er ein Agent der englischen Krone gewesen, ein Verräter, oder doch ein treuer Diener, der sich nach dem mysteriösen Verschwinden seines Herrn um dessen Tochter gekümmert hatte? Und war James MacNeill tatsächlich das Opfer von Christian Bergmann geworden?

Sie wurde aus ihren Gedanken gerissen, als Max in der Tür erschien.

»Entschuldigung, ich wollte nicht stören«, sagte er. »Aber die Baronin möchte Sie gerne kurz im Salon sprechen.« Er warf einen Blick auf das Buch. »Soll ich das wieder in die Bibliothek zurückbringen?«, fragte er.

»Nein, bitte noch nicht. Ich möchte darin noch ein bisschen lesen«, antwortete Anna, ohne ihm zu verraten, dass sie das Buch nicht aus der Bibliothek entliehen, sondern in der Familiengruft gefunden hatte. »Und, Max, Sie wollten mir noch ein Buch aus der Bibliothek bringen. Denken Sie bitte daran?« Max nickte, lächelte höflich und verließ das Zimmer, ohne weiter auf Annas Bitte einzugehen. Anna legte die im Romaneinband von »Waverley« entdeckten Seiten vorsichtig unter die Chronik und ging in den Salon.

Als sie an der Bibliothek vorbeikam, hörte sie die Stimme von Michael Terhorst. Der Höhlenarchäologe schien aufgebracht zu sein.

»Ich sage Ihnen, Baron, so leicht lasse ich mich nicht abkanzeln! Sie haben mir fest zugesagt, dass ich in der Einhornhöhle forschen darf und alle Ergebnisse publizieren kann. Jetzt kommen Sie mir plötzlich mit diesen fadenscheinigen Argumenten, dass es zu gefährlich sei, in diese Höhle einzusteigen. Ich glaube, Sie haben längst jemand anderen dafür ausgewählt, den Sie unterstützen. Und vielleicht hoffen Sie ja auf einen Schatz da unten. Aber diese Höhlen gehören nicht Ihnen, auch wenn sie auf Ihrem Grund und Boden liegen. Sie gehören dem Land Niedersachsen! Ich werde mich an die obersten Behörden wenden, damit ich meine Forschungen auch ohne Ihre finanzielle Unterstützung beginnen kann.«

Anna vernahm Philips gedämpfte Stimme, konnte aber seine Antwort nicht verstehen. Es interessierte sie letztlich auch nicht, was Michael Terhorst und der Baron miteinander zu schaffen hatten. Terhorst gehörte ohnehin nicht zu ihren Favoriten unter den Schlossgästen. Ein eitler, aufbrausender Mann, der auf seinem Gebiet eine Kapazität war, aber ansonsten kein sehr angenehmer Zeitgenosse.

Im Salon sah sie Barbara von Rödelshausen mit angezogenen Beinen auf einem der kleinen Sofas sitzen und auf ihre Schwiegermutter einreden. Ihr Gesicht war tiefrot, und auch auf den Wangen der alten Baronin standen hektische rote Flecken. Das schien keine angenehme Unterhaltung zu sein. Anna wollte sich rasch wieder zurückziehen, aber Carola von Rödelshausen winkte sie heran.

»Kommen Sie, meine Liebe! Meine Schwiegertochter und ich haben uns nur darüber ausgetauscht, was wir mit den Bildern vom Dachboden anstellen wollen, die einigen Wert besitzen.«

»Verkauf doch endlich diesen ganzen Kunstschrott!«, fauchte Barbara von Rödelshausen. »Hier hängt schon so viel Zeugs an den Wänden. Dein Vater wird diese Schinken mit gutem Grund auf den Dachboden verbannt haben. Die sind wahrscheinlich alle zweite Ware.«

»Da muss ich Ihnen widersprechen«, sagte Anna. »Zum einen befinden sich zwei frühe Gainsboroughs darunter, und soviel ich bisher weiterhin gesehen habe, sind einige recht hübsche Niederländer und Flamen dabei, die nur gesäubert und vielleicht wieder ein wenig restauriert –«

Barbara unterbrach Anna rüde. »Umso besser. Dann gibt

es wenigstens noch Geld für diese Staubfänger, mit dem du vielleicht die Badezimmer sanieren lassen könntest. Im Gästetrakt sind sie ja okay, aber in unserem Teil des Schlosses tropft es aus allen Hähnen!«

Anna fand diese Auseinandersetzung peinlich. Beschwichtigend sagte sie: »Spätestens übermorgen werde ich alle Bilder angeschaut haben und kann dann eine erste Expertise abgeben.« Sie musste so schnell wie möglich noch einmal auf den Dachboden, um sich dort umzusehen. Wer weiß, vielleicht gab es tatsächlich ein weiteres Versteck, in dem der Jan Steen und der van Goyen waren. Laut sagte sie. »Es könnte sogar noch ein wertvoller Holländer dabei sein. Möglicherweise befindet sich darunter ein Jan Steen.«

»Wer oder was ist Jan Steen?«, fragte Barbara von Rödelshausen unwillig, während die alte Baronin sichtlich erfreut ausrief: »Tatsächlich ein Steen? Das wäre ja großartig! Ich wusste ja schon immer, dass mein Großvater und mein Vater einige schöne Flamen und Niederländer gesammelt haben.«

Barbara blickte Anna an. »Na und? Was ist dieser Steen wert?«

Anna antwortete vorsichtig: »Seine Bilder werden im Bereich von einigen hunderttausend Euro gehandelt.« Vielleicht redete sie sich um Kopf um Kragen. Schließlich hatte sie das Bild noch nicht gefunden und konnte nur hoffen, dass es irgendwo im Schloss in einem bisher unentdeckten Versteck lag.

Barbara von Rödelshausen wurde leichenblass. Dann rief sie mit inbrünstiger Empörung: »Und so etwas gammelt seit Jahrzehnten auf dem Dachboden in diesem feuchten Kasten herum?«

Die Baronin sah schuldbewusst aus. Dann sagte sie leise: »Ja, es ist ein ungeheures Versäumnis. Darauf hat mich damals auch schon meine gute Freundin Amelie Feldmann hingewiesen und dringend geraten, diesen furchtbaren Dachboden, an dem der Holzwurm nagt, zu entrümpeln und die dort oben abgelegten Bilder zu retten. Ich habe zu lange nicht auf sie gehört. Sie hat mir bei ihrem letzten Besuch hier die Leviten gelesen, und ich gestehe, dass ich nicht besonders charmant darauf reagiert habe. Sie ist damals sehr zornig von hier weggefahren.«

Das mochte eine Erklärung für die erkaltete Freundschaft der beiden alten Damen sein. Anna tat die Baronin leid. Doch sie ging nicht auf das Thema ein, sondern erwiderte: »Es scheint ja noch nicht zu spät zu sein. Zumindest sind die Bilder meiner Meinung nach nicht so schwer beschädigt, dass sie nicht restauriert werden könnten.«

Die Baronin lächelte dankbar. »Wunderbar! Ich habe doch geahnt, dass Sie die Richtige für diesen Job sind. Ihr Besuch hat sich allemal gelohnt. Ich bin von Haus aus misstrauisch gegenüber sogenannten Experten und habe deshalb auch so lange gewartet, mir jemanden ins Haus zu holen. Wären da nicht diese unglücklichen Umstände, so wäre das alles geradezu perfekt.«

Sie zögerte einen Augenblick, ehe sie fortfuhr: »Ich wollte Sie aber etwas anderes fragen. Max Greve hat mir erzählt, dass Sie eine Karte gefunden haben, die die lang vermisste Höhlenkarte meines Mannes sein könnte. Er war ein akribischer Höhlenforscher und im Grunde ein verkappter Schatzsucher, der sich gerne durch Legenden über verborgene Schätze motivieren ließ.« Sie sah Anna forschend an. »Dieser Dieter Elster soll einen Verdacht gehabt haben, dass in einer der Höhlen etwas anderes als Tierknochen zu finden sei. Woher er das wissen wollte, ist mir schleierhaft. Aber vielleicht ist er im August trotz des schlechten Wetters auf gut Glück doch zu den Höhlen gegangen und hat etwas gesehen, was in ihm die Überzeugung geweckt hat, dass da oben ein Schatz liegt.«

Barbara von Rödelshausen schnaubte verächtlich. »So ein Blödsinn! Jede Höhle ist hier gleich eine Schatzkammer, und überall wimmelt es von Steinzeitknochen oder Räuberbeute. Lass doch den Terhorst in die Höhle rein. Der wird schon feststellen, dass es da nichts gibt.«

Anna ignorierte Barbaras Bemerkung. »Die Karte ist verschwunden. Max hat sie auch nicht gesehen«, sagte sie. »Ich hatte gehofft, sie Kommissar Schumann für seine Suche geben zu können, falls es wirklich diese alte Höhlenkarte gewesen sein sollte.«

Die Baronin wirkte plötzlich abwesend. »Ich weiß nicht, ob ich dement werde, aber in letzter Zeit tauchen Dinge auf und verschwinden wieder. Erst kürzlich habe ich ein altes Stammbuch in der Bibliothek auf einem der Tischchen gesehen. Wer es aus dem Regal geräumt hat, weiß ich nicht. Als ich wenig später wieder in die Bibliothek kam, war das Buch weg.«

»Wahrscheinlich hat Max es weggeräumt. Der ist doch extrem pingelig«, sagte Barbara.

»Nein, ich habe ihn schon gefragt.« Die Baronin sah aus dem Fenster. »Es ist schon wieder Nachmittag, und die Suchtrupps kommen nicht voran. Langsam verzweifele ich.«

Ihre gute Laune von vorhin war verflogen. Auch der Anblick von Astrid, die mit einem Teetablett in den Salon trat, stimmte sie nicht heiter.

»In diesen Mauern ist so viel geschehen, so viel Unrecht passiert«, sagte sie leise. »Zuweilen empfinde ich diese Schatten im Tal und auf dem Hügel wie einen Spiegel der Geschichte dieses Schlosses. Vielleicht hat Philip ja recht. Ich sollte das alles hier verkaufen und irgendwo anders hinziehen.« Sie lächelte wehmütig. »Aber ich hänge an diesem Haus und möchte nicht fort von hier.« Plötzlich erschien ein freudigeres Lächeln auf ihrem hageren Gesicht. »Falls wir einige der Bilder verkaufen können, ließen sich endlich ein paar wichtige Reparaturen vornehmen und wieder mehr Licht in dieses dunkle Gemäuer bringen.« Sie wandte sich an Anna: »Ich danke Ihnen!«

»Wer weiß, welche Schätze wir noch auf dem Speicher entdeckt haben. Diese drei Puppen, die in dem alten Schrank saßen, sind ja auch nicht ganz wertlos«, antwortete Anna.

»Welche Puppen?« Die Baronin sah sie überrascht an. »Und welcher alte Schrank?«

Anna konnte ihr Erschrecken kaum verbergen. Hatte Richard sie schon wieder einmal angelogen! Aber warum schwindelte er wegen dreier alter Puppen, die ihm die Baronin sicherlich für wenig Geld oder gar umsonst überlassen würde? Anna ging nicht darauf ein und stand rasch auf.

»Entschuldigung. Ich habe leider noch viel zu tun.« Sie machte sich auf die Suche nach Richard, der ihr mal wieder Antworten schuldig war.

Der Wind in den Buchen

Hans Schumann hatte sich Constantin von Lengsfelds Bericht über seinen ehemaligen Kommilitonen Stefan Arendt geduldig angehört.

»Ich hätte Ihnen das längst erzählen sollen, aber ich hatte Angst, dass meine Großmutter davon erfährt, und ich möchte sie nicht enttäuschen«, stotterte der junge Mann mit hochrotem Kopf.

Schumann erklärte ihm, dass er nicht die Absicht habe, ihn beim Dekan der Uni Bonn oder bei seiner Großmutter wegen unlauterer Methoden bei seinen Prüfungen und Hausarbeiten zu verpfeifen. Er fand Constantins Ausführungen höchst interessant.

Die beiden saßen am Fuße des Koboldhügels auf einer Bank, die dort für müde Spaziergänger aufgestellt worden war. Der Wind säuselte durch die Buchen, am Himmel zogen wie täglich Bussarde ihre Kreise. Alles wirkte ruhig und fast idyllisch an diesem 11. September. Am Morgen hatte Schumann bei seinem Blick auf den Kalender an das furchtbare Ereignis in New York vor nunmehr siebzehn Jahren gedacht, aber dann überrollten ihn die ungeklärten Fragen seiner eigenen Arbeit.

Constantins Bericht über Stefan Arendts »Nebentätigkeiten« warf ein neues Licht auf das Verschwinden des Doktoranden. Seine Vermieterin hatte weiterhin nichts von ihm gehört, in seiner Wohnung fanden sich keinerlei Hinweise, auch keine Tagebücher oder Kalender. Sie war sauber und völlig steril bis auf einige Plakate an den Wänden, ein Porträt von Sir Walter Scott und Regale voller Bücher in Englisch, dazu Wörterbücher und Reiseführer für Schottland und speziell für Edinburgh. Die Schränke enthielten wenig, aber sehr gute Kleidung, darunter mehrere Jacketts teurer Modelabels, Designerjeans und handgemachte Schuhe. Falls Stefan Arendt eine Liste seiner Erpressungsopfer besaß, so musste sich diese auf seinem Laptop befinden, den er wohl auf seinen Ausflug in den Ith mitgenommen hatte.

Auch Constantin von Lengsfeld konnte Schumann nicht mit Namen weiterhelfen. Aber falls Arendt nicht nur Studenten erpresst, sondern durch seine Recherchen auch andere Opfer gefunden hatte, die sich wehrten, dann schloss Schumann nicht aus, dass Arendt längst tot war. Erpresser spielten mit ihrem Leben, das war nicht nur ein Klischee aus Kriminalromanen oder »Tatort«-Filmen. Aber wen hätte Arendt hier erpressen können?

Constantins Bemerkung, Stefan Arendt habe ihn praktisch dazu gezwungen, seine Großmutter darum zu bitten, ihn nach Schloss Hammelsberg einzuladen, machte Schumann stutzig. Umso wichtiger erschien es ihm, neben der Suche nach dem Verschollenen auch Ian Clark aufzutreiben. Er dankte Constantin für seine Informationen und blieb noch einige Minuten sitzen, während sich der junge Mann mit hängenden Schultern trollte.

Schumann war unzufrieden. Er kam an keinem Ende weiter, sammelte hier und dort Informationen wie Puzzlesteinchen und hatte auch von der Gerichtsmedizin bisher nur wenig hilfreiche Auskünfte über die Spuren an Elsters Leiche erhalten.

Der sanfte Wind schläferte ihn ein. Von Weitem drangen die gedämpften Stimmen der Männer zu ihm, die noch einmal die bewaldeten Abhänge des Hügels durchkämmten und in jeden Felsspalt spähten. Max Greve hatte sie zwischendurch mit belegten Broten und Tee versorgt. Der Butler beteiligte sich nicht selbst an der Suche, fungierte vielmehr als Mittelsmann zwischen Schloss und Suchtrupps. Greve war kein Mann vieler Worte, aber er schien sich mit der Geschichte der Region und der Höhlen recht gut auszukennen.

Schließlich rappelte Schumann sich auf und machte sich auf den Weg ins Schloss.

Kurz bevor er in die Schlossallee einbog, kam ihm Anna

entgegen. Sie sah verstört und unglücklich aus. An ihrer Seite trottete der Irische Wolfshund, der offenbar zu ihrem ständigen Begleiter geworden war.

»Was ist los, Anna?«, fragte Schumann. »Ich wollte gerade zu Ihnen, um Sie um Hilfe zu bitten. Es geht um Ian Clark, den ich gerne erreichen möchte.«

»Ian Clark?« Anna lachte kurz auf. Es klang ungewöhnlich bitter. »Den können Sie im ›Höhlenmann‹ finden, falls er da noch ist.«

»Wie bitte?« Schumann war völlig überrumpelt. »Im ›Höhlenmann‹? Wieso das? Da wohne ich doch auch. Wieso ist mir das entgangen?«

Anna sank auf einen großen, mit Moos bewachsenen Feldstein am Rande der Allee. »Ich habe mit Richard geredet. Und dabei ist einiges herausgekommen, was uns beiden nicht gefallen wird.«

»Nicht schon wieder!«, entfuhr es Schumann. »Was hat er diesmal angestellt?«

Anna schluckte. Ihr Gespräch mit Richard, den sie in seinem Zimmer überrascht hatte, als er gerade die Puppen aus dem Schrank holte, steckte ihr noch in den Gliedern. Und sie war sich sicher, dass er ihr beileibe nicht alles erzählt hatte. Aber er schien, und das sprach für ihn, ein schlechtes Gewissen zu haben, und so war einiges aus ihm herausgesprudelt. Sie wiederum würde auch Schumann nicht alles kolportieren, aber wenigstens den Teil, der dem Kommissar ihrer Meinung nach nützen könnte.

»Ich wollte ihn eigentlich nur wegen einiger alter Puppen sprechen, die wir auf dem Dachboden in einem Schrank gefunden haben. Weil ich wütend auf ihn war, bin ich, ohne zu klopfen, in sein Zimmer gestürmt. Da holte er diese Puppen gerade aus seinem Kleiderschrank. Er erschrak sichtlich, als er mich sah. Tja, und dann hat er zugegeben, dass er der Baronin bisher nichts von dem Fund erzählt hat, obwohl das abgemacht war.« Anna rieb sich die Stirn. »Dieses verdammte Schlitzohr! Alle drei Puppen tragen Halstücher und darunter anscheinend wertvolle Halsketten, die der Vater der Baronin wohl auf diese Weise im Krieg verbergen wollte. Wer glaubt schon, dass eine Puppe einen kostbaren Schmuck um den Hals trägt?«

Schumann schüttelte den Kopf. »Verrückte Idee, aber clever.«

»Richard hat mir gesagt, dass er den Schmuck erst einmal schätzen lassen und die Ketten dann natürlich der Baronin zurückgeben wollte. Er wollte sie nur aufbewahren wegen all des Trubels im Schloss.« Anna grinste plötzlich. »Dieser alte Ganove! Nun gut, er wird es heute der Baronin beichten. Im Übrigen hat er mir erzählt, dass Ian Clark gestern nach Hammelshausen gekommen ist und sich am Abend bei ihm gemeldet hat. Clark hatte wohl schon früher einmal Kontakt mit ihm aufgenommen und ihm einige alte Bücher angeboten. Richard hat sich mit ihm verabredet, weil Clark ihm gesagt hat, er hätte etwas Interessantes in der Familiengruft entdeckt. Mit ein bisschen Chuzpe und Geschick kommt man in diese Gruft hinein. Das Vorhängeschloss am Eingang ist recht alt und lässt sich offenbar ganz gut knacken.« Anna holte tief Luft. »Ian Clark ist zu dem Treffen mit Richard nicht erschienen, und sein Auto steht nicht mehr auf dem Parkplatz. Er hat aber wohl nicht ausgecheckt, sondern das Zimmer für mehrere Nächte gebucht. Das jedenfalls hat Richard von Christian Borg erfahren.«

»Diese ewigen Fast-Betrügereien von Herrn Bernhard sind nervig, aber ich halte ihn nicht für einen Verbrecher.«

Anna nickte matt. »Richard hat mir dann noch erzählt, dass Clark nebenbei manchmal Bücher aus dem Archiv und der Bibliothek verhökert, Bücher, nach denen angeblich niemand fragt und die ein Schattendasein fristen, aber durchaus antiquarischen Wert besitzen.«

Der Kommissar wiegte den Kopf. »Vielleicht hat Arendt von diesen Deals gewusst und ihn erpresst. Dabei hätte auch Richard leicht mit ins Boot geraten können. Eine Doppelerpressung sozusagen.«

»Richard sagt, dass er Clarks Angebot abgelehnt hat.« Fast wäre Anna herausgerutscht, dass sie von Dieter Elsters Versuchen wusste, Richard in seine schmutzigen Geschäfte zu verwickeln. Aber das sollte er dem Kommissar selbst erzählen, falls das noch relevant sein sollte. Elster und Clark schienen sich nicht viel zu nehmen.

»Dann müssen wir jetzt auch noch diesen Schotten suchen. Was ist hier eigentlich los? Dauernd verschwinden Menschen. Das geht mir allmählich auf den Geist.«

Schumanns Gesichtsausdruck sprach Bände. Anna verstand den Kommissar nur zu gut. Ihr Ärger und ihre Enttäuschung über Richards eigenwillige Sonderwege begannen sich dagegen zu verflüchtigen. Hans Schumann hatte diese Wirkung auf sie. In seiner Nähe fühlte sie sich geborgen. Von ihm ging, selbst wenn er sich ärgerte, eine wohltuende Ruhe aus. Sie ergriff seine Hand.

»Ich bin froh, dass ich Sie getroffen habe. Ich wollte einen kleinen Spaziergang mit Cú machen, aber jetzt würde ich Ihnen gerne ein wenig aus Scotts Dokumenten vorlesen. Das scheint sehr aufschlussreich zu sein. Übrigens habe ich zufällig noch ein weiteres spannendes Buch gefunden, eine Chronik von Hammelsberg aus den Jahren 1750 bis 1780. Darin stehen recht interessante Details.«

Schumann hielt ihre Hand für einige Sekunden, dann sagte er: »Tut mir leid, aber ich muss mich erst um Ian Clark kümmern. Ich frage mich wirklich, warum der Mann hierhergereist ist. Doch bestimmt nicht nur, um Richard Bernhard zu treffen.«

Anna nagte an ihrer Unterlippe, was sie immer tat, wenn sie mit sich kämpfte. Dann rang sie sich durch und berichtete dem Kommissar von ihrem Anruf in Musselburgh bei Clarks Frau. Der Kommissar schien über ihren Alleingang ausnahmsweise nicht verärgert zu sein. Er nickte.

»Aha, also eine spontane Entscheidung war das. Ich habe mich schon gewundert, weshalb Clark das Buch nicht selbst mitgebracht, sondern per Post hierhergeschickt hat. Wurde er womöglich auch von Arendt erpresst? Wobei der Brief, den er dem Buch beigelegt hat, ja eher auf das Gegenteil hinweist. Also, so richtig sympathisch erscheint mir dieser Clark nicht. Bücher verhökern. Drohbriefe schreiben … Aber das hilft alles nichts. Wir müssen ihn finden, und ich kann nur hoffen, dass er heute noch ins Hotel zurückkommt und nicht schon wieder über alle Berge ist. Oder sonst wo.«

Schumann sah hinüber zum Hügel. »Auch mit unserer Suche nach Arendt und Klas kommen wir nicht weiter. Ich habe heute die Freunde von Klas in die Mangel genommen, diese Goblins. Keiner von ihnen will ihn seit Montagmittag nach der Schule gesehen haben. Alle stimmen darin überein, dass sie sich eigentlich am Samstagnachmittag an der Bärenhöhle treffen wollten. Aber jeder Einzelne von ihnen hatte irgendeinen Grund, die Verabredung abzusagen. Ich glaube den Jungs, die im Übrigen alle sehr besorgt um Klas sind.« Schumann seufzte. »Ich vermute, dass Klas das Feuer selbst entzündet hat, um mit seinen Freunden ein bisschen Lagerfeuerromantik zu genießen. Was dann passiert ist, wissen wir leider nicht.«

»Sie nehmen an, dass Klas da oben irgendwie auf Dieter Elster gestoßen ist?«, fragte Anna.

Schumann nickte und knöpfte seine Jacke zu. »Es wird kühl, sobald die Sonne hinter den Bäumen verschwindet. Schattental, Schattenhügel, es ist reichlich schattig in dieser Gegend. Ja, in irgendeiner Form sind die beiden aufeinandergetroffen.«

Der Wind hatte aufgefrischt und schüttelte die Baumwipfel.

»Ist Ihnen aufgefallen, dass man kaum Vogelstimmen hört?«, sagte Schumann. »Wenn ich esoterisch veranlagt wäre, würde ich sagen, dass von den Höhlen schlechte Schwingungen ausgehen. Nun ja, ich werde mich jetzt um Ian Clark kümmern müssen.« Er sah Anna an. »Wir könnten uns heute Abend treffen, um ein bisschen mehr von Scotts Notizen zu lesen. Aber Sie dürfen gerne schon mal alleine weitermachen und für mich das Wichtigste zusammenfassen.«

Er strich sanft über Annas Schulter und ging zurück zum

Hügel, dessen Gipfel im Licht der langsam sinkenden Sonne dunkelrot glühte. Als ob dort oben ein Feuer brennt, dachte Anna.

Da Schumann erst am Abend wiederkommen würde, wollte sie die Zeit bis zum Einbruch der Dämmerung für einen kleinen Spaziergang nutzen. Mit Cú an ihrer Seite brach sie in Richtung Koboldhügel auf. Vielleicht konnte sie, ohne die Suchtrupps zu stören, endlich mal einen Blick auf die Höhlen werfen. Sie hatte ihren Ärger über Richard fast überwunden, als sie den Hügel hinaufstieg.

Anna war so tief in die Betrachtung der sich im Abendwind wiegenden Buchen versunken, dass sie die Gestalt nicht wahrnahm, die ihr im Schutz der Felsbrocken fast lautlos folgte.

Das »Schwarze Loch«

Die drei Puppen starrten Richard aus ihren Glasaugen teilnahmslos an. Er ließ sich in einen Sessel am Fenster sinken und wischte sich mit dem Taschentuch über die Stirn. Die Porzellanmädchen saßen auf seinem Bett, ohne Halstücher und ohne ihre Ketten. Die hatte Richard mit vor Scham glühendem Gesicht vor einer knappen Stunde der Baronin ausgehändigt und ihr erzählt, er habe das Geheimnis der Puppen erst an diesem Nachmittag entdeckt. Die alte Dame hatte die drei Halsketten mit einem überraschten Lächeln entgegengenommen.

Sie sah den Schmuck etwas verwirrt an und sagte dann: »Es klingt irgendwie märchenhaft, wenn ich so bedenke, was da alles in den letzten Tagen auf dem Dachboden entdeckt worden ist. Ich erinnere mich kaum an diese Puppen. Mein Vater muss sie gleich zu Beginn des Krieges weggeräumt haben. Wahrscheinlich findet irgendeine spätere Generation beim Umpflügen der Grasflächen im Park oder beim Fällen alter Bäume noch Kisten mit Silberbesteck oder ähnliche Preziosen.« Sie kicherte leise. »Ganz schön originell, dass er diesen Puppen die Ketten umgelegt hat, allerdings auch nicht ohne Risiko. Sie hätten verbrennen oder weggeworfen werden können, ohne dass man ihr Geheimnis entdeckt hätte.« Lange blickte sie in die runden Puppengesichter mit ihren Apfelbäckchen und großen Augen.

»Ich danke Ihnen, Herr Bernhard«, sagte sie dann. »Sie können die Puppen gerne behalten, die sicherlich auch einiges an Wert besitzen. Machen Sie damit, was Sie wollen. Ohne Ihre Hilfe hätten wir sie ja nie gefunden.«

Für Richard ein geringer Trost, auch wenn er eine gewisse Erleichterung verspürte. Ihn interessierte allerdings brennend, ob der Schmuck echt war.

Die Baronin hatte die blaue Halskette betrachtet. »Diese Kette ähnelt der Beschreibung eines Schmuckstücks, über das ich in einer der alten Schlosschroniken gelesen habe.« Sie strich über die blauen Steine. »Ich kann mich nicht mehr genau erinnern, aber dieser Schmuck soll sehr wertvoll gewesen sein.« Sie lachte auf. »Wenn das die echte Kette wäre! Das wäre einfach zu verrückt.«

Sie bat Max, ihren Sohn zu holen. Richard hatte den Raum verlassen und war in sein Zimmer gegangen, ehe Philip kam, der mit Caspar Hermanns auf der Terrasse gesessen hatte. Das Thema Puppen war für Richard damit erledigt, und sicherlich würde Anna sich darüber freuen, dass er nicht nur der Baronin seinen Fund gebeichtet, sondern die Ketten auch ausgehändigt hatte.

Er strich sich mit dem Finger über die Nase, was er meist tat, wenn er nachzudenken versuchte. Da gab es noch etwas, was er Anna nicht gesagt hatte. Er ging hinüber zu der barocken Kommode, die in der Ecke des Zimmers stand, und öffnete die zweite Schublade von oben. Darin lagen seine Hemden, sorgfältig gefaltet. Er fuhr mit der Hand darunter, wo er etwas Bestimmtes zu finden hoffte. Aber er fühlte nichts. Nervös hob er die Hemden hoch. Nichts.

Richard blickte sich um. Sollte er die Karte irgendwo anders hingeräumt haben, ohne sich daran zu erinnern? Manchmal war er so gedankenverloren, dass ihm das passierte. Gestern Abend hatte er sie aber doch aus der Schublade geholt und studiert.

Aber die Karte mit den Höhlenskizzen, die Ernst von Rödelshausen vor mehr als fünfzig Jahren gezeichnet hatte, blieb verschwunden. Richard hatte die Karte in Annas Arbeitszimmer gesehen und an sich genommen, um sie gegebenenfalls zu kopieren. Er wollte sie später Terhorst und Fritzen zu einem kleinen Preis anbieten. Tja, und vielleicht hätte er mit der Kopie in der Hand auch einen kleinen Ausflug in die Höhlen starten können.

Dieter Elsters Angebot hatte Richard zwar abgelehnt, doch der Höhlenexperte hatte ihm einen Floh ins Ohr gesetzt. Was wäre, wenn Elster recht gehabt hatte mit seiner These, dass sich in einer der Höhlen noch lohnenswerte Objekte befanden? Offenbar hatte Elster einen Tipp bekommen, der sich nicht auf die enttäuschende Koboldhöhle bezog, sondern auf irgendeinen anderen Teil des Höhlensystems. Schauen konnte ja nichts schaden, und entdecken hieß nicht automatisch einstecken, redete Richard sich sein Vorhaben schön.

Er ärgerte sich. Er hatte keine Gelegenheit gehabt, die Karte zu kopieren. Zu viel Hektik im Schloss, zu viel Unruhe, zu viel Kommissar Schumann, der ständig zu ungelegenen Zeiten auftauchte. Er sah auf die Uhr. Draußen legte die Dämmerung wieder ihre tiefen Schatten über das Tal. Ihn begann die Atmosphäre zu bedrücken, und das lag nicht nur an den verschwundenen Männern, zu denen sich jetzt auch noch Ian Clark gesellt hatte.

Nur andeutungsweise hatte er Anna erzählt, dass der Anrufer, der ihn am Samstag nach Hannover zurückgerufen hatte, Ian Clark gewesen war. Der hatte schon vor einiger Zeit mit ihm Verbindung aufgenommen und ihm einige alte Bücher angeboten, ohne aber seine Quelle zu nennen. Richard traf Clark in Hannover, fand aber die Bücher, die ihm der Schotte anbot, nicht lukrativ genug für sein Geschäft. Allerdings war darunter ein schmales Buch, das er im Nachhinein doch gerne gekauft hätte.

Clark drückte sich dazu verschlüsselt aus: »Ein Büchlein, das sehr interessant für die Familie von Rödelshausen sein könnte. Stefan Arendt hat es im Archiv in Edinburgh entdeckt und darin recherchiert. Ich schätze mal, dass er sich einiges daraus notiert hat. Vielleicht hat er da noch nicht geahnt, dass der Inhalt des Buches interessant für ihn sein könnte. Ob sich je wieder ein Mensch im Archiv dafür interessiert, ist fraglich. Deshalb biete ich es Ihnen an. Es ist ein schönes Sammlerobjekt.«

Clark besserte seine, wie er es nannte, unfairerweise magere Pension durch gelegentliche Buchdiebstähle auf, »alles Bücher, die keiner vermissen wird«, wie er behauptete. Er verkaufte sie meist an Privatsammler oder Händler, die sich nicht mit der Provenienz aufhielten. Auf Richard als potenziellen Interessenten war er durch die letztjährige Mooraffäre gekommen, die auch international wahrgenommen worden war, nicht zuletzt wegen eines in diesem Fall involvierten renommierten Antiquitätenhändlers aus London. Clark hatte auch mit ihm, der wie Clark selbst aus Schottland stammte, das eine oder andere Geschäft getätigt. Richard aber hatte Clarks schmales Buch mit Skepsis betrachtet. Es schien ihm nicht das Original zu sein. Eher eine sehr gute Kopie.

Richard überlegte, ob Stefan Arendt von Clarks Geschäften wusste und dieses Wissen zu seinen Gunsten ausnutzen wollte. Anna hatte ihm von Constantins Erfahrungen mit dem windigen Anglisten berichtet. Der Mann hatte sich einige Feinde gemacht, und vielleicht stand auch Clarks Besuch in dieser Gegend damit in Zusammenhang. Ob er Schumann davon erzählen sollte? Da der Kommissar ohnehin keine sehr hohe Meinung von ihm hatte – wobei hier, wie Richard vermutete, auch ein Quäntchen Eifersucht wegen Anna eine Rolle spielen konnte –, würde ihn Clarks Angebot an ihn nicht überraschen, ihm aber einen möglichen Hinweis auf die Aktivitäten des pensionierten Archivars und auf sein Verhältnis zu Stefan Arendt geben.

Der Gong fürs Abendessen tönte durchs Haus. Richard würde Anna reumütig von der Karte berichten, die ihm jemand entwendet hatte. Er fühlte sich wie in einer schlechten Komödie: der beklaute Dieb. Aber wer besaß die Kühnheit, in seinem Zimmer herumzustöbern? Konnte ihn jemand beobachtet haben, als er die Karte am Sonntag mitgenommen hatte? Diese Person hatte offenbar kein Problem gehabt, das Versteck zu finden und danach alles so ordentlich zurückzulassen, dass Richard keinen Verdacht gehegt hatte.

Als er wenig später das Esszimmer betrat, fiel ihm sofort auf, dass Anna nicht am Tisch saß. Sie zählte sonst immer zu den Ersten, die Astrids Ruf folgten. Ihr ständiger Begleiter Cú dagegen lag neben ihrem leeren Stuhl und blickte Richard aus seinen hellen Augen forschend an. Astrid trug die Suppe auf, und Richard bemerkte, wie freundlich der häufig eher grimmig dreinblickende Philip sie ansah. Es wäre kein Wunder, wenn da etwas liefe, dachte Richard. Barbara von Rödelshausen wirkte gegen Astrid wie eine überzüchtete Barbie. Sein Blick streifte die Baronin. Ob sie ihren Sohn schon in das Geheimnis der Puppen eingeweiht hatte? Wahrscheinlich noch nicht.

Die Stimmung bei Tisch wirkte ein wenig gedrückt, da die Unsicherheit über das Schicksal von Arendt und auch des verschwundenen Klas Eversen auf allen Gemütern lastete.

Doch dann räusperte sich plötzlich der alte Historiker Markland, der neben Harald Frostauer saß, und verkündete in die Stille hinein: »Mein Kollege Harald Frostauer und ich haben heute eine spannende Entdeckung gemacht, die wir rasch Kommissar Schumann melden müssen.«

Richard hörte nicht richtig hin. Vielleicht war Anna ja mit Kommissar Schumann im »Höhlenmann« zum Essen verabredet? Er fühlte einen leichten Stich von Eifersucht. Doch dann hätte Astrid sicher davon gewusst und nicht für Anna gedeckt.

»Und was haben Sie gefunden?« Michael Terhorsts Stimme drang in Richards Überlegungen.

»Wir haben heute in der Bibliothek nach Büchern zur Geschichte des Schattentals im 17. und 18. Jahrhundert gesucht. Frostauer möchte eine Geschichte dieser Region zur Zeit der Personalunion schreiben, zumal die Schlacht bei Hastenbeck im Jahre 1757 nicht weit von hier stattgefunden hat.«

Richard unterdrückte ein Gähnen. Wer würde sich dafür interessieren? Markland hatte das Gähnen bemerkt, denn er sah Richard unwillig an.

»Wir haben bei unserer Suche ein Buch aus dem frühen 19. Jahrhundert entdeckt, das den Titel ›Die Höhlen vom Koboldhügel‹ und den Untertitel ›Von Deserteuren, Geistern und Legenden‹ trägt. Verfasst hat dieses Werk übrigens Sigmund von Rödelshausen 1820. Da gehörte Hannover noch zu Großbritannien. 1820 war das Todesjahr von Georg III.

und zugleich das Jahr der Thronbesteigung seines Sohnes, Georg IV. Deshalb hat Frostauer sich das Buch gleich gegriffen.« Markland lächelte und machte eine Kunstpause, um sicher zu sein, dass ihm alle zuhörten.

Auch die Baronin, die an diesem Abend ausgelaugt wirkte, schien gespannt auf seine weiteren Ausführungen.

Markland räusperte sich lautstark und fuhr fort: »Und stellen Sie sich vor, was wir darin gefunden haben!«

Eine erneute Kunstpause des alten Herrn, der offensichtlich sein dramatisches Talent jahrzehntelang als Dozent an diversen Universitäten erprobt und ausgefeilt hatte, um seine Studenten bei Laune zu halten.

»Nun mach mal hinne!«, ließ sich Terhorst vernehmen.

Markland warf Frostauer einen kurzen Blick zu, der zustimmend nickte. »Es gibt noch eine fünfte Höhle!« Er sah sich beifallheischend im Kreis der Tischgäste um.

»Wie, eine fünfte Höhle?« Fritzen starrte Markland an.

»Jawoll, eine fünfte Höhle. Und die scheint mit der kleinen Schattenhöhle eng verbunden zu sein. Warum Sigmund von Rödelshausen das so genau wissen konnte, später aber dieses Wissen in den Bereich der Legenden abgetaucht ist, sodass die Höhle bis heute nicht wiederentdeckt worden ist, bleibt rätselhaft. Es gab immer nur Spekulationen darüber. Ich schätze, der Eingang und die Verbindung zur Nebenhöhle sind schon vor längerer Zeit durch einen Steinschlag oder einen Erdrutsch verschüttet worden. Also gibt es nicht nur die Bärenhöhle, die Einhornhöhle, die Koboldhöhle und die Globesteinhöhle alias Schattenhöhle, sondern eine fünfte Höhle, die der Verfasser als ›Schwarzes Loch‹ bezeichnet.«

»Das klingt ja fürchterlich gruselig«, spottete Terhorst, aber ihm war anzumerken, dass ihn diese Information überraschte und ihm zu denken gab. Geistesabwesend stocherte er mit der Gabel in dem Geschnetzelten herum, das Astrid als Hauptgang serviert hatte.

Auch Fritzen war für einen Augenblick auffallend still geworden. Dann sagte er: »Wenn das stimmt und Sigmund von

Rödelshausen das tatsächlich aus eigener Anschauung wusste, dann ist das eine großartige Neuigkeit. Und eine Herausforderung für Michael und mich!« Er wandte sich an Frostauer. »Und was bedeutet das für eure Recherchen?«

Frostauer lächelte schmallippig. »Beispielsweise, dass einige dieser Legenden von angeblichen Schätzen im Hügel oder geheimnisvollen Vorkommnissen eine reale Wurzel haben können. Markland hat recht. Vielleicht ist die Höhle nach dem Tod von Sigmund Rödelshausen verschüttet worden und wurde deshalb vergessen.«

Philip von Rödelshausen hob die Hand. »Das ist in der Tat sehr aufregend, da es bedeuten könnte, dass hier mehr Höhlenforschung betrieben wird, was wiederum dem Tourismus in der Gegend nützen würde. Wir sollten das morgen an Schumann weitergeben. Es könnte ja sein, dass Arendt dank seiner Recherchen darauf gestoßen ist und versucht hat, diese Höhle auf eigene Faust zu finden. Falls er dabei verunglückt ist, könnte er da unten verletzt, aber noch lebendig liegen.«

Richard schauderte es bei dem Gedanken. Ihn beschlich jäh die Ahnung, dass auch Dieter Elster irgendwie von dieser fünften Höhle erfahren haben konnte und sein eigenes Ding drehen wollte. Mit tragischem Ausgang.

»Wir sollten Schumann sofort informieren«, sagte er und schob seinen Teller weg. Ihm war der Appetit vergangen.

»Es ist zu dunkel, um jetzt noch etwas zu unternehmen«, sagte Philip. »Aber ich rufe ihn dennoch an. Und auch Mertens, der sich da oben besser auskennt als Schumann.«

Er zückte sein Handy. Richard juckte es in den Fingern, ihn zu bitten, Schumann nach Anna zu fragen, die immer noch nicht aufgetaucht war.

In diesem Augenblick kam Max Greve ins Esszimmer. Er sah ein wenig bleicher aus als sonst, was in seinem Fall bedeutete, dass seine Gesichtsfarbe der des frisch gestärkten Damast-Tischtuchs ähnelte.

»Entschuldigung«, sagte er mit heiserer Stimme. »Aber hat jemand von Ihnen Frau Bentorp gesehen? Sie ist heute Nachmittag mit Cú zu einem Spaziergang aufgebrochen und noch nicht wieder zurückgekommen. Ich sollte ihr heute Abend mit dem Umräumen einiger Bilder helfen, doch in ihrem Zimmer ist sie nicht, auch nicht im Arbeitszimmer, und zum Essen ist sie offenbar auch nicht erschienen.«

»Haben Sie es auf ihrem Handy versucht?«, fragte Richard, den ein eisiger Schock durchfuhr. Diese Situation schien ihm wie ein böses Déjà-vu.

»Ich erreiche nur die Mailbox«, antwortete Max. »Da Cú hier ist, hatte ich geglaubt, sie sei zusammen mit dem Hund zurückgekommen.«

Am Tisch brach Stimmengewirr aus. Die Baronin erhob sich halb von ihrem Stuhl. »Ich habe sie auch seit dem frühen Nachmittag nicht mehr gesehen. Es wird ihr doch nichts …«

Richard stand auf. »Ich habe kurz vor ihrem Spaziergang noch mit ihr gesprochen. Sie wollte vor Anbruch der Dämmerung zurück sein.«

Gesprochen hatte er eigentlich nicht wirklich mit ihr. Anna war wütend auf ihn gewesen, als sie von ihm erfuhr, dass er die Baronin nicht über die Puppen informiert hatte. Sie war aus seinem Zimmer gestürmt, und er hatte ihr nicht mehr gestehen können, dass er die Höhlenskizze auch »ausgeliehen« hatte.

Max wirkte angespannt. »Ich werde sie suchen gehen«, sagte er rau.

Auf seinen blassen Wangen hatten sich rote Flecken gebildet, und auf seiner Stirn standen Schweißtropfen. Der Mann wirkte wie verwandelt.

»Ich komme mit«, rief Richard.

»Ich auch«, sagte Michael Terhorst, dem sich Fritzen anschloss.

Philip hatte inzwischen Kommissar Schumann erreicht, der sofort zum Schloss kommen wollte.

»Wir sollten jetzt nicht alle in der Dunkelheit aufbrechen, um Frau Bentorp zu suchen. Max kennt sich wohl am besten aus, und natürlich wäre es gut, wenn Terhorst und Fritzen mitgingen.«

Max sah hinunter zu Cú, der noch immer neben Annas Stuhl lag. »Ich nehme den Hund mit. Die beiden waren zusammen unterwegs. Er kann sie vielleicht aufspüren.«

Zehn Minuten später brach der kleine Trupp von Männern auf. Richard blieb zurück. Er hätte die anderen nur behindert, da er sich nicht auskannte und zudem an Nachtblindheit litt, was ihm peinlich war. Er verließ die anderen Gäste der Baronin und ging hinüber in Annas Arbeitszimmer. Unter den Bildern, die hier standen, gab es einige, für die er sich interessierte. Er hatte ein hübsches Stillleben gesehen, das er der Baronin abkaufen wollte. Nicht das Werk eines berühmten Malers, aber ein gefälliges Bild, den niederländischen Malern des 17. Jahrhunderts nachempfunden, das sich in seinem Geschäft gut verkaufen lassen würde. Er hob das Bild aus der Gruppe der anderen heraus und betrachtete es. Ja, sehr anmutig und farblich stimmig. Er stellte es wieder zurück. Doch die Sorge um Anna trieb ihn dazu, wie ein gefangener Tiger durch den Raum zu streifen. Dabei fiel sein Blick auf einen Stapel Blätter auf dem Tisch und auf ein dickes Buch.

Richard nahm es in die Hand. Eine offensichtlich alte Ausgabe von »Waverley«. Die Innendeckel waren aufgetrennt worden. Richard nahm an, dass sich darin die losen Blätter neben dem Werk befunden hatten. Er griff nach einer Seite und begann zu lesen. Sein Englisch war nicht schlecht, doch er hatte einige Mühe, die Schrift zu entziffern. Es war ein Brief vom 12. August des Jahres 1803. Er legte das Blatt zurück auf den Tisch, da er nicht in Annas Unterlagen stöbern wollte.

Da sah er plötzlich, halb unter ein anderes Blatt gerutscht, Annas Handy und nahm es in die Hand. Es war auf stumm gestellt. Mehrere nicht angenommene Anrufe erschienen auf der Liste, darunter eine Nummer, die ihm vertraut war: Ian Clark hatte am späten Nachmittag versucht, Anna zu erreichen. Dann konnte der wohl von der Liste der verschollenen Personen gestrichen werden. Warum aber hatte er seine Verabredung mit ihm nicht eingehalten, dafür jedoch Anna angerufen? Richard geriet in arge Versuchung herauszufinden, ob Clark auf Annas Mailbox gesprochen hatte. Er hielt sich gerade noch zurück, verließ das Arbeitszimmer und ging hinüber in den Salon.

Dort servierte Astrid gerade Espresso. Philip saß auf dem Sofa neben seiner Mutter, ins Gespräch vertieft. Seine Frau hockte in einem Sessel neben dem Kamin und blätterte gelangweilt in einer Modezeitschrift. Markland und Frostauer lasen beide in irgendwelchen Büchern. Frostauer war seit einigen Tagen erstaunlich schweigsam. Er hatte kaum mit Richard geredet und Anna weitgehend ignoriert. Richard war nicht unglücklich darüber, doch so zurückhaltend kannte er den sonst eher großmäuligen Historiker nicht. Es herrschte eine spürbare Anspannung im Raum. Nur die beiden alten Herren Roth und Brecht ließen sich wie immer nicht die Laune verderben und nippten vergnügt an ihren Portweingläsern. »Frau Bentorp taucht schon wieder auf«, verkündete Brecht optimistisch.

Richard trat hinaus auf die Terrasse. Der Nachtwind fuhr durch die mächtigen Erlen und Buchen im Park, der noch schmale Mond spendete kaum Licht. Dafür blinkten zahllose Sterne über den Baumwipfeln und über dem Koboldhügel, der als schwarze Silhouette in der Ferne aufragte.

Ein schöner, stiller Abend, dachte Richard, wenn da nicht die Sorge um Anna wäre. Wohin konnte sie gegangen sein? Zu den Höhlen? Irgendwie drehte sich alles um diese verflixten Höhlen. Richard wünschte sich in diesem Augenblick, dass er nicht vor zehn Jahren rigoros mit dem Rauchen aufgehört hätte. Die Lust auf eine Zigarette überkam ihn nur sehr selten, dann aber umso heftiger. Er drehte sich um und ging zurück in den hell erleuchteten Salon. Philip telefonierte gerade mit dem Handy. Ein verhaltenes Lächeln glitt über sein Gesicht.

»Danke«, sagte er und wandte sich an die Gäste. »Endlich mal eine gute Nachricht! Max hat Anna gefunden. Es geht ihr gut. Sie scheint sich bei ihrem Spaziergang verirrt zu haben. Sie werden bald hier sein.«

Eine Welle der Erleichterung durchflutete Richard. Er tastete nach einem Sessel, da sich seine Beine auf einmal weich anfühlten.

Philip blickte kurz zu ihm herüber und sagte dann mit betont freundlicher Stimme, die aber einen kalten Unterton hatte: »Übrigens sind diese Ketten, die Sie bei den Puppen gefunden haben, recht interessant. Caspar Hermanns, der sich auch mit Edelsteinen gut auskennt, hat sie sich angeschaut. Die mit den blauen Steinen soll wohl eine Kopie einer berühmten Saphirkette aus dem 18. Jahrhundert sein, die mal in einer der Chroniken erwähnt wurde. Aber die Steine sind leider nur geschickt geschliffenes Glas. Die grüne dagegen hat drei echte Smaragde, der Rest besteht aus Amazonit. Die dritte Kette ist roter Achat. Diese beiden sind nicht wirklich wertvoll, aber hübsch. Bei der blauen Kette frage ich mich allerdings, wo das Original abgeblieben sein könnte. Mein Großvater muss gewusst haben, dass die Steine nicht echt sind. Aber eventuell hat diese Kette ja einen historischen Wert.« Philip lächelte kühl.

Richard wusste, dass ihn Philip damit »abgewatscht« hatte. Zugleich ahnte er, dass Elfies Kette zu einem Rätsel aus der Vergangenheit gehörte. Plötzlich überkam Richard ein vages Gefühl von Furcht, das in den vielen Geheimnissen des Schlosses und seiner Bewohner wurzelte. Am liebsten wäre er aufgesprungen und abgereist, aber er wusste, dass er Anna nicht zurücklassen durfte. Diesmal konnte sie auf ihn zählen.

Annas Höhlenfahrt

Schumann sah Anna besorgt an. Sie saßen sich in der geräumigen Schlossküche gegenüber. Vor Anna stand ein Becher mit dampfend heißer Schokolade auf dem blank gescheuerten Holztisch, Astrids Allheilmittel gegen jede Art von Beschwerden. Anna hatte sich notdürftig das Gesicht gewaschen, in dem aber noch immer Spuren von Moos und Staub zu sehen waren. Sie war blass und erschöpft, was Schumann nicht verwunderte. Er war glücklich, dass Max Greve Anna gefunden hatte, als sie ziellos in der Dunkelheit den rückwärtigen Abhang des Koboldhügels hinuntergetaumelt war.

Vorsichtig fragte er sie nach ihrem ersten großen Schluck Kakao: »Was genau ist passiert? Das Letzte, was wir wissen, ist, dass Sie spazieren gegangen sind.«

Anna fuhr sich mit der Hand übers Gesicht und verwischte dabei Reste von Schmutz. Ein kleines Stückchen Moos klebte auf ihrer Nasenspitze, worüber Schumann trotz allem lächeln musste.

Sie bemerkte seinen Ausdruck. »Ich sehe sicher toll aus, aber Moos in jeder Form steht mir bekanntermaßen gut.«

Schumann lachte auf. Zum Glück hatte sie ihren Humor nicht verloren.

Dann aber wurde Anna ernst. »Ich wollte bei meinem Spaziergang hinauf zur Bärenhöhle und einen kurzen Blick hineinwerfen. Doch irgendwann auf dem Weg bekam ich das mulmige Gefühl, dass mir jemand folgt. Ich habe es erst gar nicht richtig wahrhaben wollen, weil ich von der Gegend so fasziniert war. Dieser Hügel mit seinen Buchen, Erlen und Nadelbäumen wirkt auf der einen Seite düster und abweisend, wenig Vogelgezwitscher, dafür immer dieser leise Wind in den Baumwipfeln. Aber gleichzeitig ist er auch reizvoll.«

Anna trank einen Schluck Kakao, bevor sie fortfuhr: »Als es zu dämmern begann, habe ich plötzlich gespürt, wie sich hinter mir im Gebüsch etwas bewegt hat. Erst dachte ich, es sei irgendein Tier, vielleicht auch Cú, wobei der mich schon eine gute Viertelstunde zuvor verlassen hatte, um wieder nach Hause zu laufen. Aber dann habe ich einen Schatten hinter einem dieser dornigen Sträucher am Rand des ausgetretenen Pfades gesehen, der zum Hügelkamm führt.«

Sie trank noch einen Schluck, dann sah sie Schumann fast flehend an. »Ich bin eigentlich kein Feigling, aber auf einmal bekam ich Angst. Immerhin gab es ja da oben bei der Bärenhöhle einen Toten, und Klas Eversen und Stefan Arendt werden noch immer vermisst. Ich glaube nicht an Gespenster, aber durchaus an Menschen, die wesentlich unangenehmer sein können als die Geisterwesen, wie sie in den Sagen dieser Gegend vorkommen.«

Sie hielt inne. Schumann drängte sie nicht. Anna holte tief Luft und schob den Kakaobecher beiseite. »Und dann war ich oben bei der Bärenhöhle, wo ja noch immer Teile der Absperrbänder hängen. Da ich nichts mehr im Gebüsch rascheln hörte, habe ich gedacht, ich hätte mir diesen Verfolger nur eingebildet. Ich habe einen kurzen Blick in den schmalen Eingang der Höhle geworfen und wollte bereits umdrehen, weil es allmählich dunkel wurde. Tja, und da war es wieder, dieses Rascheln, als ob jemand hinter den Sträuchern lauerte. Ich bin dann ziemlich kopflos losgespurtet und wollte mich irgendwo verstecken. Dabei bin ich in eine andere Höhle geraten, die nicht weit von der Bärenhöhle entfernt liegt. Kein gemütlicher Ort, wie Sie sich vorstellen können.«

Anna stockte. Wie konnte sie Schumann ihre Ängste verständlich machen, ihm diese unheimliche Stimmung in dem steinernen Schlund mit den kargen Felswänden überzeugend schildern, diesen mit dünnen Rissen durchzogenen Boden, auf dem Mengen von Fledermauskot lagen, diesen scharfen Geruch gemischt mit dem fauligen Gestank von verwesendem Moos?

»Ein enger Eingang, dann weitet sich der Raum, und es gibt eine Reihe von Felsvorsprüngen. Die Höhle scheint recht tief in den Hügel hineinzuführen. Aus dem Inneren kommt ein kühler Luftzug. Das letzte Tageslicht hat nur den vorderen Teil der Höhle etwas erhellt. Da hängen ziemlich viele Spinnweben von der Decke, die so an die drei Meter hoch sein müsste. Und überall sind diese schleimigen Moosflechten. Sie kleben an den Wänden und auf dem Boden und wachsen auf jedem kleinen Stein.«

Anna schüttelte sich. »Ich habe mich über mich selbst geärgert, dass ich da hineingerannt bin. Diese Höhle ist eine ideale Falle. Ich weiß nicht, ob es nur Einbildung war, aber ich habe geglaubt, einen schnaubenden Atem in meiner Nähe zu hören. Da bin ich völlig ausgeflippt. Ich habe mich hinter einem der Felsvorsprünge zusammengekauert und geglaubt, ein scharrendes Geräusch zu hören, als ob jemand leise vor der Höhle vorbeigeht.«

Schumann nahm ihre Hand und drückte sie. »Ich verstehe Ihre Furcht. Es ist selbst bei Tageslicht unheimlich in diesen Höhlen. Abends muss das wie das Szenario aus einem Horrorfilm sein, vor allem wenn man ganz allein ist.«

Anna nickte. »Ich habe eine ganze Weile gewartet. Ich Idiotin hatte mein Handy in meinem Arbeitszimmer vergessen, konnte mich also nirgendwo melden, keine Nachricht schicken, nichts. Es wurde dann draußen rasch dunkler, was meine Stimmung auch nicht gerade gehoben hat.« Sie lächelte plötzlich. »Als Kind habe ich die Abenteuer von Tom Sawyer geliebt, am meisten die Passage, als er mit seiner Freundin Becky in die Höhle geht und die beiden sich erst an den Tropfsteinen, an dem kleinen See und den hohen Decken erfreuen, bis sie sich verirren. Aber diese enge Felsengrotte mit ihren zerfurchten Wänden voller Flechten und Schrunden ähnelt so gar nicht der Kathedrale, die Mark Twain beschreibt. Es riecht muffig und feucht, und der Gang verliert sich irgendwo in der Tiefe.«

Mit einem großen Schluck leerte sie ihren Becher. »Als ich draußen nichts mehr außer diesem ewigen Wind in den Büschen gehört habe, habe ich mich aus der Höhle hinausgetraut. Eigentlich wollte ich den Hügel hinunterlaufen, aber dann habe ich wieder dieses Rascheln gehört. Und da bin ich losgerannt. In die falsche Richtung. Ich bin hinter den Hügelkamm auf die andere Seite geraten. Da liegt ja nur diese kleine Globesteinhöhle. Seltsamerweise aber hatte ich plötzlich das Gefühl, dass aus dieser Höhle Geräusche kamen, wobei sie gleichzeitig irgendwie tiefer im Hügel entsprangen. Als ob die Schattenhöhle eine Art Schalltrichter sei. Es war so etwas wie ein Klopfen oder Schaben. Das hat mich total in Panik versetzt. Ich bin dann völlig kopflos immer weitergerannt und habe mich dabei hoffnungslos verirrt.«

Anna schauderte. »Es war inzwischen dunkel, und ich habe versucht, irgendwie den Weg hinunter nach Hammelshausen zu finden. Ehe ich total durchgedreht bin, habe ich glücklicherweise Stimmen gehört. Max hat meinen Namen gerufen, und Cú kam mir entgegengesprungen. Ich bin wie eine Betrunkene herumgetaumelt. Meine Beine waren butterweich.« Sie seufzte. »Und jetzt bin ich wieder da. Es tut mir leid, dass es so viel Aufregung um mich gegeben hat.«

Schumann sah sie an. »Ich bin heilfroh, Anna, dass Sie wohlbehalten wieder hier sind. Aber ich werde versuchen herauszufinden, ob Sie jemand verfolgt haben könnte.« Er stand auf und lächelte. »Sie sollten sich jetzt in aller Ruhe dem Moos in Ihrem Gesicht widmen.«

Anna griff nach seinem Arm. »Das hätte ich bei all der Aufregung fast vergessen. Als ich in der Höhle hinter dem Felsen hockte, habe ich das hier gefunden.« Sie reichte Schumann eine Streichholzschachtel, auf der in schrägen Lettern »Zum Höhlenmann« stand. »Vielleicht hat das jemand verloren, der sich auch dort versteckt hat.«

»Gut kombiniert, Miss Marple«, sagte Schumann. »Das könnte Klas Eversen gewesen sein, von dem leider noch immer jede Spur fehlt.« Er wickelte die Streichholzschachtel in ein Taschentuch, steckte es in seine Jackentasche und wandte sich zur Küchentür.

Ehe er hinausging, drehte er sich noch einmal zu Anna um.

»Wir sollten die Blätter aus dem Scott-Roman möglichst rasch entziffern. Ian Clark konnte ich bisher noch nicht auftreiben. Langsam reicht es mir. Leute tauchen auf, verschwinden wieder und scheinen allesamt irgendwelche Geheimnisse zu haben. Wie sagt der amerikanische Schriftsteller William Faulkner so treffend? ›Das Vergangene ist nicht tot. Es ist nicht einmal vergangen.‹ Und das scheint hier genauso zu sein.«

Schumann war immer für eine Überraschung gut. Dass er Faulkner kannte, hätte Anna ihm nicht zugetraut. Sie blieb noch einige Minuten sitzen, bevor sie mit wackligen Schritten hinüber in ihr Arbeitszimmer ging.

Im Schein der Lampen leuchteten ihr die kleinen Gainsborough-Porträts entgegen, und der Junge auf dem zweiten Bild schien sie anzulächeln. Aber Anna wollte nur noch ins Bett. Sie sammelte die Blätter aus dem Einband von »Waverley« vom Tisch auf und nahm sie mit in ihr Schlafzimmer. Bloß weg von den anderen Gästen, weg von all diesen fragenden Blicken und auch weg von Richard, der sie in der Eingangshalle mit einem für seine Verhältnisse sehr keuschen Wangenkuss verlegen begrüßt hatte, und Harald Frostauer, der sich seltsam benahm und etwas auf dem Herzen zu haben schien, es aber offensichtlich nicht loswurde. Auch die verschwörerischen Blicke, die Terhorst und Fritzen tauschten, waren ihr zuwider. Ihr gemütliches Schlafzimmer erschien ihr wie ein rettender Hafen.

Sie nahm die Blätter mit in ihr kuscheliges Bett und begann trotz ihrer Müdigkeit zu lesen.

Die Abenteuer des Charles MacNeill I

Drumnadrochit, im Juli des Jahres 1803

Hochgeschätzter Walter Scott,
ich danke Ihnen für Ihre freundliche Antwort auf meine bei-
den Briefe vom Januar und Mai dieses Jahres. Ihr Interesse an
meiner Familie hat mir sehr geschmeichelt, zumal Sie offenbar
an einem Werk über jene Jahre arbeiten, in denen mein Groß-
vater James MacNeill selbst in den Mahlstrom der Unruhen
geriet. Ich selbst habe vor wenigen Jahren das Erbe meiner
Familie angetreten und wohne wieder auf dem alten Stamm-
sitz der MacNeills in Drumnadrochit. Es hat meinen Vater
Alistair viel Zeit und seine letzten Ersparnisse gekostet, das
Haus wiederaufzubauen und die Schäden aus vergangenen
Jahrzehnten zu beseitigen. Die Unruhen sind nicht spurlos an
unserem Stammsitz vorübergegangen. Es schmerzt mich noch
immer sehr, dass mein Großvater nie mehr in seine Heimat
zurückgekehrt ist und wir nicht wissen, was damals mit ihm
geschehen ist. So viele Rätsel umgeben sein Geschick, und
auch meine geliebte Großtante Claire, bei der mein Vater in
Glasgow aufgewachsen ist, hat nicht alle Geheimnisse ent-
schlüsseln können. Sie starb 1787. Auch ich konnte bei meiner
Reise nach Deutschland im Jahre 1788 nur wenige Hinweise
auf das Schicksal meiner Familie entdecken. Vieles blieb im
Dunkeln.
Umso glücklicher schätze ich mich, dass Sie, Schottlands
größter Dichter, ein solch reges Interesse an der Geschichte
meiner Vorfahren zeigen. Wie ich Ihnen schon in meinem
ersten Schreiben vor nunmehr einem halben Jahr angedeutet
habe, liegt mir sehr am Herzen, dass die Nachwelt meinen
Großvater nicht vergisst. Er hat Schottland nach der Schlacht
bei Culloden 1746 mit seiner Frau Alexandra, meiner Groß-
mutter, und einigen Dienern verlassen. Meinen Vater Alistair

ließ er in der Obhut seiner Cousine Claire zurück, immer in der Absicht, eines Tages zurückzukehren und wieder in seiner Heimat zu leben. Seit dem Winter 1751 hatte Claire de Abreville jedoch nichts mehr von meinem Großvater gehört, mit dem sie trotz aller Schwierigkeiten doch immer in Kontakt stand. Auch der Vetter meiner Großmutter, Rudolf von Rödelshausen, brach im Februar 1751 jede Verbindung ab und hat auf keinen der Briefe meiner Großtante mehr geantwortet. Claire ahnte, dass sich ein Drama ereignet haben musste und meinem Großvater ein Unheil zugestoßen war, zumal sich auch sein treuer Diener William Fraser nicht mehr bei den Zieheltern meines Vaters meldete.

Mein Vater war in jener Zeit noch ein Kind. Erst nach Ende des sieben Jahre währenden Krieges 1763 hätte er die Reise auf den Kontinent antreten können, doch eine längere Krankheit verhinderte dies. Ein Jahr zuvor hatte er meine Mutter geheiratet, Lady Annabella Campbell. Ich wurde am 5. Juni 1766 geboren. Leider waren meinen Eltern keine weiteren Kinder mehr vergönnt. Meine Mutter starb, als ich fünf Jahre alt war. Mein Vater hat nie wieder geheiratet. Er war kein gesunder Mann und musste auf seine militärische Laufbahn verzichten. Sein eigentliches Streben aber wäre die Erforschung fremder Länder gewesen, und als James Cook 1768 auf seine erste große Forschungsreise aufbrach, hatte mein Vater sich beworben mitzureisen. Er war dank seines Ziehvaters Hugh de Abreville, einem bedeutenden Astronomen seiner Zeit, in Astronomie bewandert. Doch obgleich er zu den Auserwählten für Cooks erste Reise gehörte und schon fast auf dem Weg nach England war, blieb ihm dieses Glück in letzter Minute versagt. Seine Krankheit brach erneut aus, und er musste in Glasgow bleiben. Es hatte wohl auch sein Gutes. Denn wäre mein Vater mit Cook auf Reisen gegangen, hätte er meine Mutter vor ihrem Tod nicht mehr gesehen.

Und so verzichtete mein Vater auf seine hochfliegenden Träume, so auch auf seinen Plan, nach Deutschland zu reisen, um nach seinem Vater zu forschen. Diese Aufgabe übertrug er *mir. 1785 zog mein Vater zurück in das Schloss seiner Familie, zwei Jahre später, im Januar des Jahres 1787, starb sein Ziehvater Hugh de Abreville und hinterließ meinem Vater genügend Geld, um das Schloss unserer Vorväter wiederaufzubauen. Nur wenige Monate nach Hughs Tod erkrankte Claire, die Ziehmutter meines Vaters, überraschend und starb an einem milden Julitag, sehr zum Kummer meines Vaters. Sie hinterließ ihm das Haus in Glasgow, das er nicht verkaufte, sondern für mich erhalten wollte. Ich bin dort fast lieber gewesen als in unserem Schloss am Loch Ness, dessen viele kahlen Wände davon zeugen, dass die einst stolze Sammlung von Gemälden niederländischer und italienischer Künstler meines Urgroßvaters Angus MacNeill und meines Großvaters verschwindend klein geworden war. Der Herzog von Cumberland hatte sich 1746 an ihr bedient, und in späteren Jahren musste der Verwalter meines Großvaters immer wieder Gemälde verkaufen, um das Schloss vor dem Ruin zu bewahren. Diese Bilder aus unserem Besitz schmücken heute die großen Sammlungen in London und Edinburgh.*

Im Herbst 1787 wurde bekannt, dass James Watt, der aufgrund seiner bahnbrechenden Verbesserungen von Maschinen, die mittels Dampfkraft betrieben werden, in die Annalen der Geschichte eingegangen ist, eine Reise nach Deutschland plante. Dort wollte er in den Bergwerken des Harzes neue Anregungen sammeln und die Bergwerksbetreiber über den Nutzen der von ihm entwickelten Dampfmaschinen beraten. Der Harz gehört zum Kurfürstentum Hannover. Mein Vater sandte einen Brief an Watt und bat ihn, mich auf diese Reise mitzunehmen. Er sah darin eine gute Gelegenheit, mehr über das Schicksal seines Vaters zu erfahren. »Der Ith, wo dein Großvater einige Jahre gelebt hat, liegt nicht weit vom Harz entfernt«, erklärte er mir. »Du kannst auf der Rückreise vom Harz in Schloss Hammelsberg vorsprechen.«

Ich bin zwar kein Ingenieur, sondern widme mich der Landwirtschaft, die nun wieder zu unserem Schloss gehört. Obgleich also mein Interesse an Dampfmaschinen nur wenig ausgeprägt ist, nahm mich Watt aus Freundschaft zu einem alten Bekannten meines Vaters mit auf seine Reise.

Die Seereise habe ich ohne Schaden überstanden, und Watt erwies sich als ein recht guter Unterhalter, wenn es um die Beschreibung seiner Erfindungen in der Vergangenheit und ihrer Bedeutung für die Zukunft ging. Er vertrieb uns die Zeit an Bord auf angenehme Weise mit seinen Visionen von Fahrzeugen, die sich mit Hilfe seiner Maschinen fortbewegen, sogar von Luftschiffen sprach er. Selbst in der Landwirtschaft, prophezeite er mir, würden eines Tages die Arbeitsmaschinen mit Dampfkraft und nicht mehr durch Zugtiere betrieben werden.

Auch der anschließende Ritt von der Küste nach Hannover, wo wir einige Tage blieben, und dann weiter nach Goslar war ereignislos. Frühsommerliche Wärme erfüllte das Land, die Menschen arbeiteten auf den Feldern, und das Kurfürstentum mit seinen satten Wiesen, weiten Feldern und bewaldeten Hügeln gefiel mir. Im Vergleich zu London ist Hannover natürlich ein Dorf, doch gibt es dort hübsche Häuser, und die prachtvollen Gartenanlagen des Schlosses in Herrenhausen können sich mit den königlichen Gärten in London durchaus messen. Goslar ist mit seinen mittelalterlichen Häusern ein reizvoller Flecken und das Tor zum Harz.

James Watt zeigte sich mir gegenüber durchaus freundlich, aber wenig interessiert an meiner Person, da er allzu sehr beschäftigt war mit seinen eigenen Themen. Als ich ihm aber erzählte, dass mein Großvater die Schlacht von Culloden erlebt und überlebt hatte, seit einigen Jahrzehnten jedoch in einem hügeligen Gebiet namens Ith verschollen sei, sprang ein lebhafter Funke in seine Augen. Immerhin war er ja Schotte. Er selbst war im Jahr der Schlacht von Culloden erst zehn Jahre alt gewesen, und sein Vater hatte als glühender Patriot für den Sieg der Jakobiten gebetet. James Watt jedoch enthielt sich jeder politischen Stellungnahme. Vom Ith hatte er gehört, dass es dort interessante Felsformationen mit Höhlen gäbe, allerdings keine Bergwerksgruben. Mein Plan war es, ihn und seine Gruppe durch den Harz zu begleiten und die *berühmten Gruben Caroline und Dorothea bei Clausthal zu besuchen. Danach wollte ich mich rasch selbstständig machen und zum Schloss Hammelsberg reiten, das in der Nähe des Städtchens Hameln liegt. Nicht weit von Hameln kam es 1757 zur Schlacht von Hastenbeck, in der die Franzosen den Herzog von Cumberland besiegten. Der Schatten von Culloden reicht bis in diese Gegend von Deutschland, scheint es mir.*

Die Befahrung der Gruben war für mich kein angenehmes Erlebnis: überall dieses Raunen und Summen, diese engen Stollen und dieses flackernde Licht, das Schatten an die rohen Wände warf. Dazu das Geräusch von tröpfelndem Wasser. Ich kam mir vor, als hätte ich mich in einem unterirdischen Labyrinth verirrt. Anders meine Reisegefährten James Watt und seine Ingenieure. Sie zeigten sich begeistert von den Schauplätzen tief im Berg. Es gibt viele Höhlen in diesem Gebirge, in denen laut der Sagen Zwerge Schätze hüten. Aber auch das Erz, das hier geschürft wird, ist ein Schatz, den die Zwerge nicht länger schützen können. Diese Landschaft gleicht ihren Sagen und Legenden, schön und grausam zugleich.

Annas Augen fielen langsam zu. Doch es war ihr, als ob sie in diesem Grenzbereich zwischen Wachen und Schlafen die Reise des jungen Charles MacNeill wie in einem Film verfolgte.

Sie sah ihn auf dem Schiff zusammen mit dem 1736 in Greenock an der schottischen Westküste geborenen Erfinder James Watt, 1788 ein Mann von zweiundfünfzig Jahren, den Kanal überqueren. Es war später Frühling. Aber selbst bei ruhigem Wetter konnte die Seereise nach Holland oder Deutschland mehrere Tage dauern. Auch Stürme waren nicht selten zu dieser Jahreszeit, ebenso erste Gewitter. Anna wusste nicht, wie der junge Charles MacNeill aussah; Bilder von James Watt kannte sie dagegen. Aber sie stellte sich MacNeill als hochgewachsen und mit den gleichen blauen Augen vor, wie sie sein Vater Alistair auf dem Bildnis von Thomas Gainsborough hatte. Sicher ein hübscher junger Mann, der da im Gefolge des genialen Schotten James Watt ins Kurfürstentum Hannover aufgebrochen war.

Im Jahre 1824 beschrieb Heinrich Heine in seiner Harzreise jene Gruben, die Watt im Juli 1788 besucht hatte. Auf Anna, die dieses Werk des deutschen Spätromantikers mit großem Vergnügen gelesen hatte, wirkten die Schilderungen der Gruben wie die Kulisse von Horrorromanen. Heines Darstellung entsprach den Eindrücken von Charles MacNeill. Auch Heine fühlte sich nicht wohl bei all dem »verworrenen Rauschen und Summen« im Inneren des Berges. Und sein Mitgefühl galt dem »einsamen Bergmann, der dort den ganzen Tag sitzt und mühsam mit dem Hammer Erzstücke aus der Wand herausklopft«.

Die Grube Caroline bezeichnete er als die »hässlichste Caroline«, die er je gesehen habe, während er die Grube Dorothea als »luftiger und frischer« beschrieb. Das war knapp vierzig Jahre, nachdem Watt die Harzer Bergwerke besucht hatte. Zwar nutzte man längst »moderne« Maschinen, aber die Berge hatten sich nicht verändert, und die Sagen erzählten noch immer von den Zwergen, die Schätze bewachten.

Die Blätter rutschten vom Bett und fielen auf das Parkett. Annas letzter Gedanke, ehe sie wegdämmerte, galt der Anmerkung von Charles MacNeill, dass der Herzog von Cumberland nicht weit von hier seine letzte große Schlacht geschlagen hatte. Dies setzte sich in ihrem Unterbewusstsein fest und verfolgte sie bis in ihre Träume.

Schumanns Dilemma

Der Mittwochmorgen dämmerte herauf. Hans Schumann war längst wach. Er hatte am Abend zuvor noch mit Klaus Fritzen überlegt, wie man in das gemeinsam von Markland und Frostauer in dem Werk von Sigmund von Rödelshausen sozusagen »entdeckte« »Schwarze Loch« vordringen könne. Falls diese Schilderung des Chronisten, der von dunklen Gängen und finsteren Winkeln »jenseits der bisher gangbaren Höhlen« schrieb, der Realität entsprach. Nahm man diese Worte für bare Münze, musste es einen Zugang durch eine der anderen Höhlen geben. Fritzen versprach Schumann, gleich am nächsten Morgen an der Felswand auf der Rückseite des Hügels nach Spuren zu suchen. Er befürchtete allerdings, dass der Zugang zum »Schwarzen Loch« eventuell in der Koboldhöhle liegen könnte.

Auf den Vorschlag Schumanns, in der Schattenhöhle nach einem bisher unbekannten Durchgang ins Innere des Hügels zu suchen, wobei er an Annas Bemerkung über das Klopfen und Schaben im Inneren des Hügels dachte, reagierte Fritzen zunächst abweisend. Die Höhle sei zu klein, dort könne es keine bisher nicht entdeckten Eingänge ins Berginnere geben. Er habe deshalb diese Höhle auch nie als lohnenswert erachtet.

Doch so leicht wollte Schumann seinen Vorschlag nicht aufgeben. Was ihn an diesem frühen Septembermorgen aber vor allem umtrieb, war seine gestrige Begegnung mit Harald Frostauer. Der Historiker hatte ihn am späten Abend um eine kurze Unterredung gebeten und wirkte ungewöhnlich nervös.

»Herr Kommissar«, begann er und schob seine leicht zitternden Hände in seine Jackentaschen. »Herr Kommissar, ich muss Ihnen etwas mitteilen. Das ist mir peinlich, weil ich etwas gehört habe, das mich nichts anging. Ich habe aber gelauscht.« Frostauers Gesicht lief rot an.

Schumann ermutigte ihn. »Wenn es für unseren Fall relevant ist, dann ist es unerheblich, ob Sie den Lauscher an der Wand gespielt haben.«

»Gut«, sagte Frostauer erleichtert. »Nun, ich saß am Sonntagabend in der Bibliothek in einem dieser dicken Sessel, in denen man wunderbar versinken kann. Fritzen und Terhorst kamen herein und haben mich nicht wahrgenommen. Terhorst war schlecht gelaunt und hat Fritzen vorgeworfen, dass er hinter seinem Rücken Geschäfte mit Elster habe machen wollen.«

»Mit Dieter Elster?«, fragte Schumann erstaunt.

»Ja, ja, mit Dieter Elster.« Frostauer zog die Hände aus den Jackentaschen und fuchtelte damit herum. »Offenbar war Elster in illegale Geschäfte verstrickt. Fritzen wehrte sich und hat wiederum Terhorst vorgeworfen, der ja angeblich Dieter Elster nicht gut kannte, diesem gelegentlich Funde zugeschoben und davon profitiert zu haben. Fritzen hat zudem heftig geleugnet, jemals mit Elster Geschäfte gemacht zu haben. Elster habe ihm lediglich vor einigen Wochen eine Mail geschrieben und auf seine Absicht hingewiesen, die Höhlen auf dem Koboldhügel näher anzuschauen, auch unter dem Aspekt einer ›fetten Beute‹. Terhorst sagte daraufhin, auch ihm habe Elster so eine Mail geschickt.«

Frostauers Gesichtsausdruck spiegelte seine Empörung über dieses moralische Fehlverhalten von Kollegen wider. Hastig fuhr er fort: »Fritzen sagte, er habe Elster per Mail geantwortet, dass er an einer Zusammenarbeit nicht interessiert sei, und forderte Terhorst auf, er müsse klar Schiff machen. Wörtlich hat er gesagt: ›Du solltest dem Kommissar von Elsters unsauberen Plänen erzählen.‹ Terhorst hat bloß gelacht und gesagt: ›Das ist ja wohl jetzt überflüssig. Wenigstens kann er niemanden mehr erpressen.‹ Fritzen hat ihn gefragt, ob er denn Elster an dem Tag an der Höhle getroffen habe, und Terhorst hat daraufhin nur geantwortet: ›Und wenn? Ich war nicht der Einzige da oben an diesem Nachmittag.‹ Danach sind die beiden wieder aus der Bibliothek hinausgegangen, und ich bin noch eine Weile dageblieben, weil ich nach Chroniken über die Familie Rödelshausen gesucht habe.«

Dass Frostauer so lange gezögert hatte, Schumann von diesem Gespräch zu berichten, entschuldigte er mit den Worten: »Ich fühle mich nicht wohl dabei, Kollegen zu verpetzen, aber ich glaube, angesichts all der Ereignisse der vergangenen Tage sollten Sie davon wissen.«

Schumann zückte sein Notizbuch. Vielleicht hatte Terhorst wirklich etwas mit dem Tod von Elster zu tun. Vielleicht hatte ihn Elster tatsächlich zu erpressen versucht. Aber was war mit dem Verschwinden von Stefan Arendt? Er glaubte nicht, dass Arendt etwas gegen Terhorst in der Hand gehabt hatte. Das passte nicht zusammen. Da gab es schon einige, die eher in Verdacht standen, mehr über das Verschwinden von Arendt zu wissen, als sie behaupteten. Durch die Schilderung von Constantin von Lengsfeld angeregt, hatte er seine Leute noch einmal intensiv über einige der anderen Gäste im Schloss nachforschen lassen.

Caspar Hermanns zum Beispiel war vor einigen Jahren ins Schlaglicht geraten, als eine ältere Dame ihn beschuldigte, sie über den Tisch gezogen zu haben. Sie hatte ihm einen Kupferstich aus Familienbesitz angeboten, den Hermanns als wenig wertvoll bewertete und ihr dann sozusagen als »Gnadenakt« abgekauft hatte. Kurze Zeit später stellte die Dame fest, dass Hermanns ihr eine völlig falsche Einschätzung des Stichs gegeben und ihn auf einer Auktion zum zwanzigfachen Preis angeboten hatte. Hermanns kam mit einer Verwarnung davon und musste der Dame noch ein erkleckliches Sümmchen zahlen. Er hatte in den letzten Jahren immer wieder auch mit Philip von Rödelshausen Geschäfte getätigt, der ihm Bilder aus der Sammlung seines Großvaters verkauft hatte, wahrscheinlich ohne Wissen seiner Mutter. Es waren außer den beiden Hogarths keine ganz großen Meister gewesen, aber immerhin befand sich darunter auch eine Winterlandschaft von Andreas Schelfhout, einem niederländischen Maler aus dem 19. Jahrhundert, dessen Gemälde bei Auktionen bis zu hunderttausend Euro brachten. Das besagte Bild war für neunzigtausend Euro unter den Hammer gekommen. Für den Baron kein schlechter Deal, obgleich es so schien, als habe Hermanns bei dem Handel das dickere Ende erwischt. Philip von Rödelshausen überließ diese Geschäfte aber dennoch seinem »Freund«.

Denn Philip brauchte Geld. Er führte in Frankfurt einen Lebensstil auf großem Fuß, seine gemietete Villa in Bad Homburg kostete monatlich mehrere tausend Euro, seine Frau Barbara liebte Shopping-Touren in allen Metropolen der Welt. Schumann ahnte, dass Hermanns den Baron nicht nur einmal hinters Licht geführt hatte. Laut den Recherchen hatte sich zum Beispiel ein Gemälde mit einer Flusslandschaft, das Hermanns als Werk eines unbekannten Niederländers eingestuft hatte, im Nachhinein als ein Esaias van de Velde mit vielfachem Wert entpuppt. Aber offenbar hatte Philip daraus keinerlei Konsequenzen gezogen und Hermanns erneut auf das Schloss eingeladen, sicher auch, um ihm weitere Bilder anzubieten. Es wunderte nicht, wenn der Wunsch der alten Baronin, Anna möge einen Blick auf die Bilder vom Dachboden und auf weitere Gemälde im Schloss werfen, vor allem bei Hermanns zu unterdrücktem Ärger führte.

Ein weiterer Verdächtiger schien in Schumanns Augen Philip von Rödelshausen selbst zu sein. Wenn Stefan Arendt dank seiner intimen Einsichten in die Familiengeschichte der von Rödelshausens irgendeinen Skandal entdeckt hatte, dessen Auswirkungen den heutigen Familienmitgliedern schaden konnten, hätte Philip durchaus ein Motiv gehabt, den lästigen Erpresser zu beseitigen.

Die Familiengeschichte der von Rödelshausens interessierte Schumann mittlerweile mehr, als er ursprünglich gedacht hatte. Dabei konnte ihm sicherlich die Chronik helfen, die Anna bei ihrem Ausflug in die Gruft gefunden hatte. Er hatte noch keine Zeit gehabt, sie sich näher anzuschauen.

Vermutlich hatte Klas Eversen das schöne Buch mit den Goldlettern auf dem Einband aus der Bibliothek gestohlen.

Aber offensichtlich nicht, um es zu verscherbeln, sondern um es sich anzuschauen. Schumann verspürte fast so etwas wie Sympathie für den Jungen, dessen Schicksal ihn inzwischen ebenso beschäftigte wie das von Stefan Arendt. Ein Junge, der Bilder liebte und selbst durchaus zeichnerische Begabung zeigte, wie ihm Else Eversen gesagt hatte. Schumann hoffte, dass der Junge noch lebte und eine zweite Chance bekommen würde, dem Bann seiner Goblins zu entkommen.

Er hatte Anna um die Chronik gebeten, die sie ihm gerne anvertraute. Anna hatte ihm kurz berichtet, dass sie zwei Gainsboroughs entdeckt habe, die dem Schotten James MacNeill gehört hatten und seine Frau und seinen Sohn zeigten. Sie fürchtete, dass diese Bilder in die Hände von Hermanns fallen könnten. Die Situation war ohnehin delikat, da die Eigentumsrechte an den beiden Werken nicht geklärt seien. Vielleicht gab die alte Chronik dazu einen Hinweis.

Schumann schlug die Chronik auf, blätterte darin und stieß auf das Jahr 1757. Der Chronist bemerkte, dass das Schloss, das 1752 abgebrannt war, nun fast wieder in altem Glanze erstrahle. Glücklicherweise habe man einen Großteil der Bilder und Möbel, wenn auch nicht alle, retten können, da wegen Umbauarbeiten im Schloss vieles in die Scheunen ausgelagert gewesen sei. Wilbert, der Sohn der von Rödelshausens, war inzwischen zwei Jahre alt.

In der Chronik hieß es: »Der kleine Erbe wächst gesund heran.«

Eine Pockenepidemie ein Jahr zuvor hatte das Kind und seine Eltern verschont, aber einige Todesopfer im Tal gefordert. So starben der Pfarrer des Dorfes, seine Frau und der Wirt des »Bären«, wie damals das einzige Wirtshaus in dieser Gegend hieß. Sein Sohn Alfred Burg übernahm die Wirtschaft.

Dann ist wohl aus Burg irgendwann Borg geworden, dachte Schumann, und damit befindet sich das Haus, das heute den Namen »Zum Höhlenmann« trägt, schon seit dreihundert Jahren im Besitz derselben Familie.

Ein paar Seiten weiter stieß er unter dem Datum vom 18. Juni 1757 auf einen Namen, der seine Aufmerksamkeit fesselte. Er wünschte sich, Anna wäre bei ihm, doch um sechs Uhr morgens wollte er sie nicht aus dem Schlaf schrecken. Immerhin hatte sie am Tag zuvor ein Abenteuer erlebt, das ihr gewiss noch in den Knochen saß. Er rückte seine Lesebrille zurecht und las:

Schloss Hammelsberg rüstet sich für einen großen Besuch. Am 30. Juni wird Seine Königliche Hoheit, Herzog Wilhelm Augustus von Cumberland, erwartet. Der Herzog befindet sich auf einem Feldzug gegen die Franzosen, die einmal mehr das Kurfürstentum Hannover bedrohen und damit unser aller Sicherheit und Wohlstand. Cumberland ist unterwegs mit dem Ziel, die Überquerung der Weser durch die Franzosen zu verhindern. Es herrscht die Furcht, dass die Franzosen auf Hameln marschieren. Sie stehen schon kurz vor dem Rhein.

Dieser Krieg, der nun schon drei Jahre tobt, scheint kein Ende zu finden. Die Hoffnung der Menschen in dieser Region liegt auf dem Sohn König Georgs II., der schon manche Schlacht ruhmreich für sich entscheiden konnte.

Vor elf Jahren ging er als der Sieger von Culloden in die glorreichen Annalen des Königtums ein. Er rettete das Königreich vor den aufständischen Anhängern des Thronprätendenten Charles Stuart und setzte damit diesem Spuk endgültig ein Ende.

Was der Chronist damals nicht ahnen konnte, war, dass die Franzosen am 20. Juni 1757 den Rhein überqueren würden und der Herzog von Cumberland am 26. Juli bei Hameln die Schlacht gegen die Franzosen verlieren würde. Es war immer wieder eigenartig und geradezu unheimlich, in die Vergangenheit zu blicken und die Ergebnisse von Ereignissen zu wissen, die damals noch Teil der Zukunft gewesen waren. Schumann las weiter:

Hammelsberg, im Juli 1757

Der Besuch des Herzogs ist vorüber. Er hat am 5. Juli mit seiner Entourage das Tal verlassen, um sich nach Hannover zu begeben. Es gilt noch immer, die Franzosen daran zu hindern, die Weser zu überqueren, und sie aus Kurhannover zu vertreiben. Zu den Truppen des Herzogs gesellen sich Hessen-Kasseler, Soldaten aus Braunschweig-Wolfenbüttel, preußische Truppenkontingente und tausendzweihundert Schaumburg-Lipper. Die Truppenstärke des Feindes wird mit sechzigtausend beziffert.

Der Herzog hat im Schloss fünf Tage seine Sorgen um das Wohl Kurhannovers vergessen können. Rudolf von Rödelshausen und seine zauberhafte Gattin Dorothea veranstalteten einen Ball, zu dem Gäste aus der ganzen Region, sogar aus Hannover, anreisten, und ein Bankett. Rudolf von Rödelshausen lud am letzten Tag des kurzen Aufenthalts Seiner Königlichen Hoheit zur Jagd. Dabei verschwanden leider mehrere Jagdhunde in den Höhlen auf dem Koboldhügel auf Nimmerwiedersehen. Einige der Treiber sagten, dass sie aus den Tiefen des Hügels Hundegebell gehört hätten. Doch die armen Kreaturen sind aus dem Inneren des Hügels nicht wieder zurück ans Licht gekehrt.

Von seinem Besuch nahm der Herzog zwei wunderbare und großherzige Geschenke aus Hammelsberg mit. Der Herzog ist bekannt für seine Leidenschaft für Pferde, aber auch für Kunst. So überließ ihm Rudolf von Rödelshausen sein eigenes Lieblingspferd, den Hengst Bravour, und ein Gemälde des großen niederländischen Malers Pieter Claesz. Dieses »Vanitas«-Bild als Warnung vor der irdischen Eitelkeit und Überheblichkeit, die in der Endlichkeit des Vergänglichen münden, scheint den Herzog sehr beeindruckt zu haben.

Nun herrscht wieder Ruhe im Schloss. Aber es ist nichts mehr so wie zuvor. Eine Folge des Besuchs war, dass in der Gruft der Familie die Grabplatte der Cousine Rudolfs, Alexandra MacNeill, die 1750 nach der Geburt ihrer Tochter im

Schloss verstorben ist, aus der Wand genommen wurde und erst nach der Abreise der Besucher wieder eingefügt werden durfte. Ihr Name war darauf gelöscht, um nicht den Zorn des Herzogs auf die Schotten erneut zu entfachen.

Noch immer grollt der Herzog den »verräterischen Clans«, wie er einst sagte. Und so wurde der Name MacNeill nicht laut ausgesprochen, da Rudolf diesen Teil der Verwandtschaft am liebsten auf ewig verschweigen würde. Seit dem mysteriösen Verschwinden von James MacNeill und seinem Diener William scheint dieses Kapitel für Rudolf von Rödelshausen abgeschlossen zu sein. Dennoch fürchtete er den Unwillen des Herzogs.

Seamus Connor, der einst mit den schottischen Flüchtlingen nach Hammelsberg kam und dem man nachsagt, er sei der Diener zweier Herren, ist allerdings in Rudolfs Diensten geblieben.

Schumann stöhnte. Es war nicht ganz einfach, die Chronik zu entziffern und das etwas altertümliche Deutsch zu verstehen. Also hatte Rudolf von Rödelshausen versucht, die Spuren der schottischen Verwandtschaft möglichst zu verwischen. Interessant war die Rolle von Seamus, den Schumann in Verdacht hatte, nicht nur als Diener zweier Herren, sondern sogar dreier Herren gewirkt zu haben. Konnte es nicht sein, dass er auch für die Briten gearbeitet und den Herzog mit Informationen versorgt hatte? James Bond ließ grüßen.

Diese Informationen musste er an Anna weitergeben, die sich für das Schicksal der MacNeills auch im Zusammenhang mit den Bildern brennend interessierte.

Schumann kniff die Augen zusammen. Er hatte am Seitenrand einen dicht geschriebenen Text entdeckt, der reichlich ausgebleicht und verwischt aussah und vom Verfasser des Buches offenbar nachträglich als Ergänzung eingefügt worden war. Er rückte seine Lesebrille erneut zurecht. Vor drei Jahren hatte er noch Adleraugen besessen. Aber wenn man erst jenseits der fünfzig angelangt ist …, dachte er wehmütig. Am

6. Oktober feierte er seinen vierundfünfzigsten Geburtstag, fühlte sich aber außer der kleinen Sehschwäche noch recht fit.

Die nachgetragenen Anmerkungen in der Chronik ließen sich mit stärkerem Licht und nach einem Kaffee, den Schumann mit der Kaffeemaschine in seinem Hotelzimmer zubereitete, entziffern. Als er den Text las, klappte ihm der Unterkiefer herunter. Er zückte sein Handy und wählte Annas Nummer. Sieben Uhr, das war seiner Meinung nach durchaus eine christliche Uhrzeit zum Wecken.

Anna schien allerdings anderer Meinung zu sein, denn sie klang verschlafen und ein wenig mürrisch, als sie den Anruf nach mehrfachem Klingeln entgegennahm.

»Anna, ich bin in einer halben Stunde bei Ihnen«, sagte er ohne weitere Erklärungen. »Es ist wichtig. Bis gleich!«

Er raffte die Chronik und seine Notizen zusammen und verließ das Hotel im Eilschritt.

Aus dem Augenwinkel bemerkte er, dass der Mietwagen aus München, den Ian Clark offenbar geliehen hatte, wieder auf dem Parkplatz stand. Aber das musste warten, sosehr es ihn auch drängte, sich Clark vorzuknöpfen.

Anna war noch immer müde, als Schumann das Schloss erreichte und sie ihm in der Eingangshalle entgegenging.

»Ich hoffe, Sie haben einen guten Grund, mich aus dem Bett zu jagen«, murrte sie und ging ihm voran ins Esszimmer, wo die unermüdliche Astrid schon den Frühstückstisch gedeckt und vor allem frischen Kaffee aufgebrüht hatte.

Schumann ließ sich durch ihre wenig gnädige Laune nicht aus der Ruhe bringen. Stattdessen legte er die Chronik vor sie auf den Esstisch. »Ich habe in dieser alten Schwarte gelesen und etwas Interessantes entdeckt, das ich Ihnen nicht vorenthalten möchte.«

Anna nickte, schon wesentlich besser gelaunt. »Dann zeigen Sie mal her«, sagte sie und trank einen großen Schluck Milchkaffee.

Auf ihrem Kaffeebecher prangte das Wappen der von Rödelshausens, und da Anna eine leidenschaftliche Sammlerin von Bechern war, spielte sie mit dem Gedanken, die Baronin zu bitten, ihr diesen hier zu überlassen. Dieser Gedanke lenkte sie für eine Sekunde ab, aber dann sah sie das Gekritzel, auf das Schumann mit seinem Kugelschreiber wies, und sah ihn fragend an: »Und?«

»Jetzt lesen Sie doch mal! Wenn es mir gelungen ist, diese Medizinerhandschrift zu entziffern, die noch schlimmer ist als Ihre Klaue, sollte Ihnen das doch erst recht gelingen.«

Anna nahm das Buch und studierte die eng geschriebenen Zeilen, die der anonyme Chronist offensichtlich später dem offiziellen Text der Chronik beigefügt hatte. Sie las laut, und während sie mit wachsendem Staunen Zeile um Zeile entzifferte, nickte Schumann zufrieden.

Als sie kurz stockte, sagte er: »Sehen Sie. Ich habe nicht zu viel versprochen.«

»Donnerwetter!«, entfuhr es Anna. »Jetzt wird mir manches klar.« Sie lief in ihr Arbeitszimmer und kehrte mit ihrem Laptop wieder. »Ich übertrage den Text sofort in den Computer«, verkündete sie. »Dann können wir ihn alle lesen.«

Emsig tippte sie die Worte in die Tastatur. Vor lauter Eifer machte sie reichlich Schreibfehler, die sie leise fluchend verbesserte.

Die Wahrheit aber über den Besuch des Herzogs will ich doch noch rasch am Rande vermerken in der Hoffnung, dass dies eines Tages jemandem nützlich ist, der dem Geheimnis von Hammelsberg nachspürt. Diese Wahrheit habe ich von einigen Menschen im Schloss erfahren, die Zeugen bestimmter Vorkommnisse waren, aber ungenannt bleiben möchten, denn das könnte ihnen zum Verhängnis werden.

Der Herzog hatte einen ganz bestimmten Zweck im Sinn, als er auf seinem Ritt nach Hannover seine Reise auf dem Schloss unterbrach. Nicht aus Respekt vor der Familie von Rödelshausen, sondern weil er hier zu finden hoffte, was ihm in Schottland im Jahre 1746 entgangen war: den berühmten

»Stern von Schottland«, einst ein Geschenk König Karls II. an eine schottische Vertraute. Dieses Erbstück hat James MacNeill nach der Schlacht von Culloden mit nach Hammelsberg gebracht und es vor den Augen der Welt verborgen. Manches Geheimnis umgibt den »Stern«, von dem niemand so recht zu wissen scheint, was er bedeutet.

Seltsamerweise hat MacNeill den Schatz wohl nicht mitgenommen, als er im Januar 1751 bei Nacht und Nebel verschwunden ist und seine kleine Tochter Elisabeth zurückließ. Rudolf von Rödelshausen soll den Schatz versteckt haben und hat später eine Kopie von ihm anfertigen lassen. Durch Informanten war dem Herzog zu Ohren gedrungen, dass der begehrte »Stern« in Hammelsberg sei. Er war erpicht, ihn als seine Kriegsbeute aus der Schlacht von Culloden noch nachträglich an sich zu nehmen.

Rudolf händigte ihm die Kopie des Schatzes aus, die dem echten täuschend ähnelt. Der Herzog aber durchschaute den Betrug und bekam einen furchtbaren Zornesanfall. Er warf das Kleinod zu Boden, sodass es in tausend Stücke zersprang, und drohte Rudolf, ihn des Hochverrates anzuklagen. Rudolf holte daraufhin den, wie er glaubte, echten »Stern von Schottland« aus seinem Versteck und gab ihn Cumberland. Der aber wurde sogar noch zorniger und schalt Rudolf erneut einen Betrüger.

Ein herbeigeholter Goldschmied erklärte unter Zittern und Zagen, dass auch dies in Wahrheit eine gar schön gefertigte Nachbildung sei. Für Rudolf von Rödelshausen war dies ein gewaltiger Schrecken, und auch Seamus Connor, der Diener zweier Herren, erbleichte.

Und so ist der wahre »Stern von Schottland« verschollen. Rudolf von Rödelshausen hat, um den Herzog nicht weiter zu erzürnen, ihm sein Leibross geschenkt, den Hengst Bravour, und ihm eines seiner wertvollsten Gemälde überlassen, das »Vanitas«-Bildnis des großen Niederländers Pieter Claesz. Der Herzog zeigte sich danach huldvoll, sagte aber in Anwesenheit mehrerer Herren, er werde den wahren »Stern« noch finden, den der Schurke James MacNeill dem Königreich *gestohlen habe. Rudolf hat darauf nichts erwidert, obgleich er wusste, dass dies das legale Eigentum der MacNeills ist und wenn überhaupt jemandem, dann eher der kleinen Elisabeth zusteht als dem Herzog.*

Im Übrigen hat Rudolf von Rödelshausen, ehe er die Platte in das Grabmal der verstorbenen Alexandra MacNeill wieder einfügen ließ, auch darin nach dem »Stern« gesucht. Die kleine Elisabeth aber war während des Besuchs von Cumberland im Dorf beim guten Wirten vom »Bären« untergebracht, damit Cumberland nicht seinen Zorn an der Tochter des schottischen Aufrührers auslassen konnte. Ein weiser Entschluss. Alle aber waren erleichtert, als der Herzog endlich weiterzog.

Ich schreibe diese Zeilen, die der Wahrheit Genüge tun sollen, zwei Monate nach der verlorenen Schlacht von Hastenbeck und der Kapitulation der Feste Hameln am 30. Juli im Jahre des Herrn 1757. Möge Gott allen Sündern verzeihen, deren Herz durch Gier erkaltet ist.

Anna hob die Finger von der Tastatur. Sie sah Schumann leicht verstört an. »Was für eine Geschichte! Ich habe es geahnt, dass Cumberland im Jahr 1757 hier im Schloss war. Das erklärt, weshalb die Inschrift auf Alexandras Grabstein fast gänzlich ausgemerzt worden ist, und offenbar ist der ›Star of Scotland‹ wirklich nicht mehr im Schloss. Ich rätsele schon einige Zeit, was dieser ›Star of Scotland‹ ist, und komme jetzt langsam zu der Vermutung, dass es eine ungeheuer kostbare Halskette aus Sternsaphiren sein könnte. Dazu würde auch diese Glaskette aus blauen Steinen passen, die wir am Hals der Puppe gefunden haben. Vielleicht eine Nachahmung des Originals, vielleicht sogar diejenige, die Rudolf damals für die echte Kette hielt, die ja offenbar von jemand anderem entwendet worden ist. Irgendwo müsste es doch einen konkreten Hinweis auf diesen Schatz geben.«

»Dieser Stern oder Star, wie auch immer, ist wahrscheinlich längst irgendwo in Einzelteile zerlegt verkauft worden«, sagte Schumann.

»Oder er liegt in einer der Höhlen auf dem Koboldhügel. Ich werde den traurigen Gedanken nicht los, dass James MacNeill wegen dieses Schatzes getötet wurde.« Anna blickte nachdenklich vor sich hin. Dann schlug sie sich mit der flachen Hand vor die Stirn. »Ich Idiotin!«

Schumann fragte: »Woher diese plötzliche Selbsterkenntnis?«, aber Anna achtete gar nicht auf seine Frechheit. »Die Lösung war in den letzten Tagen direkt vor meinen Augen!«

»Wie das?«, fragte Schumann.

»Weil das Porträt von Alexandra MacNeill der eindeutige und vielleicht auch einzige Beweis ist, dass es dieses Kleinod, wie es der Chronist nennt, wirklich gegeben hat. Das Original von Gainsborough zeigt das Bildnis der jungen Frau mit einer leuchtend blauen Halskette, über die jemand sehr stümperhaft eine grüne Kette gemalt hat. Sozusagen um von dem Schmuck abzulenken und ihn zu verbergen.«

Sie sah Schumann an. »Mit dieser groben Übermalung der eigentlichen Kette wurden die Spuren des ›Star‹ offiziell gelöscht. Wenn der ›Star‹ nirgendwo mehr auftaucht und selbst auf dem Bild nicht mehr zu sehen ist, dann wird auch keiner mehr danach suchen. Das könnte aber auch bedeuten, dass wir inzwischen nur noch einem Phantom nachjagen.« Anna kaute an ihrer Unterlippe.

Sie schwiegen eine Weile nachdenklich, bis Schumann auf seine Uhr sah. »Die Suche geht weiter, und ich muss zurück zum ›Höhlenmann‹. Clark ist wieder da, mit dem muss ich dringend reden. Mein Assistent Hartmut Brink leitet die Suche, und am Mittag steigen wir in den Abgrund im hinteren Teil der Einhornhöhle. Mich macht der Gedanke rasend, dass wir vielleicht mehrmals am Zugang zum ›Schwarzen Loch‹ vorbeigegangen sind.«

»Ich lese jetzt erst einmal die ›Waverley‹-Blätter weiter«, schlug Anna vor. »Darin steht vieles, was zumindest über die MacNeills Aufschluss gibt. Und deren Schicksal hat meines Erachtens mit allem zu tun, was Stefan Arendt als Damoklesschwert über ein paar Leute gehängt hat.«

»Und das zu seinem Tod geführt hat«, ergänzte Schumann. »Ich mache mir seinetwegen keine Illusionen mehr und bin sicher, dass wir seine Leiche früher oder später im Berg finden werden. Seine Erpressungsversuche sind, wie das so oft in der Kriminalgeschichte passiert, nach hinten losgegangen.«

Als er aufstand, klingelte sein Handy. Er nahm den Anruf an, hörte wortlos zu und beendete das Gespräch knapp. »Es scheint, dass es eine Spur von Klas Eversen oder Stefan Arendt gibt«, berichtete er Anna, die ihn fragend ansah. »Einer der Männer, die sich noch einmal in den Abgrund der Kobold-höhle gewagt haben, glaubt, dass er ein Klopfgeräusch gehört hat. Es kam von tief drinnen im Hügel.« Er straffte sich. »Uns bleibt nicht mehr viel Zeit!«

Schatzsuche

Anna hatte sich nach ihrem Gespräch mit Schumann als Erstes das Gainsborough-Porträt noch einmal vorgenommen. Da sie gesehen hatte, wie Caspar Hermanns in ihr Arbeitszimmer gegangen war, als er glaubte, sie sei nicht in der Nähe, hatte sie die beiden Gainsboroughs in ein Leinentuch gehüllt und vorsichtig hinter eine alte Truhe geschoben. Behutsam zog sie die Bilder nun hervor und wickelte sie aus dem groben Tuch. Die blaue Originalkette, die mit dem eher plumpen Pinselstrich übermalt worden war, schien in der Tat aus zahlreichen Saphiren zu bestehen, die in der Realität sicherlich einen erheblichen Wert besaßen. Sie hatte gelesen, dass es Saphire gab, die pro Stück mit hunderttausend Euro und mehr gehandelt wurden. Dann könnte diese Kette, falls sie wirklich der »Star of Scotland« war, mehrere Millionen Euro wert sein. Aber wo war dieses Juwel geblieben, existierte es überhaupt noch, oder war es, wie Schumann fürchtete, längst in seine Einzelteile aufgelöst worden.

Bevor sie jedoch weiter in den Notizen Sir Walter Scotts lesen und nach Hinweisen fahnden konnte, stand sie auf. Zeit, endlich ihr Vorhaben durchzuführen und noch einmal auf den staubigen Dachboden zu steigen.

Die Männer vom Entrümpelungsservice hatten ganze Arbeit geleistet. Der riesige Raum wirkte fast leer. Nur noch einige Schränke standen an den Wänden, in einer Ecke sah sie ein altes Sofa, einen Spiegel mit trübem Glas, aber schönem geschnitzten Rahmen, einen Ohrensessel, eine kleine Truhe und einen zierlichen Beistelltisch. Im Sonnenlicht, das durch die kleinen Fenster fiel, tanzten Staubfäden. Aus dem Park drangen Geräusche, und in der Ferne brummte ein Flugzeug vorbei.

Schnurstracks ging Anna auf die kleine Tür in der Außenwand des Dachbodens neben den Dachkammern zu. Das kleine Vorhängeschloss an der Wandtür war schnell mit Hilfe eines Hammers zerschlagen, den Anna in einem Werkzeugkasten neben der Küche gefunden und sicherheitshalber mitgenommen hatte. Sie öffnete die kleine Tür und spähte hinein. Dahinter lag ein winziger Raum, einen Meter breit, vierzig Zentimeter tief, einen halben Meter hoch. Für was er gedacht war, blieb Anna ein Rätsel. Zu klein sogar als Stauraum für Koffer. Darin Dunkelheit, Staub, Spinnweben – und sonst nichts. Das wäre trotz der geringen Ausmaße ein ideales Versteck für zwei oder drei nicht allzu großformatige Bilder gewesen! Die Enttäuschung überrollte sie. Und ein Gefühl von Hilflosigkeit und Schwäche. Sie ließ sich auf den Holzboden sinken. Was hatte sie der Baronin vollmundig versprochen? Jan Steen, van Goyen? Keiner der beiden war unter den Bildern aus den Dachkammern, auch wenn die Gainsboroughs einen Trost bedeuteten.

Müde glitt ihr Blick durch den großen Raum mit seinen schweren Holzbalken und grob verputzten Steinwänden. Sie blinzelte, weil die Staubfäden wie Goldhaare glitzerten und sie blendeten. Und da sah sie es. In der hintersten Ecke, neben einem wuchtigen Schrank, befand sich eine weitere kleine Tür im Mauerwerk, die offenbar durch irgendein inzwischen abtransportiertes Möbelstück verdeckt gewesen war. Anna raffte sich auf. Sie fasste wieder Hoffnung. Das konnte eine letzte Chance sein.

Es war ziemlich dämmrig im Umfeld des Schranks, der einen mächtigen Schatten warf. Wie groß oder eher klein mochte der Hohlraum daneben sein, den eine dunkelbraune Tür verschloss? Vielleicht zu klein für Bilder? An dieser Tür hing kein Schloss. Wahrscheinlich war sie durch das nun entfernte Möbelstück vollständig verborgen gewesen.

Anna fummelte an der Tür herum, die plötzlich mit einem knackenden Geräusch nachgab und aufsprang. Dunkelheit, Staub, Spinnweben – und zwei in Leinen gehüllte Vierecke, die schräg in der kleinen Nische standen und sie völlig ausfüllten.

Anna rang nach Luft. Falls der alte Baron etwas vor der Welt völlig versteckt halten wollte, erschien dieser Hohlraum geradezu perfekt. Mühsam zerrte sie die beiden Objekte heraus. Sie besaßen beide etwa die gleichen Maße, ungefähr neunzig Zentimeter mal einen Meter und neunzehn. Es waren Bilder.

Eine halbe Stunde später hatte Anna sie in ihr Arbeitszimmer verfrachtet, ein Bild nach dem anderen, treppauf, treppab. Sie war dabei ins Schwitzen geraten. Mit zitternden Händen wickelte sie ihre beiden Funde nun aus den gelb verfärbten Leinentüchern. Und schrie laut auf vor Freude beim Anblick des ersten Gemäldes.

Es war zwar stark verunreinigt, aber unter der verklebten Schmutzschicht schimmerte die Darstellung einer Wirtshausszene hindurch. War das ein Jan Steen? Als sie die oberste Schicht vorsichtig weggerieben hatte, sah sie die für den Maler typische Signatur, das »Steen« mit dem durchgestrichenen großen S. Nun zweifelte sie keine Sekunde mehr daran, dass sie ein weiteres Gemälde aus dem Besitz von James MacNeill gefunden hatte.

Am liebsten hätte sie sofort das zweite Bild ausgepackt. Aber sie zögerte noch. Erst wollte sie die anderen Bilder weiter begutachten und sich dann am Schluss die zweite Entdeckung als Sahnehäubchen »gönnen«. Das verlangte Disziplin.

Anna entstaubte die restlichen Dachkammerfunde und ließ ihren Blick zwischendurch immer wieder zu dem Steen wandern. Würfelnde Bauern in einer Wirtsstube, ein typisches Motiv des niederländischen Künstlers, der von 1626 bis 1679 in Leiden gelebt hatte. Sie fühlte sich wie berauscht vor Glück und konnte es kaum abwarten, der Baronin davon zu berichten.

Die meisten Bilder aus den Dachkammern waren recht ordentliche Werke unbekannterer Maler aus dem ausgehenden 18. und frühen 19. Jahrhundert. Daraus stach allerdings ein Alpenpanorama in schrillen Farben hervor, dessen Urheber nicht zu identifizieren war. Anna kicherte bei der Vorstellung, dass Richard das grelle Bild in seinem Geschäft zum Kauf anbieten könnte. Umso ansprechender waren dagegen zwei Stillleben mit Obst und Fischen aus der niederländischen Schule, die allerdings nicht signiert waren. Der Ruisdael, den Claire in ihrem Brief an ihren Vetter erwähnt hatte, schien nicht unter den Funden zu sein. Oder war er in dem zweiten Paket aus dem Wandversteck? Das würde sie bald wissen. Es konnte aber auch der van Goyen sein. Sie spürte ein Kribbeln.

Endlich hatte sie die Dachbodenfunde abgestaubt und nach Größe und wahrscheinlichem Alter sortiert. Jetzt hielt sie es nicht mehr aus. Sie holte tief Luft, zog die Hülle von dem zweiten Bild – und hielt den Atem an. Eine Flusslandschaft mit einer Mühle im Hintergrund; am fahlen Himmel standen Schönwetterwolken. In der Ferne sah man einen Kirchturm im matten Sonnenlicht aufragen. Und tatsächlich war dieses wunderschöne Bild in einem vergoldeten Rahmen, den leider Mäuse angeknabbert hatten, auch noch signiert. »J. v. Goien 1643«. Anna konnte ihr Glück kaum fassen. Es war der Jan van Goyen, den Claire in ihrem Brief erwähnt hatte. Tränen schossen ihr in die Augen, sie sprang auf und hastete zur Tür. Was für eine Sensation! Erst zwei Gainsboroughs, dann ein Steen und nun ein van Goyen. Dieser Dachboden erwies sich tatsächlich als Schatzkammer.

Die Baronin brach in Freudentränen aus, als Anna ihr von ihrer Entdeckung berichtete. Sie saß im Salon an einem kleinen Tisch und trank Tee. Auf ihrem Schoß lag ein geöffnetes Buch. »Sagen aus dem Weserbergland«, stand auf dem Einband. Natürlich wollte sie die Bilder sofort anschauen.

Selbst die starke Patina vermochte die Schönheit der beiden Gemälde nicht zu verdecken. Als Anna erzählte, wo sie diese beiden Meisterwerke entdeckt hatte, war die Baronin fassungslos.

»Ich hatte keine Ahnung, dass mein Vater dort oben noch ein Extraversteck eingerichtet hat. Wahrscheinlich hätten wir es nie gefunden, wenn Sie, liebe Anna, nicht so unerschütterlich daran geglaubt hätten, dass diese Gemälde irgendwo sein müssten.«

Anna wickelte die Gemälde wieder in die Tücher und schob sie gemeinsam mit den Gainsboroughs hinter die Eichentruhe. Ehe sie eine genaue Expertise erstellte, was einiges an Zeit und Muße verlangte, wollte sie sich nach diesem unfassbaren Erfolgserlebnis erst einmal wieder den »Waverley«-Notizen zuwenden.

Als Anna nach diesem Triumph in ihr Schlafzimmer ging, hatte sie erneut das Gefühl, beobachtet zu werden. Sie sah sich um, konnte aber niemanden sehen. Die Ruhe des Hauses wurde nur aus der Ferne durch das Klappern von Töpfen in der Küche unterbrochen. Aus dem Park drangen Stimmen an ihr Ohr und das unüberhörbar hohe Lachen von Barbara von Rödelshausen, an der die Aufregung um den toten Elster, den verschollenen Arendt und die Angst um Klas völlig vorüberzugehen schienen.

Jemand, wahrscheinlich Teresa oder Petra, hatte die auf dem Bett und auf dem Boden verstreuten losen Blätter aufgehoben und auf den Schreibtisch gelegt. Die Seiten waren nicht nummeriert, und so dauerte es eine Weile, bis Anna diejenige wiederfand, die sie zuletzt gelesen hatte. Sie fuhr fort mit dem Reisebericht von Charles MacNeill, den er an Sir Walter Scott geschickt hatte.

Als wir die Gruben im Harz besucht hatten, beschloss ich, den Tross um James Watt zu verlassen, und nahm meinen Abschied. Watt hatte nichts dagegen und verstand, dass ich mich auf die Suche nach den verlorenen Spuren meiner Familie machen musste. Er bedankte sich sehr höflich, dass ich ihn auf dieser, wie er sagte, so wichtigen Reise begleitet habe, und machte sich mit neuen Erfahrungen und Erkenntnissen auf die Heimreise nach England.

Inzwischen war es Anfang August. Die Landschaft zeigte die ersten Vorboten des Herbstes. Vereinzelte goldgelbe Blätter fielen zu Boden. Die Nächte schienen kühler zu werden. Als ich Hameln erreichte, verdunkelte ein Gewitter den Himmel. Das Wirtshaus, in dem ich Kost und Logis für die Nacht fand, lag mitten in der hübschen kleinen Stadt, die ja vor allem berühmt geworden ist durch die Sage vom Rattenfänger. Ich kenne die Sage, da ich als Kind Deutsch gelernt habe und diese Sprache auch heute noch recht gut beherrsche. Meinem Vater war es sehr wichtig, dass ich Sprachen erlerne. Vielleicht hatte er dabei bereits im Blick, dass ich eines Tages nach Deutschland reisen und nach dem Geschick meines Großvaters forschen sollte.

Mein Vater hatte mir ein Bündel von Briefen mit auf die Reise gegeben. Seine Ziehmutter Claire de Abreville hatte ihm diese von James MacNeill an sie adressierten Schreiben, verfasst zwischen 1746 und 1750, einige Jahre vor ihrem Tod anvertraut. Darin befanden sich ausführliche Schilderungen der Landschaft zwischen Hameln und Hammelshausen, Beschreibungen des Koboldhügels mit seinen schroffen Felsen und Höhlen, des Schlosses, in dem sich James nie wirklich zu Hause gefühlt hatte, Anmerkungen zur Familie von Rödelshausen, die er mit sparsamen, aber ironischen Worten schilderte und zu der er wenig Zugang fand. Rudolf wirkte auf ihn stets unterkühlt und misstrauisch, seine Frau Dorothea war lieb, aber töricht und dazu eitel.

Interessant waren auch seine Bemerkungen über die Atmosphäre im Schloss, über die Diener, die jedes Gerücht weitertrugen und sich wie Verschwörer abends in der großen Küche trafen. James hatte sie wohl gelegentlich belauscht, und anfangs ahnten sie nicht, dass er recht gut Deutsch verstand, auch wenn es zwei Jahre dauerte, bis er diese, wie er schrieb, ›sehr eigenwillige Sprache‹ sprechen konnte. Rudolf war bei der Dienerschaft wenig gelitten, da er als geizig und hartherzig galt, seiner Frau dichtete man diverse Affären an, auch mit James, der darüber schmunzelte. Er fürchtete allerdings, dass Rudolf diesen albernen Klatsch für bare Münze nehmen könne. »Ich halte mich deshalb stets in gemessenem Abstand zur Dame des Hauses«, vermerkte er in einem seiner kurzen Briefe nach Glasgow.

Ich fühlte mich dank der Briefe und ihrer Beschreibungen wohlgerüstet für meinen Ritt nach Hammelshausen. Meine freundliche Wirtin in Hameln, deren Wirtshaus »Zum Gol-

denen Bock« bekannt ist für sein gutes Essen, gab mir zusätzlich eine Karte, um den Weg nach Hammelshausen und zum
Schloss zu finden. Mir war's nur recht, denn wahrscheinlich
hatte sich in den vergangenen vierzig Jahren doch manches
verändert. Die gute Frau erwies sich als eine sprudelnde Quelle
von Geschichten über das schattige Tal, wie sie es nannte. Sie
erzählte mir von den Höhlen, von geheimnisvollen Feuern, die
dort manchmal die Nacht erhellten, von Menschen, die jahrelang in diesen Grotten gelebt hatten, und von dem Schloss,
dessen Bewohner ein zurückgezogenes Leben führten.

Als ich ihr sagte, mich interessiere am meisten das Schloss,
hielt sie plötzlich mitten in ihrem Erzählstrom inne und sagte
dann, dass allzu viele Gerüchte über die Familie Rödelshausen
im Umlauf seien, die sicherlich nicht der Wahrheit entsprächen.
Sie senkte ihre Stimme zu einem Flüstern: »Es geht das Gerücht, dass der alte Baron Rudolf von seinem eigenen Diener
ermordet worden sei. Das liegt sechzehn Jahre zurück. Die
beiden sind gemeinsam auf die Jagd geritten, und sein Diener
Seamus kam alleine zurück. Das Pferd seines Herrn sei auf
einem moosigen Stein ausgerutscht und in eine Felsspalte gestürzt, erzählte er. Und tatsächlich fand man Ross und Reiter
tot am Fuß des Koboldhügels. Dort fließt ein Bach über felsigen Grund, der in einer der Höhlen entspringt.«

Als ich sie fragte, weshalb der Diener seinen Herrn getötet haben sollte, raunte sie: »Es heißt, dass Rudolf herausgefunden habe, dass sein Sohn Wilbert in Wahrheit der Bastard
von Seamus Connor, dem Diener, sei. Vielleicht hat er sich
mit Seamus gestritten, ihn bedroht. Vielleicht hat ihn Seamus
erpresst. Seamus ist trotz seiner inzwischen achtundsechzig
Jahre auch jetzt noch der erste Diener im Schloss und hat
sich um den jungen Wilbert gekümmert, der aber inzwischen
verheiratet ist und einen Sohn hat, Ruprecht. Die alte Baronin
ist vor drei Jahren gestorben und hat ihr Geheimnis mit ins
Grab genommen.«

Mich interessierte dieser Seamus Connor, der einst mit
meinen Großeltern und William Fraser gemeinsam nach

Deutschland geflohen war. Mein Großvater hatte in seinen Briefen nur wenig über ihn geschrieben und ihn an einer Stelle als »wohl nicht ganz vertrauenswürdig« im Gegensatz zu seinem Leibdiener William Fraser bezeichnet. Wie dem auch sei, ich hoffte, dass er mir dennoch Auskünfte über den Verbleib meines Großvaters oder zumindest einen Hinweis geben könnte.

Der Ritt in das Schattental, in dem der winzige Sprengel Hammelshausen und das Schloss liegen, dauerte nicht lange. Ich brach morgens auf und traf am Nachmittag in dem Dorf ein. Dort sprach ich im Wirtshaus »Zum Bären« vor, und der Wirt, ein großer Mann mit rotem Gesicht und kleinen dunklen Augen namens Johann Burg, kredenzte mir ein Bier und bot mir eine Kammer an. Er warnte mich, es sei nachts nicht ungefährlich, durch das Tal zu reiten, da es hier unbehauste Gesellen gebe, die gelegentlich auf kleinere Raubzüge ins Tal kämen. Man habe schon Soldaten aus Hameln angefordert, um sie zu fangen, aber sie seien wie die Ratten, schlau und immer dann unauffindbar, wenn man glaubte, sie dingfest machen zu können. Die Höhlen waren für sie das ideale Versteck. Er warnte mich vor diesen Höhlen, denn sie seien unergründlich und voller dunkler Geheimnisse. Nicht nur wegen des Gesindels, sondern weil sie einst Opferstätten heidnischer Kulte gewesen seien und noch immer ein finsterer Schatten über ihnen liege.

Ich fragte ihn nach der Familie von Rödelshausen. Da verschloss sich seine Miene, und er sagte lange Zeit nichts mehr. Aber beim nächsten Humpen Bier setzte er sich zu mir und fragte mich nach meinem Herkommen. Als ich sagte, ich sei mit dem bekannten Ingenieur James Watt aus Schottland in den Harz gereist und wolle nun ein wenig auf eigene Faust durchs Land ziehen, da erzählte er, dass vor fast vierzig Jahren im Schloss ein Schotte mit seiner Frau gelebt habe, der eines Nachts verschwunden sei. Das gemeinsame Kind habe er zurückgelassen. Und diese Tochter, die eigentlich Wilbert von Rödelshausen hätte heiraten sollen, sei vor zehn Jahren

davongegangen, man munkele, mit einem Iren, den sie bei
einem Besuch in Hannover kennengelernt habe. Seither sei
sie nicht mehr gesehen worden, und keiner wisse um ihren
Verbleib.

Bei diesen Worten verkrampfte sich mein Herz, denn diese
»zurückgelassene« Tochter war meine Tante Elisabeth. Ich
hatte gehofft, dass sie noch in dieser Gegend leben würde, viel-
leicht nicht wissend, dass sie einen Neffen hat und einen älteren
Bruder. Ich war erstaunt, dass der Wirt meinen Nachnamen
nicht hatte zuordnen können, aber es stellte sich heraus, dass er
zu Lebzeiten meines Großvaters noch ein Kleinkind gewesen
war und meine Tante immer als Elisabeth von Rödelshausen,
nie als eine MacNeill, bezeichnet wurde. Von meinem Groß-
vater wurde immer nur als »dem Schotten« gesprochen. Als
ich ihm dann erzählte, dass Elisabeth meine Tante gewesen sei
und mein Großvater jener Schotte, der vor nunmehr sieben-
unddreißig Jahren verschwunden war, da umarmte er mich
bärengleich und seufzte tief und voller Bedauern.

Anna blickte von ihrer Lektüre auf. Vage hatte sie den Gong
zum Mittagessen wahrgenommen. Sie raffte sich auf. Großen
Appetit verspürte sie nicht.

Als sie ins Esszimmer trat, verstummte das Stimmengewirr schlagartig. Alle sahen sie an. Caspar Hermanns, der
neben Philip von Rödelshausen und Markland saß, brach das
Schweigen und rief: »Großartig! Ich habe von der Baronin
gehört, dass Sie tatsächlich einen Steen und einen van Goyen
entdeckt haben. In einem Versteck auf dem Dachboden. Das
nennt man Glück!«

Philip lächelte freundlich. »Wunderbar! Ich will aber nicht
verhehlen, dass diese beiden Niederländer nicht im Schloss
bleiben werden. Caspar Hermanns wird sie auf eine der großen Auktionen bringen. Die Bilder werden uns durch ihren
Verkauf glücklicher machen, als wenn wir sie irgendwo in diesem Kasten aufhängen und der Versicherung Tausende dafür
zahlen müssten.«

Für einen Moment verabscheute Anna den Erben von Hammelsberg. Er dachte offenbar nur an Geld. Sie setzte sich neben Richard und aß schweigend die Tomatensuppe.

Er zwinkerte ihr zu und raunte: »Nimm diesen geldgierigen Spießer nicht so ernst. Eigentlich ist Caspar hier die treibende Kraft. Er würde am liebsten alles mitschleppen, was einen Rahmen hat.«

Anna musste kichern. Die Vorstellung war zu absurd.

Nach dem Essen gingen der Baron und Hermanns kurz ins Arbeitszimmer und betrachteten die beiden neuen Entdeckungen. Hermanns murmelte etwas vor sich hin und sagte dann: »Ja, die scheinen echt zu sein. Aber das sollte noch einmal geprüft werden.« Philip nickte zustimmend. Damit verschwanden diese ungebetenen Besucher, und Richard betrat das Zimmer. Er wollte die Gemälde ebenfalls mit eigenen Augen sehen.

»Ich bin bald fertig mit meiner Sichtung«, sagte sie, als er bewundernd vor der Landschaft van Goyens stand. »Die meisten Bilder sind gut, aber nicht großartig. Der alte Baron wollte sie wohl in Sicherheit bringen, falls das Schloss geplündert worden wäre. Dachböden sind oft recht ungeschoren davongekommen. Nur die beiden Niederländer hat er wohl um jeden Preis schützen wollen, wobei er offenbar nicht abschätzen konnte, wie kostbar die kleinen Gainsboroughs sind. Man konnte ja ihre Signatur auch nur mühsam finden.«

»Und der legendäre Cranach? Keine Spur von ihm?«, fragte Richard, der ein paar der Bilder mit Interesse betrachtete.

»Kein Cranach. Die Hogarths, über die Claire in ihren Briefen an ihren Vetter geschrieben hat, befinden sich anscheinend bereits im Besitz von Hermanns. Aber so ganz legal war dieser Kauf nicht. Da wird noch etwas geschehen.«

Richard hob eines der Bilder hoch. »Das gefällt mir. Ich würde es der Baronin gerne abkaufen und bei mir ausstellen. Solche kleineren Bilder werden gut gekauft.«

Es war eine gefällige Landschaft mit Schafen und einem mächtigen Baum, dessen Wipfel hinauf in einen graublauen

Himmel ragte. Richard studierte das Bild, das etwa vierzig mal fünfundfünfzig Zentimeter maß. »Signiert von L. R.«

Anna zuckte mit den Schultern. »Keine Ahnung, wer sich hinter diesem Kürzel verbirgt. Es sieht nicht älter aus als hundertfünfzig Jahre. Sicherlich überlässt es dir die Baronin zu einem guten Preis. Wie wäre es denn mit diesem Alpenbild?« Sie zeigte auf das grelle Monster.

Richard grinste. »Ganz mein Geschmack!« Er sah sie an. »Ich wollte dich fragen, ob wir nicht ins Dorf gehen, ein bisschen bummeln, vielleicht sogar ins Museum, wo dieser Dudelsack liegt.«

»Du weißt schon, dass Clark wiederaufgetaucht ist?«, fragte Anna.

»Ja, aber Schumann wollte ihn sich vorknöpfen.« Richard wirkte sehr gelassen.

»Lass uns heute am späten Nachmittag ins Dorf gehen. Ich möchte noch etwas weiterlesen«, sagte sie.

Es gab noch etwa acht Seiten der Reiseschilderung von Charles MacNeill, eng beschrieben, die sie in einem Rutsch durcharbeiten wollte. Auf den nächsten Seiten hatte offenbar Scott kleine Kommentare, die an Schulheftnotizen erinnerten, an den Rand gekritzelt. Zumindest war es eine andere Schrift als in den Berichten von Charles MacNeill. Anna hob sich die Entzifferung der Anmerkungen für später auf und fuhr mit den Berichten von Charles fort.

Auf dem Schloss hat jetzt Wilbert das Sagen, verheiratet mit einer jungen Gräfin aus dem Raum Braunschweig. Wilbert und vor allem Seamus Connor wollte ich treffen. Ein wenig fürchtete ich mich vor dieser Begegnung.

Der Abend im Wirtshaus war recht angenehm verlaufen, zumal ich eine nette junge Frau traf, die mich mit strahlenden Augen ansah und mir mein Essen mit einem liebenswerten Lachen servierte. Ihr Name ist Margrit, und wie sie mir verriet, arbeitet sie auch auf dem Schloss. Zweimal in der Woche hilft sie im Wirtshaus aus, dessen Besitzer ihr Onkel ist. Gerne hätte ich sie näher kennengelernt, aber ich war zu müde, um nach dem Essen länger in der Gaststube zu verweilen.

Am nächsten Tag schien die Sonne, der Wind wehte frisch ins Tal, und mein Ritt zum Schloss war angenehm kurz. Oben auf dem Hügel sah ich Felsen mit tiefen Spalten, die berühmten Höhlen vom Koboldhügel, dem »Schattenhügel«, wie der Wirt diese Anhebung nennt. Gerne wäre ich zu diesen Höhlen hinaufgestiegen, aber erst stand mein Besuch im Schloss an. Mein Herz schlug mir bis zum Hals. Ich ließ mein Pferd Schritt gehen, als ich durch die breite Allee ritt.

Das Schloss hob sich grau vor dem hellblauen Himmel ab, ein stattliches Bauwerk, das im Stil anderer Schlösser in dieser Gegend errichtet worden war, das jedoch nach einem Brand vor nunmehr sechsunddreißig Jahren in kleinerem Umfang wiederaufgebaut worden war. Von jenem verheerenden Feuer zeugt noch ein rußgeschwärzter verfallener kleiner Turm, der ein Stück weit entfernt stand. Obgleich Rudolf von Rödelshausen das Schloss nicht mehr in alter Größe hatte erneuern lassen, war es doch ein beeindruckendes Gebäude. Die Fenster in den zwei Seitentürmen brachen das Sonnenlicht in bunte Facetten. Auf dem Vorhof stand eine Kutsche mit vier Pferden. Aus den Gärten hinter dem Schloss drangen Stimmen an mein Ohr, und aus dem Eingangstor stürmten zwei große Hunde auf mich zu.

An dieser Stelle brach der Text jäh ab. Anna durchwühlte die anderen Seiten, um einen Anschluss zu finden, doch offenbar fehlten mehrere Blätter. Ärger überkam sie. Und der Verdacht, dass Stefan Arendt bei seinen Recherchen zu den MacNeills und den von Rödelshausens einige Seiten unterschlagen hatte. Die Chronologie der Ereignisse war damit unterbrochen. Missmutig fischte sie aus den übrigen Seiten ein Blatt heraus und las weiter.

Meine Heimreise begann ich wenige Tage nach meinem Erlebnis im Schloss, dessen ungemütliche Stimmung mir am drit-

ten Tag noch mehr missfiel als bei meinem ersten Besuch. Ich musste mich erst von dem Schlag auf meinen Kopf erholen und von meinem Sturz in diesen Höllenschlund in der Bärenhöhle. Nie werde ich vergessen, wie ich auf dem Grund aufschlug und unter mir zerberstende Knochen vernahm. Mit der Hand ertastete ich in der tiefschwarzen Dunkelheit einen Schädel. An den Wänden glaubte ich, das Huschen kletternder Ratten zu hören, die danach strebten, diesen schaurigen Platz zu verlassen. Aufgrund der Knochen, auf die ich gestürzt war, vermutete ich, dass dies vielleicht einmal eine Opferstätte gewesen war oder ein Begräbnisort. Ich werde es wohl nicht erfahren. Die Finsternis umhüllte mich, mein Kopf schmerzte, und ich vermochte mich kaum zu bewegen.

In meinem getrübten Verstand dämmerte die Ahnung, dass mein Sturz keinem Stolpern über einen Stein des Höhleneingangs geschuldet war, sondern ein gezielter Stoß mich zu Boden gebracht hatte und ich danach, auch wenn mir hier meine Erinnerung versagt, in den Abgrund geworfen worden war.

Ich hatte bei meinem Rückweg vom Schloss zum Wirtshaus einen Umweg über den Koboldhügel gemacht, um noch einen Blick in die Höhle zu werfen, aus der mein Großvater bei seinem nächtlichen Aufbruch vor bald vier Jahrzehnten jene Bilder holen wollte, die er laut der Briefe an Claire de Abreville dort versteckt hielt.

In diesen Briefen schilderte mein Großvater die Höhlen und die eigenartige Stimmung in ihrer Umgebung. »Dort singen keine Vögel, und dort blühen keine Blumen«, hatte er vermerkt. »Diese Höhlen scheinen Geheimnisse zu hüten, die älter sind als Menschengedenken.«

Er scheint aber trotz dieser unwirtlichen Atmosphäre öfter zu den Höhlen gewandert zu sein, und vor allem der als Bärenhöhle bekannte Felsenschlund mit seinem dämmrigen Eingang und seinem schmalen Gang, der in die Tiefe des Hügels führt, hatte es ihm angetan.

Ich befragte Seamus, ob er wisse, weshalb mein Großvater immer wieder hinauf zu den Höhlen gestiegen war. Er ahnte nichts davon, dass ich um das Versteck der Bilder in der Bärenhöhle wusste. Ich deutete ihm an, dass mein Großvater ja vielleicht dort oben verunglückt sei und das Tal nie verlassen habe. Aber der frühere Diener meines Großvaters versteifte sich auf die Behauptung, James habe bei Nacht und Nebel unter Mitnahme einiger Gemälde die Heimreise nach Schottland angetreten. Niemand habe damals daran gedacht, dass er bei seinem heimlichen Aufbruch einen Umweg über die Höhlen gemacht haben könnte. Später kamen Gerüchte auf, dass er den Deserteuren auf dem Hügel zum Opfer gefallen sei. Als man die beiden Deserteure endlich aufstöberte, entkam der eine, der andere wurde erschossen. Man fand aber, so Seamus, nichts bei dem Toten, was auf meinen Großvater hinwies, keinen Geldbeutel, keine Goldstücke, keine Besitztümer. Nur wenige Tage nach dem Verschwinden meines Großvaters war auch William Fraser weggeritten und wurde nie mehr gesehen. Was mit ihm geschehen ist, wusste ebenfalls niemand.

»William war stets ein Sonderling«, behauptete Seamus. Ich traute diesem Mann jedoch nicht. Er wirkte verschlagen, und allzu oft konnte er mir nicht in die Augen schauen. Doch Wilbert von Rödelshausen schien ihn zu schätzen. Zwei Jahre zuvor war Beatrice gestorben, die einstige Kammerzofe meiner Großmutter, die Seamus geheiratet hatte. Nun unterhielt Seamus laut Johann Burg eine Beziehung zur Kammerzofe der jungen Baronin. »Und das trotz seiner bald siebzig Jahre«, kommentierte der rüstige Wirt diese Affäre mit mühsam unterdrückter Verwunderung oder besser Bewunderung.

Als ich zwei Tage nach meinem Gespräch mit Seamus auf dem Knochenbett im Dunkeln lag und dem Rascheln der Ratten und dem feinen Geräusch tropfenden Wassers in einer Ecke des Abgrundes lauschte, da vermochte ich mir gut vorzustellen, dass hier unten der beste Ort sei, um Tote für immer verschwinden zu lassen. Wer weiß, welche Leichen auch aus jüngerer Zeit hier ihr feuchtes Grab gefunden hatten.

In der Tiefe der Felsenkammer wanderten meine Gedanken zurück zu meinem Besuch im Schloss. Seamus war bereit gewesen, mir die Bilder zu zeigen, die mein Vater als Erbe für seine Tochter im Schloss gelassen hatte. Es waren ein Jan Steen und ein Jan van Goyen. Sie hängen im Eingangssaal des Schlosses neben einem Porträt, das der Maler Tischbein von Rudolf kurz vor dessen Tod gemalt hat.

Niemand schien mir Böses zu wollen. Warum also war ich in diese missliche Lage geraten, die meinen sicheren Tod bedeutete? Wer konnte Interesse daran haben, mich umzubringen?

Seamus wirkte erst einmal geradezu erfreut, als ich mich ihm als der Enkel von James MacNeill vorstellte, Wilbert von Rödelshausen war höflich, aber zurückhaltend, und seine Frau wirkte auf mich wie eine schüchterne Maus in einem viel zu großen Käfig. Mir fiel beim Anblick von Wilbert das Gerücht ein, dass Seamus Connor in Wahrheit sein Vater sei und nicht Rudolf. Zumindest hat er die gleichen roten Haare und hellbraunen Augen wie der einstige Diener meines Großvaters, wobei Seamus' Haar inzwischen grau war mit wenigen roten Strähnen. Auch sein Bart war rot und grau gescheckt. Aber das soll nach meinem Gutdünken gerne ein Familiengeheimnis der von Rödelshausens bleiben.

Als ich nach meiner Tante fragte, wusste Seamus nicht viel zu sagen. Wilbert gar weigerte sich, auch nur ihren Namen in den Mund zu nehmen. Trotz ihrer Verlobung, die sie nach ihrer Heirat zur Herrin von Hammelsberg gemacht hätte, habe sie heimlich diesen Iren geheiratet und sei mit ihm fortgegangen. Ob sie nach Irland oder nach England gereist seien, wusste niemand. Der junge Ire, von dem nur der Vornamen Michael bekannt war, hat seinen Abschied von der Armee genommen und damit alle Verbindungen gekappt. Elisabeths Erbe, die Bilder, verblieb in Hammelsberg, wobei ich den Ruisdael, den meine Großtante erwähnt hatte, nicht entdecken konnte.

Immer wieder grübelte ich während dieser Stunden in der nach Tierkadavern und feuchten Flechten stinkenden Höhle über den Grund für diesen Anschlag auf mein Leben. Ich hatte nicht einmal die Bilder aus dem Besitz meiner Großeltern zurückgefordert. Als ich aber nach dem Porträt meiner Großmutter fragte, die der große Thomas Gainsborough in seinen frühen Jahren gemalt hatte, verfinsterte sich die Miene von Seamus Connor. Er beschied mir, dass diese Bilder, wozu auch das zweite Porträt des Künstlers von meinem Vater im Kindesalter zählte, verschwunden seien, vielleicht damals von William Fraser gestohlen oder beim Brand 1752 in Rauch aufgegangen. Zwar seien die meisten Kunstschätze gerettet worden, aber einige Gemälde seien den Flammen zum Opfer gefallen, darunter ein Werk des neapolitanischen Künstlers Francesco Guarini. Seltsamerweise glaubte ich ihm nicht. Doch hatte ich keine Gelegenheit, dieser Frage nachzugehen. Man gab mir wenig später zu verstehen, dass ich besser wieder meiner Wege ziehen solle, »mit Grüßen an die Heimat«, wie Seamus mir nachrief.

Kurz darauf widerfuhr mir das Unheil, das mich dazu verdammte, in diesem Abgrund des Grauens um mein Leben zu fürchten. In dieser Finsternis tat ich etwas, was ich lange versäumt hatte: Ich betete und fand darin Trost, selbst wenn ich nicht glaubte, dass es mir wirklich zur Rettung gereichen könne. Doch genau das geschah, denn der gute Heinrich Soderberg, Diener im Schloss und einst Sergeant in den Diensten von Hessen-Kassel, der im Krieg in den amerikanischen Kolonien am 19. Oktober 1781 bei der Schlacht von Yorktown schwer verletzt wurde, hatte vom Wirt des »Bären« erfahren, sein schottischer Gast sei verloren gegangen.

Soderberg folgte seinem Instinkt, der ihn zu den Höhlen lenkte, wo er nach mir rief. Mit schwindender Stimme vermochte ich zu antworten. Ich wäre gewiss in der kalten, feuchten Dunkelheit meines steinernen Gefängnisses verrottet, wenn nicht Heinrich Soderberg mutig mit einer Fackel in der Hand an einem Seil zu mir hinabgestiegen wäre, das untere Ende um mich geschlungen hätte, wieder hinaufgeklettert wäre und mich dann mit großer Mühe und Kraft hinaufgezogen hätte. Er brachte mich ins Wirtshaus, wo mich der brave Wirt voller Sorge erwartete. Anderthalb Tage war ich wie vom Erdboden verschluckt gewesen.

Im Wirtshaus umsorgte mich nicht nur der Wirt, der seinen Bruder, den Medicus des Ortes, kommen ließ, um meine Wunde am Hinterkopf und meine anderen Blessuren zu untersuchen. Insbesondere Margrit Holzhauer pflegte mich liebevoll. Zu ihr baute ich in den wenigen Tagen, die ich noch im Wirtshaus zubrachte, ein inniges Verhältnis auf. Hätte ich zuvor gewusst, was sie mir bei meinem Abschied unter Tränen gestand, nämlich dass sie nicht nur mit Heinrich Soderberg verlobt, sondern auch guter Hoffnung sei, hätte ich diese Affäre natürlich nie begonnen.

»Du musst nicht fürchten, dass irgendjemand glauben könnte, dieses Kind sei von dir«, flüsterte sie mir weinend ins Ohr. »Ich werde Heinrich Ende dieses Monats heiraten, und das Kind wird wohl im Frühling geboren werden.«

Trotz ihrer Versicherung erfüllte mich Unruhe, denn selbst wenn es uns beiden eindeutig erschien, dass dieses Kind auf keinen Fall meins sein konnte – ich war ja nur zehn Tage in dieser Gegend gewesen –, so fürchtete ich doch, dass böse Gerüchte aufkommen könnten. Der Mensch neigt nun einmal zu übler Nachrede. Mein Gewissen quälte mich, als ich mich an einem schönen Tag Mitte August von Soderberg verabschiedete. Frohgemut berichtete er mir von seiner bevorstehenden Vermählung mit Margrit. Dankbar nahm er mein Brautgeschenk an, einen Beutel mit Goldmünzen, die ich mir aufgespart hatte. Er drückte mir die Hand und steckte mir dabei einen Zettel zu.

Ich war schon ein Stück des Weges geritten, als ich einen Blick auf das Stück Papier warf, das mir Soderberg so heimlich hatte zukommen lassen.

Darauf stand in ungelenker Schrift: »Es war Seamus im Auftrag von Wilbert von Rödelshausen. Sie sind ihrem Geheimnis zu nahe gekommen. Verlassen Sie diesen Ort, so rasch Sie können!«

Ich zweifelte nicht an der Wahrheit dieser Worte. Es fügte sich einiges zusammen. Ich hatte in einem Hornissennest gestochert, und in mir keimte der böse Verdacht auf, dass Seamus

Connor schuldig am Verschwinden meines Großvaters und von William Fraser sein könnte, vielleicht sogar sie getötet und dieses Verbrechen über Jahre hinweg geschickt verheimlicht hatte.

Dieses Rätsel vermochte ich nicht mehr zu lösen, denn ich hatte keinerlei neue Erkenntnisse zu den Geschehnissen der Januarnacht vor siebenunddreißig Jahren, nur Gerüchte und Vermutungen. So zog ich denn heim nach Schottland.

Es war September, als ich in Drumnadrochit nach einer anstrengenden Heimreise mit Stürmen und Gewittern ankam, die dazu führten, dass die Überfahrt nach England Tage dauerte.

Von Seamus hatte ich nur eines erfahren, was Ihnen, hochverehrter Walter Scott, von Nutzen sein könnte: Einzelheiten über die Ereignisse von 1745 und 1746, da mein Großvater als Anhänger von Charles Stuart sich in allen Kämpfen ruhmreich und tapfer geschlagen hatte. Seamus war damals an seiner Seite gewesen und hatte auch die dunklen Stunden von Culloden miterlebt, in denen innerhalb kurzer Zeit das schottische Heer, das etwa fünftausendvierhundert Mann umfasste, so vernichtend geschlagen wurde. Tausendzweihundert Männer blieben auf dem Feld, eintausend wurden verwundet, darunter auch mein Großvater, den eine Kugel an der Schulter gestreift und eine andere ins linke Bein getroffen hatte. Die fast sechshundert Gefangenen erwartete ein grausames Schicksal.

Man wird mich fragen, weshalb ich nicht in das Schloss zurückgekehrt bin, um Wilbert zur Rede zu stellen oder Seamus zu konfrontieren. Wollte er mich wirklich töten oder nur abschrecken und verhindern, dass ich noch tiefer in die Geheimnisse eindrang? Ersteres schien mir wahrscheinlich zu sein, und so drang ich nicht weiter in die Vergangenheit von Schloss Hammelsberg ein. Seamus musste erfahren haben, dass ich noch lebte, und so machte ich mich auf die Heimreise, ehe er noch einmal einen Versuch unternehmen konnte, mir zu schaden.

Dank der ungünstigen Wetterumstände gelangte ich erst

drei Wochen später zurück nach Schottland. Mein Vater war enttäuscht, hatte ich doch nur wenig über das Schicksal meines Großvaters in Erfahrung gebracht. Und allzu gerne hätte er gewusst, was aus seiner Schwester Elisabeth geworden ist, die er nie kennengelernt hat. Er versuchte, sie über einen irischen Freund, der einst selbst in Deutschland gelebt hatte und nun in Dublin wohnte, zu finden. Doch vergebens. Vielleicht waren sie ja nach Amerika ausgewandert, das seit nunmehr fünf Jahren nicht mehr zu unserem Königreich gehörte.

Auch das Geschick des »Star of Scotland« blieb rätselhaft. Mein Vater erboste sich über das Verhalten von Wilbert, der ja immerhin ein entfernter Vetter von uns war. Aber diese unruhigen Zeiten, in denen ein gewisser Napoleon Bonaparte sich daran machte, ganz Europa zu erobern, hinderten ihn daran, weitere Auskünfte einzuholen.

Mein Vater erkrankte und starb Ende Juli 1801, kurz nach der zweiten Seeschlacht von Algeciras bei Gibraltar, in der die Briten und Portugiesen die französische Flotte bezwangen. Danach trieb Europa erneut in einen Strudel von blutigen Kämpfen und wurde zum Opfer von menschlichem Größenwahn, in dessen Schatten das Schicksal meiner Familie zu verblassen drohte.

Vor wenigen Monaten nun kam ein Brief aus dem Nachlass meiner Großtante Claire auf mich, der ursprünglich an sie adressiert war und nach ihrem Tod an meinen Vater weitergeleitet wurde.

Dieser Brief wurde ein Jahr vor meiner eigenen Reise nach Deutschland geschrieben und an meine Großtante geschickt. Doch als der Brief eintraf, war Onkel Hugh im Januar bereits einer Lungenentzündung erlegen und Claire im Frühsommer an einem plötzlichen Nierenleiden gestorben. Der Brief blieb ungeöffnet, bis ihr Nachlassverwalter ihn bei der Auflösung ihres Hauses in einer Dokumentenmappe entdeckte und an meinen Vater als engsten Verwandten weiterleitete. Doch mein Vater hat wohl sämtliche Dinge, die er von seiner Ziehmutter übernommen hat, in eine Abstellkammer geräumt, au-

ßer einigen Möbelstücken und zwei Pferdebildern von einem gewissen George Stubbs. Den Brief hat auch er nie geöffnet. Der Verwalter meines Vaters, ein Großneffe von William Fraser, fand diese Mappe, bewahrte sie auf und entdeckte eines Tages den Brief, den er mir übergab. Dieser Brief hat mich bis ins Mark erschüttert. Er hat alles verändert und bringt endlich Licht ins Dunkel. Ich füge ihn bei, damit meine Geschichte ihr Ende findet. Nutzen Sie ihn, teurer Dichter, für Ihre Erzählungen über schottische Schicksale. Ich setze meine Hoffnung auf Sie, der Nachwelt von den MacNeills zu berichten. Dieser Brief, den Sie in einem besonderen Umschlag bei meinen Notizen finden, erklärt zwar vieles, löst dennoch nicht alle Rätsel und beantwortet nicht alle Fragen. Ich sterbe ohne eigene Nachfahren. Hätte ich aber bei meinem Aufbruch 1788 nach Deutschland gewusst, was ich heute weiß, wie anders wäre meine Reise verlaufen und wie viel Schmerz wäre meinem Vater und mir erspart geblieben. Für mich kommt dies jedoch zu spät, da ich an einer tödlichen Krankheit leide. Die Ärzte geben mir nur noch wenige Wochen, und ich besitze nicht mehr die Kraft, den Erklärungen in diesem Brief nachzuspüren.

Anna legte das Blatt beiseite. Scott hatte an den Rand unter anderem »Suche in Deutschland«, »Star of Scotland« und »Schattenhöhle« gekritzelt. Alles mit Fragezeichen. Der von Charles erwähnte Brief aber, der »Licht ins Dunkel« brachte, schien nicht bei den »Waverley«-Blättern dabei zu sein.

Anna brannte vor Neugierde zu erfahren, weshalb dieses Schreiben die Welt von Charles MacNeill so drastisch verändert hätte. Doch der Brief war weg, und sie hoffte, dass er nicht in die Hände eines Mörders gefallen war.

Das Geheimnis der Felsenkammer

Anna saß an ihrem Arbeitstisch und schrieb ihre Expertisen zu den beiden Gainsborough-Bildern. Den van Goyen und den Jan Steen hatte sie bereits begutachtet. Für Caspar Hermanns war der Fall eindeutig, und er hatte ihre Einschätzung und Wertung bestätigt. Die übrigen Bilder ließen sich verhältnismäßig schnell zuordnen, wobei sich der Frankfurter Kunsthändler als hilfreich erwies. Auch wenn sich kein Meisterwerk eines bedeutenden Künstlers mehr darunter befand, waren es doch fast alles schöne, ansprechende Landschaften und Stillleben. Der einzige wirkliche »Ausrutscher« war das grelle Alpenpanorama, von dem niemand zu ahnen schien, woher es stammte. Philip wollte es in die Garage verbannen, da Richard das Bild verschmäht hatte.

Die Baronin bat Max, ein Stillleben mit Blumen und einer Hummel im Salon aufzuhängen, auch wenn die Signatur »R.J.« keinerlei Aufschlüsse über die Herkunft des Werks gab. Selbst Hermanns vermochte nicht, den Maler zu identifizieren. »Frühes 18. Jahrhundert«, konstatierte er.

Richard interessierte sich für drei Bilder: neben der von ihm schon begutachteten Landschaft mit Fluss eine Hafenszene mit Segelschiffen im Abendlicht und die Darstellung der Geburt Jesu im Stall von Bethlehem, ein sehr inniges Bild mit leider stark beschädigtem Rahmen und starkem Craquelé. Alle drei Bilder, so Hermans, datierten auf das ausgehende 18. Jahrhundert.

Der Ruisdael blieb unauffindbar. Als Anna mit ihren Expertisen fertig war, nahm sie die Gruft-Chronik, wie sie das Buch vom Friedhof bezeichnete, und blätterte darin. Über den Besuch von Charles MacNeill fand sie nur wenige Zeilen.

Charles MacNeill, ein Enkel des 1751 verschollenen James MacNeill, kam Anfang August nach Hammelshausen und

logierte bei Johann Burg im Gasthaus »Zum Bären«, ein
freundlicher junger Mann mit guten Manieren. Er besuchte
Wilbert von Rödelshausen und verblieb gut zehn Tage in un-
serer Gegend. Mit Wilbert verbindet ihn eine entfernte Ver-
wandtschaft. Enttäuscht musste Charles MacNeill erkennen,
dass seine Tante Elisabeth, die nach dem Tod ihrer Mutter
und dem Verschwinden ihres Vaters in Schloss Hammelsberg
verblieb, schon viele Jahre nicht mehr in dieser Gegend lebt.
Über ihr Schicksal ist nichts weiter bekannt. Auch das Grab
seiner Großmutter konnte man Charles MacNeill nicht zei-
gen, da die Grabplatte dreißig Jahre zuvor zerstört wurde.
Nach einem Unglück bei der Bärenhöhle, das er glimpflich
überstand, verließ er am 14. August Hammelshausen wieder
und machte sich auf die Heimreise.

Einige Seiten später stieß Anna auf eine Notiz über die »Geburt eines gesunden Mädchens, dessen Eltern Heinrich und Margrit Soderberg in den Diensten des Schlosses stehen«.

Die Kleine kam am 10. April 1789 zur Welt und wurde am 12. April auf den Namen Anne Charlotte Sophie getauft. Anna schmunzelte. Charles hatte recht. Böse Zungen könnten behaupten, die kleine Anne wäre das Ergebnis seiner kurzen Affäre mit Margrit und einige Wochen zu früh zur Welt gekommen. Margrit war wohl erst ungefähr in der siebten Woche gewesen, als sie mit dem jungen Mann aus Schottland ein intensives Techtelmechtel anfing. Margrit hatte Charles MacNeill aber nicht belogen, und er hatte in seinem Brief an Scott wahrheitsgemäß geschrieben, dass er keinerlei Nachkommen habe. Doch »Honi soit qui mal y pense«, wie schon ein Spruch aus dem Mittelalter besagt, »Ein Schelm ist, wer Böses dabei denkt«.

Der Klingelton ihres Handys, die Ouvertüre aus »Star Wars«, störte ihre Gedanken. Es war Schumann.

»Ian Clark ist in seinem Hotel überfallen und niedergeschlagen worden. Er ist nach einem Schlag auf den Kopf zu Boden gestürzt und war einige Minuten bewusstlos. In der

Zeit hat der Unbekannte das Zimmer gründlich auf den Kopf gestellt. Ich bin schon vor Ort, aber wir wissen nicht, was der Täter gesucht hat. Zum Glück geht es Clark schon wieder besser.«

Anna vernahm im Hintergrund Gemurmel. Schumann hatte offenbar seine Hand über das Handy gelegt, dann sagte er laut: »Wir werden Clark gleich befragen. Ich hätte Sie gerne dabei, da Ihr Englisch besser ist als meines.«

Anna fuhr diesmal mit ihrem Auto und traf knapp zwanzig Minuten später im Gasthof ein. Ian Clark, ein etwa sechzigjähriger Mann mit weißer Mähne und einer markanten Nase, saß auf einem Sofa in der Wohnstube der Familie Borg mit einem Verband um den Kopf und einem Pflaster am Kinn, wirkte aber ansonsten recht munter und trank Tee. Anna grinste, als sie den älteren Schotten unter einem prachtvollen Bild mit »Röhrendem Hirsch in Harzlandschaft« sitzen sah. Clark berichtete Schumann gerade in recht fließendem Deutsch, dass er am Vortag einen längeren Ausflug gemacht und nach seiner Rückkehr am Abend einen sonderbaren Anruf bekommen habe.

»Der Anrufer fragte mich, ob ich das Familienstammbuch noch in meinem Besitz hätte, das ich Richard Bernhard angeboten habe. Woher der Fremde, dessen Stimme irgendwie seltsam hohl klang, davon wusste, ist mir schleierhaft.« Clarks Deutsch war wirklich erstaunlich präzise. Anna musste nicht als Übersetzerin fungieren. »Ich habe zurückhaltend reagiert und geantwortet, dass ich es nicht dabeihätte. Der Anrufer sagte daraufhin, er würde mir im Auftrag eines Klienten zweitausend Euro bieten, wenn ich das Buch an eine bestimmte Adresse nach Hameln schicke, postlagernd.«

Clark leerte seine Tasse und goss sich aus der dicken Keramikkanne Tee nach. »Ich sagte ihm, dass ich an dem Geschäft kein Interesse hätte, und beendete das Gespräch.«

Christian Borg, der im Türrahmen stand, mischte sich ein. »Herr Clark ist heute Morgen zu einem weiteren Spaziergang aufgebrochen, diesmal zu Fuß. Als er zurückkam, war ich in der Küche und habe nicht viel gehört. Er muss dann in sein Zimmer gegangen sein.«

»Ja, und da hat dieser Unbekannte auf mich gelauert. Ich habe eine Bewegung bemerkt, dann dieser Schlag, und als ich zu mir kam, hatte Mr Borg mich bereits gefunden und die Polizei gerufen.«

»Fehlt denn etwas?«, fragte Schumann.

Clark sah ihn unglücklich an. »In der Tat fehlt das kleine Stammbuch aus dem Scott-Archiv, in dem der Dichter selbst die Stammbäume schottischer Familien verzeichnet hat. Es gehörte zu seinen Recherchen für ›Waverley‹. Dieses Buch ist allerdings nur eine Kopie. Stefan Arendt hat das Original heimlich mitgenommen, obgleich ich für ihn diese exakte Kopie angefertigt hatte. Weshalb er so erpicht auf das Original war, weiß ich nicht. Es ging ihm ja nur um die Stammbäume, nicht um den Wert des Werkes. Eine zweite Kopie des Buches habe ich Herrn Bernhard angeboten, der es abgelehnt hat.«

Clark hüstelte. »Ich gestehe, dass ich es ihm als das Original unterjubeln wollte. Das war nicht fair von mir. Diese Kopie habe ich in Hannover im Hotel deponiert, weil ich über Hannover zurück nach Schottland reisen möchte. Außer Arendt weiß keiner, dass es eine Kopie ist.« Er sah Schumann an. »Er hat das Original in Edinburgh an sich genommen, und als ich das gemerkt habe, habe ich ihm gemailt, dass ich ihn hier treffen möchte, um das Original gegen die Kopie zu tauschen. Ich wollte das low key machen, also möglichst unauffällig.«

»Wer außer Arendt könnte ein Interesse an diesen Stammbäumen haben?« fragte Anna. »Und worin liegt überhaupt das Besondere an diesem Buch?«

Clark sah sie etwas unschlüssig an. »Es gibt darin ein paar Anmerkungen über familiäre Verbindungen, die sich auf die MacNeills beziehen. Die von Rödelshausens waren ja entfernte Verwandte. Arendt ist da wohl auf irgendetwas gestoßen.«

Schumann seufzte. »Wenn wir diesen vermaledeiten Vortrag in die Hände bekämen, dann wäre uns geholfen. Aber was hat es eigentlich mit der ›Waverley‹-Edition und diesen losen Blättern im Einband auf sich, die Sie an Arendt geschickt haben? Sind die auch gestohlen?«

Clark hob die Hände. »Diese Blätter sind Unterlagen aus dem Archiv, die Arendt für seine Recherchen genutzt und dann vergessen hatte. Sie sehen zwar echt aus, sind aber nur Kopien. Er hat mir vor etwa zwei Wochen eine Nachricht geschickt und mich gebeten, ihm eine bestimmte Ausgabe von ›Waverley‹ nachzuschicken, die er bei einem Antiquar in Edinburgh gekauft hatte. Das Buch stammt also nicht aus dem Archiv. Ich sollte auch die Blätter mitschicken. Ich hatte mich aber so über ihn geärgert, dass ich den Einband aufgeschnitten und die Blätter darin versteckt habe. Nicht gerade eine edle Tat und sehr töricht von mir, denn jetzt ist das antiquarische Buch nichts mehr wert. Aber Arendt hat mich wie einen Schuljungen behandelt und mein Wissen ausgenutzt. Er war kein liebenswerter Mensch!«

»Der Brief, den Sie ihm dazu geschrieben haben, klingt allerdings auch nicht sehr edelmütig, sondern eher wie eine Erpressung«, sagte Schumann.

»Es ist genau umgekehrt. Arendt hat versucht, mich zu erpressen. Er wusste, dass ich gelegentlich Bücher aus dem Fundus des Archivs genommen und verkauft habe.« Clark wirkte auf einmal sehr müde. »Es hat keinen Sinn, dass ich meine Taten länger leugne. Ich habe manches Mal Bücher, die jahrelang im Archiv standen und nach denen niemand gefragt hat, an Sammler und Antiquare verkauft, und ja, ich weiß, dass das Diebstahl ist und zudem jeglichem Ethos widerspricht. Ich werde mich deshalb zu Hause der Polizei stellen und mich beim Scott-Archiv dafür verantworten. Arendt hat versucht, mich damit zu erpressen. Dieser Brief war mein zugegebenermaßen lächerlicher letzter Versuch, an dem Ergebnis von Recherchen zu partizipieren, die Arendt nur dank meiner Hilfe machen konnte. Er hat mich schamlos benutzt, und ich habe mich benutzen lassen.«

Schumann nickte. »Wir können Sie dafür hier nicht zur

Rechenschaft ziehen. Das liegt in der Zuständigkeit der schottischen Behörden. Wurde denn außer dem Stammbuch noch etwas entwendet?«

»Ich weiß nicht, was noch fehlen könnte.« Clark richtete sich auf. »Ich werde nachschauen.« Ein wenig mühsam schleppte er sich die Treppe hinauf zu seinem Zimmer. Schumann und Anna folgten.

»Mein Laptop ist nicht weg«, sagte Clark verwundert. »Er ist allerdings auch recht alt, und ich habe nur ein paar Mails und einige Essays darauf gespeichert, die ich vor einiger Zeit über Sir Walter Scott veröffentlicht habe. Die haben aber nichts mit der Arbeit von Arendt zu tun, sondern handeln von Werken wie ›Ivanhoe‹ und ›Die Braut von Lammermoor‹.« Er öffnete den Laptop. »Mhm«, brummte er. »Es sieht nicht so aus, als hätte sich daran jemand zu schaffen gemacht.«

Schumann sah auf die Uhr. »Ich denke, für den Moment können wir hier nichts mehr tun. Wir werden selbstverständlich eine Fahndung nach dem Unbekannten herausgeben. Allerdings haben wir zu wenig Anhaltspunkte, um konkret vorgehen zu können. Vielleicht brauchen wir demnächst die zweite Kopie des Buches, falls der Inhalt Aufschluss auch über Stefan Arendts Informationen liefern könnte. Aber genau um den und um Klas Eversen müssen wir uns jetzt kümmern. Die Suche nach den Vermissten hat Vorrang.« Er sah Anna an. »Begleiten Sie mich zu den Höhlen?«

Anna fuhr zusammen mit Schumann, der auf der kurzen Fahrt nichts sagte. Schweigend stiegen sie den Hügel hinauf.

Bei der Koboldhöhle standen einige Männer zusammen und diskutierten lautstark. »Von hier irgendwo tief im Hügel sind diese Geräusche gekommen«, erklärte Schumanns Assistent Hartmut Brink seinem Chef. Die Männer wirkten unentschlossen. Einer von ihnen trat vor und sagte: »Wir kommen hier nicht richtig weiter und können das Klopfen nicht eindeutig lokalisieren. Wir müssen uns etwas Neues ausdenken, um in das Innere vorzudringen. Risse und Spalten gibt es reichlich, aber keine richtigen Öffnungen oder Zugänge zu den verschiedenen Felsenkammern. Als Nächstes sehen wir uns doch mal die Schattenhöhle an, dann noch mal die Einhornhöhle.«

Anna ging um das Felsmassiv herum. Die Langsamkeit des Suchtrupps nervte sie. Da wurde diskutiert und geredet, aber irgendwie kamen die Herren nicht voran. Irgendwo musste es doch diesen Eingang zum »Schwarzen Loch« geben.

Sie spähte in einen der Höhleneingänge hinein. Aha, das musste die Schattenhöhle sein, ziemlich klein, fast unscheinbar. Nur ein paar dichte Flechten an der hinteren Wand, ein verkrüppeltes Bäumchen und spitze Felsen.

Anna umrundete den Hügelkamm weiter und trat in das Dämmerlicht der Einhornhöhle, die offenbar noch mal durchkämmt werden sollte. Sie wagte sich ein gutes Stück tiefer hinein.

Klamm, feucht, modrig, glatte Steinwände, ein kleiner Nebenraum, an dessen hinterem Teil Moos wucherte. Dünne Wasserrinnsale liefen an den Felsen herab und sammelten sich in einem kleinen Felsenbecken. Anna erspähte in der hinteren Wand dieser Kammer zwischen den Flechten einen fast mannshohen, aber sehr schmalen Spalt. Neugierig schob sie sich in diese Felsspalte, durch die sie gerade eben so hindurchpasste. Sie wollte sich wieder umdrehen, weil sie plötzlich das beklemmende Gefühl überkam, im Felsen stecken zu bleiben. Doch ihre Bewegung war zu ruckartig gewesen. Sie verlor den Halt, stolperte rückwärts und sauste auf dem Po eine steile Rampe hinunter. Ein völlig alberner Gedanke schoss ihr in diesem Moment durch den Kopf: Das ist ja wie in einem Film von Steven Spielberg, wo die Helden auch ständig irgendwelche steilen Abhänge herunterschliddern!

Ehe sie den Gedanken fertig gedacht hatte, landete sie mit einem lauten Plumps auf dem harten Boden eines finsteren Höhlenraums. Es roch hier noch unangenehmer als oben. Glücklicherweise hatte sie ihr Handy mit einer Taschenlampen-App dabei. Sie schaltete sie an und leuchtete damit die

Wände ab. Die Felsenrampe, die sie hinuntergerutscht war, ragte steil hinter ihr auf. Anna beschlich ein mulmiges Gefühl.

Hektisch drückte sie Schumanns Nummer. Aber kein Empfang in diesem Höhlenbauch. Sie spürte eine Gänsehaut auf den Armen. Wo hatte sie sich da wieder hineinmanövriert! Zitternd ließ sie den schwachen Strahl der Handytaschenlampe durch den Raum geistern. Als er auf die gegenüberliegende Felswand traf, stieß sie einen gellenden Schrei aus.

Kommissar Schumann glaubte, ganz fern aus dem Inneren der Höhlen einen Laut zu hören. »Psst!«, sagte er zu den Männern. »Da ist was!«

»Ich höre nichts«, antwortete Eberhard Plötz, einer der Männer des Suchtrupps.

»Hören Sie etwas, Anna?« Schumann blickte sich suchend nach ihr um. Aber Anna war nirgendwo zu entdecken. »Hat einer von Ihnen Frau Bentorp gesehen?«, fragte er die Männer.

»Die ist doch eben mit Ihnen noch hier gewesen«, sagte Plötz. »Vielleicht ist sie zurück zum Schloss gegangen?«

Schumann schüttelte den Kopf. »Nein, das sieht ihr nicht ähnlich, einfach so wegzugehen.«

In diesem Moment drang wieder das Geräusch an seine Ohren. »Das kommt aus Richtung der Einhornhöhle«, sagte er. »Und es sind keine Klopfgeräusche. Es klingt wie ein Schrei!«

Plötz nickte. »Jetzt habe ich auch etwas gehört.«

Er schloss sich Schumann an, der mit raschen Schritten zum Eingang der Einhornhöhle ging und lauschte. Und da war es wieder. Ein spitzer Schrei aus der dunklen Tiefe. Auch wenn dieser Ton fast unmenschlich klang, musste das Anna sein. Schumann trat in die Höhle und tastete sich vorsichtig voran. Nach etwa zwanzig Metern kam er zu einer Felsenkammer mit einem schmalen Spalt in der hinteren Wand.

»Anna!«, brüllte er.

Gedämpft und weniger schrill antwortete eine Stimme:

»Hier! Ich bin hier unten. Helfen Sie mir! Bitte! Es ist schrecklich hier!«

Schumann betrachtete skeptisch die schmale Felsspalte, durch die Anna offensichtlich geschlüpft war. Er vermochte sich nicht hindurchzuzwängen und wandte sich an Plötz.

»Versuchen Sie es bitte. Sie sind kleiner und dünner als ich.«

Plötz zwängte sich durch die enge Spalte.

»Seien Sie vorsichtig!«, rief Anna aus dem Dunkeln. »Es ist rutschig, und da führt eine ziemlich steile Felsenrampe hinunter!« Sie knipste kurz ihre Handytaschenlampe an, in deren dürftigem Licht Plötz die Gefahr der steilen Rampe erkennen konnte.

Er zog sich behutsam wieder aus der Spalte zurück. Einige Minuten später hatte er zwei Männer aus seinem Trupp organisiert, darunter Schumanns Assistenten Hartmut Brink, der schmal und behände genug war, sich durch die Spalte zu schieben. Er und ein zweiter Mann kletterten mit Hilfe eines starken Seils zu Anna hinunter.

Anna saß noch immer wie angewurzelt auf dem kühlen Untergrund. Mit bleichem Gesicht deutete sie zur gegenüberliegenden Felswand. »Da liegt etwas«, flüsterte sie, heiser von ihren lauten Schreien.

Im Lichtkegel der starken Taschenlampen der Männer tauchte aus einem Meer von wabernden Schatten ein Skelett auf. Es lag auf dem felsigen Boden, spärlich bedeckt mit Fetzen von etwas, das aussah wie die Reste eines roten Gehrocks, einer einstmals sicher elegant geschnittenen Kniehose und schwarzen Lederstiefeln voller Stockflecken. Im Flackern der Taschenlampen wirkten die leeren Augenhöhlen, die zur Decke gerichtet waren, wie Abgründe. Auf dem Schädel klebten ein paar Haarsträhnen, die wie Kupfer schimmerten.

»James MacNeill!«, entfuhr es Anna, und ihre Knie gaben nach.

Neben dem Toten lag eine Satteltasche aus Leder mit einem schweren silbern glänzenden Schloss. Das Leder wies ähnliche weiße Flecken auf wie die Stiefel. Anna klammerte sich an den Arm eines der Männer. »Fast zweihundertfünfzig Jahre hat er hier gelegen«, flüsterte sie mit Tränen in den Augen. »Und er ist nie aus dem Tal weggeritten. Er ist hier getötet worden!«

Einer der Männer kniete sich neben die Leiche. »Herr Kommissar«, rief er Schumann zu, der versuchte, oben durch die Felsspalte zu spähen. »Wir brauchen mehr Licht und mehr Seile.«

An Anna rauschten die nächsten Minuten wie ein reißender Gebirgsbach vorüber. Benommen von ihrer Entdeckung und bewegt von der Erkenntnis, dass ausgerechnet sie James MacNeill nach fast dreihundert Jahren entdeckt hatte, taumelte sie mit Hilfe der Männer, die sie mit dem Seil ein wenig unbeholfen nach oben gezogen hatten, zurück durch die Einhornhöhle ins viel zu grelle Tageslicht.

Schumanns Assistent Hartmut Brink kniete neben dem Skelett, das die Männer sanft vor der Höhle aufgebahrt hatten. Nach wenigen Minuten wandte er sich an Schumann: »Dieser Mann wurde erschossen. Sein Brustkorb weist eindeutig Merkmale einer Kugel auf, die ihm mehrere Rippen zerschmettert hat. Zudem sind die Reste seines Gehrocks vorne durch Pulver versengt und weisen Schmauchspuren auf. Ob er da unten getötet oder nach der Tat in der Höhle abgelegt worden ist, werden wir aber nach so vielen Jahren wohl kaum mehr feststellen können.«

Schumann nickte. »Auch wenn er schon sehr lange tot ist, müssen wir ihn nach Hameln in die Gerichtsmedizin schaffen, so vorsichtig das nur eben geht.«

Er nahm fürsorglich Annas Hand. »Da haben Sie Ihren Schotten endlich gefunden. Wer immer ihn getötet hat, kannte die Höhlen und wusste genau, wo er ihn verstecken konnte, ohne Gefahr zu laufen, dass die Leiche gefunden wird. Sie haben ihn ja auch nur durch Zufall entdeckt.«

Schumann hatte die Ledertasche geöffnet. Darin befand sich ein zerschlissener Beutel, aus dem etliche silberne Münzen gerollt waren. »Wohl eher kein Raubüberfall«, sagte er.

»Da steckt ein anderes Motiv dahinter, das wir vielleicht nie mehr erfahren werden.«

Anna rollten Tränen über die Wangen. Insgeheim hatte sie gehofft, dass James MacNeill Hammelsberg verlassen und irgendwo anders ein neues Leben hatte beginnen können, in Deutschland oder im fernen Amerika. Sie hatte seltsamerweise nie daran geglaubt, dass er in seine Heimat zurückkehren würde, die ihm sicherlich fremd geworden war. Um jene Zeit gehörten die Kolonien in Nordamerika noch zu England, und viele Schotten waren nach der Niederschlagung der Jakobitenaufstände dorthin geflüchtet. Seinen Sohn hatte James niemals wiedergesehen, sein Enkel hatte ihn vergebens gesucht, und seine Tochter hatte er nie richtig kennengelernt, weil ein feiger Mörder ihn in jener Januarnacht getötet hatte. Sein Enkel war ihm sehr nahe gewesen, als er selbst in einer der Höhlen gefangen war. Aber er hatte nicht geahnt, dass sein Großvater nicht weit von ihm entfernt schon seit siebenunddreißig Jahren tot in einem Felsengrab lag.

Auch die Männer des Suchtrupps standen schweigend um den Toten aus einer fernen Vergangenheit. Und da plötzlich hörten alle das Klopfen, ganz nahe, ein Überlebenssignal in dieser Welt der Toten.

Nachrichten aus dem Jenseits

Klas wusste nicht, wie viele Stunden er in der Finsternis ge-
hockt hatte. Der Hunger, den er in der ersten Zeit gespürt
hatte, war einem dumpfen Grollen in seinem Magen gewichen,
die Wassertropfen an den Wänden reichten aus, um seinen quä-
lenden Durst ein wenig zu lindern. Klas schwor sich, falls er je
wieder hier herauskommen würde, seine Mitmenschen nicht
mehr zu ärgern und seine Goblins in eine Bande umzuformen,
die anderen Menschen half. Und er würde das Geld aus der
Brieftasche von Dieter Elster Albert Mertens übergeben und
sich bei Peter Grotherr entschuldigen. Ja, er würde ein besserer
Sohn, ein besserer Schüler und überhaupt ein besserer Mensch
werden – wenn er dazu nur eine zweite Chance bekäme.

Eine Weile verharrte er an der Felswand, erfüllt von Selbst-
mitleid und Lethargie. Doch dann gab er sich einen Ruck.
Schließlich war er Klas Eversen, der Boss der Goblins und zudem der geistige Vater einer zukünftigen Comic-Heldenfigur,
die sein Alter Ego war. Er stand auf. So leicht würde er nicht
aufgeben. Immerhin hatte er ja auch diese Höhlenkammer
entdeckt. Wer weiß, ob es nicht noch weitere Seitenhöhlen
gab, die er von seinem ersten Kerker aus erreichen konnte.
Also begann er, den mühevollen dunklen Weg zurückzurob-
ben. So schrecklich es für ihn war, als das kleine Licht in der
Höhlendecke hinter ihm verschwand, so wichtig war es ihm,
nicht nur tatenlos auf diesen hellen Punkt zu starren und sich
selbst aufzugeben.

Nach einigen Metern im finsteren Gang glaubte er, hinter
der Wand erneut dieses Schaben zu hören, das er schon einige
Male vernommen hatte. Ratten? Fledermäuse? Riesige Spinnen? Er lauschte angestrengt. Es kam ganz aus der Nähe, als
sei da etwas hinter der nächsten Ecke. Klas rutschte vorsichtig weiter, streckte seine Hand ins Dunkle und fühlte einen
tiefen Spalt. Er schob sich heran und spähte angestrengt ins

Schwarze. Und wirklich! Er sah etwas in dieser Spalte aufblitzen. Zum ersten Mal spürte er Hoffnung in sich aufkeimen.

Nur knapp einhundert Meter von Klas entfernt, jenseits der Höhlenwand, stand der Kommissar mit seiner Mannschaft. »Zur Not müssen wir einen Zugang in den Felsen sprengen«, sagte Schumann zu Klaus Fritzen, der neben ihm vor der Einhornhöhle stand.

»Bitte nicht! Das könnte unübersehbare Folgen haben«, rief der Geologe entsetzt. »Wir werden jetzt noch einmal in alle Höhlen hineingehen und sämtliche noch so kleinen Felsenspalten absuchen, ob sich dahinter ein größerer Eingang verbirgt. Eine Sprengung ist die absolut allerletzte Möglichkeit.«

»Wie stellen Sie sich das vor? Hinter kleinen Felsenspalten suchen?« Schumann sah ihn zweifelnd an.

»Das ›Schwarze Loch‹ steht eventuell in Verbindung mit der Schattenhöhle«, erwiderte Fritzen. »Seit den Tagen von Hinrich Globestein hat sich keiner mehr mit dieser Höhle beschäftigt. Alle glauben, sie sei nur eine Ausbuchtung im Hügel und keine Höhle wie die anderen. Aber ich bezweifele das.«

Michael Terhorst kam herbeigeschlendert. Schumann mochte den arroganten Wissenschaftler noch weniger als Harald Frostauer, den neunmalklugen Historiker, und er hatte versucht, Terhorst von den Höhlen fernzuhalten. Das war ihm offensichtlich nicht gelungen. Wieder keimte der Verdacht in ihm auf, dass Terhorst im Falle Elster Dreck am Stecken haben könnte. Er hatte erreicht, Einsicht in Terhorsts Bankdaten zu erhalten, was nur mit Hilfe eines befreundeten Staatsanwaltes möglich gewesen war. Und tatsächlich hatte Terhorst in den letzten beiden Jahren größere Summen auf sein Konto verbucht und jeden Monat in schöner Regelmäßigkeit dreitausend Euro abgehoben.

Terhorst schien nichts von Schumanns ambivalenten Gefühlen ihm gegenüber zu merken. Er grinste breit und sagte: »Vielleicht finden wir da unten etwas Interessantes.«

Schumann fand diese Bemerkung äußerst unpassend. »Was

heißt hier ›wir‹? Meine Leute werden, wenn wir Pech haben, eine Leiche oder sogar zwei Leichen finden, und nur wenn wir Glück haben, den noch lebenden Klas Eversen oder Stefan Arendt.« Er äußerte nicht laut, dass er nicht mehr daran glaubte, den vermissten Doktoranden noch lebend zu finden. Und er fürchtete auch, dass für Klas jede Hilfe bald zu spät kam. Allein die Temperatur in den Höhlen, die um höchstens zwölf Grad lag, musste jedem, der in ihnen gefangen war, schwer zu schaffen machen.

Terhorst zuckte zusammen. »Entschuldigung«, erwiderte er. »Aber Sie müssen verstehen, dass ich diese Höhlen auch unter anderen Aspekten betrachte.«

Fritzen sah ihn missmutig an. »Michael, lass bitte solche Kommentare. Das wirft ein verdammt schlechtes Licht auf unsere Forschungen. Menschenleben sind wichtiger als alte Knochen oder Scherben.«

Ehe die Diskussion eskalieren konnte, meldete sich Plötz. »Wir können das Klopfen jetzt besser lokalisieren. Es scheint tatsächlich irgendwo aus der Schattenhöhle zu kommen. Als ob da etwas hinter den Felsen ist.«

Schumann wandte sich an Terhorst. Kühl sagte er: »Wir berichten Ihnen, falls wir bei unserer Suchaktion etwas aus der Vorzeit finden, Herr Terhorst. Ich muss Ihnen außerdem später ein paar Fragen stellen. Also halten Sie sich bitte in der Nähe des Schlosses auf.«

Auf Terhorsts Gesicht zeichnete sich Unsicherheit ab. Schumann achtete nicht weiter auf ihn und ging mit Plötz um den Hügelkamm herum zum Eingang der Schattenhöhle.

»Und?«, fragte er Plötz, der sich die Höhle zusammen mit zwei anderen Männern noch einmal gründlicher angeschaut hatte.

»Erstens, Herr Kommissar, haben wir zwei abgebrannte Streichhölzer entdeckt, was aber nichts heißen muss. Was viel wichtiger ist: An der hinteren Wand der Höhle, versteckt hinter Flechten und einem Bäumchen, das erstaunlicherweise da wächst, haben wir einen schmalen Durchgang gefunden. Der

Hannes Meier«, Plötz deutete auf einen kleinen Mann mit dichtem Schnurrbart, »hat sich daran erinnert, dass sein Hund vor einiger Zeit in die Globesteinhöhle gelaufen ist und er geglaubt hat, das Bellen von Atta hinter der Wand zu hören. Als er dann in die Höhle hineingegangen ist, saß sie dort mit 'ner toten Ratte im Maul. Die Atta ist wohl hinter diese Flechten geraten bei ihrer Jagd nach dem Vieh. Daran hat Hannes sich jetzt erinnert. Diese Flechten wirken zwar wie eine undurchdringliche Mauer, aber wir haben es geschafft, sie aus dem Weg zu räumen, und einen Durchgang gefunden.« Plötz sah den Kommissar stolz an.

Schumann lächelte, und seine Stimme verriet seine Aufregung, als er rief: »Super! Weitermachen!«

Die Männer zerrten die Moosflechten, die sich wieder wie eine Wand über die Felsen gelegt hatten, erneut von der Felswand, und tatsächlich erschien dahinter ein hohes, schmales Loch. Als Eberhard Plötz hineinleuchtete, sah man einen Gang, der in die Tiefe führte. Plötz holte tief Luft.

»Ich gehe jetzt da rein«, sagte er mit fester Stimme. Er griff nach seiner Taschenlampe und nahm zusätzlich einen Hammer und eine kleine Spitzhacke, die der Suchtrupp mit sich führte. »Ihr passt auf. Wenn ich Hilfe brauche, rufe ich, und wenn ich in einer Viertelstunde nicht wiederaufgetaucht bin, dann sucht mich.« Damit verschwand er im Felsen.

Inzwischen hatten sich die übrigen Männer des Trupps am Eingang der Schattenhöhle versammelt.

Und da war es wieder, dieses Geräusch, ein entferntes Klopfen, das aus dem Bauch des Berges zu dringen schien.

Albert Mertens, der den Trupp begleitete, wurde unruhig. »Ich gehe Eberhard mal nach«, sagte er, und ehe Schumann etwas einwenden konnte, tauchte er hinter die Flechten. Sie schlossen sich wie ein Vorhang hinter ihm, und Schumann hörte ganz gedämpft Geräusche durch Felsen und Moos dringen wie aus einer anderen Welt.

Zwischen Himmel und Hölle

Für Klas hing alle Hoffnung an diesem schwachen Lichtschimmer, der ihm wie eine Verheißung erschienen war. Nie aufgeben! Auch wenn ihn zwischendurch der Mut und die Zuversicht im Dunkeln der Höhle verlassen hatten, war er Stückchen um Stückchen zu der Felsöffnung gekrochen, in der er das Licht gesehen hatte. Zu seiner Freude erweiterte sich der Raum, und die niedrige Decke, die noch vor wenigen Metern seinen Kopf gestreift hatte, schien höher zu werden. Vorsichtig hatte er sich aufgerichtet. Einen Augenblick schwindelte ihm, und er sah glühende Punkte vor seinen Augen. Seine Beine glichen Wackelpudding; er stolperte und fiel vornüber.

Klas war weich auf einem mit Moos bewachsenen Untergrund gelandet. Nicht weit entfernt hatte er eine Spalte in der Felswand gesehen, durch die ein zögerlicher Sonnenstrahl drang. Da er nicht mehr genügend Stimme besaß, um durch die Spalte um Hilfe zu rufen, griff er sich einen der vielen kleineren Felsbrocken, die auf dem Boden herumlagen, und begann, damit in regelmäßigen Abständen an die Wand zu klopfen. Auch wenn ihn seine Kraft mehr und mehr verließ, trieb ihn sein Überlebenswillen an.

Es schien eine Ewigkeit vergangen zu sein, bis er plötzlich eine Stimme jenseits der Wand hörte. Es war Albert Mertens, der seinen Namen rief. Klas nahm alle Kraft zusammen, presste sein Gesicht an den Felsenriss und krächzte: »Ich bin hier! Helft mir. Ich kann nicht mehr.«

»Wir kommen! Halte noch ein bisschen durch!« Mertens klang nah, aber gleichzeitig doch so fern. Klas versuchte zu antworten, aber seine Stimme versagte. Er sank neben dem Spalt auf den Boden.

Eine Woge der Schwäche überrollte ihn, aber gleichzeitig auch die Erleichterung, dass seine Rettung nahte. Trotz seiner Erschöpfung lächelte er. Sein Blick schweifte durch den kleinen Raum mit seinen unregelmäßig geformten Wänden. Es gab viele kleine Erhebungen und Vertiefungen, auf denen Moos wuchs und eine Art dürres Gras. In der hintersten Ecke, halb versteckt durch einen Felsenvorsprung, ragte etwas in den Raum. Klas konnte es nicht sofort erkennen. Er war zwar unendlich müde, aber seine Neugierde verließ ihn nicht einmal in diesem Augenblick. Langsam kroch er an den Felsvorsprung heran. Ein flaues Gefühl machte sich in seinem Magen breit. Seine Nackenhaare stellten sich auf, ehe er erkannte, was da auf dem feuchten Boden lag.

Der Anblick ließ ihn nach Luft schnappen und für Sekunden sein eigenes Elend vergessen. Der Tote lag seitlich auf dem Boden, mit verzerrtem, wie zu einem Schrei geöffneten Mund. Er trug Jeans und Turnschuhe, seine Hände schienen sich im Boden festzukrallen. Neben ihm lagen eine zerbeulte Aktentasche und ein in viele Stücke zerbrochenes Handy. Um den Kopf herum hatte sich eine dunkle Lache gebildet. Über allem lagerte der Gestank des Todes.

Aus Klas' Kehle drängte sich ein unendlich langer, brüchiger Schrei.

Er klang so verzweifelt und unheimlich, dass es die Männer auf der anderen Seite schauderte. Sie standen vor dem schmalen Riss im Felsen und fühlten sich hilflos. Denn mehr als eine Ritze war es nicht.

Mertens erkannte, dass sie nicht ohne Weiteres von der einen Felsenkammer in die nächste gelangen konnten, auch wenn es schmale Spalten in der Zwischenwand gab. Weder Hammer noch Spitzhacke reichten aus, um die Risse in den Wänden entscheidend zu vergrößern. Er und Plötz standen hilflos vor der undurchdringlichen Felsenmauer, hinter der Klas so verzweifelt auf Rettung hoffte. Geschlagen machten sie sich wieder zurück auf den Weg ans Tageslicht.

Klas war auf den Boden gesunken. Tränen strömten über sein Gesicht. Der Stein fiel ihm aus der Hand und rollte ins Dunkel. Alles vergeblich. Die Männer, die ihm jenseits der Wand schon so nahe gewesen waren, hatten offenbar den Rückzug angetreten. Verdammte Höhle, verdammte Felsen! Er besaß keine Kraft mehr, sich wieder aufzuraffen und einen anderen Ausweg zu suchen. In seiner Verzweiflung hörte er nicht auf die heftigen Schläge, die von außen an die Felswand wummerten.

Wie viel Zeit verging, wusste Klas nicht. Er war wie in einen Kokon aus Verzweiflung eingesponnen. In dem Augenblick, da er sich in einer Art Fieberwahn vorstellte, er sei auf ewig dazu verdammt, mit einer Leiche in dieser Höhle zu verharren, bis er selbst sterben würde, krachte es in der gegenüberliegenden Felswand, wo durch den schmalen Riss spärliches Licht ins Finstere fiel. Geröll begann zu bröckeln, Staub wirbelte auf, und dann löste sich die steinerne Mauer in Einzelteile auf. In dem Loch erschien ein Mann mit einem Vorschlaghammer in den Händen, hinter ihm zwei weitere Männer mit Spitzhacken. Klas schloss geblendet die Augen, denn das Tageslicht, das die Männer umflutete, blendete ihn nach all den vielen Stunden im Dunkeln.

Als der völlig verschmutzte, mit Staub und Spinnweben bedeckte Klas schließlich durch das Loch im Felsen gezogen wurde, brach unter den Männern Jubel aus. Bis vor wenigen Tagen in Hammelshausen als Unruhestifter verschrien, wurde Klas nun umarmt und mit Freudenrufen überschüttet.

Für Klas erstrahlte die Welt in ungeahntem Glanz. Ein Schluchzen schüttelte ihn, als er, in eine Decke gehüllt, auf einem Steinbrocken saß und in die Gesichter seiner Retter blickte. Plötz reichte ihm eine Flasche Wasser, die er gierig in wenigen Zügen leer trank.

Kommissar Schumann trat auf ihn zu. »Nun erzähl mal in Ruhe, was geschehen ist, falls du dazu schon in der Lage bist.«

Ehe Klas antworten konnte, stieg das Bild des toten Mannes in der Höhle vor seinem inneren Auge auf. In der Aufregung über seine eigene Rettung hatte er den Anblick der Leiche für

einige Minuten verdrängt. Er stammelte: »In der Höhle, da …
liegt ein Toter.« Die Männer um Klas verstummten. Mertens
und Plötz starrten den Jungen an. »Eine Leiche? Die haben
wir nicht gesehen. Wir haben uns nur auf Klas konzentriert«,
sagte Plötz mit einem entschuldigenden Unterton.

Schumann fragte mit einem leisen Zweifel in der Stimme:
»Bist du sicher?«

»Ja, er liegt da hinter einem Felsen.« Die Erinnerung ließ
Klas erschaudern. Sein Magen krampfte sich zusammen, und
er brach, obwohl ihm das peinlich war, wieder in Tränen aus.

Schumann legte beruhigend eine Hand auf seine Schulter,
dann wandte er sich an die Männer: »Los, worauf warten wir
noch!«

Die Bergung der Leiche aus der Höhlenkammer dauerte eine gute halbe Stunde. Plötz und Mertens, die wieder zurück in die Höhle gingen, wurden diesmal von zwei Sanitätern begleitet, die eine Trage dabeihatten.

Schumann betrachtete den Toten schweigend. Dann sagte er: »Nun haben wir ihn also doch noch gefunden. Das ist eindeutig Stefan Arendt.« Der junge Mann hatte offenbar einen Schlag auf den Hinterkopf bekommen, doch der Gerichtsmediziner würde feststellen müssen, ob das die tatsächliche Todesursache gewesen war. Da die Leichenstarre bereits völlig gewichen war, musste Arendt schon mehrere Tage tot sein. Einen genaueren Todeszeitpunkt würde Professor Arndt Holbein, der Gerichtsmediziner in Hameln, sicherlich noch feststellen können.

Schumann seufzte tief. Nichts hasste er mehr als solche Situationen, da auch der letzte Rest von Hoffnung einer grausamen Realität weichen musste. Auch wenn er schon länger gefürchtet hatte, dass Arendt tot war, hatte er sich bis zu diesem bitteren Ende an die Illusion geklammert, den Vermissten lebend aufzufinden.

Einer der Männer überreichte ihm die alte Ledertasche, die neben Arendt auf dem Höhlenboden gelegen hatte. Sie war feucht, und Schumann fürchtete, dass man auf ihr keine brauchbaren Fingerabdrücke mehr finden würde. Trotzdem zog er die Latexhandschuhe über und öffnete die Tasche vorsichtig.

Sie war leer, kein Laptop, keine Unterlagen. Schumann fühlte zwar keine Überraschung, aber doch eine leichte Enttäuschung. Der Täter hatte natürlich alles entsorgt. Auch mit dem zerbrochenen Handy würde man nicht mehr viel anstellen können. Zudem fehlte die SIM-Karte, wie Hartmut Brink feststellte. Schumann gab ihm die Tasche und sagte: »Bitte gründlich untersuchen. Und fotografieren Sie den Fundort in der Höhle. Vielleicht findet sich ja doch noch etwas.«

Er ging zurück zu Klas, der noch immer leicht benommen auf dem Stein saß und inbrünstig an einem Sandwich kaute, mit dem ihn ebenfalls der fürsorgliche Plötz versorgt hatte. »Jetzt erzähl uns bitte, was passiert ist.«

Und da brach alles aus Klas heraus. Getrieben von den Erinnerungen an seine Ängste und seine Verzweiflung in der Dunkelheit, an seinen Überlebenswillen und seine guten Vorsätze, die er in diesen schrecklichen Stunden des Wartens, Hoffens und Verzagens gefasst hatte, hielt er nichts zurück. Er gestand, dass er das Feuer gemacht, Dieter Elsters Leiche entdeckt und sich auf der Flucht vor dem »Schattenmann« in der Einhornhöhle versteckt hatte. Dann habe er die Brieftasche an sich genommen, Peter Grotherr in Panik niedergestoßen und sei schließlich kopflos nach Hause gerannt.

»Ich wollte Peter nicht verletzen, aber ich hatte Angst.« Er schluckte. »Als ich mich davor in der Höhle versteckt hatte, habe ich gehört, wie sich zwei Männer vor der Bärenhöhle gestritten haben. Als ich dann dachte, die Luft wäre rein, habe ich mich wieder herausgetraut.« Er errötete. »Und da habe ich dann noch die Brieftasche eingesteckt.«

Schumann hakte nach. »Bist du dir ganz sicher, dass du einen Streit zwischen zwei Männern gehört hast?«

»Ja«, sagte Klas. »Die waren ganz schön laut.«

Schumann runzelte die Stirn. Das warf wieder ein neues Licht auf den Fall Elster. »Wir werden der Sache nachgehen«, sagte er. »Das Geld, das du Elster geklaut hast, ist inzwischen gefunden worden. Und alles andere auch, was du in der Gruft versteckt hast. War noch etwas in der Brieftasche, das du behalten hast?«

Klas murmelte: »Na ja, da war noch so ein kleiner Zettel. Da standen Telefonnummern drauf.«

»Den Zettel würde ich gerne haben«, sagte Schumann. »Aber weshalb bist du am Montag überhaupt noch einmal zur Bärenhöhle gegangen?«

Und wieder strömten die Erklärungen aus Klas heraus. Die Nachricht eines, wie er glaubte, Erpressers, sein Plan, den unbekannten Absender zu beobachten, der Überfall, das Erwachen in der Dunkelheit, die Wellen der Angst, die ihn überfluteten. »Mein Handy ist leider weg«, sagte er. »Der Angreifer hat es wohl an sich genommen.« Er sah Schumann verzweifelt an: »Muss ich in den Knast? Wegen dem Geld und so?«

Schumann schüttelte den Kopf. »Ganz ungeschoren wirst du nicht davonkommen, auch wenn wir das Geld wiederhaben. Wie ich Peter Grotherr einschätze, wird er dich nicht anzeigen, aber du musst dich natürlich bei ihm entschuldigen.«

Klas nickte eifrig. »Aber klar doch!«

Der Kommissar schätzte, dass Klas im glimpflichsten Fall mit Sozialstunden rechnen musste. Doch das würde der Richter entscheiden. Er hatte noch eine letzte Frage an den Jungen.

»Hast du irgendetwas an diesem ›Schattenmann‹ bemerkt, an das du dich erinnern kannst oder was dir bekannt vorgekommen ist? Wobei der Mann am Samstag nicht unbedingt derselbe gewesen sein muss, der dich am Montag überfallen hat.«

»Der Schatten vom Samstag hat etwas gehinkt, er hat den Kopf irgendwie schief gehalten, und er war ziemlich groß«, antwortete Klas. »Den Mann, der mich überfallen hat, kann ich nicht beschreiben.« Klas sah wohl auch gerne Krimiserien, denn er fügte hinzu: »Und wegen Spuren und so. Er hat da unten eine Flasche Wasser neben mich gestellt, aber dann ist er nicht mehr wiedergekommen. Die Flasche liegt da unten noch leer herum. Ich habe sie nicht mitgenommen.« Er sah Schumann entschuldigend an.

Schumann lächelte. »Ich glaube nicht, dass die Flasche verwertbare Spuren außer deinen eigenen Fingerabdrücken aufweist.« In seinem Kopf aber kreisten die Ausführungen des Jungen. Streit bei der Höhle? Ein Schatten mit schiefer Kopfhaltung und einem leichten Hinken? Er schloss die Augen. Da war doch etwas gewesen? Zumindest klingelte es ganz leise in seinem Unterbewusstsein.

Und doch überkam ihn ein dumpfes Gefühl der Unzufriedenheit. Ihm war nichts klar an diesem Fall. Was hatte Arendt hierher zu den Höhlen geführt, wer hatte ihn getötet, und was hatte das alles womöglich mit diesem James MacNeill zu tun? Diese ewigen Schatten der Vergangenheit, dachte er, als er gemeinsam mit Anna, die sich bei der Rettung von Klas und der Bergung von Arendts Leiche im Hintergrund gehalten hatte, den Hügel hinunterstapfte.

Sie riss ihn aus seinen Gedanken. »Ich gehe noch einmal ins Wirtshaus und schaue, wenn es Ihnen recht ist, nach Ian Clark. Vielleicht ist ihm noch etwas eingefallen.«

»Versuchen Sie Ihr Glück. Ich komme bald nach.«

Im Schloss herrschte helle Aufregung. Die Nachricht von der Rettung des Jungen und dem Leichenfund hatte sich wie ein Buschfeuer verbreitet.

Die Baronin saß im Kreis der Gäste im Salon, als Schumann eintrat. Markland erklärte gerade lautstark, dass er durch seine Entdeckung des »Schwarzen Lochs« wohl einen entscheidenden Hinweis gegeben habe.

Frostauer sah ihn säuerlich an, woraufhin Markland sich verbesserte: »Natürlich meinte ich Frostauers und meine gemeinsame Entdeckung. Er hat immerhin das Buch aus dem Regal geholt.« Er grinste selbstgefällig.

Schumann sah sich um. Klaus Fritzen befand sich nicht im Raum. Auch Philip von Rödelshausen und Caspar Hermanns fehlten. Max Greve stand an der Tür mit seinem stets stoischen Gesichtsausdruck. Beim Anblick des Kommissars lächelte er, was sein strenges Gesicht völlig verwandelte.

Eigentlich, fand Schumann, sah Max recht gut aus, wenn er lächelte. Das kam nur leider viel zu selten vor.

Seine Frage, ob er den Baron und die anderen von ihm gesuchten Gäste gesehen habe, verneinte Max, fügte aber hinzu: »Ich bin sehr froh, dass Sie Klas wohlbehalten aus der Höhle befreien konnten. Der Tod von Stefan Arendt trifft uns alle sehr. Die Baronin ist bis ins Mark erschüttert.«

Schumann nickte geistesabwesend. »Ich muss jetzt zurück ins Dorf. Wenn die Herren wieder da sind, melden Sie sich bitte umgehend bei mir.«

Anna hatte sich telefonisch bei Clark angemeldet. Obwohl sie der Leichenfund in der Höhle zutiefst schockierte, war sie über sich selbst erstaunt, dass sie den Kopf schon wieder für anderes frei hatte. Zudem fühlte sie sich erleichtert, dass Klas wohlauf war und wenigstens diese Aktion zum Erfolg geführt hatte.

Als sie zu Clark ins Hotelzimmer trat, fand sie den Schotten matt in einem Sessel sitzend. Er sah sie deprimiert an, auf dem Schoß stand sein Laptop.

»Ich habe meine Mails gecheckt und gesehen, dass ich bereits am vergangenen Freitag eine Mail von Stefan Arendt bekommen habe. Ich habe ehrlich gesagt seit einer Woche nicht mehr in mein Postfach geschaut. Wenn ich auf Reisen bin, vernachlässige ich das sträflich.« Er hielt Anna den Laptop hin. »Aber lesen Sie selbst.«

Anna sah, dass ein PDF-Anhang geöffnet war. In dem Moment, in dem sie zu lesen beginnen wollte, trat Schumann wie auf Zuruf in den Raum.

»Es ist in der Tat eine Nachricht von Arendt«, erklärte sie ihm. »Auf Englisch. Er sagt darin, dass es ihm leidtäte, dass er das Stammbuch ›ausgeliehen‹ habe, er es aber selbstverständlich nach seinem Vortrag zurückgeben würde. Wörtlich schreibt er:

Die Seiten, die im ›Waverley‹-Band stecken, sind nicht so wichtig für meinen Vortrag, weil sie nur am Rande über die schottischen Unruhen um 1745 berichten. Ich wollte sie bloß als Ergänzung haben. Andere Teile aus dem Nachlass von Charles MacNeill, darunter eine Schilderung des Besuchs seines Vaters beim Prinzen, dienen mir dagegen gut als Beweis für meine

These zu bisher unbekannten Quellen von ›Waverley‹. In Ka-
pitel einundfünfzig von ›Waverley‹ heißt es:
Der Chevalier empfing Waverley mit der gewöhnlichen
Aufmerksamkeit und sagte ihm manche Artigkeit über seine
ausgezeichnete Tapferkeit. Er nahm ihn darauf beiseite, rich-
tete mehrere Fragen über den obersten Talbot an ihn, und
als er die Mitteilungen empfangen hatte, die Edward über
ihn und seine Verbindungen zu geben vermochte, fuhr er
fort: ›Ich glaube, Herr Waverley, da dieser Herr mit unserm
würdigen Freunde, Sir Everard Waverley, so eng befreundet
ist und da seine Gemahlin aus dem Hause der Blandeville
stammt, dessen Anhänglichkeit an die wahren Grundsätze
der Kirche von England so allgemein bekannt ist, werden
des Obersten persönliche Gefühle uns nicht abgeneigt sein,
welche Maske er auch vorgenommen haben mag, sich den
Zeiten anzupassen.«

Anna hielt inne. Das war tatsächlich eine absolute Neuigkeit.
James MacNeill hatte den Prinzen noch vor den ersten Auf-
ständen 1745 getroffen, und diese wahren Begebenheiten hatte
Scott fiktiv verändert in sein Werk eingearbeitet. Arendts Entdeckung war durchaus von literarischem Wert. Sie las weiter
vor:

»Scotts Edward Waverley ist in einigen Zügen in Wahrheit
James MacNeill, auch wenn MacNeill aufseiten der Jakobiten
steht und Waverley zwischen den Stühlen sitzt, mal schotti-
scher Patriot, mal loyaler Gefolgsmann Georgs II. Doch wie
ich dank meiner Recherchen im Scott-Archiv erfahren habe,
spiegeln sich in der Tat MacNeills Erlebnisse vor Culloden in
Scotts Werk wider. Diese Erkenntnisse haben mich auf an-
dere Ereignisse rund um das Geschick von James MacNeill
gestoßen.
Ich habe sie einem Dokument entnommen, das ich zufällig
unter den Briefen von Charles MacNeill an Scott fand. Offen-
bar hat sich vor mir niemand für diese Briefe interessiert. Sie

lagen reichlich angestaubt in einem der hintersten Regale des Archivs. Auf den ersten Blick sind es die Reiseerlebnisse eines jungen Schotten im Harz und im Ith und deshalb nicht unbedingt für die Scott-Forschung relevant. Den Brief, den Charles als Teil des Nachlasses seiner Großtante Claire erwähnt, habe ich gesondert erfasst und abgespeichert, denn er ist der Stoff, aus dem wahre Dramen sind.

Lieber Ian, ich verdanke dir viel, und deshalb brauchst du dir keine Sorgen zu machen, dass ich deinen Nebenerwerb verraten werde. Aber unsere Zusammenarbeit endet hier und heute. Alles Gute wünscht dir Stefan.«

Ian Clark lehnte sich in seinem Sessel zurück.

»Ich werde morgen nach Schottland zurückreisen«, sagte er. »Falls das Original nicht mehr auftaucht, bringe ich die Kopie aus Hannover ins Archiv. Richard Bernhard sollte dann die gestohlene Kopie bekommen, wenn Sie sie je wiederfinden. Stefan war vielleicht doch ein besserer Mensch, als ich geglaubt habe. Mein Geheimnis hat er für sich behalten.«

Schumann setzte sich neben Clark. »Wir werden auch nicht mehr darüber sprechen. Wie ich Ihnen schon sagte, müssten sich die schottischen Behörden damit befassen. Allerdings müssen wir uns dieses Stammbuch anschauen. Sie können es leider noch nicht mitnehmen. Wir werden es in Hannover abholen lassen. Irgendetwas darin muss für Arendts Pläne wichtig gewesen sein. Wir schicken es Ihnen nach.«

Clark schüttelte niedergeschlagen den Kopf. »Dieser dumme Junge! Er muss dann doch noch etwas in den Texten gefunden haben, was er für bestimmte Absichten nutzen wollte. Und das ist ihm zum Verhängnis geworden.« Seine Stimme brach. »Schade um ihn. Er war ein vielversprechender Wissenschaftler, den ich trotz seiner Fehler mochte. Mit dreißig einen solchen Tod zu sterben, das ist schon schrecklich.« Er wischte sich über die Augen und sah auf einmal alt und gebrechlich aus.

Er nannte Schumann sein Hotel in Hannover. Der Kommissar informierte einen Kollegen vor Ort und bat ihn, das Stammbuch als Beweismittel in einer Morduntersuchung sofort nach Hammelshausen bringen zu lassen.

Inzwischen hatte Anna Arendts Mail ausgedruckt und reichte sie Schumann. »Diese sogenannten bestimmten Absichten, die Clark erwähnt hat, sind wahrscheinlich handfeste Erpressungen, deren Ausgangspunkt in den Schreiben von Charles MacNeill zu finden ist«, sagte sie.

Schumann nickte. »Das befürchte ich auch. Aber ich habe da schon eine Spur. Ich muss mich deshalb jetzt um ein paar Verdächtige kümmern, die möglicherweise in die beiden Fälle verwickelt sind.« Als er Annas fragenden Blick sah, grinste er. »Nein, ich verrate Ihnen nichts.«

Ehe Anna etwas erwidern konnte, war Schumann zur Tür hinaus. Anna blieb indigniert zurück. Er hatte sie nicht einmal gefragt, ob er sie mit nach Hammelsberg nehmen sollte.
Der freundliche Wirt aber bot sich an, sie zum Schloss zu fahren.

»Wir sind alle glücklich und dankbar, dass der Junge gesund und munter ist«, sagte er, als er mit Anna im Auto saß. »Der Tod des Mannes aus Göttingen ist dagegen natürlich schlimm. Und auch die Leiche, die jahrhundertelang im Berg gelegen hat. Es gehen ja viele Sagen und Legenden um, die von den Höhlen erzählen. Vielleicht ist dieser Tote der ursprüngliche Höhlenmann.«

Anna schüttelte den Kopf. »Nein, sein Name ist James MacNeill. Er hat etwas mehr als vier Jahre in Hammelsberg gelebt und ist dann im Januar 1751 verschwunden. Keiner weiß, was geschehen ist, und die vielen Gerüchte bringen uns der Wahrheit kaum näher.«

Sie blickte auf die Straße. Rätsel gab es noch genug in dieser Geschichte. Aber sie fühlte momentan keine Energie mehr, eine Lösung zu suchen.

Christian Borg brach das Schweigen und fragte: »Sind Sie denn sicher, dass der Tote wirklich dieser Schotte ist? Er war doch nicht der Einzige, der damals in den Höhlen war.«

»Das werden wir wohl nie mehr erfahren«, antwortete Anna, aber im selben Moment spürte sie die schwache Hoffnung, dass der Wirt des »Höhlenmanns« recht haben könnte. Konnte es möglich sein, dass James MacNeill tatsächlich nicht der Tote in der Schattenhöhle war? Aber wer war es dann?

Ungelöste Fragen

Hans Schumann hatte den Zettel, den Klas aus Elsters Brieftasche an sich genommen hatte, vor sich auf dem Tisch liegen. Warum überraschte es ihn nicht, dass er darauf die Handynummern von Michael Terhorst und Richard Bernhard gefunden hatte? Er sprach mit beiden kurz. Bernhard hatte allerdings ein Alibi für die Todeszeit von Elster. Er konnte nachweisen, dass er gegen fünfzehn Uhr bereits in Hannover war und dort Ian Clark getroffen hatte. Terhorst dagegen wirkte verunsichert und stotterte herum. Schumann bat ihn, in die Bibliothek zu kommen, wo bereits Philip von Rödelshausen und Hermanns saßen. Es gab noch eine dritte Nummer auf dem Zettel. Doch als er diese wählte, passierte gar nichts. Das Handy war tot. Wahrscheinlich ein Prepaidhandy, das der Benutzer längst entsorgt hatte.

Als Schumann wenig später die Bibliothek betrat, wirkten die drei Herren wie Schuljungen, die auf frischer Tat ertappt worden waren.

»Ich möchte gerne noch ein paar Informationen mit Ihnen gemeinsam erörtern«, begann Schumann. »Es geht um Dieter Elster, der, wie Sie wissen, am letzten Samstag bei der Bärenhöhle starb. Es gibt da noch ein paar Ungereimtheiten.« Er sah in sein Notizbüchlein, dessen Anblick Anna immer erheiterte, weil es so oldschool war. »Elster starb am Samstag etwa gegen fünfzehn Uhr. Entgegen unserer ersten Annahme war sein Tod kein Unglück. Wir haben etliche DNA-Spuren an seiner Kleidung entdeckt, die weder zu Peter Grotherr noch zu Klas Eversen passen. Auf den Tod von Stefan Arendt komme ich auch noch zu sprechen.«

Schumann hob den Blick und sah die drei Männer an. In Philip von Rödelshausens Gesicht stand ein trotziger Ausdruck, Terhorst spielte nervös mit seiner Krawatte, und Hermanns sah aus dem Fenster.

»Nun, Herr Terhorst, ich weiß, dass Sie Dieter Elster recht gut kannten, besser, als Sie es uns haben weismachen wollen.«

Terhorst zupfte wieder an seiner Krawatte, auf der rote Elefanten auf blauem Grund abgebildet waren, und fragte dann leise: »Müssen die beiden anderen bei unserem Gespräch dabei sein?«

Schumann führte Terhorst in den Nebenraum, das Arbeitszimmer der Baronin, möbliert mit einem Biedermeiersekretär, einem Sofa, einem Tisch mit einer Blumenvase und zwei Sesseln.

Terhorst ließ sich in einen der beiden Sessel fallen. »Es hat ja keinen Sinn mehr, groß herumzureden. Sie haben meine Handynummer bei ihm gefunden. Ja, ich hatte eine Verabredung mit Dieter Elster, mit dem ich in den letzten Jahren gelegentlich zu tun hatte. Ich habe ihn manchmal auf Expeditionen mitgenommen, und er hat dann das eine oder andere Objekt heimlich an sich genommen und verkauft. Ich habe zu meiner Schande ein Auge zugedrückt, und er hat mir dafür jeweils ein paar Prozent der Summe ausgezahlt, die er durch den Verkauf erhalten hat. Ich habe meinen Anteil allerdings nicht privat, sondern für meine Forschungen genutzt. Die Etats der Universitäten werden immer mehr gekürzt, und ich wollte mit diesem Geld ein größeres Projekt anleiern.« Terhorst stockte.

»Und Sie wollten ihn am Samstag bei der Bärenhöhle treffen?«

»Ja, er hatte aus einer nicht weiter genannten Quelle erfahren, dass neben den bisher bekannten Höhlen noch eine weitere existieren sollte. Da gäbe es, wie er sich ausdrückte, ›vielleicht etwas zu holen‹. Und nebenbei wollte er auch als der Entdecker dieser fünften Höhle vom Koboldhügel im Rampenlicht stehen. Ehrlich gesagt war mir das Ganze inzwischen doch zu mulmig geworden, und ich hatte vor, ihm ein für alle Mal zu erklären, dass ich nichts mehr mit ihm zu tun haben wollte, meine Forschungen hin oder her.« Terhorst klang überzeugend.

Schumann schrieb etwas in sein Büchlein und sagte dann: »Wahrscheinlich hat er von dem Toten, der dort seit beinahe zweihundertfünfzig Jahren liegt, erfahren und gehofft, bei ihm irgendwelche Objekte zu finden, die er verkaufen könnte. Er lag nicht ganz falsch. Wir haben bei der Leiche einen ledernen Geldbeutel mit Silbermünzen gefunden. Für Sammler gewiss recht interessant. Wer könnte ihm davon erzählt haben?«

Terhorst schluckte. »Ich weiß es wirklich nicht. Wobei ich mir fast vorstellen könnte, dass Stefan Arendt durch seine Recherchen in Edinburgh auf einen Hinweis gestoßen ist und sich mit Elster in Verbindung gesetzt hat. Der Mann galt ja als Koryphäe der etwas unorthodoxen Höhlenforschung. Sie hätten zusammenarbeiten können.«

Schumann sah Terhorst nachdenklich an. »Das wäre eine recht gute Erklärung für Elsters Überzeugung, er sei einer großen Sache auf der Spur. Aber als er am Samstag zur Bärenhöhle gegangen ist, war Arendt bereits tot.«

Terhorst fuhr sich mit der Zunge über die Lippen. »Als ich am Samstagnachmittag bei der Bärenhöhle ankam, habe ich Elster am Eingang der Höhle tot aufgefunden. In einem Anfall von Panik habe ich ihn ein Stückchen weiter in die Höhle hineingezogen. Und da hörte ich den Jungen kommen. Ich habe mich in der Höhle versteckt und abgewartet, bis er endlich wieder weg war. Und dann, Herr Kommissar, habe ich tief im Inneren des Hügels ein Geräusch gehört. Am liebsten wäre ich aus der Höhle hinausgestürmt, aber da tauchte dann dieser Klas schon wieder auf.«

Terhorst senkte den Blick. »Als der Junge ein Feuer angemacht hat, habe ich mich wie ein Gefangener gefühlt. Aber dann hat er wohl wiederum mich in der Höhle gehört und ist panikartig weggelaufen. Ich bin dann ganz rasch aus der Höhle hinaus und hinuntergerannt zum Schloss. Das war fast gleichzeitig mit dem Auftauchen von Peter Grotherr, der mich aber glücklicherweise nicht mehr gesehen hat. Wenn Sie mich fragen, Herr Kommissar, war da noch jemand in der Höhle. Und ich schwöre, ich habe Elster nicht getötet!«

Schumann gab dazu keinen Kommentar ab. Stattdessen sagte er: »Herr Terhorst, auf Ihrem Konto ist seit geraumer Zeit recht viel Bewegung. Unseren Informationen zufolge heben Sie jeden Monat dreitausend Euro ab. Wofür? Erpressung?«

Terhorst erblasste und sah verlegen auf seine Schuhe. Dann antwortete er: »Nein, ich arbeite nebenberuflich als Gutachter und Rechercheur fürs Fernsehen, an der Steuer vorbei. Und die dreitausend Euro gehen jeden Monat an meine geschiedene Frau und meine Tochter, meist in bar.« Er schien sich zu schämen. »Das ist bisher niemandem aufgefallen.«

»Sie sollten Ihre Einnahmen schleunigst melden«, sagte Schumann, »ehe es zu einer Steuerprüfung kommt. Das könnte dann wirklich unangenehm für Sie werden.« Er räusperte sich. »Kannten Sie eigentlich Stefan Arendt?«

»Indirekt«, antwortete Terhorst nach kurzem Zögern. »Einer meiner ehemaligen Studenten kam vor einem halben Jahr zu mir und hat mir gestanden, dass Arendt ihn erpresste, nachdem er ihm bestimmte Prüfungshilfen in Geschichte verschafft hatte. Dieser Student litt unter Prüfungsangst. Arendt hat das wohl gewittert und ihm geholfen – gegen ein gewisses Entgelt.« Terhorst wirkte ehrlich erbost. »Ich hatte vor, mir Arendt hier im Schloss vorzuknöpfen und ihm meine Meinung zu geigen. Aber er ist ja dann nicht aufgetaucht. Mit seinem Tod habe ich nichts zu tun. Noch mal zurück zu Elster – ich wollte ihn ursprünglich zusammen mit Fritzen treffen. Fritzen plant seit Langem ein Forschungsprojekt im Ith, lehnt jedoch Elsters Geschäfte strikt ab. Elster wollte auch ihn immer wieder mal für seine Deals gewinnen, aber Fritzen ist integer. Er ist dann doch nicht mitgegangen, weil er sich bei unserem Ausflug am Samstag das Bein gestoßen und sich dazu noch den Nacken verrenkt hat. Er ist manchmal ziemlich tollpatschig, der Gute.«

Natürlich! Hinken und eine schiefe Kopfhaltung! Klas' Beschreibung des Schattenmanns passte auf Klaus Fritzen. Schumann hatte zwar eine vage Ahnung gehabt, aber erst jetzt setzte sich das Bild um einiges deutlicher zusammen.

Doch Fritzen und Elster? Sollte Fritzen Terhorst umgangen und Elster ohne den Kollegen schon früher getroffen haben? Und hatte er sich mit Elster gestritten, was wiederum Klas in seinem Versteck gehört hatte? So musste es gewesen sein. Aber hatte das etwas mit dem Fall Stefan Arendt zu tun? Es schienen doch zwei voneinander getrennte Fälle zu sein, zumal Arendt ja bereits am Freitagabend verschwunden war. Aber noch konnte er nicht ausschließen, dass es irgendwo eine Verbindung zwischen den beiden Ermordeten gab. Schumann entließ Terhorst mit der Aufforderung, sich weiter zur Verfügung zu halten.

Terhorst war sichtlich erleichtert. Beim Hinausgehen wandte er sich noch einmal an den Kommissar: »Meine kleinen Deals mit Elster – werden Sie die publik machen?«

Schumann winkte ab. »Dafür sind andere zuständig. Ich kann Sie nur auffordern, sich von solchen zwielichtigen Geschäften zu distanzieren. Es lohnt sich nicht, deswegen Ihren Ruf und Ihre Karriere zu ruinieren. Und zeigen Sie sich am besten selbst bei der Steuer an. Ich hoffe, dass sich das dann glimpflich für Sie regeln lässt.«

Er musste an Richard Bernhard denken, dem solche Spielchen auch nicht fremd waren. Und auch Ian Clark hatte in einem ähnlichen Spiel mitgespielt. Ein alter Schlager kam ihm in den Sinn, in dem es hieß: »Money is the root of all evil.« Wo waren Moral und Anstand geblieben? Es schüttelte ihn.

Falls Fritzen der Schattenmann aus den Erzählungen von Klas war, verstand er es geschickt, den Unschuldigen zu geben. Die Recherchen zu seinem Hintergrund hatten nicht den kleinsten Makel ergeben: solide Karriere, beliebter Dozent, keinerlei Reibungen mit dem Gesetz, alles vom Feinsten. Oder etwa doch nicht? Schumann würde Fritzen nach den Gesprächen mit Hermanns und Philip von Rödelshausen auf den Zahn fühlen.

Das Thema Elster hakte Schumann für den Augenblick ab. Jetzt ging es um Arendt. Caspar Hermanns, mit dem er als Nächstem sprach und den er nach seiner Verbindung zu Arendt befragte, wies jeglichen Verdacht von sich, gab aber zu, dass Arendt ihn per Mail zu einem Treffen aufgefordert habe, da er eine für ihn interessante Information besitze.

»Ich habe keine Ahnung, um was es dabei ging. Wir wollten uns hier im Schloss treffen, am Samstagnachmittag vor seinem Vortrag. Aber er ist ja nicht gekommen.«

»Um diese Uhrzeit war er bereits mindestens achtzehn Stunden tot und lag schon lange in der Höhle«, entgegnete Schumann fast heftig. Dieser geschniegelte Mann ging ihm auf die Nerven.

Hermanns rieb gelangweilt an seinem Jackenärmel. »Na ja, ich kann Ihnen nicht helfen. Arendt behauptete, irgendetwas zu wissen, was mir schaden könnte. Doch ich lasse mich nicht erpressen, und ich weiß wirklich nicht, wo er etwas hätte erfahren sollen, was meinen Ruf schädigen könnte.«

»Wie wäre es denn zum Beispiel mit den beiden Hogarths aus dem ursprünglichen Besitz eines gewissen James MacNeill, der vor zweihundertfünfzig Jahren im Schloss lebte?« Schumann blickte Hermanns scharf an.

Hermanns lief puterrot an. »Diese Bilder hat mir Philip für einen guten Preis verkauft. Woher wissen Sie das überhaupt?«

Schumann ignorierte die Frage und dankte still seinem tüchtigen Assistenten Hartmut Brink für dessen akribische Recherche. »Sehen Sie«, sagte er, »genau da fängt Ihre Beziehung zu Arendt an. Er hat das ebenfalls recherchiert, hat bei seinen Forschungen entdeckt, dass diese beiden Bilder aus dem Besitz von James MacNeill stammen, hat eins und eins zusammengezählt, Sie mit seinem Wissen erpresst und Ihnen unterstellt, dass Sie diese Bilder sozusagen illegal auf den Markt bringen wollen. Die Eigentumsfrage ist nicht eindeutig geklärt. Sie sind damals quasi widerrechtlich in den Besitz der von Rödelshausens übergegangen, wahrscheinlich infolge der Ermordung von MacNeill.«

Hermanns war aufgesprungen. »Das ist eine unverschämte Unterstellung! Eine Frechheit ist das! Philip hat mir diese Bilder anvertraut, und ihre Provenienz war eindeutig. Woher soll ich denn wissen, dass irgendein Schotte irgendwann mal ihr Besitzer gewesen sein soll? Sie befinden sich seit mehr als zweihundertfünfzig Jahren in diesem Schloss! Arendt hätte mich nie damit erpressen können, selbst wenn er geglaubt hat, ich würde mit Bildern ohne eindeutige Provenienz handeln. Sein Erpressungsversuch wäre haltlos in sich zusammengefallen.«

Schumann klappte sein Notizbuch zu. »Wir werden Ihre Aussagen überprüfen. Sie sollten aber damit rechnen, dass diese beiden Bilder zurück ins Schloss müssen und nicht zum öffentlichen Verkauf zur Verfügung stehen.«

Hermanns verließ wutschnaubend den Raum.

Philip von Rödelshausen, der als Letzter der drei den Raum betrat, kam schnell zur Sache. »Ja, Arendt wollte mit mir über gewisse Bilder sprechen, die seiner Meinung nach zu Unrecht in den Besitz unserer Familie gekommen sind. Dazu zählen angeblich die beiden Hogarths. Außerdem gab er mir zu verstehen, dass er Beweise für einen alten Familienskandal besitze, der unserem Ruf nicht zuträglich sei. Gegen eine bestimmte Summe würde er diese Informationen jedoch für sich behalten und sie nicht in seinen geplanten Vortrag einfließen lassen. Der sollte ja ohnehin eigentlich um neu entdeckte Quellen für Sir Walter Scotts Werke gehen und nicht um Gerüchte und Klatsch aus dem 18. Jahrhundert.«

»Sie waren aber bereit, mit ihm darüber zu reden?«

»Ja, ich wollte diesen Ärger von meiner Mutter fernhalten und ihn deshalb auch nicht hier, sondern in Eschershausen treffen. Meine Mutter hält große Stücke auf unseren Stammbaum und unsere Familiengeschichte und wäre deshalb tief verletzt gewesen, wenn Arendt irgendeine alte Geschichte ausgegraben und sie der Öffentlichkeit preisgegeben hätte. Bestimmte Medien hätten sich sofort darauf gestürzt. ›Familienskandal auf Schloss Hammelsberg‹ – darauf warten doch manche Gazetten nur. Vielleicht wäre ich sogar bereit gewesen, ihm Geld für sein Schweigen zu zahlen. Mir sind solche Tratschereien egal. Fast jede Familie hat ihre Geheimnisse und schwarze Flecken in ihrer Geschichte. Aber meine Mutter sollte davon verschont bleiben.«

Was für ein braver Sohn, dachte Schumann ironisch. »Sie haben also keine Ahnung, was Arendt im Stammbaum der von Rödelshausens entdeckt haben könnte?«

Philip von Rödelshausen zögerte einen Moment, ehe er antwortete: »Nein, keine Ahnung. Und mir war das auch egal, wie ich sagte. Ich kenne einige uralte Gerüchte über unsere Familie, aber bisher hat niemand versucht, daraus Kapital zu schlagen.«

»Vielleicht wollte Sie Arendt auch wegen des Toten in der Schattenhöhle erpressen? Er kann gewusst haben, dass dort die Leiche des vermissten James MacNeill gelegen hat. Der junge Mann hatte viele Quellen, aus denen er schöpfen konnte. Und wenn der Tod des Schotten etwas mit Rudolf von Rödelshausen zu tun hat, dann ist das ein dunkler Punkt mehr in Ihrer Familienchronik. Dann geht es nicht um Abstammung, sondern um Mord.«

»Seitdem sind zweihundertfünfzig Jahre vergangen, ein Uraltfall, der niemanden mehr interessiert.« Philip winkte ab.

Schumann wagte einen Schuss ins Blaue. »Kann es nicht sein, dass es in Wirklichkeit um den ›Star of Scotland‹ geht, der damals James MacNeill gestohlen wurde?«

»So ein Blödsinn.« Philip schnaubte verächtlich. »Wir wissen ja nicht einmal genau, was dieser mysteriöse ›Star‹ sein soll. Irgendein Schmuckstück, wie es heißt. Laut Frau Bentorp eine überaus kostbare Kette mit Sternsaphiren, die wohl auf dem Porträt von Alexandra MacNeill zu sehen ist. Eine der Puppen vom Dachboden trug auch so eine Kette, natürlich ein Imitat aus Glassteinen. Vielleicht stimmt Frau Bentorps Erkenntnis, aber was immer es sein mag oder gewesen ist, es wird sicherlich gar nicht mehr hier sein. Wer es verkauft oder verschenkt oder gar gestohlen hat, das werden Sie heute sicher nicht mehr herausfinden. Dieser Schmuck ist genauso eine Fiktion wie der Cranach, von dem meine Mutter träumt.«

Er erhob sich. »Viel Erfolg bei Ihrer Jagd nach dem schottischen Stern«, sagte er mit höhnischem Unterton. »Aber keine

Sorge. Wir haben den Verkauf der beiden Hogarths gerade noch gestoppt. Sie gehen nicht auf die Herbstauktion wie geplant. Ich werde sie von Hermanns zurückkaufen und meiner Mutter die weitere Entscheidung über diese Bilder überlassen.«

Schumann schwieg. Er wollte dem arroganten Baron nicht verraten, dass es sich bei dem »schottischen Stern« wohl tatsächlich um eine Halskette mit Saphiren handelte, wie auf dem kleinen Porträt von Alexandra MacNeill zu sehen war. Ohnehin hatte der Baron erstaunlich wenig Interesse an den Bildern gezeigt, die Anna entdeckt hatte. Viel Ahnung und Begeisterung besaß Philip von Rödelshausen nicht, wenn es um Kunst ging. Sonst hätte ihn sein »Freund« Hermanns auch nicht so linken können.

Schumann hatte sein Handy während der Befragung ausgeschaltet. Als er es wieder anmachte, sah er Annas Nummer auf dem Display unter versäumten Anrufen. Er drückte rasch die Taste mit ihrer Nummer.

Sie antwortete nach zwei Sekunden: »Wunderbar, dass Sie sich melden. Ich wusste nicht genau, wo Sie gerade sind. Stellen Sie sich vor, was ich entdeckt habe!« Sie hielt inne.

»Machen Sie es doch nicht so spannend. Dafür haben wir keine Zeit!«

Anna lachte. »Ich habe den Brief aus dem Nachlass von Claire de Abreville gefunden, den Charles erwähnt. Der Brief, der sein Leben völlig verändert hätte, den er aber nicht rechtzeitig bekommen hat.«

»Was? Nicht zu fassen! Wo haben Sie ihn gefunden?« Schumann überlief eine Gänsehaut.

Anna hüstelte etwas verlegen. »Wir hätten ihn eigentlich längst finden müssen. Aber manchmal habe ich echt Kartoffeln auf den Augen. Er steckte noch im hinteren Teil des Einbands von ›Waverley‹, ganz klein zusammengefaltet. Ich habe noch mal mit einer Pinzette in den Ecken des hinteren Einbands herumgestochert, weil ich dort eine kleine Wölbung entdeckt hatte, und da habe ich ihn gefunden. Es sind zwei eng beschriebene Seiten, schwer zu entziffern, aber das muss der

Brief aus Claires Nachlass sein. Ich schätze, Arendt hat ihn gescannt und eine Kopie auf einem USB-Stick. Vielleicht hat er diesen Brief einfach mit den anderen Blättern liegen gelassen, und Clark hat alles zusammen in das Buch gestopft.«

»Was macht Sie so sicher, dass das wirklich dieser verlorene Brief ist?«

»Die Unterschrift des Absenders. Sie werden nie erraten, wer das ist. Aber mehr sage ich nicht am Telefon. Ich würde Sie gerne am Amorsbrunnen im hinteren Teil des Parks treffen.«

Schumann wunderte sich über den sonderbaren Treffpunkt, der aber Annas Neigung zu Geheimnissen entsprach. »Ich bin sofort bei Ihnen, Anna, ich muss nur noch eine Sache erledigen.« Er verabschiedete sich und legte auf.

Bevor er sich mit Anna traf, musste er Klaus Fritzen sprechen. Er war jedoch noch immer nicht aufgetaucht, weder im Salon noch in seinem Zimmer noch im Park. Max konnte er nicht fragen, der das Kommen und Gehen der Gäste immer genau im Auge hatte. Ihn hatte die Baronin zum Einkaufen nach Hameln geschickt. Schumann beschloss, später intensiver nach Fritzen zu suchen, und ging hinaus in den Park.

Als er zu dem Brunnen mit der kleinen Statue kam, sah er auf den ersten Blick, dass etwas passiert sein musste. Von Anna weit und breit keine Spur. Auf dem Boden lag ihre Handtasche, der Inhalt auf dem Rasen verstreut. Darunter kein Brief, aber Annas Handy. In der Ferne hörte Schumann einen Automotor aufheulen. Er stürzte vor das Schlosstor und sah gerade noch, wie ein dunkelgrüner Wagen durch die Allee davonraste.

Schumann rannte zu der Pforte, die den Park vom Vorhof des Schlosses trennte. Hinter sich hörte er Michael Terhorsts erstaunte Stimme: »Wo fährt denn Klaus Fritzen hin?«

Kidnapping

Es stank nach Öl und altem Fisch. Anna bekam kaum Luft. In dem Kofferraum, in den ihr Entführer sie mit Schwung geworfen hatte, lag eine alte, übel riechende Decke, die ihren Aufprall ein wenig abgefedert hatte. Sie konnte sich kaum bewegen. Ihre Oberarme schmerzten an den Stellen, an denen sie der Mann gepackt und zum Wagen gezerrt hatte. Alles war rasend schnell gegangen.

Anna hatte neben dem Amorsbrunnen auf Schumann gewartet. Sie wollte sich ungestört mit ihm außerhalb des Schlosses unterhalten, dessen Atmosphäre immer stärker auf ihr Gemüt drückte; außerdem hatte sie nach ihrer Entdeckung dringend frische Luft gebraucht. Sie zückte gerade ihr Handy, um ihn zu bitten, sich zu beeilen, als sich plötzlich etwas Schwarzes über ihre Augen senkte, wahrscheinlich eine Wollmütze. Fast im selben Augenblick wurde sie jäh nach hinten gerissen. Glücklicherweise bedeckte die kratzige, muffelnde Mütze nur ihre Augen und nicht ihre Nase, sodass sie noch atmen konnte. Als sie um Hilfe rufen wollte, wurde ihr etwas in den Mund gestopft.

Der Unbekannte schleifte sie wie eine große Puppe durch die Büsche, die den Park an seinen Seiten begrenzten. Dornige Zweige zerkratzten ihre Arme und Beine. Ihre kläglichen Versuche, sich zu befreien, wurden von dem eisernen Griff des Mannes vereitelt.

»Lassen Sie das. Ihnen wird nichts geschehen. Aber hören Sie mit diesem Gezappel auf.« Sie erkannte die Stimme nicht, die dumpf an ihr Ohr drang.

Sie hörte das Quietschen von rostigen Angeln und schloss daraus, dass ihr Entführer sie durch die kleine Pforte in der Parkmauer, die die Baronin einmal in einem Nebensatz als »Relikt aus dem 18. Jahrhundert« erwähnt hatte, vom Grundstück schleppte und sie in den Kofferraum hievte.

Kaum lag sie dort, raste das Auto los. Anna wurde hin und her geschüttelt, sie stieß mit dem Kopf an das Reserverad, und ihr wurde kurz schwarz vor Augen. Benommen zerrte sie sich die Wollmütze vom Kopf und riss sich den Knebel aus dem Mund, aber ihre Hilferufe gingen im Dröhnen des Motors unter. Sie vermochte keinen klaren Gedanken zu fassen, und doch drängte sich in ihr benebeltes Bewusstsein, dass ihre Entführung etwas mit dem Brief zu tun haben musste, den sie im Einband von »Waverley« entdeckt hatte.

Wahrscheinlich hätte sie dieses wichtigste Dokument nicht gefunden, wenn das Buch nicht vom Tisch gefallen und aufgeschlagen liegen geblieben wäre. Dabei war der hintere Teil des Bucheinbands ein Stück weiter aufgerissen, und sie bemerkte die kleine Wölbung in der unteren Ecke. Als sie das Papier mit Hilfe ihrer Pinzette herauszupfte, konnte sie nicht ahnen, was sie ans Tageslicht beförderte.

Sie schoss noch rasch mit ihrem Handy ein Foto des Briefes. Beim Verlassen ihres Zimmers überkam sie das inzwischen schon vertraute Gefühl, dass ihr jemand folgte. Und diesmal hatte sie wohl recht behalten. Dieser Jemand hatte gewiss auch ihr kurzes Gespräch mit Schumann belauscht.

Anna ärgerte sich über sich selbst. Wie konnte sie nur so leichtfertig sein! Lernte sie denn nie aus ihren Fehlern?

Plötzlich bremste der Wagen und kam zum Stehen, und Annas Kopf knallte erneut gegen das Reserverad. Eine Wagentür wurde geöffnet und wieder zugeschlagen.

Durch den Kofferraumdeckel drang wieder die dumpfe Stimme, die Anna nicht zuordnen konnte: »Sie werden jetzt noch ein Weilchen im Wagen bleiben müssen. Übrigens freue ich mich, dass die Gainsboroughs echt sind. Sie hatten recht. Die Kette auf dem Porträt ist der heiß begehrte ›Star of Scotland‹. Ich lasse Ihnen die Bilder als Erinnerung. Mit ihnen könnte ich leider ohnehin nicht viel anfangen. Aber Ihnen und der Baronin mögen sie Glück bescheren.«

Seltsame Worte, doch ehe Anna etwas erwidern konnte, entfernten sich die Schritte, und wenig später startete in der

Nähe ein Auto. Anna schlug heftig gegen den Kofferraumdeckel und schrie, so laut sie konnte. Aber anders als die Heldinnen in Kriminalfilmen bekam sie den Deckel nicht geöffnet, und ihre Hilferufe schienen niemanden zu erreichen. Erschöpft sank sie auf die stinkende Decke und zermarterte sich das Hirn, wer ihr Entführer sein konnte. Er musste den Brief an sich genommen haben und war, wie sie mit Entsetzen erkannte, auf dem Weg, den Schatz zu bergen. Als sie nach ihrem Handy tastete, stellte sie mit Schrecken fest, dass sie es wohl bei dem Überfall verloren hatte.

Der »Star of Scotland« war schon lange nicht mehr in Hammelsberg, sondern befand sich in einem Versteck, das Anna selbst schon oft gesehen und im wahrsten Sinne des Wortes übersehen hatte. Wie hätte sie ahnen können, was sich da direkt vor ihren Augen verbarg? Und dass dieser Schatz im Besitz eines Menschen war, den sie selbst seit vielen Jahren so gut kannte! Diesen Zusammenhang hätte sie selbst in ihren kühnsten Träumen nicht geglaubt. Sie fühlte sich schrecklich hilflos und hatte Angst, dass ihr Entführer den Schatz ohne Rücksicht auf Verluste holen würde. Und diese Angst betraf nicht den »Star of Scotland«, sondern einen geliebten Menschen, der selbst nichts von dem Schatz in den eigenen vier Wänden wusste. Kollateralschaden nannte man das heute so lapidar.

Schumann fluchte wie ein Bierkutscher. Er ließ Fritzen zur Fahndung ausschreiben. Der Geologe fuhr einen dunkelgrünen Wagen, einen Kombi mit Göttinger Nummer. In seinem Zimmer im Schloss fehlten sein Koffer, sein Laptop und die beiden Fachbücher über Höhlenforschung, darunter Elsters erfolgreiches Werk über die isländischen Höhlen. Die übrigen Gäste zeigten sich fassungslos, dass Fritzen in den Fall verwickelt sein sollte.

»Ausgerechnet der sanfte Fritzen«, bemerkte Terhorst fassungslos. »Er soll Elster getötet haben? Wie und wann denn? Er war doch gar nicht gut zu Fuß an diesem Tag. Und jetzt soll er auch noch Frau Bentorp entführt haben? Da passt alles nicht!«

»Fritzen kannte übrigens Arendt«, mischte sich Harald Frostauer plötzlich ein. »Er hat ihn ein-, zweimal zu Exkursionen in den Harz mitgenommen, weil Arendt im Nebenfach Geologie studiert hat. Das hat mir Fritzen erzählt, wobei er meinte, Arendt sei ihm zwar recht charmant, aber allzu ehrgeizig erschienen.«

Der Kommissar schnaubte. Von dieser Bekanntschaft hatte Fritzen ihm nichts gesagt. Der Mann gab ihm recht viele Rätsel auf. Für Schumann war der Fall noch nicht eindeutig geklärt, wobei die Entführung von Anna das allergrößte Rätsel bedeutete. Was plante Fritzen? Brauchte er Anna als Geisel?

Schumann hatte inzwischen aus der Gerichtsmedizin in Hameln erfahren, dass Arendt mit einem groben Gegenstand, wahrscheinlich einem Stein, niedergeschlagen worden war. An seiner Leiche fanden sich Schleifspuren. Rechtsmediziner Professor Arndt Holbein war der festen Ansicht, dass Arendt an einem anderen Ort niedergeschlagen und dann in das Innere der Höhlen gebracht worden sei.

»Seine Schuhsohlen sind mit feinen Moospartikeln bedeckt, vor allem die Absätze. Der Täter wird ihn nicht getragen haben, sondern gezogen. Er war im Übrigen nicht sofort tot. Die Verletzung war zwar erheblich, und er ist an diesem Schädeltrauma dann auch gestorben. Aber das hat noch etliche Stunden gedauert. Die Todeszeit war wohl zwischen Mitternacht und dem frühen Samstagmorgen«, erklärte Holbein.

Der Rechtsmediziner kommentierte, es sei erstaunlich wenig »Getier« bei der Leiche gewesen, obwohl sie schon mindestens fünf Tage in der Felsenkammer gelegen habe. Anders als bei Elster hatten sich keine Fliegenschwärme um seinen Körper versammelt.

»Wir haben bisher keine brauchbaren Spuren auf Arendts Leiche entdeckt, aber ich suche weiter«, sagte Holbein. »Vielleicht finden wir noch ein Haar oder etwas Ähnliches, das bei der Identifizierung des Täters weiterhilft.«

Derjenige, der ihn getötet und in der Felsenkammer abgelegt hat, muss sich dort gut ausgekannt haben, dachte Schumann. Ein Indiz, das auf einen Höhlenforscher wie Fritzen hinwies?

Im Schloss herrschte helle Aufregung über Annas Verschwinden. Alle hatten mitbekommen, dass Klaus Fritzens Auto die Schlossallee hinuntergejagt war. Der Wagen hatte offenbar, wie Spuren zeigten, in der Nähe der Parkmauer bei einer kleinen Pforte gestanden und war nicht wie die anderen Wagen vor dem Schloss geparkt gewesen.

Vor allem Richard Bernhard war panisch vor Angst um Anna. »Weshalb hat er sie entführt?«, fragte er Schumann. Der berichtete von seinem letzten Telefonat mit Anna.

»Aber warum sollte Fritzen an einem Brief aus dem 18. Jahrhundert interessiert sein? Was stand denn darin?«

»Ich habe keine Ahnung.« Schumann versuchte mühsam, seine Unruhe zu verbergen. »Vielleicht irgendetwas, das mit diesem verschollenen Schatz zu tun hat. Aber Raten ist müßig. Wir wissen nicht, welche Rolle Fritzen hierbei spielt und was ihn dazu gebracht hat, Anna zu entführen. Ich habe übrigens ihr Handy im Park gefunden. Das erschwert uns die Suche zusätzlich.«

»Ich kann hier nicht untätig herumsitzen. Ich drehe mit Cú eine Runde«, sagte Richard Bernhard. »Vielleicht hat ihr Entführer sie irgendwo in der Nähe ausgesetzt, weil er es gar nicht auf Anna selbst, sondern nur auf diesen Brief abgesehen hat. Ich klappere mit dem Hund jedes Waldstück in der Umgebung ab!« Er klang verzweifelt. Inzwischen hatte Schumann seinen Assistenten angerufen, und wenig später tauchte ein Auto mit mehreren Männern vom bewährten Suchtrupp aus Hammelshausen beim Schloss auf, die die Gegend nach Anna durchkämmen wollten.

Die Baronin zeigte sich äußerst bestürzt. »Ich wollte, ich hätte Max Greve vorhin nicht nach Hameln geschickt, um dort Besorgungen zu machen. Er könnte Ihnen sicher helfen, Anna zu finden. Er kennt sich wie kein anderer hier in der Gegend aus.«

Schumann dankte der Baronin, verschwieg ihr aber seine Sorge, dass Anna mit ihrem Entführer inzwischen längst über alle Berge sein könnte.

Cú ging neben Richard durch die lichten Baumbestände am Fuß des Koboldhügels. Der große Hund schnupperte hie und da und strebte immer weiter. Sie kamen auf die andere Seite des Hügels. Hier führte ein schmaler, unbefestigter Weg durch einen Buchenwald und mündete auf einer Weide. Richard wollte schon umdrehen, weil er sich nicht vorstellen konnte, dass ein Pkw hier entlangfahren konnte, als Cú auf einmal stehen blieb und seine Schnauze in den leichten Wind hob, der über die Weide strich. Er brach in ein Heulen aus, das Richard durch Mark und Bein ging. Dann wandte sich der graue Riese um und trabte in Richtung einer kleinen Ansammlung von Erlen und Kiefern am Rand der Weide. Richard sprintete notgedrungen hinterher.

Als Cú die Baumgruppe erreicht hatte, bellte er wie ein Wahnsinniger. Im Schatten zweier mächtiger Buchen, verborgen hinter Büschen, stand ein dunkelgrüner Wagen. Als Richard den Hund einholte, hatte Cú seine Vorderpfoten auf die Kofferraumhaube gelegt und winselte herzzerreißend. Richard näherte sich dem Wagen mit einem beklommenen Gefühl und pochendem Herzen.

In diesem Augenblick drang aus dem Kofferraum ein kläglicher Laut, der Cú erneut in wildes Bellen ausbrechen ließ und bei Richard fast einen Freudentaumel auslöste. Er hastete zu dem Auto und rüttelte an der Kofferraumhaube.

»Anna!«, schrie er, und als er aus dem Inneren des Autos ein »Hilfe, bitte hol mich hier raus!« vernahm, durchflutete ihn ein selten empfundenes Glücksgefühl.

Es dauerte fast eine halbe Stunde, bis Schumann, Hartmut Brink und Albert Mertens auftauchten und den Kofferraum aufbrachen. Anna lag auf einer alten Decke, bleich, aber unverletzt. Man hätte kaum sagen können, wer sich mehr freute,

Anna wohlbehalten wiederzusehen: der Hund, Richard oder Schumann. Cú warf sich schwanzwedelnd auf sie, Richard und Schumann umarmten sie, und auch Albert Mertens lächelte gerührt.

In wenigen Worten schilderte Anna, was geschehen war. Der Brief, den sie Schumann zeigen wollte, war zwar verschwunden, aber sie hatte ihn gelesen und vor allen Dingen noch rasch mit ihrem Handy fotografiert, ehe sie in den Park gegangen war. Nein, sie hatte ihren Entführer nicht erkannt. Auch die Stimme war ihr nicht vertraut, da sie künstlich verzerrt klang. Auf Schumanns Frage meinte sie, sie könne nicht eindeutig beantworten, ob es Fritzens gewesen sein könnte. Anna kannte seine Stimme nicht gut, und es war nicht schwer, Stimmen zu verändern. Der Entführer war, wie sie gehört hatte, mit einem anderen, in der Nähe geparkten Wagen weitergefahren. Mertens und Brink untersuchten die Reifenspuren, die sich in den Untergrund eingedrückt hatten.

»Ein größerer Wagen«, stellte Brink fest. Keine besonders tiefschürfende Aussage, aber ein kleiner Anhaltspunkt. Schumann bat Richard, Anna ins Schloss zu bringen, und ordnete an, das verlassene Fahrzeug auf Spuren zu untersuchen. Wahrscheinlich würden sie vor allem Fingerabdrücke von Klaus Fritzen und im Kofferraum von Anna finden.

Schumann traf einige Minuten nach Anna in Hammelsberg ein. Dort herrschte neben der Freude darüber, dass Anna gesund wiederaufgetaucht war, Unruhe. Im Weinkeller hatte Astrid, die trotz all der Vorfälle unbeirrt ihrer Arbeit nachging und einige Flaschen Wein für das Abendessen hatte holen wollen, dumpfe Geräusche gehört.

»Die kamen von ganz hinten«, berichtete sie. »Aber da ist gar kein Kellerraum mehr, nur noch die alte Schlossmauer.«

Die Baronin richtete sich in ihrem Sessel auf. In ihrem blassen Gesicht zeichneten sich rote Flecken ab. »Diese Mauer ist erst vor wenigen Jahren neu hochgezogen und abgedichtet worden. Noch zu Lebzeiten meines Vaters waren da zwei kleine Räume, in denen er seine besten Weine lagerte. Ich habe die beiden Kammern zumauern lassen, weil sich dort irgendwann Ratten eingenistet hatten und zudem Wasser vom Burggraben eindrang.«

Schumann fluchte leise. Es würde eine Weile dauern, bis man die Mauer durchbrochen haben würde. Wer immer da eingesperrt war, musste sich noch gedulden. Die Männer machten sich mit Hammer und Spitzhacke an die Arbeit. Plötz, der auch wieder mit von der Partie war, murmelte: »Das scheint ja unsere Hauptbeschäftigung zu werden – Felsen zu durchbrechen und Mauern in Stücke zu legen!«

Schumann musste unwillkürlich lächeln. Er wollte die Zeit bis zum »Mauerfall« nutzen, um von Anna zu hören, was in dem Brief stand, der ins Zentrum der Ermittlung gerückt war.

Der Stern von Schottland

Liebste Cousine,
es sind viele Jahre ins Land gegangen, seit ich dir zuletzt ge-
schrieben habe. Schon lange hatte ich vor, mich bei dir zu mel-
den, doch eine gewisse Furcht hielt mich zurück. Jetzt aber
drängt es mich, dir noch einen letzten Gruß zu senden und dir
die Wahrheit über all das zu berichten, was in den vergange-
nen Jahren geschehen ist. Ich werde dir nicht jede Einzelheit
schildern, aber du sollst wissen, was mich dazu getrieben hat,
ein Leben im Verborgenen zu führen und nicht wieder in mein
Heimatland zurückzukehren.

Es ist erst wenige Wochen her, dass ich ein Schreiben er-
hielt, in dem ein Informant mir mitteilte, dass dein Gatte
Hugh im Januar verstorben ist. Das erfüllt mich mit Kum-
mer. Ich habe ihm, aber auch dir nie genügend gedankt, dass
ihr meinen Sohn wie den euren aufgezogen habt. Nun zählt
Alistair auch schon siebenundvierzig Jahre, mein Enkel, sein
Sohn Charles, wie ich hörte, ist schon einundzwanzig Jahre
alt. Ich habe ihn nie gesehen und werde ihn gewiss nicht mehr
sehen.

Vom Los meiner geliebten Tochter Elisabeth, die ich in der
Obhut Rudolfs zurückließ, ist mir auf vielen Umwegen be-
richtet worden. Sie hat einen irischen Offizier namens Michael
O'Brian geheiratet, aber niemand hat seitdem mehr von ihr
gehört. Meine Nachforschungen in Irland blieben ergebnislos.
Und so glaube ich, dass sie Europa verlassen hat und in die
früheren amerikanischen Kolonien ausgewandert ist. In diesen
unruhigen Zeiten, da man munkelt, dass in Frankreich eine
Revolution ausbrechen wird gegen den König und den Adel,
wird es wieder mühevoll werden, mit Menschen in der Ferne
zu kommunizieren. So hoffe ich, dass dich dieses mein wohl

letztes Schreiben erreicht. Tue damit, was immer du für richtig hältst.

Alles, was ich dir nun berichte, begann an jenem Abend im Januar, als ich versuchte, dem Schloss und dem Tal zu entkommen. Wie ich dir schon früher berichtete, hatte ich drei kostbare Bilder in einer der Höhlen auf dem Hügel unweit des Schlosses versteckt, wobei dies eigentlich vier waren. Doch die beiden Porträts habe ich immer wie ein einziges Bild betrachtet. Gainsborough selbst nannte sie auch das »Doppelporträt«. Ich wollte sie nicht in Hammelsberg aufbewahren, denn ich traute Rudolf nicht. Seine gierigen Blicke sind mir noch heute sehr gegenwärtig. Also ritt ich zur Bärenhöhle hinauf und holte dort die beiden Gainsboroughs, das sogenannte Doppelbildnis, das Thomas von Alexandra und Alistair gemalt hatte, und zwei Hogarths. Um den Hals trug ich den Lederbeutel mit dem »Star of Scotland«, den ich eigentlich unserer Tochter Elisabeth zugedacht hatte. Aber ich fürchtete, dass Rudolf ihn an sich nehmen und ihr niemals geben würde. Die Bilder, die ich als eine Art Pfand oder auch Entgelt in Hammelsberg zurückließ, waren kostbar genug: ein Jan Steen, ein van Goyen und ein Ruisdael.

Ich erinnere mich noch vage, dass ich beim Verlassen der Höhle mit den Bildern unter dem Arm einen furchtbaren Schlag erhielt, der mir alle Sinne raubte. Als ich wieder zu mir kam, lag ich in tiefster Dunkelheit in einer Felsenkammer. Unter mir knirschten Knochen, die ich mit der Hand ertasten konnte. Ein Ort des Grauens, der Kälte und der Finsternis.

Ich versuchte, um Hilfe zu rufen, doch meine Stimme versagte, mein Kopf schmerzte, und jedes Glied in meinem Körper schien zerschmettert. Aber ich konnte meine Hände bewegen und musste erkennen, dass derjenige, der mich in diesen Abgrund geworfen hatte, mir meinen größten Schatz geraubt hatte. Der »Star of Scotland« war fort. Und in mir keimte der Verdacht, dass dahinter Rudolf und ein Gehilfe stehen mussten. Dieser Gehilfe, so wurde mir in meinem steinernen Kerker schmerzlich klar, war gewiss Seamus. Des Öfteren hatte ich ihn mit Rudolf in engster Vertraulichkeit beobachtet. Auch du, Claire, hattest mich ebenso vor ihm gewarnt wie mein guter William. Dieser trug mir zudem zu, dass Seamus mit Beatrice eine Beziehung pflege und, laut Gerüchten im Schloss, auch mit der Baronin recht innig tat, was aber ihren Mann nicht zu stören schien. Rudolf interessierte sich vor allem für die Jagd und für sein leibliches Wohl, vor allem den Trunk.

Ich musste erneut bewusstlos geworden sein. Als ich meine Augen wieder aufschlug, lag ich nicht mehr in dem feuchten Abgrund voller menschlicher Knochen, sondern auf einem Bärenfell in einer halbrunden Felsenkammer, die durch zwei Fackeln erleuchtet wurde. An meinem Lager hockte ein bärtiger Mann, der mich recht freundlich ansah und sich dann als Hannes Bock vorstellte. Mich durchzuckte die Erkenntnis, dass dies einer der Deserteure war, die sich in den Höhlen verbargen. Sie kannten selbst die tiefsten Abgründe der Höhlen, die keiner außer ihnen je erforscht hatte. Im Dorf sprach man manchmal von diesen Höhlenmännern, die aber niemand je wirklich zu Gesicht bekommen hatte.

Hannes erzählte mir, dass er beobachtet habe, wie ein großer Mann mit rotem Haar – das musste Seamus gewesen sein – mich niedergeschlagen und schließlich in die Grube am Ende der Höhle gestoßen habe. Der Fremde sei mit mehreren in Leinen verpackten Gegenständen aus der Höhle geeilt. Hannes sagte: »Ich habe gewartet, bis der Hufschlag der Pferde verklungen war. Dann habe ich dich zusammen mit meinem Gefährten Christian aus dem Höhlenschlund geborgen.«

Es dauerte einige Tage, bis ich wiederhergestellt und die Wunde an meinem Kopf verheilt war. Am fünften Tag endlich konnte ich mich erheben und vor die Höhle treten, allerdings erst nach Einbruch der frühen Dunkelheit. Inzwischen lag die Welt unter einem weißen Mantel, und Eiszapfen hingen von den Bäumen. Und da sah ich eine Gestalt den Hügel heraufkommen, so dick vermummt, dass ich sie zunächst nicht erkannte. Erschrocken zog ich mich ins Dunkel der Höhle zurück. Doch dann vernahm ich eine leise Stimme, die meinen Namen rief. Diese Stimme kannte ich gut. Es war mein treuer Diener William, der schon bei der Schlacht von Culloden unverbrüchlich an meiner Seite gewesen war.

Ich trat aus der Höhle, und seine Freude rührte mein Herz zutiefst. Schluchzend berichtete er mir, dass mein Pferd ohne mich zum Schloss zurückgekommen sei und dass Seamus es in aller Heimlichkeit habe verschwinden lassen. Ob getötet oder verschachert, wusste William nicht. Da hatte er aber schon in der Ausgabe des »Robinson Crusoe« meinen dort versteckten Brief an ihn entdeckt und gewusst, dass ich Hammelsberg in jener Nacht verlassen und ihn später treffen wollte. William befürchtete, ich sei zu Tode gekommen, doch er wollte dennoch nach mir suchen, in der vagen Hoffnung, dass ich dem Mordanschlag, für den er Seamus verantwortlich hielt, überlebt hätte.

»Es ist ein Wunder Gottes, dass Ihr noch lebt«, rief er ein ums andere Mal und bekreuzigte sich immer wieder.

In den folgenden Tagen kam William mehrmals mit Nahrung und mit warmer Kleidung hinauf zur Höhle. Er gestand mir, dass er Seamus schon lange verdächtigt habe, als Agent für die Engländer zu arbeiten, wahrscheinlich sogar für Cumberland selbst, und ebenso in Rudolfs Diensten zu stehen. Im Schloss erzählte man sich, dass ich wohl bei Nacht und Nebel das Weite gesucht habe, aber niemand wisse, wohin. Die Dienerschaft zeigte sich an meinem Schicksal wenig interessiert, Beatrice vergoss ein paar Tränen, aber ging ihren Pflichten nach und kümmerte sich vor allem um die kleine Elisabeth, die sie in ihr Herz geschlossen hatte. William beobachtete zufällig, wie Seamus Rudolf mehrere in Sackleinen gehüllte Bilder übergab und dazu ein Ledersäckchen, das der Baron in einer Schublade seines Sekretärs ablegte. Zu seinem eigenen Erstaunen wurde William in Ruhe gelassen und wenig observiert. Allerdings entzog ihm Rudolf fast alle Pflichten, und Seamus isolierte ihn weitgehend.

Rudolf und Seamus hielten mich für tot. Deshalb musste ich so rasch wie möglich aufbrechen, ehe ruchbar wurde, dass ich die Attacke von Seamus überlebt hatte. Ich bat William, mich mit einem Pferd und Geld zu versorgen.

Die beiden Deserteure, mit denen ich die Höhle teilte, waren biedere Männer, die darauf warteten, endlich den Höhlen zu entkommen, um in ihr alltägliches Leben fern aller Kriege zurückzukehren. Ich brauchte auch Geld, um den beiden ihre Hilfe zu entlohnen. Insbesondere Hannes Bock, der mich gerettet hatte, schien ein redlicher Geselle zu sein, der dem Landesfürsten von Hessen diente und dann des Kämpfens müde geflüchtet war. Sein Gefährte Christian Bergmann war ein eher schweigsamer Bursche, dessen Gesicht eine Narbe entstellte. Er stand einst in den Diensten von Kurhannover. Sie hatten sich in einer Nebenkammer der Bärenhöhle ein Domizil eingerichtet, das zwar kärglich ausstaffiert war, aber zum Überleben reichte. An Nahrung gelangten sie durch Wildern, durch Fischen in den Bächen des Tals und durch gelegentliche Gaben eines Mannes aus dem Sprengel Hammelshausen, der Mitleid mit den einstigen Soldaten hatte. Einer Bemerkung von Hannes entnahm ich, dass dies der Wirt vom »Bären« sein musste, der wenig Zuneigung zur Armee hegte.

William kam an einem frühen Abend im Februar mit einem Pferd für mich, beladen mit mehreren Satteltaschen. Es hatte getaut, der Weg hinauf zu den Höhlen war tückisch, aber William hatte sich tapfer den Hang hinaufgequält. Er erzählte mir nicht, wie er an das Pferd gekommen war. Eine wackere Stute, beileibe nicht so elegant wie mein Pferd Keeper, aber Flora, so hieß das sanfte Tier, schien kräftig genug zu sein, um eine lange Reise überstehen zu können. Was sich in den Satteltaschen befand, konnte ich nicht erkennen, aber es beschlich mich das Gefühl, dass ein Bild mittlerer Größe dabei war. Ich fragte nicht, und William schien auch nicht gewillt, Erklärungen abzugeben. Er reichte mir einen Beutel mit Münzen und hielt noch einen zweiten bereit, damit ich die Männer entlohnen konnte.

»Ich werde Euch in wenigen Tagen folgen, Herr«, versprach er.

Es drängte auch ihn, Hammelsberg zu verlassen, da er zu fürchten begann, dass Seamus ahnte, dass William mir auch über meinen Tod hinaus treu ergeben war und nicht bereit, sich in das Intrigenspiel des Verräters verwickeln zu lassen. William bedauerte nur, meine Tochter nicht länger hüten zu können. Aber ich versicherte ihm, dass ich Mittel finden würde, Elisabeth irgendwann zu mir zu holen.

Wie oft trügt doch der Augenblick! Ich habe mein Kind nie wiedergesehen und auch den treuen William nicht, mit dem ich mich in Köln am Rhein verabredete. Gemeinsam wollten wir von dort weiter zur Küste und dann über England nach Schottland reisen. Wir hatten uns für den März verabredet. Ich sollte an jedem Tag um eine bestimmte Uhrzeit vor dem mächtigen Dom stehen und nach ihm Ausschau halten.

»Spätestens Ostern werden wir wieder vereint sein«, sagte er.

Ostern war in jenem Jahr am 11. April. Ich umarmte meinen treuen Weggefährten, nicht ahnend, dass dies unsere letzte Begegnung sein würde.

Noch in derselben Nacht brach ich auf. William blieb zurück. Als ich zehn Tage später nach einem entbehrungsreichen Ritt durch frostige Nächte und feuchte Tage in der Stadt am Rhein ankam, suchte ich Unterkunft in einer kleinen Herberge. Aus Furcht vor möglichen Verfolgern nannte ich mich William Fraser. Unter diesem Namen wollte ich leben, bis mein Diener sich mir wieder anschloss.

Ich kann nur wenig über diese ersten Wochen in Köln berichten, einer Stadt voller Leben und Treiben, aber auch mit vielen dunklen Gassen und verborgenen Hinterhöfen. Am ersten der verabredeten Tage stand ich mittags am Dom, um William zu erwarten, aber er kam nicht. Die Tage vergingen ohne Kunde von ihm. Ostern zog vorüber, und ich bemühte mich, Nachrichten von den Geschehnissen im fernen Ith zu erhalten. Ein Händler, der von Hameln durchs Land nach Köln gezogen war und den ich zufällig in einer Schenke am Rheinhafen traf, berichtete mir, dass auf dem Koboldhügel bei Schloss Hammelsberg zwei Deserteure aufgespürt worden seien. Als man sie verhaften wollte, entkam der eine, der andere wurde erschossen. Vom Schloss selbst vermochte er mir nicht viel zu berichten. Es hieß, dass der schottische Diener Seamus die Kammerzofe seiner früheren Herrin geheiratet habe und ein zweiter Diener aus Schottland an einem Februarabend verschwunden sei, genau wie schon sein Herr einige Wochen vor ihm.

Ich fand mich schweren Herzens damit ab, dass meinem guten William ein Unheil widerfahren sein musste. Hin- und hergerissen zwischen meiner Sehnsucht nach Schottland und meiner Furcht, dort als Stuart-Anhänger noch immer verfolgt zu werden, beschloss ich, eine Weile in Köln zu bleiben. Ich fand Arbeit bei einem Schmied, da ich Ahnung von Pferden hatte. Das half mir über meine Einsamkeit hinweg, aber ich trauerte um William und um meine Tochter, die ich im Ith zurückgelassen hatte.

Immer wieder plante ich meine Rückkehr nach Schottland, doch die Welt versank erneut in Krieg. Ich arbeitete schon fünf Jahre bei dem Schmied, als wieder Truppen marschierten und die Kämpfe zwischen Frankreich, Hannover und England ausbrachen. Die neue Großmacht Preußen trat ein in dieses böse Spiel um Macht und Einfluss in Europa. Die Zeit verrann. Ich war inzwischen fünfzig Jahre alt. Und, liebe Claire, wie oft wollte ich dir schreiben und sagen, dass ich lebe, und dich nach meinem Sohn fragen. Auch meine kleine Elisabeth, die ich ja längst zu mir hatte holen wollen, wurde immer mehr Teil der Vergangenheit. Ich gebe zu, ich war schwach, müde und feige. Und so beschloss ich, in Köln zu bleiben und mich nicht mehr dem zu stellen, was mich in Schottland nach inzwischen so vielen Jahren erwarten könnte.

Niemand kann mir Alexandra ersetzen, aber dann lernte ich eine Nichte des guten Schmieds kennen, deren Vater als Steinmetz mit seiner Familie in der schönen Residenzstadt Bonn lebte. An einem Sonntag im Mai des Jahres 1756 besuchte sie zusammen mit ihrer Mutter ihren Onkel. Katharina war fast fünfundzwanzig Jahre jünger als ich. Wir lernten uns in der Schmiede kennen und kamen ins Gespräch. Trotz des erheblichen Altersunterschieds verstanden wir uns auf Anhieb. Katharina war die älteste von sieben Töchtern, gewohnt, sich um ihre Geschwister und ihre Eltern zu kümmern. Bald kam sie unter dem Vorwand, ihren Onkel zu besuchen, alle drei Wochen, dann alle zwei Wochen, und an einem schönen Samstag im August des Jahres 1757 heirateten wir. Da ich katholisch bin und nach all den Jahren im protestantisch geprägten Hammelsberg nun endlich auch dies wieder frei ausleben durfte, fand sich leicht ein Priester, um den Bund unserer Ehe zu schließen. Wir zogen in ein hübsches Häuschen inmitten der Stadt, ich übernahm die Schmiede ihres Onkels, der Witwer und kinderlos war, ein ehrlicher Mann mit Sinn für die Freuden des Lebens.

Die Schmiede florierte, da viele Pilger nach Köln kommen, um am Schrein der Heiligen Drei Könige zu beten, ebenso wie etliche Kaufleute, die dort ihre Geschäfte betreiben oder auf Schiffen von hier aus in alle Welt aufbrechen. Unser guter König Richard Löwenherz war nach seinem Freikauf durch seine Mutter Eleonore auf seinem Rückweg von Speyer nach England auch einst Gast in Köln, und man sagt, er habe die fröhliche Art ihrer Bewohner sehr geschätzt.

Liebe Cousine, wie groß war meine Freude, als uns nach einem Jahr ein Sohn geboren wurde, den wir auf den Namen Alexander Angus tauften, Alexander nach meiner geliebten Alexandra, Angus nach meinem Großvater. Doch habe ich auch meine beiden anderen Kinder niemals vergessen. Die Erinnerung an sie schmerzt. Ich glaube aber fest, ja, ich muss es glauben, um leben zu können, dass beide ihren Weg gefunden haben, Alistair dank eurer Liebe, die kleine Elisabeth durch die Liebe ihres Iren, wo immer er sie auch hingeführt haben mag.

Du wirst dich fragen, liebe Claire, was mein Diener William in jene Satteltaschen gepackt hatte. Ich entdeckte es erst, als ich mit Katharina unser Haus bezog und die Satteltasche, die bis dahin so viele Jahre verschlossen in der Werkstatt gestanden hatte, öffnete. Es war der wunderschöne Ruisdael, den mein braver William still und heimlich aus Hammelsberg entwendet hat. Und nicht nur das! In einem Lederbeutel in der Satteltasche fand ich den »Star of Scotland«, den Seamus mir geraubt und den William aus der Schublade von Rudolfs Sekretär entwendet hatte. Meine Dankbarkeit William gegenüber überstieg jedes Maß, und gleichzeitig wuchs mein Kummer, dass er nie mehr an meiner Seite sein würde.

Den Ruisdael habe ich in meiner Wohnstube aufgehängt. Katharina zeigte sich entzückt über dieses schöne Bild, dessen Wert sie aber nicht recht einzuschätzen vermochte. Die Kette aber verbarg ich erneut, zunächst wieder an meinem eigenen Körper. So gingen einige Jahre ins Land. 1763 endete der furchtbare Krieg, der sieben Jahre gedauert hatte. Doch das siegreiche Großbritannien hatte, wie du ja weißt, Probleme in den amerikanischen Kolonien durch Indianeraufstände, unterstützt von den Franzosen. Und in diesem Jahr 1763, als Alexander fünf Jahre alt war, nahm mein Leben eine erneute Wende.

Eines Abends im späten September saß ich nach getaner Arbeit in einem Wirtshaus in der Nähe unseres Hauses und genoss in Ruhe ein Bier. Da öffnete sich die Tür, und ein großer Mann mit wildem Bart und schmuddeliger Kleidung betrat den Raum. Ich beachtete ihn nicht weiter, bis ich seine Stimme vernahm, die ein Bier verlangte und die mir bekannt vorkam. Als ich genauer hinsah, erkannte ich Hannes Bock, inzwischen zwölf Jahre älter, aber dennoch nicht so stark verändert, als dass ich mich hätte irren können.

Auch er hatte mich entdeckt, als er mit seinem Bierkrug in der Hand nach einem Tisch suchte. Unsere Wiedersehensfreude war ehrlich. Er hatte viel zu berichten. Er kannte mich noch unter meinem wahren Namen, aber ich sagte ihm, dass ich zunächst den Namen meines Dieners getragen hätte, mich nun aber Wilhelm nannte, den Namen Fraser abgelegt und den Nachnamen von Katharinas Onkel, dem guten Schmied, angenommen hatte. Hannes verstand dies auch ohne große

Erklärungen, hieß er selbst doch inzwischen »Albrecht Wirt«
als Verbeugung vor dem Wirt des »Bären«, der ihn und seinen
Freund mit Nahrung versorgt hatte. Seine Abenteuer hätten
ein Buch gefüllt. Doch will ich nur so viel sagen, dass er sich
unter seinem neuen Namen bei der Armee in Kurhannover
freiwillig gemeldet, zunächst einige ruhige Jahre in der Gegend um Osnabrück verbracht und dann drei Jahre in den
amerikanischen Kolonien gekämpft hatte. Er war erst vor wenigen Wochen nach Deutschland zurückgekehrt und suchte
nach einer neuen Heimat, da seine Frau in Hessen nicht mehr
lebte und seine einzige Tochter im Kindbett verstorben war.

»Ich habe auch Neuigkeiten aus Hammelsberg«, sagte
er, nachdem er seinen dritten Krug Bier geleert hatte. »Es ist
ein offenes Geheimnis, dass dein guter William von Seamus
Connor erschossen wurde, der schon lange einen tiefen Groll
gegen ihn hegte. Williams Leiche liegt wohl auf Nimmerwiedersehen in den tiefsten Gründen der Höhlen. Rudolf von
Rödelshausen war außer sich vor Zorn, als er gewahr wurde,
dass William ein kostbares Gemälde entwendet hatte. Es war
wohl eines der Bilder, die du, wie du uns einst erzählt hast,
von Schottland nach Deutschland mitgebracht hattest. Und es
fehlte auch ein Kleinod, dessen Wert unschätzbar scheint. Seamus wird William zu den Höhlen gefolgt sein, wo er sich von
uns verabschieden und noch sein Reisegepäck abholen wollte,
das er schon einige Tage zuvor in der Einhornhöhle abgestellt
hatte, darunter ein Dudelsack. Seamus hat ihn beim Verlassen
der Bärenhöhle überrascht und erschossen. Dann muss er die
Leiche in einer der tief im Inneren verborgenen Felsenkammern abgelegt haben. Christian und ich haben es nicht selbst
gesehen, da wir uns im Innersten versteckt hielten. Obwohl
wir die Höhlen gut kennen, haben wir uns nicht getraut, nach
William zu suchen.«

Wie traurig war ich, als Hannes mir dies berichtete! William
hatte seinen Dudelsack, der ihn an seine Heimat erinnerte,
mit ins Exil genommen. Dieser Dudelsack hatte ihn immer
begleitet, so auch in den Tod.

Doch Hannes wusste noch mehr zu berichten. »Seamus weiß bis heute nicht, dass du noch lebst. Er ist der Überzeugung, dass er dich damals in der Bärenhöhle erschlagen hat. Im Schloss und im Dorf aber wurde das Gerücht verbreitet, William habe Rudolf von Rödelshausen bestohlen und sei dir auf deiner Flucht gefolgt. Obwohl jeder, der William kannte, dies bezweifelt und ahnt, dass Seamus ihn ermordet hat, wagt keiner, dies laut zu äußern. Das Leben im Schloss geht weiter, als sei nichts geschehen. Rudolf und seine Frau haben vor acht Jahren einen Sohn bekommen. Doch es ist wohl recht eindeutig, dass Seamus der Vater des Jungen sein muss. Dorothea hatte schon länger eine Affäre mit ihm. Man sagt im Dorf, dass der Baron selbst keine Kinder zeugen kann. Aber Hammelsberg braucht einen Erben.«

Obgleich ich vier Jahre im Schloss gelebt hatte, schienen mir die Berichte von Hannes alias Albrecht wie Märchen aus uralten Zeiten, seltsam entrückt von meiner Wirklichkeit. Als ich Hannes nach seinem Gefährten Christian fragte, zog ein Schatten über sein Gesicht. Dieser sei bei dem gemeinsamen Versuch, den Höhlen zu entkommen, erschossen worden.

Hannes verweilte noch geraume Zeit in Köln, aber dann zog es ihn fort in den Süden. Ich hörte nur noch wenige Male von ihm, und vor drei Jahren erhielt ich die Nachricht, dass er in Freiburg an einer Lungenkrankheit gestorben sei.

Einige Zeit nach der Kunde von seinem Tod erhielt ich einen Brief, den mir eines Abends ein Fremder in die Schmiede brachte. Hannes Bock hatte ihn kurz vor seinem Ende an mich geschrieben. Darin stand, dass er noch einmal nach Hammelshausen gereist sei. Er hatte ein letztes Mal dem Wirt danken wollen, der ihm und Christian einst geholfen hatte. Doch der war gestorben, und sein Sohn Johann hatte das Wirtshaus übernommen. Von diesem erfuhr er, dass es Seamus gewesen war, der ihn und seinen Gefährten damals verraten hatte.

»Ich habe in jenen Augenblicken erwogen, Seamus für seine Schandtaten zu strafen und ihn zu töten«, schrieb er. »Doch

ich bin kein Mörder. Und so hoffe ich, dass er durch andere Hände eines Tages seine gerechte Strafe finden wird.«

Ich selbst, liebe Cousine, hatte für mich entschieden, nie wieder nach Hammelshausen zu gehen, so gerne ich den Schurken mit seinen Verbrechen konfrontiert hätte. Was hätte ich auch bewirken können? Dieses Kapitel meines Lebens ist endgültig abgeschlossen. Schottland dagegen sitzt mir noch immer im Herzen und im Gemüt. Ich hoffe und bete, dass mein Sohn Alexander, der nun selbst Vater zweier Kinder ist, der einjährigen Zwillinge Alexandra und Jakob, eines Tages den »Star of Scotland« in die Heimat zurückbringen wird. Und wenn Alexander es nicht kann, dann vielleicht einer seiner Nachfahren.

Du wirst dich fragen, weshalb ich nicht meinem erstgeborenen Sohn schreibe, ihm gestehe, dass sein Vater noch lebt, und ihn bitte, zu mir zu kommen. Was aber sage ich diesem fremden Sohn, den ich vor mehr als vierzig Jahren verlassen habe? Deshalb schreibe ich dir, teure Cousine, die du meine einzige Verbindung zur Heimat warst. Denn mir bleibt nicht mehr die Zeit, auf ihn zu warten oder gar einen Neubeginn zu wagen. Meine Lebenskraft schwindet mit jedem Tag. Ich habe zu lange geschwiegen aus Furcht vor den langen Schatten des Tals von Hammelsberg, aus Furcht vor meiner Vergangenheit in Schottland und aus Angst vor einer ungewissen Zukunft in meiner einstigen Heimat, die mir fremd geworden ist. Ich habe versucht, diesen Schatten der Vergangenheit zu entkommen. Mein neues Leben hat mir mehr Freude beschert, als ich je zu hoffen gewagt habe. Nun aber ist zu meinem großen Kummer meine geliebte Frau vor einem Jahr gestorben. Und ich selbst spüre, dass meine Zeit gekommen ist. Ich bin jetzt einundachtzig Jahre alt, um vieles älter als die meisten Menschen, die ich kenne.

Ich werde das Geheimnis, dass nicht James MacNeill, sondern William Fraser tot in den Höhlen auf dem Koboldhügel liegt, mit in mein Grab nehmen. Behalte dies Geheimnis noch eine Weile für dich, liebe Claire, und wenn du hörst, dass ich

nicht mehr lebe, so tue mit diesem Brief, was dir gut erscheint.
Du magst ihn Alistair geben oder es für klüger halten, ihn
nicht mit meiner Geschichte zu quälen. Es schmerzt mich, dass
ich dich so viele Jahre im Unklaren ließ und du mich für tot
halten musstest. Verzeih mir, teure Claire! Ich vertraue dir als
Zeichen meiner Zuneigung als Letztes an, wo ich den »Star of
Scotland« versteckt habe, der Hammelsberg schon vor sechs-
unddreißig Jahren verlassen hat …

An dieser Stelle wurde Anna, die Schumann den Brief vorge-
lesen hatte, durch ein gewaltiges Krachen rüde gestört: Die
Männer hatten die Mauer im Weinkeller durchbrochen.

Im Schutt dahinter kniete ein zitternder Mann mit zer-
schundenem und verdrecktem Gesicht, der stammelte: »Bitte
glauben Sie mir! Ich wollte ihn nicht umbringen!«

Kölner Showdown

Das Haus im Kölner Stadtteil Marienburg lag in einer ruhigen Seitenstraße. Es war dunkel, als das Auto vor dem Haus hielt; nur in der unteren Etage brannte Licht.

Er stieg aus dem Auto und schloss die Wagentür behutsam. Auch in den Nachbarhäusern waren nur wenige Fenster erleuchtet. Die Autos standen akkurat geparkt, ein paar Nachtvögel zwitscherten in den Ästen der hohen Bäume der umliegenden Gärten, und aus der Ferne drangen gedämpfte Motorengeräusche. Eine geradezu paradiesische Stille herrschte in diesem Viertel.

Vorsichtig stieß er die eiserne Pforte des Vorgartens auf und schlich zur Haustür. Er lauschte. Aus dem Haus kam kein Laut. Kein Hund schlug in den Nachbarhäusern an. Er näherte sich der Haustür. Zwar stand an der Tür eine Warnung, das Haus sei durch eine Alarmanlage gesichert, aber er ahnte, dass die Bewohnerin sie nicht eingeschaltet hatte. Mit dem Werkzeug, das er mitgebracht hatte, gelang es ihm, die Tür leise zu öffnen und einzutreten. Er ließ die schwere grüne Holztür lautlos hinter sich zugleiten und stand in einem kleinen Vorraum, der als Garderobe genutzt wurde.

An gusseisernen Kleiderhaken hingen mehrere Mäntel und Jacken. Darunter stand eine Bank für Schuhe. Er zählte drei Paar Stiefel, darunter ein Paar Gummistiefel. Durch den Spalt unter der Tür zum nächstliegenden Raum fiel ein wenig Licht. Aber er fand sich auch ohne diesen schwachen Schimmer zurecht. Zudem hatte er eine Taschenlampe dabei, die er kurz anknipste und sich umschaute. Von der Garderobe aus führte eine Treppe hinauf in den ersten Stock. Ein roter Läufer bedeckte die Stufen. An der Wand des Treppenhauses hingen einige Stiche mit Stadtansichten von Köln, London und Edinburgh.

Langsam näherte er sich der Tür zu den Wohnräumen im

Erdgeschoss. Die Turmuhr der katholischen Kirche in der Nachbarstraße schlug elfmal, die Uhr der evangelischen Kirche drei Straßen weiter antwortete mit ebenfalls elf Schlägen. Er lächelte. Endlich am Ziel! Wie lange hatte er auf diesen Moment gewartet, wie lange geplant und nie die Hoffnung aufgegeben.

Seit seiner Jugend, als seine Mutter, die selbst aus Lüneburg stammte, ihm von seinen schottischen Vorfahren aus dem Clan der MacNeill erzählte, hatte er davon geträumt, eines Tages als rechtmäßiger Erbe der MacNeills aufzutreten und sich zu holen, was ihm zustand. Seine Mutter berichtete ihm von seinen Vorfahren, die nach der grausamen Schlacht von Culloden nach Deutschland gekommen waren. Sein Vater Duncan Robinson, der tatsächlich Schotte war, schwieg zu dem Thema meist. Er hatte wohl der Mutter am Anfang ihrer Ehe viel von der schottischen Geschichte erzählt, darunter von James MacNeill, der bei Culloden kämpfte und dann mit seiner Frau nach Deutschland geflüchtet war. James MacNeill umgab wegen seines besonderen Schicksals eine fast legendäre Aura. Er fand mit seiner Frau in Schloss Hammelsberg bei Hammelshausen im Ith Unterschlupf. Aber das Glück war James MacNeill nicht hold. Erst verlor er seine Frau kurz nach der Geburt ihrer Tochter, dann verschwand er eines Nachts auf Nimmerwiedersehen. Und mit ihm der wundersame »Star of Scotland«, ein Familienerbe aus der Zeit Karls II., ein Schatz, auf dem Sagen gründeten.

Eines Tages war der Enkel von James MacNeill auf der Suche nach den Spuren seines Großvaters 1788 nach Hammelshausen gekommen. Dieser Charles MacNeill hatte im August 1788 in Hammelshausen eine kurze Affäre mit Margrit Holzhauser. Im Frühling 1789 wurde dann deren Tochter Anne geboren.

Er blickte sich um. Seine Mutter, die ihn alleine aufziehen musste, nachdem sein Vater, Offizier bei den Black Watch in Celle, die Familie verlassen hatte, hatte ihm immer wieder von ihrer felsenfesten Überzeugung erzählt, dass Duncan Robinson, dessen Ururgroßmutter Anne, geborene Soderberg, war, ein Nachfahre von James MacNeill sei.

Offiziell galt zwar ein gewisser Heinrich Soderberg als Vater von Anne, den Margrit Ende August 1788 geheiratet hatte, aber auch wenn die Chroniken von Hammelsberg das genaue Geburtsdatum der kleinen Anne als den 10. April 1789 angaben und Margrit Charles erst im August 1788 getroffen hatte, glaubte er seiner Mutter, dass Anne in Wahrheit die Tochter von Charles MacNeill gewesen sei.

Anne heiratete 1808 Marcus Connor, den Sohn von Seamus Connor, früherer Diener von James MacNeill, der dann in Diensten der Familie von Rödelshausen gestanden hatte. 1811 übersiedelte Marcus Connor mit Anne nach Schottland. Dort lebten sie in St. Andrews. Vergeblich versuchte Marcus Connor herauszufinden, ob es noch direkte Nachfahren der MacNeills gab. Auch er klammerte sich an die Vorstellung, Anne sei in Wahrheit eine MacNeill, sosehr diese Annahme auf wackeligen Füßen stand. Er schrieb deshalb endlose Briefe an den neuen Besitzer von Schloss Drumnadrochit.

Mit Charles, der 1804 im Alter von erst achtunddreißig Jahren einem Lungenleiden erlag, war offiziell die direkte Linie der MacNeills ausgestorben. Das Familienschloss war an einen angeheirateten Vetter aus dem Clan der MacLachlan gegangen. Cameron MacLachlan verspürte nicht die geringste Lust, auf die Briefe von Marcus Connor zu antworten. Mit dem Tod von Charles MacNeill war für Cameron dieser Teil der Familiengeschichte abgeschlossen. Er sah keinen Grund zu zweifeln, dass der letzte MacNeill auf dem kleinen Schlossfriedhof am Loch Ness begraben lag, wo auch schon sein Vater Alistair sein Grab gefunden hatte. Cameron hatte weder Zeit noch Anlass, dem Wahrheitsgehalt der Briefe dieses Marcus Connor nachzugehen, selbst wenn der behauptete, sein Vater Seamus sei ein treuer Diener von James MacNeill gewesen. Es gab zudem wichtigere Probleme in diesen Zeiten, da sich das Vereinigte Königreich mit den Franzosen herumschlug.

Annes einzige Tochter Charlotte heiratete 1830 Hamish Robinson, den Ururgroßvater von Duncan, der selbst nie dran zweifelte, dass seine deutsche Ahnin die Tochter von Heinrich Soderberg war und nicht aus der kurzen Beziehung von Charles zu Margrit stammte.

Seine Mutter aber ließ nicht locker und beharrte: »Deine Stunde wird noch kommen.«

Laut einer alten Chronik, die er in Hammelsberg entdeckt hatte, kam Seamus 1789 auf mysteriöse Weise zu Tode. Man fand ihn im Eingang der Bärenhöhle mit einer Kugel im Kopf. Es wurde gemunkelt, dass ein Enkel eines Deserteurs namens Christian Bergmann, der achtunddreißig Jahre zuvor auf dem Koboldhügel erschossen worden war, seinen Großvater gerächt habe. Doch es gab genügend Menschen, die Grund hatten, Seamus zu hassen.

Wenn er nicht offiziell als Nachfahre der MacNeills anerkannt würde und damit seinen Anspruch auf das Erbe geltend machen konnte, plante er, einen eigenen Weg zu finden. Er hatte Zeit und konzentrierte sich darauf, der Erfüllung seines Lebenstraums näherzukommen. Sein Weg führte ihn konsequent nach Hammelsberg. Das Schloss war ihm bald vertraut, und in der Bibliothek entdeckte er nach geduldiger Suche eine Familienchronik, in der Charles erwähnt wurde.

Der Chronist, der sich sehr genau mit den Ereignissen in Hammelsberg und dem Dorf befasste und sogar Gerüchte und Klatschgeschichten als erwähnenswert erachtete, schien allerdings dem alten Irrtum aufgesessen zu sein, dass Margrit bereits im dritten Monat schwanger war, als sie sich im August 1788 für wenige Tage mit dem Schotten einließ. Seine Mutter konnte er dazu nicht mehr befragen. Sie war schon seit zehn Jahren tot und auf dem Stadtfriedhof in Celle begraben. Er selbst hatte die Stadt bereits vor mehr als dreißig Jahren verlassen und war nur zur Beerdigung seiner Mutter zurückgekehrt.

Seinen Vater hatte er nie mehr gesehen. Als dieser 1995 starb, reiste er kurz nach Edinburgh und erfuhr, dass er ihm nur einen Brief hinterlassen hatte, in dem er schrieb, er möge sich den Tatsachen stellen, dass seine Urahnin Anne nicht aus der Familie der MacNeill stammte: »Verschwende keine kostbare Zeit auf Illusionen. Du kannst stolz auf deine eigene Familie, die Robinsons, sein. Auch wir haben eine Rolle in der Geschichte Schottlands gespielt, auch unsere Vorfahren starben bei Culloden. Aber mit den MacNeills von Drumna-drochit sind wir nicht verwandt.« Er bereue zutiefst, dass er die Mutter mit seinen Geschichten über die MacNeills auf eine gefährliche falsche Fährte gebracht habe. »Sie war immer schon eine Phantastin und Träumerin, und wenn sie sich etwas in den Kopf gesetzt hatte, konnte sie nicht mehr loslassen«, vermerkte Duncan Robinson in seinem letzten Brief an seinen Sohn.

Aber der verachtete seinen Vater für diesen Brief und glaubte ihm nicht. Er legte dessen Namen ab und nahm den Mädchennamen seiner Mutter an.

Als ihn dann der junge Mann, der monatelang im Sir-Wal-ter-Scott-Archiv in Edinburgh geforscht hatte, anrief und ihm mitteilte, er habe das Stammbuch der MacNeills gefunden mit einem Hinweis auf seine ferne Ahnin, hatte er innerlich jubi-liert. Ihm fehlte nur noch der eindeutige Beweis, dass er der letzte Nachfahre der MacNeills war. Dann würde er offiziell Anspruch auf deren Familienschatz erheben.

Das Schloss am Loch Ness, längst vom schottischen Nati-onal Trust übernommen, interessierte ihn nicht. Als er aller-dings vor Kurzem dank des Besuches von Anna Bentorp er-fahren hatte, dass die zwei Gainsboroughs und einige andere wertvolle Bilder von James MacNeill, aus welchen Gründen auch immer, im Schloss geblieben waren, regte sich in ihm der Wunsch, sie zu besitzen. Vor allem die beiden kleinen Porträts von, wie er fest glaubte, seiner Ahnin Alexandra und ihrem Sohn Alistair reizten ihn. Aber die Ereignisse der letz-ten Tage hatten ihn von seinem Vorhaben, die Bilder an sich zu nehmen, abgebracht. Er wollte lieber mit leichtem Gepäck reisen.

Das Stammbuch, dessen Original er dem toten Stefan Arendt entwendet und dessen Kopie er Ian Clark abgenommen hatte, machte ihn wütend. Dort war seine Urahnin Anne nicht erwähnt. Er fand darin die Verwandtschaft Alexandra MacNeills mit Rudolf von Rödelshausen, doch damit erschöpften sich die Angaben der familiären Bindungen. Seamus Connor war zwar nicht offiziell als Vater Wilbert von Rödelshausens verzeichnet, doch im hinteren Teil des Buchs hatte ein späterer Chronist eine Anmerkung verfasst: »Es gilt als erwiesen, dass Seamus Connor der Vater Wilberts ist.« Dieser Seamus musste ein übler Kerl gewesen sein, ein Verräter, Mörder, Ehebrecher und Dieb. Wütend hatte er die Seite aus dem Original gerissen und sie im Kamin verbrannt.

Er hatte auch in der Chronik gelesen, um die Anna ihn mehrmals gebeten hatte und die, ohne dass er es bemerkte, dieser Rüpel Klas Eversen aus der Bibliothek entwendet hatte, dass Rudolf von Rödelshausen dem Herzog den gefälschten »Star of Scotland« unterjubeln wollte. Dass sich dieser Schatz längst nicht mehr im Schloss befand, hatte er selbst festgestellt. Er hatte überall gesucht und war allen Hinweisen gründlich nachgegangen, unauffällig und im Geheimen. Als Richard Bernhard dann die Puppen fand, glaubte er für einen Moment, dass die blaue Kette von »Elfie« der echte »Star of Scotland« sein könnte.

Noch verdächtigte ihn niemand. Wäre er der Kommissar, er würde sich eindeutig für Philip von Rödelshausen als Täter entscheiden, diesen lächerlichen, aufgeblasenen Wicht, der mit seiner Familiengeschichte hausieren ging und dabei in Wahrheit von einem Diener abstammte, der seinen ehemaligen Herrn an die Engländer verraten, ihn bestohlen und ermordet hatte und dann noch die törichte Frau von Rudolf geschwängert hatte.

Philips Frau war nicht minder naiv als vor zweihundertfünfzig Jahren Rudolfs Gattin Dorothea. Barbara von Rödelshausen hatte auch ihm Avancen gemacht, ehe sie sich dann an jenem Wochenende auf Richard Bernhard kapriziert hatte.

Aber der mochte offensichtlich Anna lieber, und er musste zugeben, dass auch er Anna schätzte. Er hatte sie keinesfalls verletzen wollen, als er sie in den Kofferraum des Wagens sperrte. Er war sich sehr sicher gewesen, dass man sie finden würde, allerdings erst dann, wenn er schon längst auf dem Weg nach Köln war.

Wie wunderbar sich doch alles fügte! Er hatte heimlich einige Briefe von Charles gelesen, die Anna etwas unachtsam in ihrem Arbeitszimmer hatte herumliegen lassen. Und dann hatte er gesehen, wie Anna auf den Brief des totgeglaubten James MacNeill gestoßen war. Diesen Brief, der ihm den letzten wichtigen Hinweis auf den Verbleib des »Star of Scotland« gab, nahm er kurzerhand an sich. Sein gutes Recht, wie er glaubte.

Ursprünglich hatte er durch Zufall von Stefan Arendts Recherchen in Edinburgh erfahren, als er von Constantin von Lengsfelds Freundschaft zu dem begabten Anglistikstudenten hörte. Lauschen zählte zu seinen Stärken. Constantin berichtete seiner Großmutter von der interessanten Arbeit seines Kommilitonen. Es war nicht schwer herauszubekommen gewesen, wo der junge Mann wohnte. Er kontaktierte ihn und bat ihn, für ihn einige Recherchen zu machen, da er sich angeblich mit der Familiengeschichte schottischer Clans befasse und selbst aus einer schottischen Familie stamme. Dabei hatte er sich ein wenig vergaloppiert und Stefan Arendt sogar selbst auf die MacNeills gebracht, als er ihm schrieb, im Ith hätte um 1750 eine schottische Emigrantenfamilie gelebt. Arendt war diesem Hinweis nachgegangen und entdeckte dann die Verknüpfungen zwischen Charles MacNeill und Scott. Und damit war die Saat nicht nur für seine sensationelle literarische Entdeckung, sondern auch für eine Erpressung gesät.

Arendt hatte ihm vor einigen Wochen geschrieben, er habe interessante Informationen über die MacNeills und auch über Charles und seinen Aufenthalt in Hammelsberg. Von einem Stammbuch war die Rede, von einem geheimnisvollen Brief und vom »Star of Scotland«. Arendt verlangte eine beträchtliche Summe Geld für diese Informationen.

Er war bereit gewesen, zu zahlen und Arendt zu bitten, in seinem Vortrag auf den letzten MacNeill, nämlich ihn, hinzuweisen. Das würde die von Rödelshausens von ihrem hohen Podest stoßen!

Aber dann kam dieser Anruf, der seine Aussichten auf eine rosige Zukunft mit einem Schlag zu vernichten drohte. Nie würde er Arendts Worte vergessen: »Mein Lieber, so einfach ist das nicht. Es ist ziemlich eindeutig erwiesen, dass Charles MacNeill nicht der Vater von Anne Soderberg ist. Vor allem der Brief von Charles MacNeill an Scott untermauert dies. Margrit hat Charles ja selbst gestanden, dass sie bereits von Heinrich Soderberg, ihrem späteren Ehemann, schwanger war, als sie die kurze Affäre mit ihm einging. Ich könnte das allerdings in Ihrem Sinne frisieren. Aber das kostet Sie etwas. Der Wert der Saphirkette beläuft sich laut meinen Recherchen auf mehrere Millionen Euro. Also, überlegen Sie es sich gut. Wir können uns ja am Wochenende treffen und einen Plan aushecken, der uns beiden zu viel Geld verhilft.«

Dass Arendt ihn immer weiter erpressen würde, war ihm klar gewesen. Eigentlich neigte er nicht zu Gewalt. Viele Jahre eiserner Disziplin hatten ihn geprägt, aber im Fall von Stefan Arendt fühlte er keine Gewissensbisse. Der Mann war ein Blutsauger und er selbst nicht das einzige Opfer von dessen Skrupellosigkeit.

Arendt zur Bärenhöhle zu locken war ein Kinderspiel gewesen, ihm den Schlag mit einem Stein zu versetzen, den er leicht im Felsengeröll des Koboldhügels entsorgen konnte, ebenfalls. Als schwieriger erwies sich, ihn in die Höhle zu schleppen. Arendt lebte noch, als er ihn ins Innere trug. Das berührte ihn aber nicht weiter. Der junge Mann lag im Sterben. Er musste ihn nur seinem Geschick überlassen. Ihm blieb nicht viel Zeit, weil man ihn im Schloss erwartete, deshalb konnte er ihn zunächst nur in einer der vorderen Felsenkammern ablegen. Am nächsten Tag wollte er ihn dann in eine der Nebenhöhlen der Koboldhöhle oder der Einhorn-höhle schaffen. Er wusste schon seit geraumer Zeit, dass die Höhlen miteinander verbunden waren. Nicht der törichte Markland hatte als Erster diese Zusammenhänge in dem Buch von Sigmund von Rödelshausen entdeckt, sondern er bei seinen vielen Aufenthalten in der Bibliothek. In seiner Freizeit hatte er sich mit den Höhlen beschäftigt und war auf einige Durchgänge und Verbindungen gestoßen, was er aber für sich behielt.

Für den Samstagnachmittag hatte er vorgesehen, noch einmal zu den Höhlen aufzusteigen, Arendt in eine der tief im Inneren liegenden Seitenhöhlen zu bringen und dann alle Spuren zu beseitigen. Er hatte Arendts Wagen, den der junge Mann aufgrund des streikenden Motors an einer ungünstigen Stelle geparkt hatte, schon nachts an eine andere Stelle gefahren. Ursprünglich wollte er die Klapperkiste ganz entsorgen, doch die Zeit lief ihm davon, zumal das Auto Sperenzchen machte. Es blieb einfach stehen. Natürlich hatte er dem Toten den Autoschlüssel, den Laptop und den Inhalt der Ledertasche, darunter das Originalstammbuch aus Edinburgh, abgenommen. Keiner bekam mit, was er trieb, da er für die meisten Menschen nur ein Teil des Haushalts der Baronin war und sie ihn schlichtweg übersahen. Nur Anna interessierte sich wirklich für ihn. Deshalb mochte er sie. Auch Cú, der Irische Wolfshund, erkannte mit dem für Hunde typischen feinen Gespür sofort, dass sie etwas Besonderes war.

Aber dann lief einiges schief. Plötzlich war dieser Dieter Elster zur Höhle gekommen, gefolgt von einem anderen Mann. Er erkannte Elster von Fotos aus diversen Magazinen, in denen dieser seine Höhlenabenteuer publizierte. Der andere war, wie er inzwischen wusste, Klaus Fritzen gewesen. Fritzen stritt sich mit Elster, der ihn offensichtlich übers Ohr gehauen hatte, und nannte Elster einen Plagiaten und Hochstapler und drohte, ihn anzuzeigen. Und dann überschlugen sich die Ereignisse. Elster warf sich auf den zwar größeren, aber schmächtigeren Fritzen, der zudem hinkte und sich offensichtlich den Hals verrenkt hatte. Ungeschickt wehrte Fritzen seinen Angreifer ab und schlug ihm mit der Faust ins Gesicht. Elster stolperte, stürzte und schlug mit dem Kopf auf.

Entsetzt flüchtete Fritzen in die Höhle, weil in diesem Moment der Bengel aus dem Dorf auftauchte und ein Feuer entfachte. Der Junge versteckte sich, als er bemerkte, dass er nicht alleine auf dem Hügel war, in der Einhornhöhle. Er selbst hatte sich inzwischen ins Innere der Höhlen zurückgezogen und den reglosen Arendt in einen der unteren Höhlenräume geschleppt. Das ging nicht ganz geräuschlos über die Bühne, da er Steine und Geröll beiseiteschieben musste.

Als er wieder ans Tageslicht kam, war Fritzen verschwunden, aber Klas spukte noch herum. Deshalb verzog er sich in die Bärenhöhle und beobachtete, wie Peter Grotherr erschien, Klas ihn von hinten anrempelte, Grotherr auf einen Felsen aufschlug und Klas sich in Panik erneut versteckte. Während Grotherr bewusstlos vor der Höhle lag, schlich er sich von der Bärenhöhle in die Einhornhöhle. Dieses ungeplante Chaos lief seiner ausgeprägten Neigung zu Ordnung und Sorgfalt zuwider und ärgerte ihn.

Es gelang ihm, Klas, von dem er nicht sicher wusste, ob der ihn nicht vielleicht doch gesehen hatte und wiedererkennen würde, mit Hilfe einer eher albernen SMS-Nachricht von einem Prepaidhandy in eine Falle zu locken. Er überwältigte den Jungen und schleifte ihn in das Dunkel der Schattenhöhle. Diese Aktion tat ihm im Nachhinein fast leid. Der dumme Junge war so etwas wie ein Kollateralschaden. Und dann war ihm auch noch Anna mit ihrer unersättlichen Neugierde in die Quere gekommen, die ihm wieder Fragen stellte und bei ihren Recherchen zu den Bildern auf Rätsel stieß, die sie unbedingt lösen wollte und die ihn in Bedrängnis brachten.

Deshalb hatte er sie bei ihrem Spaziergang mit Cú verfolgt, der ihn kannte und deshalb nicht anschlug. Sein Plan, ihr Angst einzujagen und sie zu verunsichern und dann als ihr Retter aufzutreten, war aufgegangen. Ein genialer Schachzug, um Vertrauen auch beim Kommissar aufzubauen und Anna einzulullen.

Dann jedoch erlebte er einen Schock, als er in den Briefen stöberte, die Anna sorglos in ihrem Arbeitszimmer und später in ihrem Schlafzimmer herumliegen ließ. Laut dieser Briefe schien die These zu stimmen, dass Charles MacNeill doch nicht sein Vorfahre war. Leider besaß dieser fürchterliche Schotte Ian Clark eine Kopie des Stammbuchs, dessen Original er dem toten Stefan Arendt entwendet hatte. Kein Vermerk zu Charles MacNeill als Vorfahre von ihm, aber dafür eine Fußnote über Geburten bei der Dienerschaft zwischen 1750 und 1790, in der sowohl Marcus Connor, Sohn von Seamus und Beatrice, vermerkt war als auch Anne Soderberg als Tochter des Ehepaares Heinrich und Margrit, verheiratet seit dem 30. August 1788. Ihre Tochter Anne, geboren am 10. April 1789, musste demnach spätestens Mitte Juli gezeugt worden sein. Charles MacNeill aber tauchte erst Anfang August in Hammelsberg auf.

Für einen Augenblick war seine Welt zusammengebrochen. Dann überkam ihn die blanke Wut. Er hatte Arendt aus dem Weg geräumt, der ihn erpressen wollte, doch nun sah er in dem Archivar, der die Kopie dieses vermaledeiten Stammbuchs bei sich hatte, ebenfalls eine Gefahr.

Er schlug Clark nieder, entwendete das Buch und plante, Original und Kopie zu vernichten. Anna hatte ihn gestört, als er gerade die erste Seite des Originals ins Kaminfeuer geworfen hatte, der Rest sollte folgen. Mit der Kopie, die er einige Tage später an sich brachte, wollte er ähnlich verfahren. Zudem wuchs in ihm der Entschluss, sich den »Star of Scotland« um jeden Preis anzueignen. Es durfte nicht sein, dass er so viele Jahre vergebens geplant und gehofft hatte, den treuen Diener im Schloss mimend. Weshalb sollten die von Rödelshausens ungeschoren davonkommen, deren heutige Linie von Seamus Connor, diesem hergelaufenen schottischen Mörder und Spion, abstammte? Er fühlte ein Anrecht auf den »Star of Scotland«, sozusagen als Entschädigung für seine treuen Dienste bei den von Rödelshausens und für seine Geduld. Und so machte er sich daran, den letzten Teil seines Plans umzusetzen.

Er hatte sich mit Fritzen verabredet, der pünktlich an dem »ruhigen Ort« hinter dem Schloss erschienen war, um mit ihm zu sprechen. Dort verkündete er dem ohnehin von Gewissensbissen geplagten Geologen, er sei Zeuge des Streits mit tödlichem Ausgang zwischen ihm und Elster gewesen. Fritzen hatte ihm Geld für sein Schweigen angeboten, das er mit einem verächtlichen Lächeln ablehnte. Er war nicht käuflich. Mühelos überwältigte er den überraschten Mann und sperrte ihn in den offiziell zugemauerten Teil des Weinkellers. Bei einem Spaziergang entlang der dicht bewachsenen Außenmauer des Schlosses hatte Cú einmal ein Kaninchen gewittert und war in das Gestrüpp getaucht. Sein lautes Jaulen lockte ihn herbei, und er entdeckte hinter den Sträuchern die kleine Tür zu den stillgelegten Weinkammern. Nachdem er Fritzen dort hineingeschleppt hatte, zog er die Büsche wieder zurecht und bemerkte zufrieden, dass der Zugang wieder gut versteckt war.

Fritzen war nur betäubt, da er keinen Sinn darin sah, ihn zu töten. Man würde ihn finden, und wenn nicht, so war das bedauerlich, kurzum Schicksal. Ihm war es egal.

Die Sache mit Anna erwies sich als wesentlich komplizierter. Er folgte ihr in den Park, nachdem sie mit Schumann telefoniert hatte. Er wusste, er musste schnell handeln und Anna zumindest für eine Zeit aus dem Weg räumen, um einen Vorsprung zu erringen. So sperrte er sie in den Kofferraum von Fritzens Wagen in der festen Absicht, Schumann Bescheid zu geben, sobald er Köln verlassen hatte. Den Brief steckte er ein und parkte den Wagen in einem Gehölz, in dem er am Mittag seinen eigenen Wagen abgestellt hatte. Offiziell war er für die Baronin in Hameln unterwegs. Ihn würde in den kommenden Stunden keiner vermissen.

Mit seinem eigenen Wagen war er nach Köln gefahren. Er würde ihn später in dem großen Parkhaus bei den Kranhäusern am Rhein stehen lassen und dann mit dem Zug weiterfahren. Zunächst nach Amsterdam, dem besten Absatzmarkt für kostbare Steine.

Er straffte seine Schultern. Endlich am Ziel! Nichts und niemand würde ihn mehr aufhalten! Er stieß die Tür zum Wohnzimmer auf und knipste die Taschenlampe an. Das Licht, das er von außen im Haus gesehen hatte, kam aus dem Nebenzimmer, einer kleinen Bibliothek, an die er sich vom Besuch der Baronin bei ihrer einstigen besten Freundin erinnerte.

Er leuchtete die Wände des Wohnzimmers ab. Wilde Genugtuung durchzuckte ihn, als der Lichtstrahl auf das Bild fiel. Da hing er, der prachtvolle Ruisdael mit seinem reich verzierten vergoldeten Rahmen. Das Bild hatte alle Unbill der Jahrhunderte auf wundersame Weise überstanden – die Reise von Schottland nach Hammelsberg, den Ritt von Hammelsberg nach Köln, die Besetzung Kölns durch die Truppen Napoleons, die preußische Ära, den Ersten Weltkrieg und die verheerenden Bombenangriffe auf Köln während des Zweiten Weltkrieges. Einige Male war es wohl gesäubert worden, der Rahmen neu vergoldet, aber ansonsten war das Gemälde, das William Fraser seinem Herrn im Jahre 1751 zum Abschied überbrachte, unverändert. An diesem Meisterwerk hatte sich niemand vergriffen wie an dem Porträt Alexandras. Ein Stümper hatte versucht, die blaue Kette in eine grüne zu verwandeln, wahrscheinlich als Täuschungsmanöver für den Herzog von Cumberland. Lächerlich! Zum Zeitpunkt des Besuchs von Cumberland in Hammelsberg befand sich der echte »Star of Scotland« schon längst in Köln.

Und niemand hatte bis heute das Geheimnis des Verstecks des »Star of Scotland« entdeckt, da war er sich sicher. Irgendwo in diesem alten Rahmen nämlich musste es eine Art Schiene geben, unter der sich ein Hohlraum befand. Und diesem vertraute James MacNeill im Jahr 1787, kurz vor seinem Tod, den kleinen Beutel mit dem großen Inhalt an. Ein ideales

Versteck für die Kette. Im letzten Absatz seines Briefes an seine Cousine Claire verriet er ihr dieses lang gehütete Geheimnis. Er konnte ja nicht ahnen, dass Claire den Brief nicht mehr bekommen würde.

Eine Welle der Vorfreude überflutete ihn. Sollte ihn die betagte Besitzerin des Hauses stören, wollte er sie überwältigen und außer Gefecht setzen, aber nicht töten. Er war kein eiskalter Killer. Doch was hatte er schon von einer an den Rollstuhl gefesselten Frau zu befürchten? Die Baronin wäre da schon ein anderes Kaliber gewesen.

Er ahnte ungefähr, wo sich das kleine Versteck im Rahmen befinden musste. Ganz genau hatte James MacNeill es nicht beschrieben, aber eine Andeutung gemacht. Er lauschte wieder. Seine Nerven waren bis zum Zerreißen gespannt. Das Haus schwieg. Auf der Straße fuhr ein Auto vorbei, ein Käuzchen rief im Garten.

Zentimeter um Zentimeter tastete er den Rahmen ab. Da! Im oberen Viertel des linken Teils erfühlte er eine winzige Unebenheit im Holz, für das Auge unsichtbar. Er strich mit den Fingern darüber und spürte, wie sich etwas verschob. Das Stück Holz glitt beiseite, und eine Aushöhlung tat sich auf, ausreichend groß, um darin einen Lederbeutel zu verbergen. Ihm wurde schwindelig vor Aufregung, als er seine Finger in den Hohlraum steckte. Doch sie ertasteten … nichts. Da war nichts! Kein Beutel, keine Kette, nur ein leeres Loch in einem prunkvoll verzierten Rahmen.

Während er fassungslos auf das leere Versteck starrte, hörte er vor dem Haus einen Wagen halten. Eine knappe Minute später ging die Haustür auf, und eine Frauenstimme mit stark rheinischem Akzent fragte: »Soll ich dir ins Bett helfen, Liebchen, oder kannst du dat alleine?«

Eine zweite Stimme antwortete: »Ist schon gut, Beate. Das schaffe ich selbst. Vielen Dank. Es war ein wunderschöner Abend. Selten habe ich ein Konzert in der Philharmonie so genossen. Der Tschaikowsky war einfach hinreißend! Komm gut nach Hause. Gute Nacht.«

Die Tür fiel ins Schloss, und die Tür zum Wohnzimmer öffnete sich. Amelie Feldmann rollte in den Raum.

Als sie den Lichtschalter betätigte und die Deckenlampe aufleuchtete, erblickte sie den großen Mann in schwarzer Kluft vor dem Ruisdael und stieß einen unterdrückten Schrei aus.

»Mein Gott«, flüsterte sie entsetzt. »Wer sind Sie, und was machen Sie hier? Ich habe kein Bargeld im Haus.«

Amelie Feldmann erkannte ihn offensichtlich nicht. Sie hatte ihn auch nur einmal getroffen, und wie es ihm so oft in den vergangenen zehn Jahren ergangen war, hatte sie ihn nicht wirklich wahrgenommen. Er war der Mann ohne Eigenschaften oder besser ohne Gesicht.

»Ich will kein Bargeld«, sagte er leise. »Ich will das, was im Rahmen des Ruisdael versteckt war.«

Die alte Dame erblasste. »Im Rahmen des Ruisdael? Woher wissen Sie davon?«

Unwillig schnaubte er. »Wo ist die Kette?«

Amelie Feldmann holte zitternd Luft. »Die hat meine Reinemachfrau vor Kurzem entdeckt, als sie den Rahmen nach langer Zeit wieder einmal bis in seine tiefsten Fugen abgestaubt hat. Dabei hat sich ein Stück Holz verschoben, und darunter war dieser Lederbeutel. Ich wusste nichts davon und hatte diese Kette noch nie zuvor gesehen. Mir ist schleierhaft, wie sie in den Ruisdael geraten ist.«

»Wo ist sie jetzt?« Ahnte Amelie Feldmann wirklich nicht, was ihre Putzfrau entdeckt hatte? Ein doch offensichtlich sehr wertvolles Schmuckstück, das da jemand vor der Welt verbergen wollte. Das hätte sie doch sofort alarmieren müssen.

Ihre Stimme zitterte. »Oben im Gästezimmer direkt bei der Treppe, in einer Kommode. Ich wollte sie in den nächsten Tagen einem Juwelier zeigen. Ich weiß nicht, woher diese Kette stammt, was sie wert ist und warum sie im Rahmen eines Bildes steckte, das seit mehr als zweihundert Jahren in Familienbesitz ist.« Sie schien sich zu fassen. »Woher wissen Sie von der Kette?«

Er antwortete nicht.

Amelie Feldmann klammerte sich an die Lehnen ihres Rollstuhls. »Ich überlasse sie Ihnen, aber bitte tun Sie mir nichts!«

»Sie wollen mir weismachen, dass Sie nicht ahnen, welchen Schatz Sie jahrelang in Ihrem Haus hatten? Ein Schatz, verborgen im Rahmen eines Meisterwerks von Ruisdael, das alleine schon so viel wert ist wie Ihr Haus in dieser feinen Gegend? Wollen Sie behaupten, Sie haben noch nie vom ›Star of Scotland‹ gehört?« Er lachte bitter. »Wahrscheinlich werden Sie mir nun auch noch erzählen, dass Sie nicht wissen, dass Sie von James MacNeill abstammen?« Ihn überkam eiskalter Zorn. »Aber der hat sich ja umbenannt in Wilhelm Feldmann, um endgültig seine schottische Vergangenheit abzulegen. So leicht kann man seiner eigenen Geschichte allerdings nicht entfliehen!«

Als die alte Dame fassungslos den Kopf schüttelte, drohte ihn seine Wut zu überwältigen. Diese dumme alte Frau kannte nicht einmal ihren Stammbaum. Sie war die direkte Nachfahrin von James MacNeills »Kölner« Sohn Alexander Angus MacNeill alias Feldmann und damit die Letzte ihrer Familie. Sie selbst hatte keine Kinder. Welch himmelschreiende Ungerechtigkeit, dass diese Frau auf einem Schatz hockte, von dem sie nicht einmal etwas ahnte, während ihn das Schicksal betrogen hatte. Umso mehr fühlte er sich berechtigt, den »Star of Scotland« an sich zu nehmen, denn in seinem tiefsten Inneren war er immer noch überzeugt, dass Anne die Tochter von Charles und Margrit war und das Stammbuch hinterher verfälscht worden war, um Heinrich Soderberg vor Schande zu bewahren.

»Fragen Sie Ihre Patentochter Anna, welchen Schatz Sie jahrzehntelang angeblich nichts ahnend gehütet haben«, stieß er hervor.

Amelie Feldmann starrte ihn überrascht an. »Anna? Woher kennen Sie meine Patentochter? Hat sie Ihnen von der Kette erzählt? Haben Sie ihr etwas getan?« Ihre Stimme bebte.

»Anna geht es gut.« Einen Moment lang überlegte er, ob er die alte Dame in ihrem Rollstuhl ungeschoren lassen und ihr nur das Versprechen abnehmen sollte, nicht die Polizei zu alarmieren, solange er sich noch im Haus aufhielt. Aber so leichtgläubig war er dann doch nicht. Ehe sie wusste, wie ihr geschah, versetzte er Amelie Feldmann einen gezielten Schlag auf das Kinn, sodass sie bewusstlos in ihrem Rollstuhl zusammensackte.

»Tut mir leid«, murmelte er, machte das Deckenlicht aus und stürmte die Treppe hinauf.

Das Gästezimmer lag rechts von der Treppe. Die besagte Kommode, ein sehr schönes Biedermeiermöbel, stand unter dem Fenster zur Straße. Er riss die oberste Schublade auf, und da lag das Objekt seiner jahrzehntelangen Begierde wie auf dem Präsentierteller. Er stöhnte erleichtert auf. Hastig nahm er den Beutel aus der Schublade und ging zur Treppe. Jetzt musste er sich beeilen, ehe Amelie Feldmann wieder zu sich kam und die Polizei alarmierte. Mit großen Sprüngen jagte er die Stufen hinunter.

In dem Augenblick, als er auf dem vom Zahn der Zeit angenagten roten Treppenläufer ausrutschte, dessen Haltestangen einmal mehr aus ihren Befestigungen gesprungen waren, und mit lautem Gepolter die Treppe hinunterstürzte, flog die Haustür auf. Kommissar Hans Schumann und drei Polizisten stürmten herein. Er lag am Fuß der Treppe, vom Sturz benommen. Der Beutel war ihm aus der Hand geglitten.

Wie aus weiter Ferne hörte er die Stimme von Kommissar Hans Schumann: »Maximilian Greve, ich verhafte Sie im Namen des Gesetzes wegen des Mordes an Stefan Arendt, wegen mehrfacher schwerer Körperverletzung und wegen versuchten Raubes.«

Epilog

Anna packte ihren Koffer. Ein heftiger Gewitterregen ertränkte den Rasen im Schlosspark, Astrid hatte in aller Eile die Liegestühle zusammengeschlagen, die letzten leeren Sektgläser weggeräumt und die Tischdecken von der Terrasse ins Haus gerettet. Auch die anderen Gäste in Hammelsberg standen kurz vor dem Aufbruch.

Der durch seine Gefangenschaft in dem finsteren ehemaligen Weinkeller völlig erschöpfte Klaus Fritzen war vorerst wegen Körperverletzung mit Todesfolge verhaftet worden. Es stellte sich allerdings rasch heraus, dass er Elster nicht getötet hatte. Elster war unglücklich gefallen, wäre aber wieder auf die Beine gekommen. Doch dann hatte Max Greve Elster nach Fritzens überhasteter Flucht den entscheidenden tödlichen Schlag versetzt, da er fürchtete, Elster könne ihn gesehen haben. Zudem hatte er damit Fritzen in der Hand, der fest glaubte, er habe Elster getötet. Professor Arndt Holbein hatte jedoch DNA-Spuren von Max an der Kleidung des Toten entdeckt. Max Greve gestand seine Tat und entlastete Fritzen zusätzlich mit seiner Aussage, Fritzen habe sich gegen Elster wehren müssen. Es konnte gut sein, dass Klaus Fritzen ungeschoren davonkam.

Die Baronin konnte es nicht fassen, dass ihr langjähriger treuer Butler und Mann für alle Fälle ein kaltblütiger Mörder sein sollte, der nicht einmal davor zurückgeschreckt hatte, ihre alte Freundin Amelie Feldmann anzugreifen. Alles für einen Traum, der um den »Star of Scotland« kreiste.

Arendts Laptop war in Greves Kleiderschrank gefunden worden, allerdings hatte Greve alle Daten gelöscht. Eine Herausforderung für Schumanns Computerfachmann, die Daten wiederherzustellen, aber er hatte es geschafft und Arendts Vortrag rekonstruieren können. Er hatte ihn in zwei Versionen vorbereitet. Einmal in einer für alle Beteiligten harmlosen Variante, die sich auf die Briefe von Charles MacNeill an Scott über autobiografische Erlebnisse seines Großvaters James in den Jahren 1745 und 1746 und die deutschen Reiseerfahrungen des Enkels beschränkte und damit die neuen, überraschenden Erkenntnisse zu Scotts authentischen Quellen publik machte.

Die zweite Fassung dagegen eignete sich als Grundlage für Erpressungen. Sie kreiste um das Gerücht, dass Seamus Wilberts Vater war und dass Rudolf von Rödelshausen am Verschwinden von James MacNeill beteiligt gewesen war. Auch die Vaterschaft der Tochter von Margrit Soderberg wurde erwähnt, wobei Arendt offenließ, ob nicht tatsächlich Charles MacNeill der Vater der kleinen Anne gewesen sein konnte. Vermutlich als Teil der Abmachung, die er mit Max Greve getroffen hatte und für die er sehr viel Geld kassiert hätte. Das inzwischen aus Hannover nach Hammelsberg überbrachte Stammbuch bestätigte allerdings die These, dass Max Greve tatsächlich jahrelang einer Illusion nachgejagt war.

Die Baronin führte sofort nach den Ereignissen ein langes Telefonat mit ihrer alten Kölner Freundin, mit der sie vereinbarte, die beiden Gainsboroughs dem Gainsborough-Museum in Sudbury zu überlassen. Bei den Bildern von Hogarth, das eine ein Porträt eines Mannes mit einem Mops, das andere eine Darstellung eines recht angeheitert wirkenden Pärchens, dauerte die Entscheidung ein wenig länger. Da der Maler William Hogarth schon um 1740 zu den größten satirischen Malern nicht nur seiner Zeit, sondern der Kunstgeschichte überhaupt zählte, sollten die beiden Bilder nach ihrem Rückkauf als Dauerleihgabe an das Wilhelm-Busch-Museum nach Hannover gehen, in eines der besten Museen für satirische Kunst in Europa. Der Jan Steen und der van Goyen, die James MacNeill bei seiner heimlichen Abreise im Ith gelassen hatte, waren in den Besitz der von Rödelshausens übergegangen. Die Baronin vertraute die Gemälde mit einem lachenden und einem weinenden Auge einem großen Kölner Auktionshaus an. Den Erlös würde sie in die Renovierung des Schlosses stecken, dessen Zukunft damit gesichert schien, ebenso wie die Gefahr erst einmal gebannt war, ein Golfhotel zu werden.

Bis zuletzt hatte Carola von Rödelshausen die Hoffnung nicht aufgegeben, dass Anna doch noch irgendwo im Schloss den Cranach entdecken würde. Aber dieser Traum starb endgültig, als Richard mit den Dokumenten herausrückte, die er im Schrank bei den Puppen gefunden und klammheimlich eingesteckt hatte: Auf einem dieser Dokumente aus dem Jahr 1909 bestätigte ein Kunsthändler namens Elias Hermanns, dass er im Auftrag des damaligen Barons einen Lucas Cranach, der in der Schlossbibliothek hing, an eine Stuttgarter Bankiersfamilie verkauft habe.

Nachforschungen ergaben, dass dieser sehr frühe Cranach aus dem Jahr 1498, eine Darstellung der Kreuzigungsszene, in den Wirren des Zweiten Weltkrieges verschwunden war. Die Baronin trug es mit Fassung. Elias Hermanns war der Urgroßvater von Caspar Hermanns, der diese Tradition der Bilderkäufe aus dem Fundus des Schlosses ertragreich fortgesetzt hatte.

Caspars Freundschaft mit Philip von Rödelshausen war allerdings getrübt. Zum einen hatte Philip erkannt, dass Hermanns ihn einige Male über den Tisch gezogen hatte, zum anderen kam ans Licht, dass Hermanns mit Barbara von Rödelshausen schon seit Längerem mehr als nur flirtete, vor allem wenn sich der Baron ohne seine Frau im Ith aufhielt und Barbara in Bad Homburg »das Haus hütete«. Sie hatten das sehr geschickt geheim gehalten. Aber diese Enthüllung schien Philip Rödelshausen nicht wirklich zu erschüttern, aus gutem Grund, wie sich beim letzten gemeinsamen Abendessen herausstellte. Barbara von Rödelshausen war zur Erleichterung aller schon nach Bad Homburg abgereist. Philip verkündete, dass er sich von Barbara trennen und in Zukunft mit Astrid zusammenleben wolle. Alle beglückwünschten das Paar, nur Caspar Hermanns sah aus, als habe er in eine Zitrone gebissen.

»Ich trinke auf meine Mutter«, sagte Philip, »und verspreche, dass ich mich mehr um ihr Wohl und das Wohl von Hammelsberg kümmern werde. Mit Astrid an meiner Seite wird mir das gewiss gelingen.«

Das klingt ja fast nach einem Hollywood-Happy-End, dachte Anna schmunzelnd.

Philip hatte noch mehr zu verkünden. Er wollte eine Initiative für ein Projekt zur Erforschung des Höhlensystems im Koboldhügel gründen und finanziell unterstützen. Er plante, Michael Terhorst, der mit einem blauen Auge aus seiner Verzettelung mit Elster davongekommen war, mit ins Boot zu nehmen und sogar Klaus Fritzen zu engagieren, dessen Verwicklung in den Tod von Elster aber noch endgültig geklärt werden musste.

Als Anna ihren Koffer schloss, fühlte sie einen Hauch von Wehmut. Nie im Leben hätte sie gedacht, dass ausgerechnet der ruhige, freundliche Max Greve, geboren als Maximilian Robinson in Celle und, wie Schumann herausgefunden hatte, studierter Anglist und Kunsthistoriker mit Magisterabschluss, ein Mörder sein könnte. Es überraschte niemanden, dass Holbein auf der Leiche von Arendt zwei Haare entdeckt hatte, deren DNA sich Max zuordnen ließ. Seine DNA war im Polizeicomputer gespeichert, weil er in den siebziger Jahren wegen einer Häuserbesetzung in Hamburg kurzfristig verhaftet worden war.

Ihr tat Max, der so viele Jahre vergeblich hinter einem Traum hergejagt war, sogar leid. Cú schien er auf jeden Fall zu fehlen.

Anna würde die Baronin vermissen, aber auch die beiden alten Herren Roth und Brecht, die sich mit Inbrunst dem Klatsch und Tratsch verschrieben hatten und die Gäste am letzten gemeinsamen Abend mit haarsträubenden Anekdoten und wilden Theorien über die Schätze vom Koboldhügel unterhalten hatten. Selbst an den etwas eitlen Gregor Markland, der sich insgeheim immer noch brüstete, der wahre »Entdecker« des »Schwarzen Lochs« zu sein, würde sie freundlich denken. Auf Caspar Hermanns dagegen konnte sie gut verzichten, und Harald Frostauers erneuten Versuch, sich mit ihr demnächst in Hannover zu einem Essen zu treffen, lehnte sie wie immer dankend ab.

Das Geld aus Elsters Besitz kam als Spende ins Dorfmuseum, vor allem um den Dudelsack von William Fraser zu restaurieren. Was mit Klas geschehen würde, war noch nicht klar. Seine Eltern hofften auf ein mildes Urteil, vor allem nach all den Schrecken, die der Junge überstanden hatte. Klas hatte seine Bande aufgelöst und seiner Mutter einen Blumenstrauß überreicht, nicht gekauft, sondern »selbst auf den Wiesen im Tal gepflückt«.

Die Baronin hatte sich bei Anna mit einem wunderhübschen Stich vom Schloss bedankt und mit dem wappengeschmückten Becher für ihre stetig wachsende Bechersammlung. Was Anna aber am meisten freute, war, dass Carola von Rödelshausen versprach, Amelie Feldmann wieder öfter in Köln zu besuchen. Der Grund für ihren Zwist war in der Rückschau eher lächerlich, aber beide Damen zeichneten sich durch ihre Starrköpfigkeit aus. Doch nun gab es Chancen für eine Renaissance ihrer alten Freundschaft.

Anna schob ihren Koffer aus der Tür und stieß dabei fast mit Richard zusammen. Der trug ein großes Paket unterm Arm, das er ihr überreichte.

»Tut mir leid, Anna, dass ich diese Höhlenkarte an mich genommen habe. Wahrscheinlich hätten wir Klas und Arendt viel früher gefunden, wenn Max mir diese Karte nicht geklaut hätte. Clark ist übrigens wieder in Edinburgh. Er hat mir die Kopie des Stammbuches versprochen, das derzeit noch von Schumann konfisziert ist. Das Original ist ja leider zerstört worden, und auch die zweite Kopie hat Greve vernichtet. Diese Kopie ist nicht viel wert, aber eine Erinnerung an unser Abenteuer. Außerdem hat Clark sich selbst angezeigt. Vielleicht findet er ja gnädige Richter.«

Anna zuckte zusammen. Stichwort Stammbuch! Du lieber Himmel! In der Hosentasche ihrer Jeans befanden sich immer noch die Papierfetzen aus dem Kamin. Sie ahnte, dass diese Stückchen vom Original-Stammbuch sein mussten, das Max, als sie ihn im Salon überrascht hatte, zumindest auszugsweise zu verbrennen versucht hatte. Sie würde Schumann die rußigen Fetzen noch aushändigen. Er sollte ihr nicht vorwerfen können, sie habe Beweismaterial unterschlagen. Sie grinste bei dem Gedanken.

Doch dann widmete sie ihre Aufmerksamkeit Richard, der etwas verlegen vor ihr stand. »Und was ist in diesem Karton?«

»Schau bitte erst in Hannover nach. Wir sehen uns!« Er drückte ihr einen Kuss auf die Wange und stürmte die Treppe hinunter. Weg war er.

Anna war sich ihrer Gefühle für ihn immer noch nicht sicher. Ähnlich erging es ihr mit Hans Schumann. Letztlich aber war ihr ihre Freundschaft mit ihm wichtiger als jede andere Art von Beziehung.

Anna verabschiedete sich von der Baronin, die sie einlud, sie jederzeit besuchen zu kommen, und von Cú, ihrem vierbeinigen Retter. Er trottete langsam mit ihr zu ihrem Auto, gefolgt von seiner treuen Freundin Alisha.

Neben dem Wagen stand Kommissar Schumann. Er nahm Anna kurz in die Arme. »Danke für Ihre Hilfe und vor allem dafür, dass Sie es nicht wieder im Alleingang versucht haben. Wir sehen uns bald wieder. Ab Januar bin ich in Hannover.«

Anna schob ihm die Papierfetzen in die Hand mit den Worten: »Wahrscheinlich Stücke vom Original-Stammbuch. Habe ich aus dem Kamin geholt.«

Schumann musterte die rußigen Teile kurz, lächelte amüsiert und steckte sie ein. »Danke, Miss Marple«, sagte er nur.

Das Schloss versank hinter ihr, als sie durch das Tal in Richtung Hammelshausen fuhr. Nach dem Regenschauer lag der erste frühherbstliche Dunst über dem Tal. Sie glaubte, auf dem Koboldhügel einen Feuerschein zu sehen. Aber das war sicher nur Einbildung.

Die Überreste von William Fraser waren auf dem Friedhof von Hammelshausen beigesetzt worden. Pastor Kressner hielt eine kurze, aber einfühlsame Predigt über einen Mann, der ein treuer Freund und Weggefährte gewesen war und Opfer eines kaltblütigen Mörders wurde. Es stimmte Anna traurig, dass niemand wusste, wo das Grab von James MacNeill alias Wilhelm Feldmann lag. Sie würde in Köln recherchieren. Vielleicht gab es noch irgendwo eine Grabstätte von ihm und seiner zweiten Frau Katharina. Tante Amelie schien es auch nicht zu wissen. Sie kannte nur die Gräber der Verwandten auf dem Kölner Melatenfriedhof, der aber erst 1810 eingeweiht worden war. Einen kleinen Trost bedeutete, dass Philip von Rödelshausen einen Steinmetz beauftragt hatte, die Grabplatte von Alexandra MacNeill zu restaurieren.

In Hammelshausen hielt sie kurz beim »Höhlenmann« an und verabschiedete sich von Christian Borg, der ihr ein Glas mit eingemachter Blaubeermarmelade schenkte.

»Diese Beeren wachsen hier zuhauf.« Er winkte ab, als sie ihm herzlich dankte.

Das erinnerte sie an ihren Besuch im Museum, den sie gestern endlich geschafft hatte. Dort standen in einer Vitrine ein paar alte Einmachgläser, die, wie ein Schild erklärte, ein Relikt der uralten Tradition des Blaubeerkochens in Hammelshausen seien.

Diesmal regnete es nicht, als sie nach Hannover fuhr. Ihren Kölnbesuch hatte sie aufgrund all dieser Ereignisse auf Anfang Oktober verschoben. Zu Hause warteten zu viele unerledigte Aufgaben.

In ihrer Wohnung angekommen, öffnete sie als Erstes Richards Karton. Darin lag auf blauem Samt die größte der drei Puppen vom Dachboden. Sie trug noch immer ihr, inzwischen gesäubertes, Spitzenkleid und um den Hals die blaue Kette. Auf der beigefügten Karte stand: »Elfie möchte zu Dir. Die Kette ist zwar nur eine Kopie aus Glassteinen des ›Star of Scotland‹, aber alt! Philip hat sie mir großmütig überlassen. Die beiden anderen Ketten hat er Astrid geschenkt. Pass gut auf Elfie auf. Ihre beiden Schwestern könnt ihr in meinem Geschäft jederzeit besuchen kommen. In Liebe, Richard«.

Anna lachte. Typisch Richard. Gewiss würde sie ihn zusammen mit Elfie als »Anstandspuppe« recht bald besuchen.

Der echte »Star of Scotland« sollte in der kommenden Woche mit einem speziellen Transport nach Edinburgh gebracht werden. Dort, so hatte Amelie Feldmann als offizielle Erbin von James MacNeill verfügt, würde die Kette als Dauerleihgabe im »Museum of Scotland« ausgestellt werden. Den Ruisdael übergab sie dem Wallraf-Richartz-Museum in Köln, ebenfalls als Dauerleihgabe. Auf Annas Frage, ob denn demnächst endlich der alte Treppenläufer erneuert werden würde, hatte ihre Patentante gelacht. »Keine Sorge! Auch wenn sich der Läufer als Gangsterfalle bewährt hat, wird er demnächst ersetzt.«

Als Anna ihren Koffer auspackte, klingelte ihr Handy. Es war ihre irische Bekannte Deirdre O'Brian, deren Stimme sich vor Aufregung überschlug: »Anna, du musst ganz schnell kommen! Ich bin auf eine Sensation gestoßen. Es geht um unsere Familiengeschichte, die ich gerade erforsche. Ich habe das Testament einer Frau aus dem frühen 19. Jahrhundert gefunden, die mit Michael, einem Vetter meines Ururgroßvaters Reginald Fitzgibbon, verheiratet war. Sie stammte aus Deutschland, hatte aber schottische Eltern. Elisabeth O'Brian war Forscherin, Weltreisende und Sammlerin von keltischen Artefakten. Es gibt da ein paar Fragen, bei deren Beantwortung du mir dringend helfen musst.«

Anna glaubte nicht an Zufälle. Sie ahnte, dass dieser Anruf den Beginn eines neuen Abenteuers bedeutete. Eine Gänsehaut überlief sie, als der kühle Atem der Vergangenheit sie einmal mehr berührte.

Nachwort

Vor mehr als fünfundvierzig Jahren bereiste ich aus Irland kommend Schottland. An einem kühlen Julitag stand ich auf dem Schlachtfeld von Culloden unweit von Inverness. Auf diesem Gelände, früher ein Moor, heute eine große Wiese, schlug am 16. April 1746 das englische Heer unter seinen Anführern, dem Herzog von Cumberland, Sohn von König Georg II., und General George Wade, die schottischen Truppen unter Charles Edward Stuart, dem Thronprätendenten aus katholischem Haus.

Ungefähr fünftausend Schotten standen den neuntausend Mann des gegnerischen Heeres gegenüber. Die Schlacht war kurz und heftig und wurde zum Meilenstein der schottischen Geschichte. Mit ihr endeten die Jakobitenaufstände und die Bemühungen der im Exil lebenden katholischen Stuart-Nachfahren von James II., den Thron den Königen aus dem Haus Hannover streitig zu machen. Georg I. war durch seine Mutter, die Kurfürstin Sophie, mit dem Haus Stuart verwandt. Sophies Mutter, Elisabeth Stuart, Tochter von James I. und Enkelin von Maria Stuart, hatte 1613 Kurfürst Friedrich V. von der Pfalz aus dem calvinistischen Zweig der Wittelsbacher geheiratet und residierte in Heidelberg. Nach der »Glorious Revolution« in England, als der zum Katholizismus konvertierte James II. ins Exil getrieben wurde, galt das Gesetz, dass in Zukunft keine Katholiken mehr den englischen Thron besteigen durften. Nach dem Tod der (protestantischen) Königin Anne, der zweiten Tochter von James II., stand als nächster Thronerbe der hannoversche Kurfürst Georg an, der 1714 zum König von England gekrönt wurde. Die Personalunion mit Hannover hielt bis 1837.

Immer wieder aber gab es Unruhen in Schottland und Aufstände gegen die Könige aus Hannover. 1745 gelangen dem jungen Stuart Charles, im Volksmund wegen seines guten Aussehens »Bonnie Prince Charles« genannt, einige militärische Erfolge gegen England. Doch der Traum, Georg II. vom Thron zu vertreiben, endete an jenem Apriltag 1746.

Die schottischen Verbände beklagten fast eintausenddreihundert Tote und tausend Verwundete, mehr als fünfhundert Jakobiten gerieten in englische Gefangenschaft. Die Gegenseite zählte dreihundert Gefallene und zweihundertneunundfünfzig Verwundete. Der Herzog von Cumberland verfuhr gnadenlos mit den Besiegten, sodass er später den Beinamen »Butcher Cumberland« (Schlächter Cumberland) erhielt. Die Clans lösten sich infolge der Niederlage auf, das Tragen des Kilts wurde verboten, ebenso der Dudelsack. Viele Schotten verließen ihre Heimat.

Sir Walter Scott, neben Robert Burns Schottlands bedeutendster Dichter und Übersetzer von Lyrik aus dem Deutschen, veröffentlichte 1814 seinen ersten großen Roman, »Waverley«, in dem er die Jakobitenaufstände und die sehr konträren Emotionen in Schottland um 1740 bis 1745 schildert. Das Buch erschien zunächst unter Pseudonym. Es gilt als der erste historische Roman der englischen Literaturgeschichte und »Trendsetter« für ein neues Genre.

Scotts Bücher und mein Besuch auf dem Schlachtfeld von Culloden, der in mir seltsame Gefühle von Unruhe und Melancholie hervorrief, haben mich seit vielen Jahren beschäftigt. Und so bildet diese Schlacht einen der Ausgangspunkte dieses Buches. Die historischen Fakten beruhen auf gründlicher Recherche, wobei keinesfalls erwiesen ist, dass der Herzog von Cumberland kurz vor seiner Niederlage gegen die Franzosen 1757 bei Hameln einen Abstecher in den Ith machte. Das ist dichterische Freiheit, zumal es weder Schloss Hammelsberg noch den Ort Hammelshausen gibt, allerdings ähnliche Schlösser und ähnliche Orte in dieser Region zwischen Harz und Solling.

Zu meinen Lieblingsmalern zählen der großartige Thomas Gainsborough, der tatsächlich schon im Alter von sechzehn Jahren sein erstes Atelier besaß, und die Meister des Goldenen Zeitalters in den Niederlanden. Deshalb habe ich diesen

Künstlern in »Schattenhöhle« einige Aufmerksamkeit gewidmet. Und auch die Höhlen, die im Mittelpunkt der Geschichte stehen, haben durchaus Vorbilder in der Realität. Seit meiner Kindheit bin ich fasziniert von Höhlen, egal, ob es die künstlich angelegte Grotte König Ludwigs II. von Bayern im Schloss Linderhof ist, das höhlenähnliche Stollensystem Ofenkaulen im Siebengebirge bei Königswinter, die Dechenhöhle bei Iserlohn oder die Drachenhöhle auf Mallorca.

Vor dreißig Jahren veröffentlichte meine sehr verehrte Kollegin Gisela Graichen ihr »Kultplatzbuch – ein Führer zu den alten Opferplätzen, Heiligtümern und Kultstätten in Deutschland« (Hoffmann & Campe, 1988). Im Rahmen eines Fernsehberichts über dieses Buch besuchte ich mit der Autorin die Rothesteinhöhle im Ith, eine uralte Opferstätte, die offenbar auch in neuerer Zeit noch für gewisse Kulthandlungen genutzt wird. Die Höhle und ihr Umfeld haben mich tief beeindruckt, und so fließt meine Erinnerung an dieses Höhlenabenteuer in mein Buch ein.

Für Höhlenforscher, Geologen und Archäologen bieten die Abertausenden Höhlen in aller Welt ein gewaltiges Reservoir an Erkenntnissen über die Erd- und die Menschheitsgeschichte, da sich in ihnen oft Zeugnisse menschlicher Kultur erhalten haben. Meine fiktiven Höhlen im Ith sind nur ein Abglanz davon und reichen an die Realität kaum heran. Man sollte aber nicht vergessen, dass Höhlen auch Orte furchtbarer Dramen und erschreckender Ereignisse sein können, die immer wieder in den Schlagzeilen der Medien auftauchen wie das Drama um die Jungen einer thailändischen Fußballmannschaft im Juli 2018, die in einer gewaltigen Höhle im Norden des Landes eingeschlossen waren.

Deshalb ist dieses Buch auch allen Menschen gewidmet, die Höhlen erforschen, Menschen aus ihnen erretten und die Schönheit und den Schrecken dieser urgewaltigen Erdformationen dokumentieren, dadurch die Phantasie inspirieren und den Stoff für Abenteuergeschichten liefern.

Dank

Kein Buch gelingt ohne Unterstützung durch liebe Mitmenschen, und deshalb schulde ich etlichen Leuten Dank! Zuallererst meiner Familie und Freunden, die über Monate mit einem Menschen vorliebnehmen mussten, der in Gedanken oft abdriftete und viele Stunden am Computer verbrachte. Meine Kinder kommentieren diesen »Zustand« ihrer Mutter mit Humor und Verständnis, mein Mann ermöglicht mir den Freiraum mit viel Großzügigkeit.

Dank aber auch an einige Menschen, die nicht mehr unter uns sind. Das ist zum einen meine Großmutter, die mir in meiner Kindheit die weite Welt der Geschichten, Sagen und Märchen nahegebracht hat, und an meinen Vater, der als Historiker in mir die Liebe zur Geschichte geweckt hat. Meine Mutter hat früh mein Interesse an Kunst entfacht dank zahlreicher Reisen nach Italien und in das Land, aus dem ihre Familie stammt: Holland. Dafür, dass sie mich schon recht früh dazu ermutigt hat, neben den Werken der großen Meister wie Scott, Stevenson, den Brontës, Jane Austen, Charles Dickens, Stefan Zweig und Joseph Roth auch die Bücher von Karl May, Friedrich Gerstäcker und Jack London und Kriminalromane von Dorothy L. Sayers, Margery Allingham, Ngaio Marsh und natürlich Agatha Christie zu lesen, danke ich ihr heute noch mit Liebe und Respekt.

Ein ganz großes Dankeschön gebührt aber auch den immer kooperativen und freundlichen Mitarbeitern des Emons Verlags. Meine wunderbare Lektorin Stefanie Rahnfeld hat mir wie schon bei meinem ersten Roman »Der Moormann« zur Seite gestanden, mich ermutigt, ermahnt und immer unterstützt. Vielen Dank, liebe Steffi, ohne dich geht es nicht!

Margarete von Schwarzkopf
DER MOORMANN
Broschur, 368 Seiten
ISBN 978-3-7408-0215-8

»Ein atmosphärisch dichter Krimi in historisch stimmigem Setting
von unserer hochgeschätzten Krimi-Expertin!« BÜCHER MAGAZIN

»Eine düstere, süffig erzählte Story. Sie erzählt ihre Story unprä-
tentiös, mit Lust am Fabulieren und unterhaltsam.«
Hannoversche Allgemeine Zeitung